Velar por ela

Jean-Baptiste Andrea

Velar por ela

TRADUÇÃO
Julia da Rosa Simões

1ª reimpressão

VESTÍGIO

Copyright © 2023 Editions de l'Iconoclaste
Esta edição é publicada mediante acordo com a Éditions de l'Iconoclaste em conjunto com seus agentes devidamente nomeados Books And More Agency #BAM, Paris, França LVB & Co. Agência e Consultoria Literária, Rio de Janeiro, Brasil. Todos os direitos reservados.
Copyright desta edição © 2024 Editora Vestígio

Título original: *Veiller sur elle*

Todos os direitos reservados pela Editora Vestígio. Nenhuma parte desta publicação poderá ser reproduzida, seja por meios mecânicos, eletrônicos, seja via cópia xerográfica, sem autorização prévia da Editora.

DIREÇÃO EDITORIAL
Arnaud Vin

EDIÇÃO E PREPARAÇÃO DE TEXTO
Eduardo Soares

REVISÃO
Julia Sousa

CAPA
Diogo Droschi
(sobre imagem de
Olga Nayda/Unsplash)

DIAGRAMAÇÃO
Guilherme Fagundes

Dados Internacionais de Catalogação na Publicação (CIP)
(Câmara Brasileira do Livro, SP, Brasil)

Andrea, Jean-Baptiste
 Velar por ela / Jean-Baptiste Andrea ; tradução Julia da Rosa Simões. -- 1. ed. ; 1. reimp. -- São Paulo : Vestígio, 2024.

 Título original: Veiller sur elle
 ISBN 978-65-6002-028-3

 1. Ficção francesa 2. Prêmio Goncourt I. Título.

24-201213   CDD-843

Índices para catálogo sistemático:
1. Ficção : Literatura francesa : 843
Eliane de Freitas Leite - Bibliotecária - CRB 8/8415

A **VESTÍGIO** É UMA EDITORA DO **GRUPO AUTÊNTICA**

São Paulo
Av. Paulista, 2.073, Conjunto Nacional
Horsa I . Salas 404-406 . Bela Vista
01311-940 . São Paulo . SP
Tel.: (55 11) 3034 4468

Belo Horizonte
Rua Carlos Turner, 420
Silveira . 31140-520
Belo Horizonte . MG
Tel.: (55 31) 3465 4500

www.editoravestigio.com.br
SAC: atendimentoleitor@grupoautentica.com.br

À Berenice

Eles são trinta e dois. Trinta e dois que ainda moram, naquele dia de outono de 1986, na abadia ao fim de uma estrada que faz empalidecer os que a percorrem. Em mil anos, nada mudou. Nem a íngreme estrada nem sua vertigem. Trinta e dois corações sólidos – é necessário tê-lo quando se vive à beira de um abismo –, trinta e dois corpos que também foram sólidos, na juventude. Em algumas horas, eles serão um a menos.

Os irmãos formam um círculo em torno daquele que está partindo. Eles já fizeram muitos círculos, já tiveram muitas despedidas desde que se enclausuraram entre os muros da Sacra di San Michele. Eles já presenciaram muitos momentos de graça, de dúvida, de corpos curvados à sombra que se aproxima. Eles já viram e verão outras partidas, portanto aguardam pacientemente.

O moribundo não é como os outros. Ele é o único naquele lugar a não ter feito votos. Mesmo assim, permitiram que ficasse por quarenta anos. Sempre que havia controvérsias, perguntas, um homem de túnica púrpura aparecia, nunca o mesmo, e pronunciava o veredicto. *Ele fica.* Ele faz parte do lugar, tanto quanto o claustro, as colunas e os capitéis românicos, cuja conservação deve muito a seu talento. Então não vamos reclamar, ele paga sua estadia em serviços.

Apenas seus punhos emergem da coberta de lã marrom, de cada lado da cabeça, uma criança de oitenta e dois anos atormentada por um pesadelo. A pele está amarelada, a ponto de se romper, um pergaminho esticado sobre saliências pontudas. A testa brilha, lustrosa por causa da febre. Era inevitável que um dia sua força o abandonasse. Pena ele não ter respondido às perguntas dos outros. Um homem tem direito a seus segredos. Além disso, eles têm a impressão de saber. Não tudo, mas o essencial. Às vezes, as opiniões divergem. Para enganar o tédio, nascem pendores mexeriqueiros. Ele é um criminoso, um apóstata, um refugiado político. Alguns o dizem mantido ali contra a própria vontade – a teoria não se sustenta, viram-no partir e voltar –, outros afirmam que ele está ali para sua própria segurança. A versão mais popular, e a mais secreta, pois o romantismo só se infiltra aqui de contrabando, diz que ele está ali para velar por *ela*. Ela, que espera, em sua noite de mármore, a poucas centenas de metros da pequena cela. Ela, que aguarda há quarenta anos. Todos os monges da Sacra a viram uma vez. Todos gostariam de vê-la novamente. Bastaria pedir permissão ao padre Vincenzo, o superior, mas poucos se atrevem a fazê-lo. Por medo, talvez, dos pensamentos impuros que, dizem, surgem naqueles que se aproximam demais. E pensamentos impuros os monges já têm demais quando são perseguidos, no meio da noite, por sonhos com rosto de anjo.

O moribundo se debate, abre os olhos, volta a fechá-los. Um dos irmãos jura ter lido alegria em seu olhar – está enganado. Um pano fresco é colocado em sua testa, em seus lábios, com suavidade.

O enfermo se agita de novo e, dessa vez, todos concordam.

Ele está tentando dizer alguma coisa.

Claro que estou tentando dizer alguma coisa. Vi o homem voar, cada vez mais rápido, cada vez mais longe. Vi duas guerras, nações naufragarem, colhi laranjas no Sunset Boulevard, não acham que tenho algo a contar? Perdão, estou sendo ingrato. Vocês me vestiram e me alimentaram, embora não tivessem nada, ou quase nada, quando decidi me esconder entre vocês. Mas me calei por tempo demais. Fechem as venezianas, a luz fere meus olhos.
Ele está agitado. Feche as venezianas, irmão, a luz parece incomodá-lo.
As sombras que velam por mim à contraluz, sob o sol do Piemonte, as vozes que se desvanecem com a chegada do sono. Tudo aconteceu tão rápido. Há apenas uma semana eu ainda podia ser visto no jardim, ou em cima de uma escada, sempre havia algo para consertar. Com mais lentidão por causa da idade, mas levando em conta que ninguém teria apostado em mim quando nasci, havia motivos para admiração. E então, uma manhã, não consegui me levantar. Li nos olhos dos outros que minha vez havia chegado, que o sino logo tocaria por mim e que eu seria levado para o pequeno jardim voltado para a montanha, onde as papoulas crescem há séculos sobre abades, iluminadores, coristas e sacristãos.
Ele está muito mal.
As venezianas rangem. Estou aqui há quarenta anos, elas sempre rangeram. O escuro, finalmente. O escuro, como no cinema – que vi nascer. Um horizonte vazio, a princípio nada. Uma planície ofuscante que, de tanto ser contemplada, minha memória povoa de sombras, silhuetas

que se tornam cidades, florestas, homens e animais. Meus atores avançam, param na boca do palco. Reconheço alguns, eles não mudaram. Sublimes e ridículos, amalgamados pelo mesmo cadinho, indissociáveis. A moeda da tragédia é uma rara liga de ouro e quinquilharias.
Agora é apenas uma questão de horas.
Uma questão de horas? Não me façam rir. Estou morto há muito tempo.
Tragam mais uma compressa fria. Isso parece acalmá-lo.
Mas desde quando os mortos não podem contar sua história?

Il Francese. Sempre odiei esse apelido, embora tenham me dado outros muito piores. Todas as minhas alegrias, todos os meus dramas nasceram na Itália. Venho de uma terra em que a beleza está sempre em apuros. Se ela cochilar por cinco minutos, a feiura a degolará sem piedade. Aqui, os gênios nascem como ervas daninhas. As pessoas cantam como se matassem, desenham como se enganassem, os cães mijam nas paredes das igrejas. Não é à toa que um italiano, Mercalli, deu seu nome a uma escala de destruição, que mede a intensidade dos terremotos. Uma mão derruba o que a outra construiu, e a emoção é a mesma.

Itália, reino de mármore e de imundícies. Meu país.

Mas é fato que nasci na França, em 1904. Meus pais haviam deixado a Ligúria em busca de fortuna quinze anos antes, recém-casados. Em vez de fortuna, foram chamados de Ritals, cuspidos, zombados por sua maneira de rolar os *r* – mas, pelo que sei, a palavra *rolar* começa com *r*. Meu pai escapou por pouco dos tumultos racistas de Aigues-Mortes em 1893, dois de seus amigos ficaram: o bravo Luciano e o velho Salvatore. Nunca mais se falou deles sem esses adjetivos.

As famílias proibiram seus filhos de falar a língua do país, para não "parecer Rital". Elas os esfregavam com sabão de Marselha na esperança de branqueá-los um pouco. Não na família Vitaliani. Nós falávamos italiano, comíamos italiano. Pensávamos italiano, ou seja, com muitos superlativos em que a Morte era frequentemente invocada, lágrimas em abundância, mãos raramente em repouso. Praguejávamos como se passássemos o sal. Nossa família era um circo, e tínhamos orgulho dela.

Em 1914, o Estado francês, que havia feito tão pouco para proteger Luciano, Salvatore e os outros, declarou que meu pai, sem sombra de dúvida, era um bom francês, digno do serviço militar, de modo que um funcionário, por engano ou brincadeira, o fez rejuvenescer dez anos ao recopiar sua certidão de nascimento. Ele partiu com tristeza, sem flor na ponta do rifle. Seu próprio pai havia perdido a vida na Expedição dos Mil, em 1860. Nonno Carlo havia conquistado a Sicília com Garibaldi. Não foi uma bala Bourbon que o matou, mas uma prostituta de higiene duvidosa no porto de Marsala, detalhe que preferíamos silenciar na família. Ele estava morto e a mensagem era clara: a guerra matava.

Ela matou meu pai. Um gendarme apareceu um dia no ateliê acima do qual morávamos no vale da Maurienne. Minha mãe abria todos os dias o ateliê, na esperança de um pedido que seu marido pudesse cumprir quando voltasse, um dia teríamos que voltar a esculpir pedras, restaurar gárgulas, escavar fontes. O gendarme tinha uma expressão solene, pareceu ainda mais desolado quando me viu, tossiu, mencionou a queda de um obus, e pronto. Quando minha mãe, muito digna, perguntou em que momento o corpo seria repatriado, ele engasgou, explicou que havia cavalos no campo de batalha, outros soldados, que um obus causava estragos e que, por isso, nem sempre se sabia quem era quem, nem mesmo o que era homem e o que era cavalo. Minha mãe pensou que ele fosse começar a chorar, precisou lhe oferecer um gole de Amaro Braulio – nunca vi um francês beber Amaro Braulio sem fazer careta –, e só chorou, sozinha, muitas horas depois.

Não me lembro de tudo isso, é claro, ou mal me lembro. Conheço os fatos, que recomponho com algumas cores, as mesmas cores que agora me escapam entre os dedos, na cela que ocupo há quarenta anos no monte Pirchiriano. Até hoje falo mal o francês – ao menos até alguns dias atrás, quando ainda podia falar. Não sou chamado de *Francese* desde 1946.

Alguns dias depois da visita do gendarme, minha mãe me explicou que, na França, ela não poderia me proporcionar a educação de que eu precisava. Seu ventre já se arredondava com um irmão ou uma irmã – que nunca nasceu, ao menos com vida – e ela me encheu de beijos, explicando que me mandava embora para o meu bem, que me fazia voltar para nossa terra natal porque acreditava em mim, porque via meu amor pela pedra apesar de minha pouca idade, porque sabia que eu estava destinado a grandes coisas, e que tinha me dado um nome para isso.

Dos dois fardos que carreguei na vida, meu nome sem dúvida foi o mais leve. Mesmo assim, eu o detestei com fervor.

Minha mãe descia com frequência ao ateliê para ver o marido trabalhar. Ela percebeu que estava grávida quando me sentiu mexer depois de ouvir um golpe de cinzel. Até aquele momento, ela não poupava forças para ajudar meu pai a mover blocos enormes, o que talvez explique o que aconteceu a seguir.

– Ele vai ser escultor – ela anunciou.

Meu pai praguejou, disse que aquele era um trabalho ingrato, em que as mãos, as costas e os olhos se desgastavam muito mais rápido do que a pedra, e que se não fosse para ser Michelangelo, melhor se poupar disso tudo.

Minha mãe assentiu, e decidiu me dar um empurrãozinho.

Me chamo Michelangelo Vitaliani.

Descobri meu país em outubro de 1916, na companhia de um bêbado e de uma borboleta. O bêbado havia conhecido meu pai e evitado o recrutamento graças ao estado de seu fígado, mas a sequência dos acontecimentos levava a crer que sua cirrose não o protegeria por muito mais tempo. Crianças, idosos e mancos eram recrutados. Os jornais afirmavam que estávamos ganhando, que o Alemão em breve seria coisa do passado. Em nossa comunidade, a notícia da adesão da Itália aos Aliados, no ano anterior, tinha sido recebida como uma promessa de vitória. Os que retornavam do front cantavam outra melodia, ao menos os que ainda tinham vontade de cantar. O *ingeniere* Carmone, que como os outros Ritals havia raspado sal em Aigues-Mortes e aberto uma mercearia na Saboia, onde consumia grande parte de seu estoque de vinho, havia decidido voltar. Se fosse para morrer, que fosse em sua terra natal, com os lábios vermelhos de Montepulciano para afugentar o medo.

Sua terra natal eram os Abruzos. Ele foi gentil e concordou em me deixar na casa de Zio Alberto, que ficava no caminho. Fez isso porque tinha um pouco de pena de mim e também, acredito, pelos olhos de minha mãe. Os olhos das mães costumam ter algo especial, mas os da minha tinham íris de um azul estranho, quase violeta. Eles tinham provocado mais de uma briga, até que meu pai colocou ordem nas coisas. Um talhador de pedras tem mãos perigosas, não sou eu quem vai dizer o contrário. A concorrência rapidamente se recolheu.

Minha mãe derramou grandes lágrimas violetas na plataforma da estação, em Modane. Meu tio Alberto, também escultor, cuidaria de mim. Ela jurou que logo se juntaria a mim, assim que tivesse vendido o ateliê e guardado um pouco de dinheiro. Questão de algumas semanas, no máximo alguns meses – ela levou vinte anos. O trem apitou, soltou uma fumaça negra cujo gosto ainda sinto, e levou o *ingeniere* bêbado e seu único filho.

Independentemente do que dizem, aos doze anos a tristeza não dura muito. Eu não sabia em que direção o trem chacoalhava, mas sabia que nunca havia viajado de trem – ou não me lembrava. A excitação logo deu lugar ao desconforto. Tudo passava rápido demais. Assim que eu me fixava em um detalhe, um pinheiro, um edifício, ele desaparecia. A paisagem não foi feita para se mover. Fiquei enjoado, quis falar com o *ingeniere*, mas ele roncava de boca aberta.

Felizmente, vi uma borboleta. Ela entrou em Saint-Michel-de-Maurienne, pousou no vidro da janela, entre mim e as montanhas que passavam. Depois de uma breve luta contra o vidro, ela desistiu e ficou parada. Não era uma borboleta bonita, daquelas com cores gloriosas e douradas que mais tarde eu veria na primavera. Era uma borboleta medíocre, cinza, um pouco azulada se você olhasse para ela apertando bem os olhos, uma mariposa desorientada pela luz. Por um instante, pensei em torturá-la, como todas as crianças da minha idade, depois percebi que ao olhar para ela, único elemento tranquilo naquele mundo em fúria, minha náusea passava. A borboleta ficou ali por horas, enviada por uma força amiga para me tranquilizar, e talvez tenha sido a minha primeiríssima intuição de que nada é realmente o que parece ser, de que uma borboleta não é apenas uma borboleta, mas uma história, uma coisa enorme escondida em um espaço bem pequeno, coisa que a primeira bomba atômica confirmaria algumas décadas depois e, talvez mais ainda, o que deixo, ao morrer, nas fundações da mais bonita abadia do país.

***

Quando o *ingeniere* Carmone acordou, ele me detalhou seu plano, pois tinha um. Ele era comunista. *Você sabe o que é isso?* Eu tinha ouvido esse insulto várias vezes na comunidade, na França, as pessoas sempre se perguntavam se alguém era ou não. Respondi: "Pfff, claro, é um homem que gosta de homens". O *ingeniere* começou a rir. De certa forma, sim, um comunista era um homem que gostava de homens. "Aliás, não existe uma maneira errada de gostar dos homens, entendeu?" Nunca o vi tão sério.

A família Carmone tinha um terreno na província de L'Aquila, à qual a geografia fizera duas injustiças. Primeira: era a única província dos Abruzos que não tinha acesso ao mar. Segunda: terremotos a assolavam em intervalos regulares, como na Ligúria de meus antepassados, com a diferença de que a maldita Ligúria tinha acesso ao mar.

Seu terreno tinha uma vista agradável para o lago de Scanno. O *ingeniere* planejava construir uma torre sobre um gigantesco rolamento de esferas e hospedar os proletários da região, tudo por um aluguel moderado que lhe permitiria viver corretamente – ainda mais porque, como bom comunista, ele reservaria o último andar para si. Com duas parelhas de cavalos se revezando a cada doze horas, o prédio giraria sobre si mesmo ao longo do dia. Seus moradores, sem exceção, sem exploradores e explorados, desfrutariam de uma vista para o lago uma vez por dia. Talvez a eletricidade um dia substituísse os cavalos, embora Carmone confessasse que talvez ela nunca chegasse tão longe. Mas ele adorava sonhar.

As esferas também teriam a vantagem, se ocorresse um terremoto, de desacoplar a estrutura do solo. Em caso de terremoto de grau XII na escala de Mercalli – foi ele que me ensinou esse nome –, seu prédio teria uma chance trinta por cento maior de resistir do que um prédio normal. Trinta por cento pode não parecer muito, mas o grau XII não era exatamente uma brincadeira, ele explicou com olhos arregalados, era catastrófico.

Eu me entreguei a uma leve sonolência, com os olhos fixos na borboleta, e nós entramos na Itália enquanto o *ingeniere* me falava ternamente de devastação.

Em nosso primeiro encontro, a Itália e eu nos abraçamos como velhos amigos. Na pressa de sair do trem na estação de Turim, tropecei no degrau e caí de braços abertos na plataforma. Fiquei deitado ali por um instante, sem coragem de chorar, com a beatitude de um padre durante a ordenação. A Itália cheirava a pólvora. A Itália cheirava a guerra. O *ingeniere* decidiu pegar uma carruagem. Era mais caro do que caminhar, mas minha mãe lhe dera um pouco de dinheiro em um envelope e, assim como o vinho devia ser bebido, ele disse que o dinheiro devia ser gasto, e falando nisso vamos comprar um pouco de vinho tinto do Pó antes de pegar a estrada, se você quiser.

Eu queria, maravilhado com o que estava descobrindo: soldados de licença, soldados de partida, carregadores, maquinistas, toda uma multidão de pessoas suspeitas cujas funções e ambições pareciam misteriosas para o garoto que eu era. Eu nunca tinha visto pessoas suspeitas na vida. Tive a impressão de que elas retribuíam com benevolência meus olhares insistentes, como se dissessem *você é um de nós*. Talvez estivessem apenas olhando para o galo roxo que crescia bem no meio da minha testa. Eu avançava por uma floresta de pernas, extasiado, subjugado por vários cheiros: creosoto e couro, metal e canhões, aromas de penumbra e de campos de batalha. E havia o barulho, um estrondo de ferro. Rangidos, guinchos, batidas, uma música concreta tocada por iletrados, muito longe das salas onde aristocratas entediados um dia se reuniriam para fingir apreciá-la.

Eu pisava, sem saber, em pleno futurismo. O mundo era todo velocidade, de passos, de trens, de projéteis, de mudanças de destino e de alianças. Mas toda aquela gente, toda aquela massa, parecia se opor a isso com força. Os corpos exultavam, se empurravam em direção aos vagões, às trincheiras, a um horizonte com arame farpado. Mas alguma coisa, entre dois movimentos, dois impulsos, gritava *eu quero viver mais um pouco*.

Mais tarde, quando minha carreira decolou, um colecionador me mostrou com orgulho sua última aquisição, o quadro futurista *A Revolta*, de Luigi Russolo. Foi em Roma, no início dos anos trinta, acho. O homem se considerava um entendedor esclarecido, apaixonado por arte abstrata. Era um imbecil. Quem não esteve na estação de Porta Nuova naquele dia não pode entender essa obra. Não pode entender que ela não tem nada abstrato. É um quadro figurativo. Russolo pintou o que explodia em nossas caras.

Nenhum garoto de doze anos formularia isso nesses termos, é claro. Na hora, me contentei em olhar ao redor, de olhos arregalados, enquanto o *ingeniere* matava a sede em um copo-sujo no fim da plataforma. Mas eu *vi* tudo aquilo. Sinal, se eu ainda precisasse de mais um, que eu não era exatamente como todo mundo.

Deixamos a estação sob uma neve fina. Mal saímos e um carabineiro se postou na minha frente e pediu para ver meus documentos. Não os de meu companheiro, só os meus. Com os dedos entorpecidos pelo frio e pelo vinho tinto do Pó, o *ingeniere* Carmone lhe entregou meu salvo-conduto. O outro me olhou com ar desconfiado, um ar que ele devia vestir todas as manhãs para ir trabalhar e despir todas as noites, a menos que tivesse nascido daquele jeito.

— Você é um pequeno *Francese?*

Eu não gostava que me chamassem de "francês". Menos ainda que me chamassem de "pequeno".

— Pequeno *Francese* é você, *cazzino*.

O carabineiro quase engasgou, *cazzino* era o insulto preferido dos becos onde eu havia crescido, e os carabineiros não escolhem uma profissão onde se usam uniformes tão bonitos para que insultem o tamanho de sua virilidade.

Como bom engenheiro que era, o *ingeniere* tirou o envelope de minha mãe do bolso e lubrificou as engrenagens que haviam emperrado. Logo pudemos seguir nosso caminho. Me recusei a subir em uma carruagem, apontei para um bonde. Carmone resmungou, consultou um mapa, fez algumas perguntas, descobriu que o bonde não nos deixaria muito longe do lugar aonde precisávamos ir.

Sentado em um banco de madeira, atravessei a primeira grande cidade de minha vida. Eu estava feliz. Tinha perdido meu pai, não sabia quando voltaria a ver minha mãe, mas sim, eu estava feliz e inebriado com tudo que ainda tinha pela frente, uma massa de futuro a ser escalada, a ser talhada à minha medida.

– Diga, *signor* Carmone?
– Sim?
– O que é a eletricidade?

Ele me encarou com perplexidade, pareceu se lembrar de que eu tinha passado a primeira década de minha vida em um vilarejo da Saboia do qual eu nunca havia saído.

– É isso, meu garoto.

Ele apontou para um poste de luz com um belo globo dourado.

– É como uma vela, então?
– Mas que nunca se apaga. São elétrons circulando entre dois pedaços de carvão.
– O que é um elétron? Um tipo de fada?
– Não, é ciência.
– O que é ciência?

Os flocos de neve rodopiavam, leves como um vestido de menina. O *ingeniere* respondeu às minhas perguntas sem impaciência ou condescendência. Logo passamos por um imenso edifício em construção: o Lingotto e sua rampa helicoidal, pela qual os carros da Fiat subiriam alguns anos depois até o telhado, para dar as primeiras voltas depois da montagem – uma Sacra di San Michele mecânica. Os subúrbios se espaçaram, as ruas se transformaram em estradas, o bonde parou em um local que parecia um campo. Tivemos que percorrer os três últimos quilômetros a pé. Sou grato a esse sujeito, Carmone, por ter me acompanhado até tão longe, apesar do frio, apesar da época. Caminhávamos na lama e eu imaginava os olhos de minha mãe começando a empalidecer em sua memória, a parecer menos violetas. Mas ele me levou sem falta até a porta de Zio Alberto.

Foi preciso maltratar a campainha e bater várias vezes na porta antes que Alberto se dignasse a abrir, vestindo uma regata suja. Ele tinha os mesmos olhos turvos do *ingeniere*, cheios de veias vermelhas: os dois compartilhavam um amor imoderado pela uva. Minha mãe havia escrito para anunciar minha chegada, então não havia muito a ser dito.

– Este é seu novo aprendiz, Michelangelo, filho de Antonella Vitaliani. Seu sobrinho.

– Não gosto que me chamem de Michelangelo.

Zio Alberto baixou os olhos para mim. Pensei que fosse me perguntar como eu preferia ser chamado, ao que eu responderia "Mimo". O apelido pelo qual meus pais me chamavam desde sempre, o apelido pelo qual eu seria chamado por mais setenta anos.

– Não o quero aqui – disse Alberto.

Mais uma vez, eu tinha esquecido um detalhe. Porque sim, era um detalhe.

– Não entendo. Pensei que Antonell... que a sra. Vitaliani tivesse escrito para o senhor, e que estivesse tudo combinado.

– Ela me escreveu. Mas não quero um aprendiz assim.

– E por que não?

– Porque ninguém me disse que ele era nanico.

C'è *un piccolo problema*, havia comentado a velha Rosa, a vizinha que ajudou minha mãe no parto em uma noite de tempestade. A lareira estalava, atiçada por um vento contrário, uma corrente de ar furiosa avermelhava as paredes. Algumas matronas do bairro, ali para assistir ao evento, curiosas para ver as carnes firmes que faziam seus maridos fantasiarem, tinham fugido havia tempo, fazendo o sinal da cruz e murmurando *il diavolo*. A velha Rosa, impávida, continuava cantarolando, enxugando, encorajando. O cólera, o frio, a simples má sorte, um golpe que não teria sido desferido se eles bebessem menos, tinham levado filhos, amigos, maridos. Ela era velha, feia, não tinha nada a perder. O diabo a deixava em paz, sabia reconhecer uma fonte de tormentos. Ele tinha presas mais fáceis.

C'è *um piccolo problema*, ela disse, me tirando das entranhas de Antonella Vitaliani. Tudo estava contido nessa palavra, *piccolo*, era evidente para quem me visse que eu continuaria mais ou menos *piccolo* pelo resto da vida. Rosa me deitou sobre minha mãe exausta. Meu pai subiu as escadas apressado, Rosa contou mais tarde que ele franziu o cenho ao me ver, olhou ao redor como se estivesse procurando outra coisa, seu verdadeiro filho em vez daquele rascunho incompleto, então balançou a cabeça, *ah, assim é*, como quando ele atingia uma fissura escondida no coração de um bloco de pedra e pulverizava o trabalho de várias semanas. Não se pode culpar a pedra.

À pedra, justamente, atribuíram minha diferença. Minha mãe não sabia descansar, carregava blocos enormes ao ateliê, fazia os brutamontes do bairro enrubescer. O pobre Mimo, segundo as vizinhas, é que sofria as consequências. Acondroplasia, diriam mais tarde. Eu também seria chamado de pessoa de baixa estatura, o que, francamente, não é muito melhor que o "nanico" de Zio Alberto. Alguns me explicariam que minha altura não me definia. Se fosse verdade, por que mencionavam minha altura? Nunca ouvi ninguém falar de uma "pessoa de média estatura".

Nunca culpei meus pais. Se a pedra me fez o que sou, se uma magia negra agiu sobre mim, ela também me presenteou com o que me tirou. A pedra sempre falou comigo. Todas as pedras, calcárias, metamórficas, até mesmo as tumulares, sobre as quais eu logo me deitaria para ouvir as histórias dos mortos.

– Esse não foi o combinado – murmurou o *ingeniere*, tamborilando os lábios com um dedo enluvado. – Que pena.

A neve havia aumentado. Zio Alberto deu de ombros, quis fechar a porta na nossa cara. O *ingeniere* a bloqueou com o pé. Ele tirou o envelope de minha mãe do bolso interno do velho casaco de pele e o entregou a meu tio. Ali estavam quase todas as economias dos Vitaliani. Anos de exílio, de suor, de pele queimada pelo sol e pelo sal, de recomeços, anos de mármore sob as unhas, às vezes com um pouco da ternura que me viu nascer. Era por isso que aquelas notas sujas e amarrotadas eram preciosas. Por isso que Zio Alberto voltou a entreabrir a porta.

– Essa quantia era para o pequeno. Quero dizer, Mimo – Carmone se corrigiu, enrubescendo. – Se Mimo concordar em lhe dar isso, ele não será mais aprendiz, mas sócio.

Zio Alberto assentiu lentamente.

– Hmm, sócio.

Ele ainda hesitava. Carmone esperou o máximo que podia, então suspirou e tirou uma bolsa de couro de sua bagagem. Tudo no *ingeniere* celebrava o desgaste, o remendo, a estética do tempo que passa. Mas o couro da bolsa, novo, macio, ainda parecia vibrar sob os movimentos do animal a que havia pertencido. Carmone passou uma luva craquelada sobre ela, abriu-a e de dentro tirou um cachimbo, a contragosto.

– É um cachimbo pelo qual paguei muito caro. Entalhado no cepo de uma urze em que o Herói dos Dois Mundos, o grande Garibaldi em pessoa, teria se sentado durante a nobre e infrutífera tentativa de unir Roma a nosso belo reino.

Eu tinha visto dezenas de cachimbos como aquele, vendidos em Aigues-Mortes para os tolos franceses. Eu não sabia como aquele tinha acabado nas mãos de Carmone, como ele se deixara enganar. Senti um pouco de vergonha por ele e pela Itália em geral. Ele era um homem ingênuo, generoso. Aquele gesto lhe custava e sei que ele o fez com sinceridade, para me ajudar, não porque estivesse ansioso para voltar ou temesse se ver responsável por um garoto de doze anos com proporções incomuns. Alberto aceitou, eles selaram o negócio com um gole de uma aguardente cuja acidez infestou o ar dentro do casebre. Então Carmone se levantou, tomou uma última dose para a estrada, e seu vulto cambaleante logo se afastou sob a neve.

Ele se virou uma última vez, com a mão erguida na fosforescência amarela de um mundo agonizante, e sorriu para mim. Os Abruzos estavam longe, ele já não era tão jovem, a época era difícil. Nunca visitei o lago de Scanno, com medo de descobrir que não havia, e nunca houve, uma torre montada sobre um rolamento de esferas.

Devo muito às mulheres "perdidas", e meu tio Alberto era filho de uma delas. Uma mulher corajosa que dormia com homens no porto de Gênova, sem raiva nem vergonha. Ela era a única pessoa de quem meu tio falava com respeito, um fervor que beirava a veneração. Mas a santa das calçadas morava longe. E como Alberto não sabia ler nem escrever, sua mãe se tornava, a cada dia que passava, cada vez mais mitológica. De minha parte, eu escrevia bastante bem, e meu tio ficou encantado quando percebeu.

Meu tio Alberto não era meu tio. Não tínhamos nenhuma gota de sangue em comum. Nunca consegui esclarecer de todo a questão, mas seu avô aparentemente tinha uma dívida com o meu, um empréstimo não pago cujo peso moral era transmitido de geração em geração. À sua maneira perversa, Alberto estava sendo honesto. Solicitado por minha mãe, ele havia concordado em me receber. Era dono de um pequeno ateliê em um subúrbio de Turim. Como era solteiro e pouco afeito a luxos, serviços esporádicos aqui e ali bastavam para sustentá-lo, ou tinham bastado até eu chegar. Porque a guerra, empreendimento progressista aclamado por muitos exaltados à época, que aliás não gostavam do termo "exaltado" e prefeririam "poeta" ou "filósofo", a guerra, então, havia popularizado materiais menos caros que a pedra, mais leves, fáceis de produzir e trabalhar. O aço era o pior inimigo de Alberto, que o insultava até no sono. Ele odiava o aço mais que os austro-húngaros ou os alemães. Para os *Crucco*, como os alemães eram chamados na região, ainda era possível encontrar circunstâncias atenuantes. A comida, os capacetes com pontas ridículas – eles tinham motivos para sentir tanta raiva. Construir com aço, por outro lado, era uma ideia absurda, e riria melhor quem risse por último depois que tudo desmoronasse. Alberto não tinha entendido que tudo já havia desmoronado. Mas é verdade que o aço não era inocente, pois fabricava grandes canhões.

Alberto parecia velho, mas não era. Aos trinta e cinco anos, morava sozinho em um cômodo anexo ao ateliê. Seu celibato surpreendia, especialmente porque, depois de uma ducha, lavado do pó de mármore e vestido com seu único terno, ele não era de se jogar fora. Ele sempre frequentava o mesmo bordel de Turim, onde tratava as garotas com um respeito lendário. A expressão "dar uma de Alberto" foi popular no início dos anos vinte nos bairros do sul da cidade, entre o edifício Lingotto e San Salvario, e declinou quando Alberto se mudou, levando seus mármores e seu escravo, ou melhor, eu. Sócio, isso ainda me faz rir.

Muitos me perguntaram que papel ele desempenhou depois. Se por "depois" eles se referiam à minha carreira, nenhum. Se, no entanto, eles se referiam à minha última obra, algumas centelhas sem dúvida estão presentes. Não, centelhas não, *fragmentos* – eu não gostaria que alguém pensasse que algum dia ele brilhou. Zio Alberto era um sacana. Não um monstro, apenas um pobre coitado, o que dá na mesma. Penso nele sem ódio, mas sem tristeza.

Por quase um ano, vivi à sombra desse homem. Eu cozinhava, limpava, transportava, entregava. Cem vezes quase fui esmagado por um bonde, atropelado por um cavalo, espancado por um sujeito que zombou de meu tamanho e a quem respondi que pelo menos meu tamanho não era um problema no *piano di sotto*, no andar de baixo, de preferência na frente da namorada dele. O *ingeniere* Carmone teria ficado feliz de encontrar um ambiente tão elétrico em nosso bairro. Cada interação era um choque em potencial, uma transferência de elétrons de consequências imprevisíveis. Estávamos em guerra contra os alemães, os austro-húngaros, os governos, os vizinhos, uma maneira de dizer que estávamos em guerra contra nós mesmos. Um queria a guerra, o outro a paz, a tensão aumentava, e quem queria a paz acabava dando o primeiro soco.

    Zio Alberto me proibia de tocar em suas ferramentas. Ele me surpreendeu uma vez corrigindo uma pequena pia de água benta que a paróquia vizinha de Beata Vergine delle Grazie havia encomendado. Alberto tomava um porre monumental uma ou duas vezes por semana, e o último havia deixado marcas na pedra. A pia era grosseira, ofensiva, um garoto de doze anos poderia fazer melhor, e foi o que fez enquanto o tio dormia para curar a ressaca. Alberto acordou e me pegou em flagrante, com o cinzel na mão. Ele examinou meu trabalho com assombro e então me espancou, me insultando em uma língua que não entendi, um dialeto genovês. Depois, voltou a dormir. Quando abriu os olhos de novo e me viu todo machucado e cheio de roxos, fingiu não saber o que tinha acontecido. Foi direto para a pia de água benta, comentou que estava satisfeito com o próprio trabalho e me disse com magnanimidade que a entregaria pessoalmente.

    Alberto regularmente me ditava uma carta para sua mãe, e me autorizava a escrever uma para a minha ao mesmo tempo – ele generosamente pagava pelo selo. Antonella nem sempre respondia, estava sempre em deslocamento, em busca do emprego que lhe permitiria sobreviver mais uma semana, depois outra. Eu sentia falta de seus olhos violetas. Meu pai, o homem que havia guiado meus primeiros golpes desajeitados, o homem que tinha me ensinado a diferença entre o cinzel, a lima e a talhadeira, se desvanecia.

    O trabalho se tornou mais escasso ao longo de 1917, o humor de Alberto mais sombrio, as bebedeiras mais violentas. Colunas de soldados marchavam ao crepúsculo, os jornais só falavam dela, a guerra, a guerra, mas só a percebíamos como um vago mal-estar, uma impressão de dissociação com nosso ambiente, de nunca estar no lugar certo. Ao longe, uma besta imunda maltratava o horizonte. Enquanto isso, levávamos uma vida quase normal, uma vida acomodada, que conferia um leve sabor de culpa a tudo que comíamos. Pelo menos até 22 de agosto, quando o pão acabou e não tivemos mais nada para comer. Turim explodiu. O nome de Lênin apareceu nos muros da cidade, barricadas foram erguidas, um revolucionário me parou na rua na manhã do dia 24 para me aconselhar cuidado, pois as barricadas estavam *eletrificadas*, o que me mostrou, mais do que todo o resto, que o mundo estava mudando. O homem me chamou de "camarada" e me deu um tapinha nas costas. Vi mulheres enfrentando soldados acanhados nas barricadas, escalando blindados, exibindo peitos desafiadores e furiosos sobre os quais eles não ousavam atirar. Não imediatamente, em todo caso.

 A revolta durou três dias. Ninguém conseguia se entender, exceto pelo fato de estarmos fartos da guerra. O governo acabou acalmando a situação a tiros de metralhadora, cinquenta mortos arrefeceram os ânimos. Eu me escondia no ateliê. Uma noite, a calma mal havia voltado, um pouco de pão também, Zio Alberto voltou para casa com um humor mais alegre que o habitual. Ele fez que me daria uma bofetada, riu ao me ver mergulhar embaixo da mesa, depois me mandou pegar a caneta e ditou uma carta para sua mãe. Ele cheirava ao vinho barato que serviam na esquina.

 Mammina,
 Recebi a remessa que você me mandou. Graças a ela, vou poder comprar o pequeno ateliê de que falei no Natal. Fica na Ligúria, mais perto de você.

Não há mais trabalho em Turim. Lá, eles têm um castelo que está sempre precisando de reparos, e uma igreja que as autoridades valorizam muito, então há trabalho. Vendi minhas coisas aqui, por um preço baixo mas bom, acabei de fechar negócio com o rato do Lorenzo, e logo pego a estrada com esse merdinha do Mimo. Escrevo de novo em Pietra d'Alba, seu filho que a ama.

– E faça uma assinatura bonita, *pezzo di merda* – concluiu Zio Alberto. – Uma que mostre que consegui.

Quando penso nessa época, é estranho: eu não era infeliz. Eu estava sozinho, não tinha nada nem ninguém, as florestas do norte da Europa eram reviradas e semeadas com carnes cravejadas de tiros e bombas que explodiriam anos depois na cara de passantes inocentes, criava-se uma desolação capaz de fazer empalidecer um Mercalli, que só tinha dado doze graus à sua pobre escala. Mas eu não era infeliz, constatava isso todas as noites ao rezar para meu panteão pessoal de ídolos, que mudaria ao longo da vida e que, mais tarde, incluiria até cantores de ópera e jogadores de futebol. Talvez porque eu fosse jovem, meus dias eram bonitos. Só hoje percebo quanto a beleza do dia deve à certeza da noite.

O abade deixa seu gabinete e começa a descer a bem-nomeada Escadaria dos Mortos. Em poucos instantes, ele estará à cabeceira do homem que agoniza na ala adjacente. Os irmãos tinham mandado avisar que a hora estava próxima. Ele colocará o pão da vida sobre seus lábios.

Padre Vincenzo atravessa a igreja sem prestar atenção em seus afrescos, passa pelo Portal do Zodíaco e emerge no terraço que fica no topo do monte Pirchiriano, de onde a abadia domina o Piemonte. À sua frente, surgem as ruínas de uma torre. Reza a lenda que uma jovem camponesa, a bela Alda, teria alçado voo daquela torre para escapar de soldados inimigos, graças à ajuda de São Miguel. *Vanitas vanitatis*, ela quisera repetir o feito diante dos aldeões, para impressioná-los, e se estatelara lá embaixo. Como uma parte da torre que leva seu nome, derrubada no século XIV por um dos numerosos terremotos que regularmente sacodem a região.

Um pouco adiante, alguns degraus mergulham no solo, bloqueados por uma corrente e um cartaz de "Entrada Proibida". O padre passa por cima da corrente com notável agilidade para sua idade. Esse não é o caminho para a ala onde o moribundo o aguarda. Antes de se juntar a ele, o padre quer vê-la, *ela*. Ela, que às vezes lhe tira o sono, porque ele teme uma invasão, ou algo pior. Nunca se sabe o que pode acontecer, como daquela vez, quinze anos atrás, quando Fra Bartolomeo surpreendeu um homem bem na frente da última grade que a protegia. O sujeito, um americano, tentou se passar por um visitante perdido. O abade percebeu a mentira, ele conhecia seu cheiro de longe, era o mesmo dos confessionários. Nenhum turista poderia descer tão profundamente no coração da Sacra di San Michele por acidente. Não, o homem estava ali porque ouvira os rumores.

    O abade estava certo. Cinco anos depois, o mesmo homem havia voltado com uma autorização devidamente assinada por um membro do Vaticano. Eles tiveram que lhe abrir a porta, e a lista dos que a contemplaram aumentou. Leonard B. Williams, esse era o nome do professor da universidade Stanford, na Califórnia. Williams havia dedicado sua vida à cativa da Sacra, tentando desvendar seu mistério. Ele tinha publicado uma monografia sobre ela, alguns artigos, depois mais nada. Seus trabalhos, embora brilhantes, dormiam em prateleiras esquecidas. O Vaticano havia feito a coisa certa ao abrir aquela porta como se não tivesse nada a esconder. Por muitos anos, a calma voltou a reinar. Nos últimos meses, porém, os monges relatavam a visita de turistas que não eram turistas, mas curiosos. Eles podiam ser reconhecidos entre mil. A tensão aumentava.

    Por longos minutos, o abade desce e se orienta sem cometer erros no labirinto de corredores. Ele seria capaz de encontrar o caminho no escuro, tantas vezes o percorreu. Um tilintar metálico o acompanha – o som do molho de chaves em sua mão. Aquelas malditas chaves. Há uma para cada porta da abadia, às vezes duas, como se atrás de cada batente pulsasse um mistério. Como se o mistério que os reúne ali, a eucaristia, não fosse suficiente.

    Ele alcança seu objetivo. Sente o cheiro de terra, de umidade, o perfume de bilhões de átomos de granito esmagados por seu próprio peso, e até um pouco do verde das encostas circundantes. A grade, finalmente. A antiga foi substituída, agora tem uma fechadura de cinco pontos. O controle remoto não funciona de primeira, padre Vincenzo pressiona com força os botões de borracha, *é sempre a mesma* coisa, grande progresso, estamos em 1986 e não conseguem fazer um controle remoto que funcione? Ele se recompõe, Senhor, perdoe minha impaciência.

A luz vermelha enfim se apaga, o alarme está desativado. O último corredor é monitorado por duas câmeras de última geração, menores que caixas de sapato. É impossível entrar sem alertar alguém. E mesmo que um intruso conseguisse, qual o ponto? Ele não sairia com ela. Tinham sido necessários dez homens para descê-la.

Padre Vincenzo estremece. Não é um roubo que se deve temer. Ele ainda se lembra do maluco Laszlo Toth. Ele se sente culpado de novo, *"maluco" é pouco caridoso, digamos "desequilibrado"*. Eles tinham escapado por pouco de uma tragédia. Mas ele não quer pensar em Laszlo naquele momento, no rosto sinistro e no olhar desvairado do húngaro. A tragédia havia sido evitada.

Nós a trancamos para protegê-la. A ironia não escapa ao abade. *Ela está aqui, não se preocupe, e está muito bem, só que ninguém tem permissão para vê-la.* Ninguém exceto ele, o *padre*, e os monges que pedem para vê-la, os raros cardeais que a trancaram ali quarenta anos atrás e ainda estão vivos, provavelmente alguns burocratas também. Cerca de trinta pessoas no mundo todo, no máximo. E é claro, seu criador, que dispunha da própria chave. Ele vinha quando queria, cuidava dela e a lavava regularmente. Porque sim, ela precisa ser lavada.

O abade abre as duas últimas fechaduras. Ele sempre começa pela de cima, um cacoete que talvez oculte um certo nervosismo. Ele gostaria de se livrar dele e promete – como fez na última visita – começar na próxima vez pela de baixo. A porta se abre em silêncio – o serralheiro que exaltou a qualidade das dobradiças não mentiu.

Ele não acende a luz. As lâmpadas fluorescentes originais foram substituídas junto com a grade por uma iluminação mais suave, o que é bom, pois aquelas lâmpadas a agrediam. Mas ele prefere vê-la no escuro. O abade se aproxima, toca-a com a ponta dos dedos, por hábito. Ela é um pouco maior do que ele. No centro de uma sala redonda, um santuário primitivo com abóbadas românicas, ela parece um pouco curvada sobre seu pedestal, mergulhada em um sonho de pedra. A única luz vem do corredor, revela dois rostos, o contorno de um pulso. O abade conhece cada detalhe da estátua que dorme na sombra, pois já a contemplou até gastar os olhos.

Nós a trancamos para protegê-la.

O abade suspeita que aqueles que a colocaram lá tentaram proteger *a si mesmos*.

A cidade de Savona deu à Itália dois papas, Sixto IV e Júlio II. Pietra d'Alba, meros trinta quilômetros ao norte, quase lhe deu um terceiro. Creio ser um pouco responsável por esse fracasso.

Eu teria rido se me dissessem, naquela manhã de 10 de dezembro de 1917, que a história do papado seria influenciada pelo garoto que arrastava os pés atrás de Zio Alberto. Tínhamos viajado por três dias, quase sem parar. O país inteiro acompanhava as notícias do front, depois da surra que os austro-húngaros nos deram em Caporetto. Dizia-se que as posições estavam estabilizadas perto de Veneza. Também se dizia o contrário, que o inimigo estava prestes a desembarcar e nos matar durante o sono ou, pior ainda, nos forçar a comer repolho.

Pietra d'Alba apareceu, esculpida pela luz do nascente em seu pico rochoso. Sua posição, percebi uma hora depois, era uma ilusão. Pietra não estava empoleirada em um pico rochoso, mas situada na borda de um planalto. *Realmente* na borda, o que queria dizer que entre a muralha do vilarejo e a beira da falésia havia uma passagem estreita em que cabiam apenas dois homens lado a lado. Depois, cinquenta metros de vazio, ou melhor, de ar puro, impregnado de essências de resina e tomilho.

Era preciso atravessar todo o vilarejo para descobrir o que o tornava famoso: um planalto imenso que ondulava em direção ao Piemonte, um pedaço da Toscana deslocado pelos caprichos da geologia. A oeste e a leste, a Ligúria vigiava e o advertia para não abusar. Uma região montanhosa, com encostas cobertas por uma floresta de um verde quase tão escuro quanto as feras que ali rondavam. Pietra d'Alba era bonita com sua pedra rosada – em que milhares de auroras tinham se incrustado.

O visitante, mesmo exausto, mesmo de mau humor, imediatamente notava dois edifícios impressionantes. O primeiro, uma fabulosa igreja barroca, devia suas proporções e sua fachada de mármore vermelho e verde, inesperadas naquelas lonjuras, a seu santo padroeiro. San Pietro delle Lacrime tinha sido construída no exato local em que São Pedro, a caminho de evangelizar a terra de grosseirões que se tornaria a França, fizera uma parada. Naquela noite, rezava a lenda, ele havia sonhado com sua tripla negação de Cristo e chorado. Suas lágrimas tinham se infiltrado na rocha, formando uma fonte subterrânea que alimentava um lago um pouco mais adiante. A igreja havia sido construída por volta de 1750, exatamente acima dessa fonte, que aflorava na cripta. A ela eram atribuídas propriedades milagrosas, e as doações abundavam. Nunca tinha havido um milagre, no entanto, exceto talvez a transformação daquele planalto, graças às virtudes da água, em um pedaço da Toscana.

O motorista nos deixou bem na frente da igreja, por insistência de Alberto. Ele tinha insistido em vir de Savona de carro, como um conquistador, não como um caipira de carroça. Aquela era para ser uma operação publicitária antecipada, mas acabou não dando em nada. O vilarejo parecia ter feito uma festa de arromba na véspera, a julgar pela bandeirola que ainda pendia de uma fonte, servindo de cachecol a um leão, e pelos confetes que um vento brincalhão levantava a cada rajada. Alberto pediu ao motorista para buzinar, mas o barulho só alertou algumas pombas. Furioso, ele decidiu terminar o percurso a pé. O ateliê que ele tinha comprado ficava fora do vilarejo.

Foi ao sair de Pietra que vimos o segundo edifício. Ou que ele nos viu, pois tive a impressão de que nos media de alto a baixo apesar da distância, acusando os visitantes de indignidade a menos que eles fossem príncipes, doges, sultões, reis, eventualmente marqueses. Em todas as vezes que voltei a Pietra d'Alba depois de uma longa ausência, a Villa Orsini me causou exatamente o mesmo efeito. Ela deteve meus passos no mesmo lugar, entre a última fonte do vilarejo e o ponto em que a estrada mergulhava no planalto. A Villa se erguia na orla da floresta, a cerca de dois quilômetros das últimas casas. Atrás dela, contrafortes selvagens e escarpados descansavam em uma espuma verde bem contra suas paredes. Uma região de altitude e nascentes cujos caminhos, murmurava-se, mudavam de lugar assim que percorridos. Apenas lenhadores, carvoeiros e caçadores se aventuravam por ali. Era a eles que se devia a história das trilhas que se moviam, uma história destinada a preservar seu orgulho quando eles saíam da floresta como Pequenos Polegares pálidos e desgrenhados, uma semana depois de se perderem.

    Na frente da Villa, laranjeiras, limeiras e limoeiros se estendiam a perder de vista. O ouro dos Orsini, moldado e polido por um vento marítimo que, vindo da costa, soprava sua inimaginável suavidade até aquelas alturas. Era impossível não se deter, impactado pela paisagem colorida, pontilhista, um fogo de artifício com cores de tangerina, melão, damasco, mimosa e flor de enxofre, que nunca se apagava. O contraste com a floresta atrás da casa ilustrava a missão civilizadora da família, inscrita em seu brasão. *Ab tenebris, ad lumina*. Longe das trevas, em direção à luz. A ordem, a certeza de que tudo tinha seu lugar, e que esse lugar estava invariavelmente abaixo dos Orsini. Eles só reconheciam a primazia de Deus, mas não se privavam de administrar seus negócios em sua ausência. Os dois edifícios notáveis de Pietra d'Alba estavam irremediavelmente ligados e assim permaneceriam até o fim, geminados, como dois irmãos que pouco se falavam mas que se estimavam.

Ainda me vejo caminhando entre as fileiras de laranjeiras naquela manhã, e os olhares curiosos que nos acompanhavam. Lembro de descobrir o ateliê, uma antiga fazenda na frente de um celeiro, o amplo espaço gramado entre os dois, com uma nogueira bem no meio. Lembro de pensar que minha mãe ficaria bem ali, quando eu tivesse ganhado dinheiro suficiente para trazê-la. Alberto olhava ao redor, com as mãos nos quadris, os cílios salpicados de geada. Ele balançou a cabeça com ar satisfeito.

– Agora só preciso encontrar a pedra certa.

Em 1983, Franco Maria Ricci insistiu em me dedicar algumas páginas de sua revista *FMR*. Como ele era um pouco doido, aceitei. Foi a única entrevista que dei. Ricci não me perguntou sobre *ela*, ao contrário do que pensei. Mas ela estava presente, implícita no artigo, tão discreta quanto um elefante.

O artigo nunca foi publicado. Pessoas influentes tomaram conhecimento do assunto, a tiragem era baixa, e o estoque da revista foi comprado pela gráfica antes do lançamento. O número 14 da *FMR*, de junho de 1983, foi lançado com uma semana de atraso e algumas páginas a menos. Foi melhor assim, sem dúvida. Franco me enviou um exemplar salvo da destruição. Ele pode ser encontrado dentro de minha maleta, embaixo da janela de minha cela, quando eu não estiver mais aqui. A mesma maleta com que cheguei a Pietra d'Alba setenta anos atrás.

Na entrevista, eu disse o seguinte:

Meu tio Alberto nunca foi um grande escultor. É por isso que por muito tempo fui medíocre. Porque acreditei, por causa dele, que existia a pedra certa, surdo à única voz que me dizia o contrário. A pedra certa não existe. Eu sei disso porque passei anos procurando. Até que entendi que bastava me abaixar e colher a que estivesse a meus pés.

O velho Emiliano, o antigo talhador de pedra, tinha vendido o ateliê a Alberto por uma ninharia. Toda vez que se referia ao assunto, Alberto esfregava as mãos. Ele esfregou as mãos em Turim, esfregou as mãos durante a viagem, esfregou as mãos ao descobrir Pietra d'Alba, o ateliê e o celeiro. Ele só parou de esfregar as mãos em nossa primeira noite no local, quando sentiu alguém se esgueirar em sua cama e encostar dois pés gelados nos seus.

Alberto tinha me permitido ficar no celeiro, sua maneira de dizer que o ateliê e o quarto adjacente lhe pertenciam. O arranjo me convinha: quem, aos treze anos, nunca sonhou em dormir sobre a palha? Corri até ele quando ouvi gritos, pouco depois da meia-noite. Alberto estava prestes a trocar socos com o que pensei ser outro homem.

– O que está fazendo aqui, pequeno salafrário?
– Eu sou Vittorio!
– Quem?
– Vittorio! Alínea três do contrato!

Ainda consigo ouvir sua voz medrosa, oscilando entre dois registros, agudo-grave-agudo. Ele se apresentou exatamente nesses termos, *Vittorio, alínea três do contrato*. Teria sido um crime não aproveitar o oferecimento de um apelido tão sugestivo.

Alínea era três anos mais velho que eu. Naquela região de homens robustos e próximos da terra, que sempre precisava ser cuidada, ele se destacava pela estatura. Era a única coisa que herdara do pai, um agrônomo sueco que ninguém jamais soube o que viera fazer na região. Ele tinha engravidado uma garota do vilarejo e não se demorara quando ela lhe dera a notícia.

Levamos alguns minutos para entender que Vittorio era o empregado do velho Emiliano e que sempre dormia ao lado do velho mestre. Um ditado afirmava que no inverno, naquela região, um homem obrigado a escolher entre um saco de ouro e uma boa fogueira nem sempre preferia o ouro. O calor era raro, nas casas e nos corações. Para Alberto, dois homens dormindo juntos era uma coisa impensável, algo, aliás, de que ele nunca tinha ouvido falar. Alínea deu de ombros e prometeu dormir no celeiro, o que contrariou mais ainda meu tio – ele estava começando a se arrepender de não ter lido direito o documento enviado pelo tabelião. Lembrei-lhe, discretamente, que ele não sabia ler, o que não o ofendeu. O tabelião devia tê-lo alertado. Agora que ele pensava nisso, o dr. Dordini talvez o tivesse feito, na noite em que eles beberam todas com o pessoal da guilda de carpinteiros. Uma troca de correspondências posterior confirmou que Alínea fazia parte dos bens, cedidos por uma ninharia com a condição expressa de que o jovem fosse empregado por dez anos depois da assinatura do contrato – alínea 3.

Em toda a minha vida, raras vezes conheci alguém tão inepto quanto Alínea para o trabalho da pedra. Mas ele nos foi de uma ajuda preciosa. Ele trabalhava duro, ganhava uma miséria, se contentava essencialmente com casa e comida. Alberto quase sentiu ternura por ele ao constatar, depois de um tempo, que dispunha de um segundo escravo: uma versão minha mais bem construída, menos insolente e, acima de tudo, sem talento.

No dia seguinte, uma grande comitiva apareceu, uma confusão de carroças e cavalos fumegantes no crepúsculo violeta. Eram os equipamentos de Alberto, vindos de Turim. Os condutores beberam algo com meu tio e logo foram embora.

Estávamos prontos para nossos primeiros clientes. Naquele vilarejo, só havia dois: a Igreja e os Orsini. Alberto decidiu se apresentar a ambos, hesitou sobre a ordem protocolar de quem visitar primeiro, havia bons argumentos para cada um. Os Orsini venceram. A Igreja falava um pouco demais de pobreza para o gosto de Alberto, que não parava de repetir que tinha contas a pagar, embora fosse mentira. Sua mãe havia comprado o ateliê à vista, e ele não nos remunerava. Pouco depois do ângelus, então, Alberto, Alínea e eu nos apresentamos na porta dos fundos da Villa. Uma criada abriu, examinou a equipe heterogênea que formávamos e nos questionou sobre o assunto que nos trazia ali.

– Sou mestre Alberto Susso, de Turim – declarou meu tio com muitas mesuras. – Vocês sem dúvida já ouviram falar de mim. Comprei o ateliê do velho Emiliano e gostaria de apresentar meus respeitos aos excelentíssimos marquês e marquesa Orsini.

– Espere aqui.

O mordomo sucedeu à criada, depois ficou decidido que não estávamos sob a alçada do mordomo, mas do secretário do marquês, que logo apareceu à porta dos fundos. Atrás do muro que cercava a propriedade, podia-se distinguir um jardim de um verde vibrante e o brilho escuro de um espelho d'água que fumegava no ar da manhã.

– O marquês e a marquesa não recebem artesãos – explicou o secretário. – Fale com o mordomo.

Sua condescendência se derramava sobre nós, caía como chuva a nosso redor, a mesma que alimentava, mundo afora, os revolucionários em germe. O reino dos céus era menos bem protegido que a Villa Orsini. Eu pouco ligava para o secretário, fascinado que estava com o jardim, onde avistei várias estátuas. Criados estavam retirando uma faixa estendida entre duas delas, semelhante à que vi na fonte do vilarejo quando chegamos.

– Houve algum aniversário?

O secretário me mediu de alto a baixo, com a sobrancelha perfeitamente arqueada.

– Não, celebramos a partida do jovem marquês para o front. Ele está se juntando a um regimento na França, para grande glória de sua família e do reino da Itália.

Inesperadamente, comecei a chorar. O secretário e Alberto ficaram estarrecidos, rivalizando em constrangimento e incompreensão, os dois teriam se sentido mais à vontade sob o bombardeio austro-húngaro em Caporetto. Até mesmo Alínea, que começava a pender para o lado dos homens e a deixar para trás as terras da infância, deu alguns passos para o lado para examinar com súbito interesse a coluna do portão. A criada que nos havia recebido esqueceu por um momento o protocolo. Ela empurrou o rígido secretário e se ajoelhou à minha frente.

– Mas o que foi que aconteceu, meu pequenino?

Não me ofendi, senti que o "pequenino" se dirigia à minha idade, não a meu tamanho. Eu não tinha a menor ideia de por que estava chorando por alguém que eu não conhecia. O que eu sabia, aos treze anos, das tristezas que guardamos? Só consegui gaguejar:

– Eu queria que ele voltasse.

– Pronto, pronto – murmurou a criada.

Ela apoiou minha cabeça entre seus seios, que eram generosos, e tenho vergonha de dizer que me senti melhor.

Uma semana depois, todo o vilarejo entrava com grande pompa na igreja de San Pietro delle Lacrime. Alberto havia insistido em estar presente – *é bom para os negócios, é preciso se mostrar* –, mas ficamos na última fila. A igreja estava completamente lotada. As pessoas tinham vindo de Savona e Gênova. Na primeira fila, os Orsini. Logo atrás deles, os Magníficos, as grandes famílias da região: os Giustiniani, os Spinola, os Grimaldi.

O jovem marquês, o herói de Pietra d'Alba, também estava presente, no centro do transepto, aureolado de uma glória à qual não dava a menor importância. Celebrávamos seu funeral. Enquanto eu chorava no colo de uma criada da casa, ele estava morto havia dois dias, em 12 de dezembro de 1917. Não no front, depois de conquistar de forma vitoriosa uma posição inimiga à frente de sua companhia e ao custo de sua própria vida. Não, ele havia morrido como a maioria dos homens, estupidamente, no que se tornou (quando o exército aceitou reconhecer o fato, décadas mais tarde) o maior desastre ferroviário ocorrido na França.

No dia 12 de dezembro, impaciente para se apresentar ao estado-maior e receber um posto, ele havia embarcado com um grupo de licenciados no trem de Bassano com destino a Modane, depois no ML3874 com destino a Chambéry. Na descida de Saint-Michel-de-Maurienne, a locomotiva não conseguiu conter o peso do comboio de 350 metros, mais de quinhentas toneladas de aço e garotos felizes de voltar para casa no Natal. A alegria pesava, o freio automático foi desativado, *usaremos o freio manual*, mas não, ele não funcionou. Os vagões descarrilaram, engavetaram, se empilharam, vigas de metal do tamanho de um braço retorcidas como malha de arame, até que tudo pegou fogo. O jovem marquês, ejetado pelo impacto, foi uma das raras vítimas encontradas intactas. A maioria dos outros, mais de quatrocentos, tiveram sua carne misturada ao aço.

Os *se* abundavam desde então, incapazes de desfazer a trama cerrada do destino. E se o jovem marquês não tivesse ido para a guerra? Entre os Magníficos, era fácil evitar o serviço militar. E se ele não tivesse pegado aquele trem, para chegar mais cedo ao front? Mas Virgilio Orsini tinha pegado o trem. Ele tinha se voluntariado. Então as pessoas choravam, era o que lhes restava. Pelo menos os moradores do vilarejo choravam, os Orsini mantinham a dignidade, com o canto dos lábios caído, como era devido, mas com o queixo erguido e o olhar distante, voltado para o futuro da dinastia.

O grande órgão ecoou para acompanhar o caixão, carregado por homens de uniforme em direção à luz, e a comunidade se dispersou. Minha pequena estatura, a multidão e minha posição no fundo da igreja fizeram com que eu não visse nenhum Orsini naquele dia, apenas o contorno de vultos negros e distantes. Enquanto a assembleia se dispersava, acreditando-me sozinho fiquei para trás para examinar uma estátua. Algo me atraía em sua direção.

– Gostou?

Levei um susto. Dom Anselmo, recém-nomeado pároco de San Pietro, olhava para mim com seus olhos penetrantes. Aos quarenta anos, já sem cabelos, a mistura de fervor e doçura de sua figura, que mais tarde vi em muitos padres, perturbava.

– É uma *pietà*. Você sabe o que isso significa?

– Não...

– Uma representação da *mater dolorosa*. Uma mãe chorando por seu filho aos pés da cruz. É de um mestre anônimo do século XVII. Então, gostou?

Estudei de perto o rosto da mãe. Eu já tinha visto mães tristes, e não apenas a minha.

– Vá em frente. Fale, meu filho.

– Ela não parece triste. É falso.

– Falso?

– Sim. E o braço de Jesus, ali, está comprido demais. E o manto não pode ser tão comprido, senão a Virgem tropeçaria nele ao andar. Não é *real*.

– Ah, você é o pequeno francês que trabalha com o talhador de pedra.

– Não, padre.
– Você não é aprendiz?
– Sim, mas sou italiano, não francês.
– Qual o seu nome, meu rapaz?
– Mimo, padre.
– Mimo não é um nome.
– Michelangelo, mas prefiro Mimo.
– Bem, Michelangelo, você parece ser um garoto inteligente. No entanto, tenho a impressão de estar diante de um bom exemplo do pecado do orgulho. É até uma blasfêmia sugerir que a Virgem poderia tropeçar em seu manto. Nosso Deus não a sujeitou a esse tipo de contingências. Ela é graça, não desgraça. O que acha de se confessar?

Aceitei de bom grado – ele pareceu surpreso. Minha mãe se confessava com frequência, eu sempre pedia para fazer o mesmo, mas segundo ela eu era puro demais. Para não o decepcionar, atribuí a mim mesmo alguns dos pecados de Alberto, que deixaram dom Anselmo horrorizado mas lhe proporcionaram o prazer de interceder em meu favor junto ao Altíssimo. Enquanto ele me dava a absolvição, eu pensava distraidamente nos Orsini, me perguntando como eles seriam. Se seus rostos seriam nobres ou, pelo contrário, feios. Eles me fascinavam, como se eu já percebesse o caos por trás da ordem aparente, o novo mundo que rugia logo abaixo da superfície, prestes a derrubar o antigo.

Terminada a confissão, Anselmo me fez sair por uma porta do corredor que levava à sacristia, que se abria para um claustro barroco. No centro, um jardim cercado por uma mureta de pedra continha com grande dificuldade palmeiras, ciprestes, bananeiras e buganvílias. O campanário que velava por aquele pequeno éden o protegia do vento no inverno e do sol no verão.

– Padre?
– Hmm?

– O que são contingências?
– Circunstâncias fortuitas e imprevisíveis que podem ocorrer no dia a dia.
Fingi ter entendido. Atrás do jardim, contígua ao muro externo do claustro, uma fonte em forma de concha murmurava. Três querubins, cada um montado em um golfinho, com uma ânfora embaixo do braço, enchiam o reservatório havia trezentos anos. Um quarto golfinho havia perdido seu querubim. Anselmo mergulhou os dedos na água e traçou o sinal da cruz em sua testa.
– É o local onde São Pedro chorou – ele me explicou.
– São realmente lágrimas de verdade?
O padre sorriu.
– Não sei. O que sei, no entanto, é que esta é a única fonte do planalto. Sem ela, Pietra d'Alba não existiria, nem suas árvores frutíferas. Portanto, é uma espécie de milagre.
– Ela faz outros milagres?
– Nunca se soube de mais nenhum. Tente.
Coloquei a mão na água – tive que ficar na ponta dos pés. Fiz um pedido banal, normal, em que eu não acreditava muito, mas nunca se sabe: *quero crescer*. Nada aconteceu. E isso foi especialmente injusto, porque naquele exato momento, um austríaco (um inimigo, portanto) chamado Adam Rainer estava prestes a passar pela transformação que eu invocava. O único homem na história conhecido por ter sido pequeno e depois gigante. Não sei em que fonte ele mergulhou os dedos.
Anselmo apontou para o golfinho solitário, o que tinha perdido seu cavaleiro. Na verdade, ele me explicou, a fonte nunca tinha sido concluída; o escultor havia morrido aos trinta anos.
– Acha que o seu mestre poderia fazer um quarto querubim? Acabamos de receber uma generosa doação que nos permite encomendar alguns trabalhos.

Prometi perguntar e me despedi. A noite estava caindo. Parei na descida do planalto, à saída do vilarejo, para olhar para a Villa Orsini. Pensei distinguir um movimento em uma janela, mas eu estava longe demais para ver alguma coisa. Deviam estar servindo o jantar naquele pé-direito alto, tudo devia ser de ouro, de prata, mas será que teriam fome depois de enterrar um filho? Talvez estivessem apenas chorando, sem tocar na comida, lágrimas de ouro e prata.

Zio Alberto já estava cabeceando quando cheguei, com uma garrafa vazia à sua frente. *Muitas emoções para um só dia*, ele explicou, *morrer aos vinte e dois anos, isso não se faz.* Anunciei com orgulho a oferta de dom Anselmo, um erro que nunca mais repeti. Ele ficou furioso, me deu uma bofetada, e só não fui espancado como em Turim por causa de um olhar de desaprovação de Alínea, que comia a um canto do ateliê. Zio Alberto, fora de si, me acusou de fazer negócios às suas costas, *você acha que não sou capaz de ganhar dinheiro? Já que você é tão talentoso, faça você mesmo esse maldito querubim.*

E ele foi dormir. Segurando as lágrimas, peguei um martelo, posicionei o cinzel em um bloco de mármore que parecia do tamanho certo, e dei o primeiro golpe de uma longa série.

Alberto partiu em uma viagem de vários dias pelas aldeias vizinhas, de onde voltou com alguns contratos. Ele entrou no ateliê e estudou o querubim que eu estava terminando. Ele parecia cansado, mas sóbrio, o que significava apenas que não tinha encontrado nada para beber.

— Foi você que fez isso?
— Sim, Zio.

Eu gostaria de rever esse querubim. Eu provavelmente riria de meus erros de juventude. Ainda assim, acho que estava aceitável. Alberto balançou a cabeça, estendeu a mão.

— Me dê o cinzel.
Ele rodeou o querubim, com a ferramenta na mão, se preparou para corrigir um detalhe, desistiu, outro detalhe, desistiu, olhou para mim de novo e repetiu:
— Foi você que fez isso?
— Sim, Zio.
Sem tirar os olhos de mim, ele buscou uma garrafa, tirou a rolha com os dentes e bebeu um longo gole.
— Onde aprendeu a esculpir assim?
— Com meu pai.
Eu era precoce aos treze anos, mas o termo ainda não existia. O mundo de então era mais simples. Você era rico ou pobre, estava morto ou vivo. A época não era de nuances. Meu pai havia feito a mesma cara que Zio Alberto no dia em que, aos sete anos, eu disse "não, aí não" quando ele pousou o cinzel em uma peça que esculpia.
— Você sabe se virar, com certeza, mas gente assim eu podia encontrar em qualquer esquina de Turim. Então não fique se achando. E essa oficina está uma bagunça. Nem pense em dormir antes de limpar tudo.
Então girou minha obra e aplicou nela seu monograma. A primeira obra de Mimo Vitaliani, *Anjo segurando uma ânfora*, foi assinada por Alberto Susso.

Deitei em minha cama de palha cheio de mau humor. Alínea se juntou a mim um pouco mais tarde, tropeçando na escada que levava ao sótão. Ele praguejou, arquejou, se aproximou de meu canto, de quatro. Ele tinha bebido alguns copos do vinho de Zio Alberto.
— O patrão não gostou muito dessa história de querubim. Ele não para de dizer que você se acha grande coisa.
— Não posso fazer nada, pequena coisa já sou.
— Hein?

— Nada. Boa noite.
— Ei, Mimo.
— Hmm?
— Vamos ao cemitério?

Poucas palavras prometem tanta aventura quanto "cemitério", pelo menos quando se tem treze anos. Endireitei o tronco.

— Ao cemitério?
— Sim. Cada um tem que dar uma volta completa lá dentro, sozinho. Quem amarelar vai ter que beijar a filha do Giordano.

Giordano era o dono da taberna. Sua filha era uma voluptuosa beldade de quatorze anos, curiosa de tudo. Beijá-la não seria uma punição, muito pelo contrário, mas Giordano nunca estava longe da filha, e uma espingarda carregada nunca estava longe de Giordano.

Era preciso voltar a Pietra d'Alba para ir ao cemitério e, logo antes da subida até o vilarejo, virar à direita, onde um caminho cortava a estrada principal. Depois de um breve trecho de floresta, chegava-se ao terraço sombreado onde ficava o cemitério, cujo tamanho surpreendia para um vilarejo de quinhentas almas. Mas a região era rica em grandes famílias que achavam o lugar encantador, longe das sujeiras da costa, e o tinham elegido como morada de descanso eterno. Esplêndidos mausoléus se misturavam a sepulturas mais humildes e celebravam a onipotência de seus habitantes, que, no entanto, haviam perdido o que tinham de mais precioso. Ninguém se incomodava com a contradição. Os mortos não podem reclamar.

A passagem pela floresta colocou meus nervos à prova. Havia chovido o dia todo, o solo ainda exalava um pouco de vapor. A estrada parecia uma trincheira, entre dois barrancos que quase derrubavam seus muros arqueados. Alínea me perguntava o tempo todo se eu estava com medo, uma bravata para esconder que ele mesmo estava nervoso. Eu também estava. Eu tinha acompanhado meu pai em muitos cemitérios, tinha inclusive acompanhado meu pai *ao* cemitério – um caixão vazio, no qual colocamos alguns objetos de que ele gostava. Mas agora meu pai não estava mais aqui para segurar minha mão.

Um vulto se destacou de um arbusto quando chegamos perto da entrada. Quase desmaiei.

– Não se preocupe, é Emmanuele.

A semelhança entre os dois foi a primeira coisa que chamou minha atenção, antes mesmo do uniforme de Emmanuele. O agrônomo sueco tinha feito bem em dar no pé, pois havia deixado para trás não um, mas dois filhos. Emmanuele nasceu logo depois do irmão gêmeo, quando sua mãe começava a recuperar as forças depois de amaldiçoar Deus, os homens e a Suécia. Todo azul, estrangulado pelo cordão umbilical, ele devia sua vida ao sopro da parteira, ao sopro de uma velha, quase sem forças, que havia reiniciado a minúscula máquina. A mãe os batizou de Vittorio e Emmanuele em homenagem ao rei da Itália e até escreveu a Roma para informá-lo. Ela recebeu uma resposta de um obscuro secretário lhe garantindo a gratidão do monarca, mandou emoldurá-la e a exibiu por quase quarenta anos em sua pequena mercearia.

Emmanuele guardou estigmas profundos daquele nascimento tumultuado. Seus movimentos eram entrecortados, às vezes incontroláveis. Ele falava com dificuldade – apenas o irmão e a mãe o entendiam. Para surpresa de todos, ele aprendeu a ler sem ajuda, embora penasse para amarrar os sapatos. Suas duas paixões: romances de aventura e uniformes.

Nunca vi Emmanuele sem uniforme. Nada sectário, ele misturava elementos civis, militares (inclusive de facções rivais) e religiosos (inclusive de facções rivais), sem falar das épocas. O caso do agrônomo sueco e da carta do rei haviam transformado um romance triste em uma epopeia, e todo mundo, ou quase, conhecia Emmanuele, de Savona, ao sul, até a fronteira do Piemonte, ao norte. Ele ganhava uniformes com regularidade, raramente completos, mas em grande quantidade, conforme os velhos morriam e os sótãos eram esvaziados. A guerra tinha sido uma bênção para ele, que se regozijava tanto quanto os grandes industriais.

Naquela noite, ele usava duas dragonas do Segundo Império, um chapéu de *bersagliere* de couro e feltro ornado com uma insígnia dourada e penas de galo, um casaco de carteiro fechado por um largo cinto de *askari*, calças e botas de carabineiro. Ele apertou minha mão vigorosamente e começou uma ladainha incompreensível, à qual seu irmão respondeu *claro que não, não diga besteira*.

O portão do cemitério ficava sempre aberto. Ninguém entrava lá à noite, e ninguém saía. Alínea foi o primeiro. Ele desapareceu entre os túmulos. Os grandes ciprestes que velavam pelos mortos bloqueavam parcialmente a luz da lua. As certezas e linhas claras do dia davam lugar a contornos difusos, um mundo de fuligem e sombras onde tudo se movia. Cinco minutos depois, Alínea voltou, com as mãos nos bolsos, assobiando. Mas suas bochechas vermelhas indicavam que ele tinha corrido como um desvairado. Emmanuele foi o próximo, voltou com a mesma calma, só que não tinha corrido. Então foi a minha vez. Hesitei.

– Pode ir – disse Alínea. – Não há nada a temer. Ouvi algo ranger, como uma tumba se abrindo, mas fora isso, nada. Então, vai se apequenar?

Minha estatura me impedia de me apequenar. Eu sempre precisava fazer o dobro dos outros. Entrei no cemitério. Estava mais frio lá dentro, ou foi o que me pareceu. Pensei ter ouvido um barulho, fiquei paralisado. O cheiro dos ciprestes lembrava o do ateliê de nosso vizinho na Saboia, um luthier. Isso me reconfortou um pouco. Continuei a

caminhada, com os olhos fixos no chão. Os sons, cada vez mais claros, ecoavam pelo ar gélido: estalos, suspiros, arranhões. O agradável odor verde dos ciprestes se dissipou, corroído pelo perfume negro e leproso de coisas mortas.
 Precisei parar para respirar. À minha frente, um pedaço de lua recortava o rosto de um anjo segurando uma trombeta, sentado no frontispício de um mausoléu. A porta estava aberta, o que deveria ter me feito correr. Uma força invisível me impedia de sair do lugar. A lua rangeu atrás dos ciprestes em sua velha engrenagem, movendo-se e iluminando o interior do jazigo e o brilho negro de uma laje de granito. Então eu a vi.
 A figura se levantou lentamente, separando-se da laje, e deu passos hesitantes em minha direção. Cabeça baixa, o rosto escondido por um véu negro. Ela o levantou ao chegar à porta do mausoléu, me encarou com seus olhos espectrais no fundo de órbitas imensas. Ela não era maior do que eu. Sua pele era muito pálida, mas seus lábios eram cheios, rosados com a vida e o sangue dos vivos com que ela devia se alimentar todas as noites ao sair do abraço frio de seu túmulo.
 Homens muito mais corajosos que eu teriam desmaiado. Então foi o que fiz.

Quando acordei, estava sozinho. A porta do mausoléu estava fechada. Um vento forte curvava os ciprestes. Eles sussurravam na escuridão, uma linguagem maligna e secreta que não me dei tempo de ouvir. Gritei ao sentir uma mão úmida tocar minha testa, mas era apenas uma folha de castanheira molhada. Quando consegui me levantar, saí em disparada. Emmanuele e Alínea tinham desaparecido.
Corri até minha cama, onde me enfiei todo vestido, tremendo, embaixo das cobertas. Meu companheiro de sótão não demorou a aparecer, com palha nos cabelos e olhos sonolentos.
– Onde você estava? Ficamos esperando.
– Vocês a viram?
– Quem?
– Ela! A morta!
– Você viu uma morta?
– Ela saiu de uma tumba, toda de preto. Juro!
Alínea me olhou, com o cenho franzido, e começou a rir.
– Você, meu velho, está querendo beijar a filha do Giordano.
Ventou a noite toda. Só consegui pegar no sono ao amanhecer, quando o retorno da luz do dia apaziguou meus temores. Um chute me acordou duas ou três horas depois.
– O que está fazendo ainda roncando? Eu pago você para quê? Vamos, temos trabalho.
Zio Alberto desceu a escada com pressa. Desci atrás dele, mergulhei o rosto na pia alimentada por uma ressurgência

da fonte milagrosa. O vento, no interior da Ligúria, assim como a água e o fogo, era fonte de vida ou destruição. Naquela noite, ele destruiu uma estátua da Villa Orsini, que caiu sobre uma parte do telhado que a abrigava. Não houve outros danos além de uma infiltração nas mansardas, pois havia chovido entre dois vendavais. Um carpinteiro viria mais tarde. Os Orsini sendo os Orsini, era mais urgente restaurar a simetria da fachada e reconstruir a estátua. Um empregado da Villa foi falar com meu tio de manhã cedo.

Meu tio... Nunca consegui chamar de outra forma aquele velho sacana.

Os trabalhadores já estavam labutando nos campos de laranjeiras. A milhares de quilômetros dali, em um país que nunca cogitei visitar, do outro lado do Atlântico, homens enriqueciam com um óleo negro cuspido pela terra, uma nafta viscosa que ganharia guerras depois de provocá-las. Em Pietra d'Alba, a fortuna vinha de cores que mudavam com o sol, de amargo delicioso ou adocicado sabor no frio das manhãs. Sinto falta do mundo das laranjas. Ninguém jamais lutou por uma laranja.

Fomos admitidos no grande portão e finalmente conheci a Villa Orsini. Eu nunca tinha visto um gramado, muito menos a arte topiária da jardinagem. Dois terraços sucessivos precediam a residência e suavizavam a inclinação do terreno, atravessado no meio por uma escadaria de pedra. O primeiro terraço, coberto por um tapete de grama, era decorado com loureiros redondos como seixos e teixos curtos e cônicos, peças de um gigantesco jogo de tabuleiro cujas regras eu desconhecia. O segundo terraço, mais próximo da Villa, tinha um labirinto de arbustos à direita e um longo espelho d'água azul-escuro à esquerda. O mordomo nos aguardava nos degraus da entrada principal. Em um medalhão acima da porta, o brasão dos Orsini, em pedra bruta com um resquício de policromia. *D'oro, al orso di verde sormontato dalle due arancie dallo stesso.*

De ouro, com o urso verde encimado por duas laranjas igualmente verdes. Ali começava a lenda da família à qual devo minhas maiores dores e minhas maiores alegrias, à qual devo, em suma, minha vida que se esvai.

Ninguém sabia de onde eles vinham. Não havia vestígios dos Orsini na história das grandes famílias de Gênova. Mas eles estavam ali, indiscutivelmente. A Villa Orsini havia sido erigida em Pietra d'Alba no final do século XVIII, e seu esplendor rapidamente fizera esquecer sua ausência anterior. Quem perguntava aos habitantes do vilarejo ouvia em resposta que ela sempre existira.

Por tédio, por inveja ou por gosto pela fabulação, mil lendas tinham sido inventadas sobre os Orsini. Eles eram originários da Sicília, membros da Onorata Società em busca de legitimidade. Mas a honrada sociedade em questão, que mais tarde seria chamada de Máfia, que mais tarde ainda seria referida pelos iniciados como Cosa Nostra, não existia quando a Villa Orsini havia sido construída. Então eles descendiam dos Beati Paoli, uma seita medieval siciliana quase lendária que tirava dos ricos para dar aos pobres. De tanto frequentar os ricos, mesmo que para saqueá-los, eles tinham se deixado seduzir pelas sereias do conforto. Ridículo, argumentavam outros, não era porque cultivavam frutas cítricas que eles eram sicilianos. Havia, aliás, um urso no seu brasão, e o próprio nome Orsini continha a palavra *orso*, urso. Então, a verdade verdadeira – a versão mais popular no vale – era a seguinte: os Orsini descendiam de uma família de *orsanti*, criadores de ursos e saltimbancos originários dos Abruzos, que vendiam seus animais treinados para o mundo inteiro, dos exibidores de ursos de Ariège até os *showmen* americanos. Protestos irrompiam quando alguém mencionava essa história no bar do vilarejo: onde já se viu alguém enriquecer com ursos? É verdade, concordava o narrador da noite, e aliás não foi assim que eles ficaram ricos. Eles estavam viajando para vender seus ursos quando, certa noite, acampados perto de Pietra d'Alba, encontraram um tesouro enterrado, dos Templários. Ou dos Albigenses. Ou de um importante dignitário a caminho das cruzadas, que julgara mais prudente enterrar sua fortuna antes de partir para enfrentar os infiéis. Um tesouro, enfim, que lhes permitira, em pouco mais de um século, passar a significar sinônimo de riqueza e elegância.

Era sobre todas essas histórias e lendas que eu caminhava, uma hora depois, com passos cautelosos. O mordomo nos conduzira, pelo longo corredor um pouco úmido destinado aos criados, até a claraboia que dava para o telhado. O secretário do marquês insistiu em subir conosco. A Villa era na verdade composta por duas camadas: a que os olhos viam, com suas paredes pintadas de verde anis, cheias de janelas com frontões, mistura de classicismo e palladianismo. E outra camada interna, apenas um pouco menor. O espaço entre as duas, com apenas sessenta centímetros de largura, era um verdadeiro labirinto que levava às salas de recepção, aos quartos, ao ambiente convivial da família. Os criados eram convidados a usar esses corredores o mais frequentemente possível, para não ofender a vista de um Orsini.

O telhado brilhava, envernizado pelas chuvas da noite. Um terço da estátua derrubada desaparecia dentro do buraco nas telhas. Mesmo a três, Alberto, Alínea e eu, demoramos para reerguê-la. Um braço se quebrara na queda. Era uma mulher envolta em uma toga, com a mão direita elegantemente apoiada no ombro esquerdo. Alínea e eu tivemos um breve debate, ela estava fechando o vestido, ou se preparava para tirá-lo? De todo modo, ela era pesada, o que uma mulher não gosta de ouvir, e baixei educadamente a voz para observar que ela pesava mais que um burro morto.

– Vamos ter que usar uma estrutura de ferro para que ela aguente melhor – explicou Zio Alberto. – O braço podemos consertar, de longe não se verá nada.

Passamos a manhã subindo e descendo do telhado para pegar nossos *ferri* e içar sacos de argamassa e cal. Mais exatamente, Alínea e eu carregávamos. Zio dava ordens, sentado em uma calha, com uma garrafa na mão, pois o ar livre dava sede. O trabalho teve a virtude de me fazer esquecer o encontro espectral da noite anterior. Depois de duas horas sob o sol, quase me convenci de que tinha imaginado tudo. Ao meio-dia, tínhamos recolocado a estátua em seu pedestal e reforçado o rejunte entre os dois. Eu ia e vinha de um lado para o outro do telhado, conforme necessário. Eu tinha apenas treze anos, mas Zio me fazia trabalhar como qualquer adulto. Ele acompanhava meu cansaço com um olhar sombrio, o lábio trêmulo, como se estivesse prestes a dizer algo e se contivesse. Ele fez isso a vida toda – eu nunca soube o que queria me dizer.

Nosso trabalho era perigoso. Se a guerra não tivesse matado meu pai, a liga de estanho que usávamos para polir o mármore, antes do ácido oxálico, teria feito o serviço. Estanho uma ova, era chumbo em pó. Eu não ficaria surpreso se examinarem meus pulmões depois de minha morte e encontrarem uma das manchas que selaram o destino de tantos talhadores. Em meus anos mundanos, tive algumas conversas com um alpinista de gênio, Riccardo Cassin. Nos tornamos amigos, porque ambos lutávamos diariamente com a rocha, ou talvez porque ele também fosse órfão de pai. E como ele era modesto, colocou na cabeça que me convenceria de que meu trabalho era mais perigoso que o dele. Corríamos os mesmos riscos, ele dizia. Até você pode cair.

A tarde estava bem avançada quando o acidente ocorreu. Eu tinha acabado de preparar dez quilos da cola destinada a fixar a estátua. Uma leve náusea revolvia meu

estômago. Eu tinha percorrido vários quilômetros sobre aquele telhado, em pleno sol, sem comer nada, sem beber nada além de um gole do vinho que Zio generosamente nos concedera. Fiz uma pausa para ver passar, ao longe, a silhueta do carteiro de bicicleta. Alguém corria atrás dele, a certa distância, e parava toda vez que o carteiro se virava e levantava o punho. O estranho espetáculo me hipnotizou por um bom minuto. Pelos brilhos dourados que o sol arrancava da pessoa que corria, pensei entender que se tratava de Emmanuele.
– Ei, Alínea!
– Sim?
– Olhe. Não é seu...
Minhas pernas cederam, assim, sem mais nem menos. Caí de cabeça, me agarrei no balde por reflexo, *não posso soltá-lo de jeito nenhum, senão Zio me dá uma surra, com toda essa argamassa perdida.* O balde me arrastou e me fez ganhar velocidade. Ouvi gritos confusos, cada vez mais distantes, cada vez menos importantes. Deslizei por toda a extensão do telhado, alcei voo no ressalto de uma telha, passei por uma calha de zinco. Meus dedos se agarraram a ela por uma fração de segundo, mas não adiantou nada, eu estava com sono. Soltei a calha e despenquei, de braços abertos, em dez metros de vazio.

A perda de consciência durou apenas um segundo. Bati na fachada com toda força, completamente desperto depois de descrever um arco perfeito. A corda havia aguentado. Ao contrário de Zio e Alínea, que não consideravam essa precaução uma coisa viril, eu sempre me preparava quando trabalhava em altura. Uma cautela que eu devia a meu pai e que poderia ser resumida em um ditado: *Quando se constrói uma catedral, chovem escultores.*

O rosto assustado de Alínea apareceu sobre a calha, exatamente acima de mim. Zio se juntou a ele alguns instantes depois, mais curioso do que preocupado. Alínea caiu na gargalhada ao me ver pendurado na corda.
– Você me deu um baita susto!
– Me puxem para cima, caramba!
– Impossível. Entre pela janela, à direita. Vou balançar você.
Alínea moveu a corda. Consegui agarrar a borda da janela – que estava aberta. Meu colega fez um sinal de positivo antes de desaparecer. A corda afrouxou e eu caí dentro de um quarto em tons verdes brilhantes onde pairava um vago perfume de sono e flor de laranjeira. Para me levantar, me agarrei por reflexo a uma mesa onde havia uma tigela de laranjas, que caiu em cima de mim. Por milagre, consegui segurar a tigela e fui atrás das frutas espalhadas, que tinham rolado para baixo dos móveis. Tremendo, finalmente me sentei na beira da cama. Cada movimento era uma profanação, minha simples presença um sacrilégio. Em toda minha vida, eu nunca tinha tocado em um colchão tão macio, nem visto um dossel. As cobertas não estavam desfeitas, apenas amassadas, como se alguém tivesse deitado sobre elas. Eu não podia ficar ali.
Sobre a mesa de cabeceira, um cartão pousado de lado, entreaberto. Começava com as palavras *Feliz Aniversário...* em caligrafia spenceriana. O mordomo tinha sido claro: não devíamos, sob qualquer pretexto, entrar na casa. Ele não havia dito nada sobre o castigo reservado a quem lesse a correspondência dos moradores, mas o imaginei desagradável. Peguei o cartão mesmo assim, fascinado pela beleza da letra, li e reli algumas linhas de felicitações, "esperamos que goste de seu presente". Cheirei-o – o papel tinha um leve perfume, uma fragrância exótica, feminina, misturada com a das laranjas. Então era isso, a nobreza. Pessoas que

se enviavam cartões escritos à tinta, em uma letra inclinada, apenas para desejar *feliz aniversário*.
 Deitei-me, sonhador, com o cartão apertado contra o peito. Era a mim que estavam escrevendo. *Querido Mimo, esperamos que goste de seu novo traje, assim como do punhal de chifre que você tanto queria.* Eu é que dormiria à noite naquela nuvem de penas, lã e crina. Eu faria parte daquele mundo, por alguns instantes, mesmo que apenas de faz de conta.
 Só por um minuto. Por favor. Um brevíssimo minuto que não fará mal a ninguém, roubado de um século em que tudo passa rápido demais.

Padre Vincenzo emerge lentamente das profundezas da Sacra. Os degraus lhe parecem mais íngremes do que costumavam ser. Sua respiração está curta, os músculos cansados, ele precisa pensar em sua sucessão. Ele se dedicou incansavelmente à congregação, protegeu da melhor maneira possível o segredo que lhe foi confiado. Ele gostaria de poder dizer, sem mentir: *O único tesouro deste lugar é a fé dos homens que o habitam.* Ele terá merecido sua aposentadoria. Finalmente poderá fazer o que sempre sonhou. Como, por exemplo... Nada lhe vem à mente no momento. Deve ser o cansaço, sem dúvida.

Ele entra na cela onde o pequeno homem passou quarenta anos de sua vida. Ele pensa "pequeno homem" sem condescendência, especialmente porque sempre que está em sua presença, o abade se sente oprimido por uma sensação de gigantismo, como se Michelangelo Vitaliani projetasse uma sombra imensa.

Mesmo deitado, mesmo preso a uma réstia de vida por um tênue fio, aquele homem o impressiona. Ele era rabugento, francamente mal-educado, mas os dois se davam bem. O círculo de monges se abre, esse espetáculo tem algo de reconfortante. Ele também, um dia, terá direito a seu círculo. Não o deixarão partir sozinho.

Ah, agora ele se lembra! Depois que ele tiver se aposentado e passado as mil chaves a seu sucessor, ele gostaria de ir a Pompeia. Passear pela Costa Amalfitana. Dizem que suas cores são fantásticas. Mas e se algo lhe acontecesse? E se ele morresse lá, estupidamente, como aqueles que se aposentam e caem mortos logo em seguida? Ele não teria seu círculo. Não haveria ninguém para segurar sua mão e ajudá-lo a fazer a passagem. Talvez ele acabe ficando por ali, afinal. Não é tão ruim assim.

Ele se ajoelha ao lado da cama. Vitaliani, até poucos dias atrás, estava bastante bem para seus oitenta e dois anos. Em menos de uma noite, a agonia encovou suas bochechas, as engrenagens transparecem, desgastadas, a máquina está a ponto de parar.

– Meu irmão, você tem algo a dizer?

Muitos homens, à beira da morte, revelam um segredo. Há décadas, o do escultor agita os corredores do Vaticano, perturba as noites cardinalícias. Os lábios se movem, ressecados apesar do gelo que um noviço lhe oferece a intervalos regulares. O abade aproxima o ouvido, a voz está distante, quase um fantasma, um eco simples. Ele se endireita e examina a cela, com o cenho franzido.

– O sr. Vitaliani tocava algum instrumento?

– Não, *padre*, por quê?

– Acho que acabou de dizer: viola, viola, viola.

Viola. Viola. Viola.
Eu dormia como uma pedra quando percebi uma presença. O perfume de flor de laranjeira, um pouco mais intenso. Funguei, mas a presença persistia, insistente, então me ergui sobre um cotovelo. O cartão de aniversário estava no chão, onde o deixei cair durante o sono. De repente, percebi o que tinha acabado de fazer. Eu tinha adormecido em uma cama. Uma cama pertencente aos Orsini. Mas isso não era nada. Um pecadilho, comparado ao que me esperava quando virei a cabeça.

Era *ela*. A jovem morta da véspera, de pé ao lado da cama, com um vestido de seda verde. Ela me perseguia, nunca mais me deixaria. Abri a boca para gritar, depois franzi o cenho. Era estranho que uma morta trocasse de vestido e cheirasse a flor de laranjeira.

– Então foi você que vi no cemitério ontem – ela disse, apertando os olhos.

Os mortos também não falavam, ou não falavam banalidades. A conclusão era clara: ela não era um espectro. A garota tinha a minha idade. Eu não sabia se devia implorar por piedade por ter adormecido em sua cama ou desmaiar de alívio.

– Você não vai desmaiar de novo, vai? Você me deu um susto, ontem.

– *Eu* lhe dei um susto? Pensei que estivesse morta!

Ela me olhou como se eu tivesse enlouquecido.

– Eu pareço morta?

– Agora não.

– É absurdo, de todo modo. Por que ter medo dos mortos?

– Hã... porque eles estão mortos?
– Por acaso são os mortos que fazem as guerras? Que se escondem na beira das estradas? Que estupram e roubam? Os mortos são nossos amigos. Você deveria ter medo dos vivos.

Eu a encarei, boquiaberto. Eu nunca tinha ouvido alguém falar daquele jeito. Na verdade, eu nunca tinha conversado por muito tempo com uma garota, exceto minha mãe, que não era exatamente uma garota, mas minha mãe.

– Preciso voltar ao telhado.
– O que você está fazendo no meu quarto, afinal? Como entrou aqui?
– Pela janela.
– Por quê?
– Tentei voar. Não deu certo.

Sua reação me pegou desprevenido. Ela sorriu para mim, um sorriso que durou trinta anos e ao qual me segurei para atravessar muitos abismos. A garota pegou uma laranja da tigela e a estendeu para mim.

– Para você.

Eu não tinha comido muitas laranjas na vida. Ela só precisou me olhar para entender isso. Na mesma hora, a porta se abriu.

– Querida, estamos esperando você para...

Meu primeiro encontro com a marquesa. Uma mulher alta, seca, de cabelos muito escuros, presos em um coque apertado. A aparente austeridade era desmentida por uma mecha que escapava e caía sobre seu ombro, rebelde demais, brilhante demais para ser um acidente. A marquesa olhou para mim, estupefata com minha presença, com a criatura coberta de cimento, suor e cal que sujava sua casa. Uma gota de sangue brotou de minha testa, que havia batido na fachada, caindo com deliberada lentidão em seu assoalho de madeira escura.

– O que ele está fazendo aqui? – ela perguntou.

- Ele veio do céu, mamma. Ou melhor, do telhado.
A marquesa puxou uma corda que pendia ao lado de uma cortina.
- Os operários não podem entrar na casa, a menos que estejam trabalhando. Ele tem sorte de ter se deparado comigo e não com seu pai.
Um painel se abriu – uma porta escondida – revelando um criado de libré preta. A marquesa fez um gesto em minha direção.
- Este... jovem se perdeu. Ele está trabalhando no telhado. Veja com Silvio como levá-lo de volta.
Quando passei por ela, a marquesa arrancou a laranja de minha mão.
- E me devolva isso, ladrãozinho.
Enquanto o painel se fechava atrás de nós e mergulhávamos no labirinto que circundava a Villa, ouvi a voz já distante da marquesa.
- Meu Deus, que criaturinha horrível é essa?
O comentário me magoou, obviamente. Minha mãe sempre me dizia que eu era atraente, que minha estatura não mudava esse fato. Mas como costumava dizer uma amiga querida, ninguém ouve a própria mãe.
Quando voltei ao telhado, Zio Alberto estava dormindo, encostado em uma chaminé, com um fio de baba no canto dos lábios. Alínea tinha começado a consertar o braço da estátua. Corri para ajudar, para não parecer que estava evitando o trabalho. Ele tinha preparado uma mistura ruim, granulosa, com pouca poeira de mármore e água demais. Tivemos que começar tudo de novo.
- Acho que vi seu irmão – eu disse, preparando um novo balde de cola. – Antes de cair do telhado. Ele parecia estar correndo atrás do carteiro.
- Ah, sim. Emmanuele o segue por toda parte, adora seu uniforme. O velho Angelo finge ficar irritado, mas gosta

do meu irmão. De vez em quando, quando sente dor nas pernas no final da entrega, ele deixa Emmanuele entregar algumas cartas.

O sol se punha quando Alberto acordou. Com a boca seca, ele cuspiu nas telhas e resmungou que estava com sede. Ele desapareceu e nos deixou descer as ferramentas. Levamos mais meia hora para carregar a carroça, depois voltei para inspecionar o telhado e pegar a corda com que tínhamos descido o equipamento. Dei uma última volta pela Villa, estava indo embora, mas levei um susto quando me vi cara a cara com a garota de vestido verde. Ela tinha o estranho dom de *aparecer*. Com as bochechas coradas, gravetos nos cabelos escuros, ela parecia estar saindo da floresta, que começava a poucos metros do muro dos fundos da Villa.

– Desculpe, minha mãe não quer mais que eu fale com você. Uma moça bem-educada não se mistura com operários. Ela disse que tive sorte de não ter sido estuprada.

– Mas eu...

– Não somos do mesmo meio social, entende? Não podemos ser amigos, *absolutamente*, ponto final.

– Eu entendo.

– Hoje à noite, dez horas, no cemitério?

– Hein?

– Vamos nos encontrar à noite, às dez horas, no cemitério? – ela repetiu, com uma paciência exagerada.

– Mas eu pensei que sua mãe tinha dito...

– Ninguém ouve a própria mãe.

Ela saiu correndo, parou de repente.

– Qual o seu nome?

– Hã, Mimo.

– Eu sou Viola.

Voltei para a carroça como um sonâmbulo, subi na parte de trás, não abri a boca o trajeto todo. Até Alberto percebeu minha agitação.

– O que está acontecendo com você? – ele disse com voz arrastada.
– Nada.
Mas algo havia acontecido comigo, e seu nome girava dentro de minha cabeça como as melodias que os mais velhos cantavam quando bebiam demais, como as canções que lhes devolviam os olhos dos vinte anos.
Viola. Viola. Viola.

Na cama, à luz de um lampião, escrevi para minha mãe naquela noite. Eu escrevia todos os dias, para contar minha vida. Depois eu queimava a carta. Enviava apenas uma por mês. Não queria preocupá-la. Ela me chamava de "meu grande" no início de suas cartas. E já se preocupava o suficiente comigo, com o dinheiro, com o que eu comia ou não. Suas cartas eram sempre escritas com letras diferentes, pois como meu pai ela era analfabeta e precisava de alguém para escrever por ela. Na última vez que me escrevera, tinha trocado a Saboia pelo norte da França, onde tinha conseguido trabalho em uma fazenda. *Os patrões são gentis. Logo vou poder tirar férias.* Eu respondia: *Zio me trata bem, estou economizando para trazer você.* Mentíamos um para o outro com amor.

Às nove e meia, o sino da igreja do vilarejo tocou. Eu não sabia o que fazer com o convite de Viola, nunca tinha sido convidado para nada, muito menos a um cemitério. A sabedoria de Alínea teria sido útil, mas ele tinha sumido assim que voltamos. Suspeitei que tivesse ido provocar a filha do Giordano, apesar dos riscos. Ele também parecia sonhador na carroça, e havia poucos motivos para sonhar em Pietra d'Alba. Peguei a estrada por educação, debatendo comigo mesmo no caminho, continuar, voltar, e quando decidi que era completamente irracional incomodar os mortos pela segunda vez, o portão aberto do cemitério apareceu na escuridão. O grande sino do vilarejo tocou de novo. Viola emergiu da floresta ao mesmo tempo, de um lugar onde não vi nenhum caminho. Ela passou por mim sem me olhar, parou depois de alguns passos ao perceber que eu não tinha me movido e me lançou um olhar exasperado.

– Você vem, sim ou não?

Ela se dirigiu ao mausoléu de onde eu a tinha visto sair no dia anterior. Viola nunca ficava parada. Estava quase se tornando difícil observá-la, descrevê-la. Ela era bonita, à sua maneira, o oposto da filha do Giordano. A feminilidade de Viola não estava em suas curvas, mas na austeridade sensual da ausência de curvas, na maneira angulosa com que ela se movia, como se constantemente evitasse obstáculos invisíveis, desviando cotovelos e joelhos. Seus olhos quase grandes demais sob uma cabeleira negra desarrumada, traços esculpidos no osso, cor de ouro escuro, corroboravam a tese das origens mediterrâneas dos Orsini.

– Este é o jazigo da família. Virgilio está aqui, agora.

– Ele é irmão da senhorita?

– Pare de me tratar com formalidade, isso me irrita. Sim, meu irmão. Virgilio era muito inteligente. Nunca conheci alguém tão inteligente.

– Meu pai também morreu na guerra.

– Maldita guerra – Viola praguejou. – O que você acha?

– Da guerra?

– Sim. Eu acho que a entrada dos Estados Unidos vai mudar tudo, e que Caporetto foi apenas um revés temporário, devido à falta de preparo de Cardona e às circunstâncias climáticas. Mas desconfio das promessas que nos fizeram entrar para a Tríplice Entente. Quero dizer, é bom que os franceses nos prometam os territórios não resgatados, mas você não acha que Wilson terá algo a dizer? A coisa pode acabar mal, não?

– Hã, sim.

– "Hã, sim"?

– Não sei direito, não entendo disso.

– O que está esperando, a visita do Espírito Santo?

— Como você sabe de tudo isso? – perguntei, um pouco ofendido.
— Como todo mundo. Leio os jornais. Não tenho permissão, minha mãe diz que faz mal para a pele de uma jovem. Mas quando meu pai joga fora o *Corriere della Sera*, o jardineiro me passa o exemplar antes de o colocar no fogo, em troca de algumas liras.
— Você tem dinheiro?
— Roubo dos meus pais. É para o bem deles, para que não tenham uma filha ignorante. Você quer alguns livros emprestados?
— Livros sobre o quê?
— O que você conhece bem?
— Escultura.
— Então sobre qualquer coisa, menos escultura. Se bem que... Quais são as datas de nascimento e morte de Michelangelo Buonarroti?
— Hmm...
— 1475-1564. Você não sabe nada de escultura. Na verdade, não sabe nada de nada. Posso ajudar. Para mim é fácil, depois que vejo ou ouço algo, nunca esqueço.

Fechei os olhos – tudo estava acontecendo rápido demais. Viola, no fundo, era futurista. Conversar com ela era como dirigir vertiginosamente por uma estrada sinuosa. Eu estava exausto, aterrorizado, exaltado, ou uma mistura dos três.

Nossas respirações se condensavam em bolas brancas no ar frio da noite. Viola alisou o vestido.
— Sua mãe – Viola retomou –, onde ela está?
— Longe.
— Ela tem cheiro de quê?
— Hein?
— As mães sempre têm cheiro de algo. A sua tem cheiro de quê?

– Nada. Bem, sim, de pão. E baunilha, quando ela faz *canestrelli*. E também da água de rosas que ganhou de meu pai de aniversário. E de um pouco de suor. E a sua, tem cheiro de quê?
– Tristeza. Bom, preciso ir embora.
– Já?
– Se eu não chegar a tempo para a missa da meia-noite, vai dar confusão.
– Que missa da meia-noite?
– A missa de Natal, idiota.
Meu segundo Natal longe da família. Dessa vez, eu tinha achado melhor esquecê-lo completamente.
– O que você pediu de presente? – Viola quis saber.
Tive que improvisar.
– Uma faca. Com cabo de chifre. E um carro em miniatura. E você?
– Um livro sobre Fra Angelico. Que não vou ganhar, vão me dar roupas, como se eu já não tivesse o suficiente. Você gosta de Fra Angelico?
– Adoro.
– Você não sabe quem é, não é mesmo?
– Não.
– Você me acompanha até a estrada?
Ela estendeu a mão, e eu a peguei. Sem mais nem menos, infringindo de uma só vez insondáveis abismos de convenções e barreiras de classe. Viola estendeu a mão e eu a peguei, uma façanha que ninguém jamais comentou, uma revolução silenciosa. Viola estendeu a mão e eu a peguei, e foi nesse exato momento que me tornei escultor. Eu não tive consciência da mudança, claro. Mas foi nesse momento, com nossas palmas unidas em um conluio de bosques e corujas, que tive a intuição de que tinha algo para esculpir.

***

Combinamos um sinal. No cruzamento entre a estrada do vilarejo e a que levava ao cemitério havia um tronco oco, um pouco afastado. Nós o usaríamos como caixa de correio. Para me indicar que uma mensagem havia sido deixada, Viola colocaria um lampião coberto por um véu vermelho em sua janela, que eu conseguia ver do ateliê, a um quilômetro de distância. Ela prometeu um novo encontro para breve. Nos veríamos no cemitério, onde ninguém teria a ideia de aparecer no meio da noite. Onde não seríamos perturbados. No cruzamento com a estrada principal, ela agitou a mão e disse *ciao caro*. Então ela foi para a direita, e eu para a esquerda.

Todas os dias, antes de me deitar, eu olhava para o volume negro da Villa Orsini. Noite após noite, a janela de Viola, no canto oeste do prédio, permanecia vazia. Eu só voltava a meu sótão quando o sono me vencia. O ano de 1917 desaguou lentamente nas margens de 1918, houve uma festa na praça do vilarejo para celebrar a transição de um mundo em guerra, em que homens se matavam, para um mundo em guerra, em que homens se matavam. Falava-se de soldados fuzilados por confraternizar com o inimigo, de motins, de recusas de ir ao front, de automutilações. A guerra parecia distante em Pietra d'Alba, embora as marcas do carro que trouxera Virgilio Orsini, ainda visíveis na entrada do cemitério, atestassem o contrário.

Dom Anselmo, encantado com o querubim assinado por Zio Alberto, nos confiou vários pequenos trabalhos no claustro da igreja. A pedra do edifício era calcária, e o vento e o sal soprado do mar não se privavam de corroê-la ao passar. Entre o Natal de 1917 e o final de janeiro de 1918, realizamos várias substituições, limpezas e restaurações. Alberto parecia ter começado o ano de bom humor – ele tinha conhecido uma viúva graciosa na noite de Ano Novo – e reduzido o consumo de vinho. Duas semanas depois, a viúva lhe cobrou o pagamento "por sua gentileza", enquanto os habitantes riam dele pelas costas. Ele tinha se envolvido com a única profissional em um perímetro de muitas léguas. Não tão jovem, é verdade, mas ela conhecia bem o seu ofício, tanto que se murmurava que um conde ou um barão às vezes vinha de Savona para desfrutar de suas gentilezas. No dia seguinte, Alberto apareceu na igreja com a pele cerosa, o hálito azedo. Eu trabalhava com cuidado na estátua de um santo. Ele me arrancou o martelo e o cinzel, mas suas mãos tremiam. Por mais que tentasse, xingasse, transpirasse, elas dançavam. Ele largou as ferramentas resmungando e saiu. A partir desse dia, quase não o vi mais no ateliê. Pude esculpir à vontade, enquanto ele fingia me dar conselhos. Durante minhas pausas, eu estudava a *pietà* no centro do transepto, esculpindo-a mentalmente, de novo e de novo, para corrigir seus defeitos, tentando entender onde o *mestre anônimo* creditado na placa havia errado.

A janela de Viola continuava desesperadamente muda. Até uma noite de fevereiro em que, voltando para o celeiro, vi um brilho vermelho tremeluzindo na escuridão. Nosso sinal! Saí correndo noite afora, só parando no cruzamento. O tronco continha um pacote embrulhado em tecido. Com o coração acelerado, voltei sobre meus passos, subi direto ao sótão e o abri. Havia uma carta e um livro. A carta dizia: "Quinta-feira, 11 horas. Você precisa ter lido isso". A capa do livro, em cartolina verde, representava um apóstolo e dois monges sob o título *Os pintores ilustres n. 17, Fra Angelico, Pierre Lafitte & Cia Editores*. Quando o abri, fui tomado por um mal-estar que ainda não sei se foi causado pela corrida desenfreada no meio da noite ou pelo conteúdo do livro. Eu nunca tinha visto tantas cores, tanta suavidade. Eu era jovem, arrogante, sabia que era talentoso. Com um martelo e um cinzel, podia competir com homens três vezes mais velhos que eu. Mas aquele sujeito, Fra Angelico, sabia alguma coisa que eu não sabia. Eu o detestei instantaneamente.

Na quinta-feira de manhã, o céu se tornou tempestuoso. Trabalhamos dentro da igreja, banhados por tons de grená, ouro e púrpura depois de cada raio que atravessava os vitrais. Se a chuva continuasse, eu não tinha certeza se conseguiria encontrar Viola. Não tínhamos previsto essa eventualidade. Ela iria ao cemitério, sob qualquer tempo? Eu não sabia nada da etiqueta das amizades incipientes.

Por sorte, o vento oeste levou as nuvens. Às onze horas, em plena noite, cheguei ao portão do cemitério. Viola chegou cinco minutos depois, emergindo da floresta no mesmo lugar da vez anterior. Ela me cumprimentou com um simples aceno de cabeça, como se tivéssemos nos visto uma hora antes, e passou por mim. Eu a segui entre as sepulturas até um banco, onde ela se sentou.

– Quando Fra Angelico morreu? – ela perguntou.
– 18 de fevereiro de 1455.
– Onde?
– Roma.
– Verdadeiro nome?
– Guido di Pietro.

Ela finalmente sorriu para mim. O cemitério, com ela, parecia um pouco menos ameaçador, embora eu me assustasse a cada estalido.

– Você leu o livro. Que bom. Já está um pouco menos ignorante.
– Pensei que nunca mais nos veríamos. Cuidei de sua janela por semanas a fio, a luz vermelha nunca aparecia.
– Ah, sim. Eu estava muito zangada com você.
– Hã... O que foi que eu fiz?

Ela virou para mim um rosto surpreso.

– Você realmente não sabe?
– Bem, não.

— Você começa quase todas as suas frases com "bem" ou "hã". É irritante.
— É por isso que está zangada comigo?
— Não. Da última vez, quando nos despedimos no cruzamento, lembra? Você foi embora sem olhar para trás. É por isso que estou zangada com você.
— Como assim?
Ela suspirou.
— Quando você diz adeus a alguém de quem você gosta, deve dar alguns passos e olhar para trás, para vê-la pela última vez, talvez até acenar. Eu olhei para trás. Você continuou andando como se já tivesse me esquecido. Então decidi que nunca mais nos veríamos. Depois pensei que talvez fosse porque você é rústico e ignorante.
Concordei vigorosamente.
— Sim! Sim, é por isso. Obrigado por ter voltado. E obrigado pelo livro. Vou olhar para trás da próxima vez, juro.
— Quanto ao livro, basta colocar de volta no tronco, vou colocar outro. Peguei na biblioteca, mas não posso sumir com mais de um por vez, já que não tenho permissão de entrar lá... Minha mãe diz que estou perdendo tempo lendo bobagens sobre pessoas mortas. Falando em pessoas mortas, vamos?
— Onde?
— Ouvir os mortos, idiota. O que acha que estamos fazendo aqui?

Viola era como uma equilibrista sobre uma linha nebulosa entre dois mundos. Alguns diziam: entre a razão e a loucura. Lutei várias vezes, até fisicamente, contra aqueles que a acusavam de ser louca.
Ouvir os mortos era seu passatempo preferido. Ela se dedicava a ouvi-los, como me contou, desde que havia

acidentalmente adormecido em cima de um túmulo durante o enterro de uma bisavó, quando tinha cinco anos. Ela tinha acordado com a cabeça cheia de histórias que não lhe pertenciam e que, portanto, só podiam ter sido sussurradas de baixo. *Possessão demoníaca*, decretara o antecessor de dom Anselmo em San Pietro delle Lacrime, dom Ascanio. *Histeria infantil*, diagnosticara o médico de Milão ao qual a haviam levado algumas semanas depois. Ele recomendara banhos gelados. Se os banhos gelados não funcionassem, seria necessário considerar um tratamento mais sério. Depois do primeiro banho gelado, Viola, que não era louca, disse estar curada. E começou a sair à noite, descendo a calha de chuva que passava por seu quarto, nos fundos da casa. Ela se deitava sobre as sepulturas, às vezes ao acaso, às vezes porque tinha conhecido seu ocupante. Segundo ela mesma, nenhum morto jamais tinha voltado a falar com ela. Mas ela insistia em tentar de novo, caso algum deles eventualmente sentisse a necessidade de desabafar. Se não, quem os ouviria? Era sua maneira de ajudar. Na noite em que a confundi com um espectro, ela tinha ido se deitar sobre o túmulo do irmão. Os dois tinham permanecido em um silêncio cúmplice, como antes. Eles não precisavam se falar.

    Viola não se ofendeu quando recusei categoricamente me deitar sobre um túmulo. Ela apenas perguntou:

— Do que você tem medo?

— De fantasmas, como todo mundo. De que venham me assombrar.

— Assombrar? Você se acha tão interessante assim?

    Ela deu de ombros e se dirigiu para seu túmulo preferido. Uma pequena laje de calcário, parcialmente coberta de musgo, cujo nome do proprietário ela leu para mim, *Tommaso Baldi, 1787-1797*. O jovem Tommaso se tornara uma lenda no vilarejo. Em 1797, um morador de Pietra d'Alba disse ter ouvido uma melodia de flauta vindo das profundezas, embaixo de sua adega. Pensaram que ele estava louco, mas no dia seguinte e nos dias que se seguiram outros moradores juraram ter ouvido uma sublime melodia de flauta embaixo das ruas, embaixo do chão de uma sala, embaixo da igreja durante a missa. Até que um grupo de exaustos saltimbancos apareceu na cidade. Fazia vários dias que eles procuravam por um dos seus, o pequeno Tommaso, que se perdera na floresta. Ele estava tocando sua flauta, como de costume. Eles não o viam havia quase uma semana. Os homens do vilarejo organizaram uma batida. Procuraram na entrada das cavernas e das cavidades naturais onde o menino poderia ter se perdido. Eles ainda ouviam a flauta, bem ao longe, uma vez embaixo da fonte, outra vez logo antes da entrada do vilarejo. Depois mais nada. No sábado seguinte, um cão de caça conduziu seu dono até uma clareira, latindo furiosamente. Um garoto estava deitado na grama, com os lábios arreganhados sobre os dentes brancos, de uma magreza de dar medo. Ele segurava uma flauta de madeira, impossível fazer com que a soltasse. Foi levado com pressa ao vilarejo, seus olhos arregalados queimados pela luz do dia. Ele recobrou a consciência pouco depois da meia-noite, murmurando que sentia muito, que tinha se perdido na grande cidade subterrânea, e morreu.

Viola estava convencida de que ele não havia delirado. Um continente secreto e misterioso jazia embaixo de nossos pés. Caminhávamos sem saber sobre templos e palácios de puro ouro, onde um povo pálido, de olhos brancos, vivia sob um céu de terra e nuvens de raízes. E quem nunca quis descobrir um novo continente? Ela passava muito tempo deitada sobre o túmulo de Tommaso – seus pés ficavam para fora –, na esperança de que ele lhe indicasse o caminho.

Esperei em um banco próximo enquanto ela me fez uma demonstração. Ela não se mexeu por quase meia hora, indiferente ao frio. Minha imaginação, que não podia estar mais saturada pela presença de Viola, pelo ritmo de sua fala e por suas ideias tumultuosas, povoava a noite com novos sons. Rastejares entre as sepulturas, danças macabras nos confins de meu campo de visão. No vilarejo, o sino tocou meia-noite. Olhos sem pálpebras me observavam por trás dos galhos. Quase chorei de alívio quando Viola se levantou.

– Ele falou com você?

– Não dessa vez.

Saímos pelo portão. Curioso, parei no umbral.

– Eu sempre a vejo saindo da floresta. Ela tem trilhas?

– Não para você.

E isso foi tudo. Ela ignorou meus olhares intrigados até chegarmos ao cruzamento.

– Vou trazer mais livros para você, mesmo que seja pega. Mesmo que não entenda, leia. Quantos anos você tem, aliás?

– Treze anos.

– Eu também. De que mês você é?

– Novembro de 1904.

– Oh, eu também! Imagina se tivéssemos nascido no mesmo dia? Seríamos gêmeos cósmicos!

– O que isso quer dizer?

– Que estaríamos ligados, para além do tempo e do espaço, por uma força que nos transcende e que nada jamais poderá enfraquecer. Vou contar até três e, no três, dizemos juntos o dia em que nascemos. Um, dois, três...

Anunciamos juntos:

– 22 de novembro.

Viola pulou de alegria, me abraçou e me arrastou em uma pequena dança.

– Somos gêmeos cósmicos!

– É incrível, realmente. Mesmo ano, mesmo mês, mesmo dia!

– Eu sabia! Até logo, Mimo.

– Você não vai me fazer esperar dois meses, vai?

– Não se faz esperar um gêmeo cósmico – ela disse, muito séria.

Ela foi para a direita, eu para a esquerda. Sua felicidade deixava meus passos mais leves, iluminava a noite, e eu me senti menos culpado de mentir. Nasci no dia 7 de novembro. Mas de repente lembrei da data em seu cartão de aniversário, que li e reli antes de adormecer em seu quarto. Uma mentirinha benéfica não era uma mentira, a meu ver. Talvez eu pudesse falar sobre isso com dom Anselmo. Um excelente motivo para me confessar.

Enquanto me afastava, tomei o cuidado de olhar para trás três vezes. Uma pela vez anterior, uma por aquela vez, e a última porque não consegui evitar.

Com o término do trabalho na igreja, o ateliê passou por um novo período de dificuldade. O serviço era escasso, o que obrigou Alberto a voltar às estradas em busca de oportunidades, visitando aldeias e vales vizinhos. Ele tentou até mesmo os Orsini, que lhe disseram por meio do mordomo que o chamariam quando necessário.

Sem nada para fazer, Alínea e eu nos mantínhamos ocupados como podíamos. O estoque de pedras de Zio estava vazio, exceto por um magnífico bloco de mármore maciço, reservado a uma eventual encomenda de peso. Eu me divertia esculpindo em baixo-relevo ao ar livre, onde a rocha permitisse. Talvez alguns desses esboços ainda sejam visíveis e surpreendam o caminhante ao longo de alguma trilha. Alínea passava seu tempo restaurando móveis antigos que os moradores do vilarejo lhe levavam, descobrindo uma nova vocação: ele era tão bom em marcenaria quanto péssimo em escultura. Voltei a ver Viola três vezes na primavera de 1918, sempre no cemitério. Apesar de seus esforços, ela não conseguia me convencer a participar de suas experiências necromânticas – eu me recusava a deitar sobre uma sepultura. Os mortos, de todo modo, continuavam sem falar com ela. Se tivessem, eu teria fugido a toda velocidade.

Viola era a mais nova de uma família de quatro filhos. Virgilio, o mais velho, único membro da família que ela parecia amar sem reservas, havia morrido no famoso acidente de trem aos vinte e dois anos. Lamento não o ter conhecido. "Ele era um pouco como você", ela me explicou um dia. "Quando eu dizia algo, ele acreditava."

Depois vinha Stefano, de vinte anos, sobre o qual Viola sempre falava apertando os olhos de uma maneira estranha, como se temesse que ele surgisse de um arbusto. Stefano era o preferido da mãe, ele era alto, insolente, apaixonado por corridas de carros e caça. Francesco, o último homem, tinha dezoito anos. Era um jovem sério, de tez pálida, com quem eu havia cruzado sem saber na igreja, várias vezes, enquanto trabalhávamos depois do Natal. Ele conversava bastante com dom Anselmo e passava longas horas em oração na frente da *pietà*, aquela diante da qual me mostrei tão crítico. Viola parecia nutrir um certo carinho por ele, carinho que ela quase sempre acompanhava de um cínico "ele vai longe". Francesco se preparava para o sacerdócio, para grande alegria de seus pais. Ele foi longe, embora tenha tropeçado em mim.

O marquês e a marquesa, por sua vez, eram sombras na vida de Viola. Dois adultos longe de suas preocupações, que moravam na mesma casa que ela, às vezes cruzavam com ela nos corredores e falavam uma língua que ela não entendia. Eles não eram maus, ela explicou. Nunca levantavam a mão para ela, mesmo quando ela fazia travessuras terríveis. Aos dez anos, ela quase incendiou a Villa, depois de um experimento malsucedido de produzir seu próprio perfume à base de um destilado de mimosa. A mistura explodiu por alguma razão que ela ainda não entendia. Viola correu para se esconder em um galpão enquanto as cortinas queimavam. Apagado o fogo, os criados a encontraram e a levaram até seu solene pai, que simplesmente a proibiu, a partir daquele dia, de ter acesso à biblioteca, já que fora dali que ela retirara o livro de experimentos químicos que causaram o desastre. Viola jurou obedecer, ao mesmo tempo em que jurou para si mesma não o fazer. Sobretudo porque seu experimento deu parcialmente certo, já que devido à explosão (que queimou suas sobrancelhas), ela ficou cheirando a mimosa por uma semana. Se era apenas uma questão de dosagem, por que desistir no meio do caminho?

– Você pode fazer um perfume só para mim? – perguntei uma noite, enquanto ela se deitava sobre o túmulo de um importante genovês.
– Ah, não mexo mais com perfumes. Passei para outras coisas. Motores a explosão, eletricidade, mecanismos de relógio e alguns rudimentos de medicina. E arte, é claro. Quero ser como aquelas pessoas do Renascimento, que sabiam tudo de tudo.
– E depois que você souber tudo?
– Então me dedico ao que ainda não sabemos.

Viola era vítima de uma maldição que seus pais a princípio acharam divertida: ela lembrava de *tudo* o que lia, ouvia ou via, de primeira. Aos cinco anos, ela era tirada da cama no meio da noite, depois que os adultos tinham bebido um pouco, para demonstrar seu talento aos convidados da vez. Que encanto ver aquela menina magrinha de olhos enormes recitar de cor versos de Ovídio que ela tinha acabado de ler! O problema surgiu quando Viola tomou gosto pela coisa e quis entender. Para isso, ela precisava ler mais. Um livro sempre levava a outro, *uma engrenagem diabólica*, segundo sua mãe, que tinha culminado na explosão do perfume de mimosa. A marquesa, que não podia mais sentir aquele cheiro sem se lembrar das cortinas devoradas por grandes chamas púrpuras, nas quais ela tinha certeza de ter visto rostos de demônios, mandou arrancar todas as acácias do jardim.

Pouco a pouco, o fluxo de livros aumentou. Às vezes eu encontrava três no tronco, que eu reabastecia com os livros lidos na semana anterior. Eu os devorava assim que me deitava, memorizava nomes, datas, capitais, teorias, conceitos, como uma esponja encharcada de água depois de ter sido esquecida ao sol. Eu escondia minhas saídas de Alínea, que não era bobo. Ele me pegou uma noite imerso em um livro incompreensível de engenharia. Fiel à minha promessa, eu lia tudo do início ao fim. Para minha surpresa, mesmo com o tratado mais

hermético, eu sempre aprendia alguma coisa. Viola tinha a inteligência de alternar obras fáceis e difíceis, ilustradas ou não. Às vezes, ela até incluía um romance, tendo diagnosticado em mim uma "deficiência aguda de imaginação".
— O que você está lendo? — perguntou Alínea.
— Um tratado sobre a expansão do porto de Gênova pelo engenheiro Luigi Luiggi, nascido em 1856.
— É isso que você faz à noite? Emmanuele estava se perguntando por que você não queria voltar ao cemitério. Eu não sabia que queria construir portos.
— Não quero construir portos. Viola me emprestou.
— Viola? Que Viola?
Ele empalideceu.
— Viola Orsini?
— Hã, sim.
— *Viola Orsini?*
— Sim. Ela é minha amiga.
— A garota que se transforma em ursa?
Alínea já tinha me contado várias lendas sobre os Orsini. Os Orsini eram tão ricos, ele contava, que quando um deles espirrava, os criados roubavam o lenço para extrair pó de ouro. Mas era a primeira vez que eu ouvia aquela história. E ao contrário das outras narrativas, que pareciam fascinar ou divertir meu amigo, aquela o aterrorizava.
— Você não pode ver essa garota.
— Por quê?
— Porque ela é uma bruxa. Pergunte a quem você quiser. Pergunte no vilarejo.
Notei, mais tarde, que os habitantes do vilarejo de fato evitavam Viola, pelo menos tanto quanto o respeito devido à família permitia. O motivo datava de alguns anos. Um grupo de caçadores estrangeiros havia passado alguns dias no vilarejo. Por "estrangeiro" geralmente se queria dizer alguém "que não vinha da Ligúria, do Piemonte ou da Lombardia".

Dependendo do racismo e das fantasias de quem contasse a história, os caçadores eram croatas, negros, franceses, sicilianos, judeus ou, pior ainda, protestantes. Em todo caso, todos concordavam em dizer que havia caçadores e que eles se comportavam mal, que bebiam todas as noites, que tinham a mão-boba e rápida a apalpar as meninas de Pietra d'Alba. Na véspera de irem embora, dois deles saíram para caçar. Eles encontraram Viola, que passeava sozinha na floresta, e quase a alvejaram, confundindo-a com um cervo. Curiosos, eles a observaram à distância. Viola recolhia pedras, examinando seu formato à luz do sol. Eles a seguiram, sem más intenções, porque ela era bonita. Um dos caçadores acabou dizendo: "Ela é bonita, hein?". O outro brincou: "Pare, ela tem o quê, doze, treze anos?". Ao que o primeiro respondeu que era mais do que suficiente, e que ela deveria querer, já que passeava sozinha na floresta. Ele avançou sobre a garotinha, que gritou de medo. "Fique quieta, pare, não quero lhe fazer mal", ele disse, tentando acalmá-la enquanto desabotoava as calças. Viola se soltou milagrosamente e desapareceu na mata. O segundo caçador riu: "Parece sua esposa". O outro entrou no bosque atrás de Viola, "essa vagabunda vai ver", segurando as calças com uma mão. Ele desembocou em uma clareira e deu um grito que foi ouvido até Savona.

Ele se viu cara a cara com uma ursa. O animal se ergueu nas patas traseiras – ultrapassava o homem em uma cabeça – e soltou um rugido ensurdecedor, salpicando-o com uma saliva com gosto de carne.

– Tudo bem, o sujeito encontrou uma ursa – eu disse, revirando os olhos. – Isso não significa que Viola pode se transformar em ursa.

– Espere, ainda não contei tudo.

O que Alínea não havia contado e que aterrorizou os caçadores muito mais do que a ursa, era que o animal ainda estava usando o vestido de Viola, todo rasgado. O chapéu da menina estava no chão, caído sobre um tapete de agulhas de pinheiro. A ursa rugia. O caçador, ainda segurando as calças com uma mão, levou a outra ao punhal. Mas Viola, já que era preciso chamá-la assim, o degolou com uma patada distraída. O homem soltou as calças, incrédulo, esvaindo-se em jatos ferventes de sangue. Ele morreu com a bunda de fora, concluiu Alínea. Seu colega saiu correndo de volta ao vilarejo, enlouquecido, para contar o que tinha visto. No início, ninguém acreditou, sobretudo porque nada do desaparecido foi encontrado, exceto por um sapato perdido. No entanto, o terror do sobrevivente deu o que falar. Ninguém poderia fingir aquele terror, nem mesmo um ator, nem mesmo um ator do calibre de Bartolomeo Pagano, o grande genovês que encantava a Itália no papel de Maciste. O sobrevivente não poderia ter inventado uma história daquelas. E, pensando bem, a fortuna dos Orsini era muito misteriosa, e, aliás, eles não tinham um urso no brasão? Tudo isso cheirava a bruxaria. Viola causava um retesamento imperceptível nas pessoas por quem passava, um tremor nos lábios que era logo dissimulado para não desagradar ao senhor e à senhora Orsini, que aliás não sabiam que a filha se transformava em ursa. Como a família era a maior empregadora da região, julgou-se melhor manter esse detalhe em segredo.

Zombei de Alínea, que parecia acreditar firmemente naquilo. Emmanuele se juntou a nós, vestindo um casaco de hussardo aberto sobre o peito nu, um capacete colonial e calças de lona cortadas nos joelhos. Seu irmão o tomou como testemunha e pediu a ele para confirmar a história. Emmanuele se inflamou, fez um longo discurso do qual não entendi uma palavra, mas ao fim do qual Alínea me encarou com ar vitorioso:

— Viu só? Eu disse.

Nunca mais vivi a doçura das primaveras de Pietra d'Alba, quando a aurora durava o dia inteiro. As pedras do vilarejo capturavam o rosa e o distribuíam a tudo que pudesse refleti-lo – ladrilhos, metais, incrustações de mica em afloramentos rochosos, fonte milagrosa, até mesmo os olhos dos moradores. O rosa só se apagava quando o último homem adormecia, pois mesmo quando a noite caía ele sobrevivia no olhar que um rapaz às vezes lançava a uma garota sob a luz dos lampiões. No dia seguinte, tudo recomeçava. Pietra d'Alba, pedra da aurora.

Zio Alberto voltou depois de duas semanas de ausência, um padrão que se repetiu nos anos seguintes. Ele tinha ido até Acqui Terme, no Piemonte, e visitado todos os vilarejos no caminho, em vão. Ninguém precisava dos serviços de um talhador de pedras. Em contrapartida, várias vezes lhe sugeriram que se alistasse e fosse defender a pátria. Foi apenas em Sassello, no caminho de volta, que ele teve sorte. Uma sorte magra, miserável, mas em tempos de escassez era melhor do que nada. A paróquia de Immacolata Concezione lhe confiara o restauro de quatro anjos e de duas urnas ornamentais, além de um *ex-voto*. Zio chegou com sua carga de anjos caídos na parte de trás da carroça e recusou nossa ajuda para descarregá-los. Ele começou o trabalho imediatamente, refez o esboço do primeiro anjo naquela noite, bebeu a noite toda, de tão contente com seu trabalho. No dia seguinte, Alínea e eu tivemos que substituí-lo, porque ele passou mal. Meu tio ficou uma semana sem fazer nada, deitado quase o dia todo, consumido por pensamentos sombrios que ele afastava em um dialeto que quase ninguém mais falava, exceto talvez nas vielas que desciam em direção ao porto de Gênova. Nesses momentos, surpreendentemente, ele permanecia sóbrio. Posso dizer com total segurança que Zio Alberto bebia quando estava feliz. E que, em algum ponto da embriaguez, a felicidade se fendia, deixando longas serpentes de sombra se infiltrarem em seu humor. Então ele me batia. Aprendi a me esquivar, e como ele batia sem convicção, por hábito, eu não sofria muito. Um roxo ou dois, de vez em quando, mas quem não os tinha?

Levei dois meses para terminar os anjos. Alínea ficou com o *ex-voto*, que era quase impossível de errar. Ele conseguiu parti-lo ao meio e teve que recomeçar.

Zio examinou meus anjos quando os apresentei a ele, especialmente orgulhoso.

– Seu nome é uma maldição – ele me disse. – Você se acha um Buonarroti, mas na verdade é um *pezzo di merda*, nada mais, esculpe como um *pezzo di merda*.

Enquanto ele me batia, me peguei pensando, encolhido em um canto, "Michelangelo Buonarroti, 1475-1564".

Cresci em um mundo onde se resmungava muito. Falar era, na melhor das hipóteses, um luxo; na maioria das vezes, uma frivolidade. Resmungava-se para agradecer, resmungava-se para expressar satisfação, resmungava-se apenas por resmungar. E quando não se resmungava, fazia-se um gesto com os olhos, com a mão, não era preciso falar para dizer "passe o sal". Meu pai era assim, Zio também. Coisa de homens. Viola, por outro lado, dizia muito "nesse caso" ou "não obstante". Ela me abriu um mundo de nuances infinitas. Se eu dissesse "tem vento", ela retrucava: "não é vento, é o *libécio*". Viola sabia o nome de todos os ventos.

No dia 24 de junho de 1918, por ocasião da festa de São João, ela me encontrou no cemitério. A melhor noite para ver fogos-fátuos. Ela saiu da floresta como sempre, de um lugar que eu tinha estudado durante o dia e onde eu jurava que não havia nenhum caminho. Logo expressei minha relutância em caçar o fogo-fátuo, especialmente se fosse uma alma penada. Viola colocou a mão na minha boca enquanto eu ainda falava.

– Esqueça os fogos-fátuos. Fiz uma descoberta extraordinária.

– Realmente?

Viola tinha me ensinado que não se dizia "ah, é?", a menos que se fosse uma pessoa rude.
— Descobri que posso viajar no tempo — ela exclamou.
— Acabei de chegar do passado.
— Como assim?
— Bem, acabei de vir de um segundo atrás. Se T é o momento presente, um segundo atrás, em T - 1, eu ainda não estava aqui. E agora estou. Então viajei de T - 1 para T. Do passado para o presente.
— Você não pode viajar no tempo de verdade.
— Posso sim. Veja, acabei de fazer de novo. Acabei de vir de um segundo atrás.
— Mas você não pode voltar ao passado.
— Não, porque o passado não serve para nada. É por isso que viajamos do passado para o futuro.
— Você não pode ir para daqui a dez anos.
— Claro que posso. Vamos nos encontrar aqui daqui a dez anos, no dia 24 de junho de 1928, no mesmo horário. Você vai ver, estarei lá.
— Só que você vai ter levado dez anos para chegar lá.
— E daí? Quando você veio da França, não importa se seu trem levou um minuto ou um dia. Você veio da França para a Itália, não veio?
Com o cenho franzido, eu procurava a falha em seu raciocínio. Mas Viola não tinha falhas.
— Da mesma forma, estarei aqui no dia 24 de junho de 1928, e terei viajado para o futuro. *Quod erat demonstrandum*. Vamos, os mortos estão esperando.
— É verdade que você pode se transformar em ursa?
Ela tinha dado alguns passos na direção do cemitério e voltou até onde eu estava, com uma expressão séria.
— Quem disse isso?
— Alín... Vittorio.
— O irmão do Emmanuele?

— Sim.
— Eu gosto dele. Brincávamos juntos quando éramos pequenos. Até os cinco anos, um membro da nobreza pode brincar com qualquer um sem infringir as regras de etiqueta. O que mais ele disse?
— Que um caçador tentou... tentou...
— Sim, eu sei o que ele tentou fazer — ela me interrompeu, com o rosto subitamente duro.
— Então é verdade? A história da ursa? Quero dizer, sei que é impossível, mas...
— Vou dizer a verdade, porque eu nunca mentiria para você. Prometa que *você* nunca vai mentir para mim.
— Prometo.
— E que esse vai ser o nosso segredo.
— Prometo.
— Não gosto muito que contem histórias sobre mim. Mas, nesse caso, Vittorio está certo.
— Você pode se transformar em ursa.
— Sim.
— Você está zombando de mim.
— Por que me perguntou, se não acredita em mim?
— Está bem, acredito em você. Você se transforma em ursa. Pode me mostrar?
Com um sorriso suave, ela colocou um dedo no meio da minha testa.
— Use sua imaginação. Com ela, você não vai mais precisar que eu mostre. E quando não precisar mais que eu mostre, então talvez eu mostre.
Levei oitenta e dois anos, oito décadas de incredulidade, e uma longa agonia, para reconhecer o que eu já sabia. Mimo Vitaliani não existe sem Viola Orsini. Mas Viola Orsini existe sem precisar de ninguém.

Vincenzo hesita. Ele hesita diante do armário de madeira, no canto de seu gabinete, ao qual ninguém tem acesso além dele. Vincenzo se afasta, se posta à janela de onde gosta de contemplar as montanhas – quantas vezes ele fez isso em tantos anos de sacerdócio? Uma chuva leve começa a cair. Lá embaixo, sob o telhado de ardósia que dá para o despenhadeiro, fica a cela que ele acabou de deixar. Ele espera a qualquer momento o anúncio, *pronto*, padre, *acabou*, mas Vitaliani é tenaz. Quem sabe que visões queimam sob aquela testa um pouco grande demais, que arrependimentos ou que alegrias agitam aqueles membros um pouco curtos demais? O abade tem a estranha intuição de que seu hóspede está tentando lhe dizer algo. Que ele quer falar, no exato momento em que não pode mais, talvez exatamente porque não pode mais.

O abade volta ao armário, quase contra sua vontade. A madeira é enganadora, reconfortante, um armário de avó que combina com aquelas veneráveis paredes. O armário na verdade é um cofre, cuja chave ele sempre leva consigo. Ele já examinou seu conteúdo centenas de vezes, mas nunca encontrou nada que justificasse tal medida. A leitura dos documentos que ali se encontram suscita algumas perguntas, por certo. Esse é provavelmente o problema. A Igreja não gosta de perguntas – ela já deu uma resposta a todas.

Vincenzo tinha ficado surpreso, quando assumiu suas funções, ao descobrir que aqueles dossiês não eram conservados no Vaticano, mas na Sacra. Explicaram-lhe que era mais seguro. O conhecimento é uma arma poderosa, e muitos intriguistas, na cidade divina, poderiam utilizá-lo para fins políticos. Eles o *haviam* utilizado para fins políticos.

Aqueles mesmos dossiês não tinham interrompido a carreira meteórica do cardeal Orsini, a quem previam o cargo supremo? Pouco depois, eles tinham sido transferidos para a Sacra, o que não era ilógico, já que *ela* também estava lá.

O abade decide abrir o armário, como tantas vezes nos últimos anos. A chave, infalsificável, destrava um mecanismo complexo e silencioso. O interior está quase vazio, o que sempre lhe parece um pouco ridículo. Em uma prateleira, quatro fichários de cartolina branca, apenas quatro fichários, de uma banalidade desanimadora. Fichários de burocracia, fichários de contador, para um assunto que mereceria muito mais, encadernações, ferragens, douraduras, todos os aparatos que o Vaticano geralmente adora. Mas enfim, um bastão de dinamite também pode ter uma embalagem inofensiva.

Todos os fichários têm a mesma inscrição. *Pietà Vitaliani*. Eles contêm praticamente tudo o que foi escrito sobre ela, o que no fim não é muita coisa. Há os primeiros testemunhos, os relatórios oficiais, redigidos primeiro por clérigos, depois por bispos, depois por cardeais. Há, é claro, o estudo completo do professor Williams, da universidade Stanford. Vincenzo lembra de ter pensado, em um primeiro momento: *muito barulho por nada*. Ele sabe o que foi dito sobre a estátua, leu e releu os relatos, ouviu seus próprios monges, em confissão, falarem de sonhos estranhos que perturbavam seu sono depois que eles a viam. Mas como a estátua não lhe causava nada – talvez lhe faltasse imaginação –, ele não havia levado a coisa a sério. Ele só a achava bonita, e mesmo muito bonita, ele entendia do assunto. O resto? Boataria.

Até o dia de Pentecostes de 1972, quando ele ouviu pela primeira vez o nome maldito. *Laszlo Toth*. O nome que a partir de então perturbaria suas noites e o faria tocar, dez vezes por dia, o lugar em seu peito onde repousava, presa a um cordão de couro, a chave infalsificável.

O verão de 1918 foi como um incêndio. O vento quente vindo do mar Mediterrâneo consumia o planalto, as árvores sofriam, os homens também. Dias sob um céu que nunca ficava azul e permanecia branco, fulminado. É o bafo dos canhões, diziam. Eles tinham atirado tanto, aquecido tanto, que era a guerra que as pessoas sentiam ao acordar de manhã, com a cabeça pesada, as costas banhadas de suor a qualquer movimento. Nessa atmosfera de fim do mundo, os homens andavam sem camisa, as mulheres seguravam os vestidos um pouquinho, depois que uma rajada de vento os levantasse, e o calor aumentava. Houve muitos nascimentos em 1919.

O dinheiro era raro, a comida era escassa. Alínea se envolvia cada vez mais em trabalhos de marcenaria e, como se fosse a coisa mais natural do mundo, compartilhava seus ganhos comigo, me dando um pão aqui, um queijo ali, pelas costas de Alberto. Este último praguejava que éramos sanguessugas, enquanto bebia o dinheiro que minha mãe lhe mandara, ou o que restava dele. Ele decidiu, através de mim, escrever para a sua.

Mammina,
Os negócios não estão fáceis, mas vamos levando. O que mais me custa são os sanguessugas, eles não fazem nada, o que fiz para merecer isso? Enfim, não vou me queixar ou pedir dinheiro a você, eu me viro, estou dizendo, estamos apenas apertando um pouco o cinto. Afinal, estamos em guerra. Seu filho que a ama.

No final de julho, uma nuvem de poeira turvou o horizonte, mas não se dispersou, como costumava acontecer, no lugar onde a estrada virava em direção à propriedade dos Orsini. Ela continuou em nossa direção, e uma estranha agitação tomou conta de Zio Alberto. Meu tio mergulhou a cabeça no bebedouro, alisou os cabelos, trocou de camisa. Nós nos plantamos no meio da estrada, os olhos semicerrados contra o sol. Entre os pomares, um carro ondulou, se aproximou. Um verdadeiro automóvel, um Züst 25/35 de longo nariz dourado, para-lama imponente, que emergiu da fornalha e parou à nossa frente. O motorista desceu, abriu a porta para a passageira, uma mulher rechonchuda vestida com um casaco de peles. Fazia trinta e cinco graus. Enquanto a mulher se aproximava, o motorista pegou um pano para reparar o insulto que a poeira havia feito ao brilho do capô.

– Você continua lindo – disse a mulher, beliscando a bochecha de Alberto.

Entendi que era sua mãe, porque embora Alberto não fosse feio, ele certamente não era lindo, e nunca tinha sido. Mammina, como ela insistia que a chamássemos, já não era apenas uma mulher do porto. Ela gerenciava um estabelecimento renomado – ao menos em alguns círculos. A guerra a havia transformado na rainha de um submundo cujas ruas ela havia percorrido por muitos anos.

Seu motorista logo montou um piquenique, conservado em uma caixa térmica. Graças à sua clientela internacional, que às vezes pagava em produtos, foi um verdadeiro festim, uma viagem culinária de Samarcanda a Turim. Eu, um maltrapilho que não tinha nem quatorze anos, comi caviar pela primeira vez. Zio se comportava, regularmente cuspindo na mão para conter uma mecha rebelde na testa. Sua mãe tinha convidado Alínea e eu para comer, e ele não havia protestado.

— Você está precisando de dinheiro, meu querido? – ela perguntou, disfarçando um arroto depois de uma tigela de morangos.
— Não, mammina, está tudo bem.
— E se isso deixar mammina feliz?
— Se isso a deixar feliz, é diferente. Se você insistir, não posso recusar.

Sua mãe estalou os dedos. O motorista voltou ao carro e retornou com uma bolsa de viagem. Um grande envelope apareceu, transbordando de liras – pensei que Alberto fosse começar a babar. Antes de o entregar a ele, ela tirou algumas notas para Alínea e para mim.

— Para os pequenos. Olhe para eles, estão magros como tico-ticos. E você, aí, não parece muito alto, se não comer não vai crescer.
— Ele é anão, mamma – esclareceu Zio.
— Ele é um garoto bonito, isso sim – ela disse, piscando para mim. – Você gosta de perereca?
— Não, senhora, são repugnantes, e muitas são venenosas.

Todos começaram a rir, até mesmo Zio. Alínea rolava no chão, e eu aprendi que aquilo do que eles estavam falando não ficava pulando pelos pântanos. Mammina se levantou, um pouco cambaleante sob o efeito das duas garrafas de Val Polcevera que tinha bebido.
— Bom, então é isso, a casa não vai funcionar sozinha. *Ciao tutti!*

Ela voltou para o carro, acenando com a mão cheia de anéis. Corri para lhe abrir a porta, enquanto o motorista dava a partida no Züst com uma manivela. Mammina sorriu, se inclinou sobre mim e sussurrou:
— Que homem galante. Se vier a Gênova um dia, me faça uma visita. Vamos cuidar de você. Um presente de mammina.

Assim que o carro desapareceu, em um último brilho de bronze, Zio se virou para nós e estendeu a mão. Devolvemos o dinheiro que tínhamos ganhado de sua mãe.

Enquanto isso, Viola sonhava. Ela não me dizia nada, mas eu a achava cada vez mais distante. Ela não me interrompia mais, não respondia mais às próprias perguntas, havia até *silêncios* entre nós. Pensei ter feito algo de errado, embora tomasse o cuidado de me virar sempre que nos separávamos. Nós nos víamos cada vez mais amiúde, às vezes duas ou três vezes por semana. Tínhamos nos tornado inseparáveis. Eu ficava surpreso com sua facilidade de sair de casa, mas ninguém prestava atenção nela na Villa. Seu pai estava obcecado com a gestão da propriedade, complicada pela ameaça da seca. Ele consultava obscuros arquivos meteorológicos, enviava cartas para Gênova todos os dias, começava a mencionar em voz baixa alguns rituais antigos para fazer chover, embora sempre tivesse zombado das crenças locais. Sua mãe passava o tempo todo cartografando, monitorando e avaliando o progresso dos Orsini no tabuleiro das grandes famílias da Itália. Seu filho Stefano, agora o mais velho, era um de seus peões. Ele viajava regularmente por todo o país, se hospedava com "famílias amigas", se encontrava com "pessoas importantes", porque a guerra não duraria para sempre e era preciso pensar no futuro. Francesco, o caçula, frequentava o seminário em Roma. Entre essas ausências, Viola circulava como bem entendesse. Seu único medo era ser surpreendida na biblioteca, o domínio reservado de seu pai.

Mas os livros continuavam a chegar. E com eles meu universo se ampliava. Pela primeira vez na vida, me surpreendi, enquanto esculpia, pensando confusamente que meu talho não era órfão. Que ele tinha sido refinado por mil outros antes de mim e que também o seria por mil outros depois. Cada martelada vinha de longe e seria ouvida por muito tempo. Tentei explicar isso a Alínea. Ele me encarou com olhos arregalados e me aconselhou a parar de chupar bagas de beladona.

 A mudança de humor de Viola me desconcertou, depois me preocupou. Para me redimir de meus pecados imaginários, aceitei, no final do verão, deitar sobre uma sepultura. Ela pareceu surpresa e riu com a despreocupação de sempre. Encontrou dois túmulos vizinhos, próximos o suficiente para podermos ficar de mãos dadas. Precisei me obrigar a deitar, corroído por superstições e medos irracionais – eu estaria cortejando minha própria morte? Até que o céu me cativou, e os ciprestes, pincéis abandonados em um esfumado de estrelas. A mão de Viola estava dentro da minha. Eu a soltava regularmente pelo simples prazer de segurá-la de novo.

 – Está com medo? – perguntou minha amiga, depois de um momento.

 – Não. Com você, não tenho medo.

 – Tem certeza?

 – Sim.

 – Que bom. Porque não é minha mão que você está segurando.

 Dei um grito e pulei da sepultura. Viola chorou de tanto rir.

 – Muito engraçado! Não poderíamos ter apenas um momento bom, como todo mundo? Você não pode ser menos estranha?

 As lágrimas continuaram. Viola já não estava rindo.

 – O que deu em você? Desculpe, eu não quis dizer isso, foi engraçado! Viu como pulei? Que idiota! Você me pegou!

 Ela inspirou várias vezes, levantou a mão.

– Não é você. Sou eu.
– Por quê?
Ela enxugou os olhos com a manga e se endireitou sobre a sepultura, com os braços ao redor dos joelhos.
– Você não tem sonhos, Mimo?
– Meu pai disse que não adianta sonhar. Sonhos não se realizam, é por isso que são chamados sonhos.
– Mas você tem algum?
– Sim. Eu gostaria que meu pai voltasse da guerra. Esse é um bom sonho.
– E o que mais?
– Ser um grande escultor.
– Isso não é possível?
– Olhe para mim. Trabalho para um sujeito que bebe demais. Durmo na palha. Nunca tive dinheiro, e a maioria das pessoas sente vontade de rir quando me vê.
– Mas você é talentoso.
– Como você sabe?
– Dom Anselmo disse a meu irmão Francesco. Você faz todo o trabalho no ateliê, e ele sabe disso.
– Como?
– Vittorio conta para todo mundo.
– Vittorio fala demais.
– Dom Anselmo diz que você é muito talentoso. Anormalmente talentoso.
Foi o primeiro elogio que recebi, embora tivessem tomado o cuidado de lhe associar a palavra "anormal".
– Tenho grandes sonhos para você, Mimo. Eu gostaria que você fizesse algo tão bonito quanto Fra Angelico. Ou quanto Michelangelo, já que seu nome é igual ao dele. Eu gostaria que todos conhecessem seu nome.
– E você, tem sonhos?
– Eu gostaria de estudar.
– Estudar? Para quê?

Viola tirou um papel do bolso e o entregou a mim, já que estava esperando por essa pergunta desde o início da noite.

O artigo ainda está em minha maleta, embaixo da janela, dentro do número da *FMR* que nunca foi publicado. O papel amarelou, não o abro há muito tempo, ele talvez se transforme em pó quando for tocado. É um artigo do *La Stampa* de 10 de agosto de 1918. Gabriele D'Annunzio acabara de liderar o 87º esquadrão, *La Serenissima*, até Viena. Um voo impossível, de mais de mil quilômetros, sete horas e dez minutos, que pegou os austríacos de surpresa. Em vez de bombardear a cidade, D'Annunzio soltou panfletos incentivando seus habitantes à rendição. *Nós, italianos, não estamos em guerra contra crianças, idosos, mulheres. Estamos em guerra contra seu governo, inimigo das liberdades nacionais, seu governo cego, teimoso, cruel, que não sabe lhes dar nem paz nem pão, e os alimenta com ódio e ilusões.*

D'Annunzio era poeta e aventureiro, não piloto. Era a Natale Palli que ele devia o fato de ter chegado em segurança e retornado com vida. Esse mesmo Natale Palli, alguns meses depois, adormeceria nas encostas nevadas do monte Pourri, depois de fazer um pouso de emergência e tentar voltar ao vale a pé. Ele nunca acordaria. E para sempre figuraria na lenda dos primeiros a se libertarem da gravidade. Viola simplesmente queria fazer o mesmo.

Desde a mais tenra infância, Viola queria voar.

– Você quer voar?
– Sim.
– Com asas?
– Sim.

— Nunca vi um avião na vida. Nunca vi ninguém voar. Como você pretende fazer isso?
— Vou estudar.
— Você falou com seus pais sobre isso?
— Sim.
— E eles concordaram?
— Não.
Viola me cansava. Nuvens estranhas salpicavam o céu, passeavam seus dedos sombrios pelo cemitério.
— Como você espera voar se precisa estudar e seus pais não deixam?
— Meus pais são velhos. Não estou falando em idade. Eles são de outro mundo. Eles não entendem que, amanhã, voaremos como montamos a cavalo. Que as mulheres usarão bigode e homens joias. O mundo dos meus pais está morto. Você, que tem medo dos mortos-vivos, deveria ter medo *dele*. Ele está morto, mas ainda se move, porque ninguém lhe disse que ele está morto. É por isso que ele é um mundo perigoso. Está desmoronando sobre si mesmo.
— Você não quer ir para outro lugar? As nuvens estão estranhas.
— Não são "nuvens", são altos-cúmulos. Não vai ser implorando que vou convencer meus pais a me deixarem ir para a universidade. "Eu não estudei", disse minha mãe, "e olha onde estou hoje". Ela nasceu baronesa e acabou marquesa. Quanta ambição. Não, eu preciso mostrar. Provar que estou falando sério. Eu quero voar *agora*. Assim que possível, em todo caso.
— Como?
— Faz dois anos que estou estudando como fazer isso. Li tudo o que pude encontrar, analisei os primeiros esboços de Leonardo, e acho que deve ser possível construir uma espécie de asa voadora. Ela não precisa ir muito longe. O importante é que eu voe, cem metros, duzentos metros.

Isso vai deixá-los boquiabertos. Vai fazer com que falem sobre mim. Vai me permitir entrar em uma escola de homens.
– Você não pode escolher outra coisa? Algo mais simples? Quero dizer, você já viaja no tempo, pode se transformar em ursa, não é suficiente?
– É a mesma coisa. Está tudo interligado.
– Não entendo.
– Só preciso que me ajude. Você vai entender mais tarde.
– Sou escultor, Viola. Quero ajudar, mas...
– Você não disse que Vittorio trabalhava com madeira? Minha asa é de madeira e tecido. Só precisamos encontrar a medida certa entre rigidez e leveza, e projetar um sistema de suporte e compensação. Polias e cordas – especificou Viola, diante de minha perplexidade. – O problema dos projetos de Leonardo é que sua concepção pressupõe uma força física sobre-humana. O que é engraçado, para alguém que entendia tanto de anatomia. Nossa asa vai ser mais fácil de construir, porque sou leve. Você me acha leve, não?
– Muito leve. Mas sua ideia... é completamente insana.
– A imprensa chamou o voo de D'Annunzio de "voo insano". Você vai me ajudar, não vai? Você vai me ajudar a voar?
– Sim – suspirei.
– Jure.
– Eu juro.
– De novo.
– Eu juro, já disse. Quer cuspir sobre isso? Quer misturar nossas salivas para selar o juramento?
– Os adultos estão sempre misturando suas salivas. Isso não os impede de se traírem e apunhalarem o dia inteiro. Vamos fazer diferente.

Ela pegou minha mão e a colocou em seu coração. Foi uma das maiores emoções de minha vida. Ela não tinha seios

e nunca teria muito, mas essa ausência preenchia minhas palmas tão perfeitamente quanto algumas mulheres que conheci mais tarde. Ela colocou a mão em meu coração.
– Mimo Vitaliani, você jura diante de Deus, se ele existir, ajudar Viola Orsini a voar, e nunca a abandonar?
– Eu juro.
– E eu, Viola Orsini, juro ajudar Mimo Vitaliani a se tornar o maior escultor do mundo, igual ao Michelangelo cujo nome ele carrega, e nunca o abandonar.

Por um instante, Viola e eu temos o mesmo tamanho. Temos quase quatorze anos. O mesmo tamanho, exatamente. Isso não vai durar, ela sabe, eu sei, nós sabemos porque gosto de dizer nós. Em um segundo, Viola vai continuar a crescer e voar para o céu. Eu vou ficar para trás, ao rés do chão. Nós nos encaramos por um bom tempo, profundamente, os olhos fixos um no outro. Quase surpreendidos por esse encontro, essa inesperada igualdade, em uma noite de cemitério e de cores tostadas pelo calor do dia. Me pego acreditando, por um momento, que nada vai mudar. Mas as forças que a fazem crescer já estão em ação, as células se multiplicam, os ossos se esticam e, molécula por molécula, Viola se afasta de mim.

Um santo chora. Ele ainda não é realmente um santo – pequeno detalhe. Ele está em um platô bem diferente dos vales que atravessou, talvez de cansaço, alívio. Ele não chora desde a noite em que levaram seu melhor amigo, por quem estava disposto a morrer. Disposto a morrer, sim, apenas não naquela noite, pois ele o negou três vezes antes de o galo cantar.

Suas lágrimas penetram em uma fenda. E porque ele não é qualquer um, porque o amigo que ele traiu também não é um homem qualquer, as lágrimas atravessam a pedra cujo nome ele carrega e se transformam em uma fonte milagrosa. Nesse platô, onde só há pedras, em breve brotarão homens e frutas cítricas. Uma abordagem mais científica destacaria a natureza cárstica do subsolo, cambiante e propenso ao surgimento de fontes em lugares onde elas não existiam antes, mas a ciência não diminui em nada o milagre, apenas o explica com uma poesia que lhe é própria. A conclusão continua a mesma: a hidrografia do platô é essencial para quem deseja entender Pietra d'Alba. A água, paciente, moldou o destino do platô e de seus habitantes, que teriam respondido, se perguntados para que ela servia: "Para beber e regar". Mas a resposta certa seria: "Para invejar e devastar".

Em Pietra d'Alba, como em qualquer outro lugar, quem compreende a água compreende o homem.

No dia seguinte a nosso juramento no cemitério, saí em busca de Alínea para anunciar que precisaríamos de sua ajuda. Ele não estava no ateliê. Ele só reapareceu duas horas depois, todo arrumado – ou seja, de camisa limpa – e na companhia de Anna, a filha do Giordano. Ele tinha formalmente pedido para acompanhá-la durante o dia. Eu quis saber para onde e os dois riram, é claro, eu não estava sabendo, eu era *il Francese*. Pulei no pescoço de Alínea, "repita para ver, *Francese* é você", nós rolamos na palha sob o olhar impaciente de Anna, até que Alínea me atirou em um monte de feno. Os dois, sem ressentimentos, me convidaram a segui-los.

– Mas seguir até onde?

– Até o lago, idiota.

A fonte milagrosa, depois de cerca de cinco quilômetros de percurso subterrâneo pontuado por algumas ressurgências, dentre as quais o bebedouro em frente a nosso celeiro, aflorava em um lago natural aos pés da encosta leste do vale. O lago pertencia aos Orsini. No dia 15 de setembro, a família convidava toda a aldeia para nadar. Um dia agradável, simples assim. Só que na Itália, e menos ainda em Pietra d'Alba, nada nunca foi simples.

Não tive a sorte de ver Caruso no palco – ele morreria três anos depois, em sua cidade natal de Nápoles. Mas, pela magia de uma tecnologia incipiente, a gravação, eu o ouvi mais tarde cantando o papel de Pagliaccio, traído pela esposa, esforçando-se para esconder a tristeza atrás de sua fantasia de palhaço. *Vesti la giubba. Vista a fantasia*, sorria para esconder a dor e tudo ficará bem. Não pude deixar de me perguntar se Leoncavallo tinha conhecido os Orsini. Se ele tinha nadado no maldito lago da família antes de escrever essa ária. *Ridi, Pagliaccio, e ognun applaudirà.* Ria, Pagliaccio, e todos aplaudirão.

O banho de 15 de setembro era a risada do palhaço triste. A torta na cara para divertir o público. Pois embora o lago pertencesse aos Orsini, com sua bela superfície verde escura e dez metros de costa, ele era cercado de todos os lados por campos pertencentes aos Gambale, uma família do vale vizinho, seus inimigos mortais. Fiéis à sua reputação, os habitantes de Pietra d'Alba competiam em inventividade para explicar a disputa entre as duas famílias. Os Gambale, antigos arrendatários dos Orsini, os teriam roubado descaradamente. Os Orsini teriam cultivado suas laranjeiras com o sangue dos Gambale. Falava-se em estupro, assassinato, traição. O motivo pouco importava, a rivalidade existia, ancestral, sólida, desgastando a rocha resistente daqueles vales. Os Orsini tinham um lago, mas não podiam tirar sua água para regar as plantações porque os Gambale proibiam qualquer passagem por suas terras. Os Orsini só podiam acessar a fonte de água por um caminho que lhes pertencia, que descia da floresta. A única solução teria sido bombear a água por um sistema de canalização ao longo desse caminho de acesso, em um desvio inacreditável. Viola me explicou um dia que era "tecnicamente viável, economicamente estúpido". A manutenção da bomba, seu abastecimento, o grau de inclinação, tudo tornava a operação complexa demais. Os Orsini, portanto, se contentavam em irrigar os pomares com uma ressurgência da fonte milagrosa em sua propriedade e com tanques que recolhiam água da chuva. O mais absurdo era que os Gambale, horticultores no vale vizinho, não davam a mínima para o lago. Eles deixavam os campos que o circundavam abandonados, com a simples função de provocar os Orsini. Estes, para manter as aparências, respondiam com um banho anual, ao qual todo o vilarejo acorria em procissão pela floresta. Naquele dia, vários membros do campo Gambale, armados de fuzis, patrulhavam os arredores para garantir que ninguém invadisse seus campos e que os moradores do vilarejo permanecessem em uma faixa de dez metros em torno do lago. Os empregados dos Orsini, em número ainda maior, também armados, vigiavam os empregados dos Gambale. A tradição tinha menos de vinte anos. Por milagre, nunca havia degenerado.

A aridez do verão de 1918 agravou a ferida. A ressurgência dos Orsini havia secado e, apesar de intermináveis negociações, as duas partes não haviam chegado a um acordo. Como o mundo estava em guerra, era de bom tom também entrar em guerra. Os Gambale juravam que, enquanto eles vivessem, nenhuma gota de água dos Orsini passaria por suas terras. Se o vento ousasse levá-las, eles plantariam cercas de cipreste. Em retaliação, os Orsini, apoiados pelas grandes famílias da região, deixavam claro que qualquer pessoa que comprasse flores dos Gambale nos grandes mercados de Gênova e Savona perderia sua clientela nobre. As flores apodreciam nos armazéns, as laranjeiras secavam nos campos. Mas, de ambos os lados, a honra estava salva. E em 15 de setembro todos riam, mergulhavam, se molhavam, se acariciavam discretamente embaixo d'água.

A família Orsini já estava lá quando chegamos, quase completa. Os Orsini não se molhavam, é claro. Eles observavam a cena com benevolência, dirigindo aqui e ali um sinal que expressava favor ou desgraça. Viola estava de mau humor, um pouco afastada, de vestido turquesa. Eu estava começando a conhecê-la e imaginei que não me falara do banho por sentir vergonha dele. Do alto de meus treze anos – e digo "do alto" com o mesmo tom de deboche que demonstrei por toda a vida – eu ainda não percebia, por trás das aparências, as tempestades que rondavam.

Comecei a correr, deixando minhas roupas para trás, e mergulhei sem me importar com o corpo incomum que eu carregava desde o nascimento. A água devia ser milagrosa, porque dentro dela eu parecia igual a todos os outros. Eu era alto, forte e musculoso sob aquela cabeça acima da superfície. Apesar do calor, o lago ainda estava fresco.

Os Orsini nos observavam sob grandes guarda-sóis, sorvendo um pouco de vinho e mordiscando frutas. Viola vagava na orla da floresta, na orla dessa infância que ela deixava para trás a cada segundo. Seu pai, o marquês, era um homem alto, com o rosto alongado por um penteado estranho, um grande tufo cinza no alto da cabeça, as laterais bem curtas. Stefano, o filho mais velho, um rapaz encorpado em um terno apertado, abria e fechava os punhos sem parar, como se exorcizasse uma força que não conseguia colocar para fora. Ele usava um bigode que sua mãe o obrigaria a raspar alguns meses depois, sob o pretexto de que o fazia parecer um "italiano do sul". Seus cabelos, de um preto profundo, eram cacheados como os de uma menininha, um infortúnio em sua vida, ele tentava escondê-los com uma paciente e generosa aplicação de pomada. Somente Francesco, o caçula, estava ausente, absorto em seus êxtases vaticanos, a seiscentos quilômetros dali.

Eu ainda não conhecia Pagliaccio, Leporello, Don Giovanni, eu ainda ignorava todas as lições da ópera. Eu não sabia que o riso só serve para esconder o drama. Coisa que, à sua maneira, Alberto havia tentado me inculcar com sabedoria, *não se ache grande coisa*. E foi justamente Alberto que vi aparecer correndo pela floresta enquanto eu nadava perto de uma garota que sorria para mim. Alínea e eu o tínhamos convidado para vir conosco, mas ele nos repelira com um gesto, enfiado em uma poltrona bem no meio do ateliê, cheio de pensamentos sombrios. Mesmo de longe, ele me pareceu alegre. Ele se aproximou do marquês, se curvando repetidamente, o que deve ter irritado Stefano. Este o agarrou pela gola e o arrastou até seu pai. Zio estava segurando algo que estendeu ao marquês, gesticulando. Então os dois colocaram a mão em viseira sobre os olhos para examinar o lago. E eu, idiota que era, agitei os braços.

Stefano desceu imediatamente a pequena encosta que levava à margem e apontou para mim.

– Você, aí!
Saí da água. Sob os olhares fixos em mim, meu corpo imaginário encolheu às dimensões daquele que eu habitava. Stefano me agarrou sem delicadeza pela orelha e me conduziu até seu pai, que estava sentado em uma poltrona de vime no topo da colina. Reconheci na hora o objeto pousado sobre seus joelhos. O último livro que Viola me trouxera: uma edição tardia, mas luxuosa, de *De historia stirpium commentarii insignes*, uma história das plantas escrita por um botânico bávaro do século XVI, Leonhart Fuchs. A beleza das ilustrações me deixara sem palavras. A ponto de me fazer não devolver o livro imediatamente, embora eu não entendesse nada de latim.
– Encontrei isso nas coisas dele – explicou Alberto. – E entendi que ele deve ter roubado de Vossa Senhoria quando fizemos os reparos em seu telhado, já que não há livros em minha casa e não conheço ninguém que tenha.
– Foi isso que aconteceu, meu rapaz? Você pegou este livro de nossa casa?
Viola, na orla da floresta, estava lívida.
– Sim, senhor.
– Vossa Senhoria – corrigiu Stefano Orsini, me dando um pontapé.
– Sim, Vossa Senhoria. Não foi por mal. Eu não queria roubar, só queria ler.
O vilarejo inteiro se reunira à beira do lago para assistir ao espetáculo. Curiosidade úmida com cheiro de lodo. Até os Gambale tinham se aproximado para acompanhar o caso, disfarçadamente. O marquês coçava o queixo. Sua esposa sussurrava freneticamente em seu ouvido, mas ele a interrompeu com um gesto impaciente.
– Não é condenável querer escapar de sua condição por meio do conhecimento – ele observou. – No entanto, é condenável apropriar-se do bem alheio, mesmo que temporariamente. O ato deve ser punido.

Ele pronunciou essas últimas palavras mais alto, para que os Gambale pudessem ouvir claramente. O casal Orsini discutiu em voz baixa a severidade da sentença, quarenta golpes de vara para a marquesa e Stefano, dez para o marquês. Acho que ele ficou lisonjeado com meu interesse por sua biblioteca, pacientemente constituída e regularmente abastecida por comerciantes espalhados pelos quatro cantos do país. Segundo Viola, ele raramente entrava lá dentro. Mas os Magníficos, as ricas famílias de Gênova, não brincavam com o tamanho de suas bibliotecas.

Como era necessário ser exemplar diante dos Gambale, eles concordaram em vinte golpes. Eu estava apenas com uma calça de algodão que me colava nas pernas, e Stefano a puxou bruscamente para baixo. Viola, com lágrimas nos olhos, sorriu para mim antes de se virar. Stefano quebrou um galho flexível, o limpou, cuspiu nas mãos e começou a bater, em minhas nádegas e na parte inferior de minhas costas. Por sorte, só havia pinheiros por perto, e eles não fazem bons açoites. Aguentei sem reclamar, lutando contra uma dor mais insidiosa. A de ver meu corpo exposto à voracidade daquele Coliseu rural, como se esse corpo já não tivesse pago mil vezes pelos outros. Stefano me deu vinte e cinco golpes, alegando ter perdido a conta. Não tirei os olhos de Zio. Ele sorria, triunfante, pelo menos no começo. Depois, tiques nervosos agitaram sua mandíbula. Nos últimos golpes, pensei que era ele quem estava sendo açoitado.

O silêncio voltou, um cansaço pós-coito. *Tanto barulho por nada*, as pessoas pensavam, junto com *mal podemos esperar que recomece*. Ninguém se movia. Era minha vez de dar o primeiro passo, sair de cena antes do fechamento da cortina, que libertaria meu público, lhe permitiria tossir, se coçar, se endireitar antes do próximo ato.

Levantei as calças, com a mandíbula cerrada. Confesso que senti vontade de chorar, só por um segundo. *Ria,*

Pagliaccio, e todos aplaudirão. Então meu olhar cruzou com o olhar zombeteiro de Stefano e decidi me vingar. Eu poderia ter me juntado aos Gambale, esfaqueado um Orsini, cortado seus preciosos laranjais à noite, envenenado sua água. Mas Viola estava certa: aquele mundo estava morto. Minha vingança seria do século XX, minha vingança seria moderna. Eu me sentaria à mesa daqueles que me rejeitavam. Eu me tornaria igual a eles. Se possível, eu os ultrapassaria. Minha vingança não seria matá-los. Seria sorrir para eles com o mesmo sorriso condescendente que eles me dirigiam naquele dia.

Não é impossível que eu deva minha carreira, no fundo, ao fato de ter mostrado minha bunda a Pietra d'Alba.

Uma das mais belas estátuas de todos os tempos – a mais bela, dirão alguns – sorri para todos os seus visitantes, sem exceção. Em 21 de maio de 1972, ela sorri para Laszlo Toth, um geólogo húngaro que acaba de se deter diante dela no Vaticano. Há nesse momento, nesse olhar que eles trocam, algo de estranho. Como se ela *soubesse*. E seu sorriso, nesse dia de Pentecostes, se torna ainda mais perturbador.

É difícil imaginar que um dia ela foi uma simples montanha. A montanha se tornou uma pedreira em Polvaccio. De lá, um bloco de mármore foi retirado e entregue a um homem de rosto rude, com marcas de uma briga com um colega invejoso. O homem, fiel à sua filosofia, atacou a pedra para libertar a forma que ela já continha. E a mulher apareceu, de uma beleza indescritível, inclinada sobre o filho entregue ao sono da morte sobre seus joelhos. Um homem, um cinzel, um martelo, pedra-pomes. Tão pouco para produzir a maior obra-prima do Renascimento italiano. A mais bela estátua de todos os tempos, que estava simplesmente escondida dentro de uma pedra. Por mais que Michelangelo Buonarroti procurasse, gritasse, ele nunca mais encontrou nada igual em nenhum outro bloco de mármore. Suas outras *Pietà* parecem esboços da primeira.

Laszlo continua olhando para a *Pietà* na penumbra da basílica. Ele está bem vestido, a ocasião é importante. Ele penteou os cabelos, passou um pente no cavanhaque. Quando usa a gravata borboleta, é preciso admitir que parece um tanto excêntrico. Ele não é um excêntrico, pelo contrário. Ele está em Roma há poucos dias. Tentou várias vezes conseguir uma audiência com o papa, mas Paulo VI lhe responde com um mutismo incompreensível. Laszlo só quer encontrá-lo para compartilhar uma informação importante: ele é o Cristo ressuscitado. Que papa digno desse nome não gostaria de ouvir a notícia? Com um gesto que, dependendo das testemunhas, será considerado brusco ou, ao contrário, sereno, ele tira um martelo de geólogo do bolso. E então grita *Io sono il Cristo!*, pula sobre a estátua que sorri para seus visitantes há quatrocentos e setenta e três anos, uma obra de beleza sobrenatural, e a golpeia quinze vezes. Quinze vezes é muito, até que as testemunhas atônitas conseguem neutralizá-lo, e para isso são necessários ao menos sete homens. A *Pietà* de Michelangelo perde um braço, o nariz, uma pálpebra, e fica cheia de cicatrizes. Muitos não têm a presença de espírito de reagir. Mas eles têm a de juntar os fragmentos de mármore da vítima para levá-los para suas casas. Alguns, tomados de remorso, os devolverão – não todos.

Laszlo Toth, julgado inimputável, não será condenado, apenas extraditado depois de dois anos em um hospital psiquiátrico italiano. Caso encerrado, pelo menos para o grande público. Os especialistas, porém, se perguntam: qual a ligação entre a ideia de julgar-se Cristo e o ataque à *Pietà*? O papa ignorou Laszlo, que poderia estar com raiva do pontífice. Mas a dama de mármore e seu filho morto não lhe fizeram nada. A menos que se considere, é claro, que diante dela se está na presença do gênio absoluto, mais perto de Deus do que Laszlo Toth jamais estaria. A menos que ele tenha sentido essa concorrência desleal, essa prova de sua fraude – pois quem poderia estar mais próximo de Deus do que seu próprio filho? – e tenha decidido destruí-la.

Aqui começa a parte do caso desconhecida do grande público. A atenção se dispersa, afinal a vítima é de pedra, ninguém vai perder tempo lendo um relatório de investigação, especialmente depois que alguns homens bem posicionados no Vaticano ligaram para alguns homens bem posicionados na polícia para dizer que algumas páginas do referido relatório não tinham interesse algum. Páginas que revelavam que Laszlo Toth não tinha acabado de chegar à Itália, mas que estava no país havia dez meses. E que ele havia passado um tempo considerável no Norte, visitando várias igrejas nos arredores de Turim. Uma análise de seus movimentos sugeria que ele circulara em torno da Sacra di San Michele, como se estivesse procurando alguma coisa cuja localização exata ele desconhecia. Como se, ele também, tivesse ouvido falar *dela*, a obra que tanto perturba aqueles que a veem.

A *Pietà* do Vaticano foi restaurada, limpa – hoje em dia, só chegando muito perto para ver as emendas. Depois do geólogo húngaro, ela só pode ser admirada atrás de um vidro blindado. A tragédia passou para a história. Mas os mais bem informados suspeitam que ela não fosse o alvo original. Que, em sua tentativa de eliminar tudo o que rivalizasse com suas pretensões à divindade, Toth pretendesse atacar a *Pietà Vitaliani*. E que, não conseguindo encontrá-la, ele se voltara para a de Michelangelo. Uma segunda opção.

Se for verdade, se existir no mundo uma obra mais divina que a de Michelangelo, então essa obra é uma arma. E é provável que os homens do Vaticano pensem: *fizemos bem em escondê-la.*

Viola e eu estamos com quinze anos. Alínea e Emmanuele, na nossa frente, com dezoito. E, é claro, Hector está junto conosco. Nossa hora chegou. A hora da juventude e de seus sonhos de leveza. A hora de voar. Ainda está quente para um mês de outubro. Creio detectar no ar um sabor de sal. O libécio sopra do mar, sobe da falésia vertiginosa até as muralhas de Pietra d'Alba, até o caminho de ronda em que estamos, a poucos centímetros do vazio. Uma noite de piratas e conspirações. Meses de trabalho noturno, estudos, paciência infinita. O primeiro voo inaugural de nossa asa. Não deixei que Viola a experimentasse, seria perigoso demais, brigamos na frente de Alínea. Este último pareceu preocupado, provavelmente temendo que ela se transformasse em urso. Viola não se transformou em urso e aceitou ceder seu lugar. Porque temos Hector. Tipo corajoso, sempre de bom humor, sempre disposto a ajudar. Hector não tinha medo de nada, nem mesmo de pular cinquenta metros no vazio. Ele era como os pilotos que, menos de cinquenta anos depois, no mesmo século, levariam uma aeronave meio-avião, meio-foguete até uma velocidade seis vezes maior que a do som. Apenas cinquenta anos entre o biplano de Gabriele D'Annunzio e o North American X-15. O século da velocidade – os futuristas estavam certos.

 Trocamos um último olhar, desejamos boa sorte a Hector.

 Hector alça voo.

***

Depois da surra pública, o tronco ficou vazio por alguns dias, mas logo voltou a se encher de livros. Segundo Viola, seu pai nunca perceberia a ausência de algumas obras em uma biblioteca de três mil exemplares. A questão era não os guardar na casa de Zio. Ela me levou à noite até um celeiro abandonado na região oeste do planalto, em plena floresta. Ela se movia entre as árvores de maneira estranha, deslizando como uma onda entre as sentinelas verdes que a deixavam passar sem dizer nada, mas me picavam e espetavam a intervalos regulares para me inspecionar, me cheirar, *quem é esse?* Viola voltava pacientemente sobre seus passos para me desembaraçar dos espinhos, das roseiras selvagens ou dos aspargos-bravos que me prendiam. "Deixem Mimo em paz, ele está comigo." Pouco a pouco, pude circular livremente pela densa floresta. Quase cheguei a sentir falta da sinistra tranquilidade do cemitério.

O celeiro consistia em três paredes de pedra grosseiramente construídas, apoiadas em uma formação rochosa. O telhado estava em bom estado, exceto por um buraco causado pela queda de uma rocha. Viola o havia tapado com galhos e um pedaço de lona. O local seria nosso quartel-general quando não estivéssemos no cemitério, o lugar onde eu deveria deixar os livros. O lugar, acima de tudo, onde nos reuniríamos para discutir e elaborar nosso projeto comum: voar.

Nada seria possível sem Alínea. Meu amigo tinha aberto o próprio ateliê de marcenaria no celeiro de Zio, e os negócios estavam indo bem. Zio não dizia nada, uma magnanimidade devida à porcentagem dos rendimentos que Alínea lhe repassava. Eu agora executava a maioria dos raros trabalhos de escultura que nos eram confiados. Alberto me odiava, eu o detestava, mas nos apoiávamos um no outro para não cair. Sem mim, o ateliê acabaria. Sem ele, eu teria que deixar Pietra d'Alba, e Pietra d'Alba era Viola. Então pouco importavam as provocações, as humilhações, os *pezzo di merda* e os "sua mãe foi cruel de chamar você de Michelangelo", os descontos de um salário nunca recebido. Talvez até, à nossa maneira, como uma boa metade dos casais do vilarejo e sem dúvida para além dele, fôssemos felizes.

Quando contei a Alínea o projeto de Viola, meu amigo riu na minha cara, exatamente como eu esperava.

– Você está louco? Nunca vou trabalhar para uma bruxa.

– Ela disse que ficaria muito reconhecida se você aceitasse. Para você, não será muito trabalho, e você é bom com madeira.

– Ela que encontre outra pessoa. E além disso, voar, francamente? Se pudéssemos voar, o Bom Deus teria nos dado asas, não acha?

– Vou levar sua resposta para Viola. Mas eu a conheço. Ela vai ficar muito zangada. E da última vez que ela ficou muito zangada com alguém, e foi você que me contou, só encontraram um sapato...

Alínea riu de nervoso, mas parou ao ver minha expressão sombria.

– Você realmente acha que ela seria capaz de me fazer mal?

– Não – me apressei em tranquilizá-lo. – Claro que não. Mas...

– Mas o quê?

– Bem, se eu fosse você, evitaria a floresta a partir de agora. Só por precaução. Sei que você gosta de ir à floresta com Anna... Eu também evitaria sair à noite. Ou sozinho. Se *realmente* precisar sair sozinho, avise alguém para onde estiver indo. Só por precaução. Você não corre perigo, de qualquer forma. Simples precaução. Vou falar com Viola. Vou tentar explicar a ela que não é culpa sua, você só não quer trabalhar com uma bruxa.

– Espere! Tudo bem, tudo bem, não precisa ficar assim. Vou ajudar. Se vocês pagarem pela madeira. E Emmanuele também precisa participar, vocês gostando ou não.

Decidimos nos reunir uma vez por semana no celeiro. Alínea, a princípio desconfiado, não demorou a gostar de Viola, a ponto de me confessar, um mês depois, que estava começando a duvidar da veracidade da história do urso. "Ela é tão pequena, tão frágil, como poderia conter uma ursa?" Eu conhecia bem Viola, sabia que ela era capaz de conter várias ursas, todo um zoológico, um circo com sua tenda, um estoque de pólvora, aviões, oceanos e montanhas. Viola era o demiurgo de nossas vidas, organizava-as à sua vontade, com um estalo de dedos ou um sorriso.

Viola se encarregava da teoria, eu dos desenhos, Alínea e Emmanuele da execução. Nossa primeira asa passou por diversas fases e modelos em miniatura. O conhecimento de Viola, aos quase quinze anos, nos deixava atônitos. Além do italiano, ela falava alemão e inglês. Ela nos confidenciou ter cansado vários tutores e assustado os pais ao pedir professores mais qualificados. Era justamente porque não havia professores qualificados em Pietra d'Alba, e porque era preciso enviar Viola para a universidade, que nossa conspiração existia. Viola devorava todos os livros científicos que podia, às vezes falava sozinha enquanto andava em círculos depois que um de nossos modelos falhava em voar. Ela havia lido e relido *Der Vogelflug als Grundlage der Fliegekunst*, um livro de Otto Lilienthal sobre a influência do voo das aves na construção de uma máquina voadora. Lilienthal havia conseguido planar várias vezes, por centenas de metros, na década de 1890. A ideia nos entusiasmou, até Viola nos contar que ele tinha morrido daquele jeito. Ela nos tranquilizou, isso não aconteceria com ela, pois ela tinha identificado o ponto fraco da asa de Lilienthal: sua capacidade de sustentação era comprometida pelo buraco feito em seu centro para instalar o piloto. Nossa asa seria, portanto, uma mistura das asas de Da Vinci e Lilienthal: máxima sustentação sem perda de integridade estrutural, manobras controladas pelos movimentos do corpo do piloto sem exigência de força física. A asa precisava ser leve e rígida. Era tarefa de Alínea inventar soluções. Depois de cada reunião no celeiro, Viola voltava para seu mundo, nós para o nosso.

Levaríamos quase um ano de trabalho para contemplar, em uma noite de lua cheia, o resultado de nossos esforços.

A guerra acabou!
Em uma noite de outono, Emmanuele chegou gesticulando ao ateliê. Ele já havia passado por todas as casas do vilarejo, pela Villa Orsini, nós éramos os últimos de seu trajeto. Alínea, pela primeira vez, não precisou traduzir sua fala incompreensível.
A guerra acabou!
A notícia não pareceu interessar a Zio Alberto. Quando argumentei que os negócios talvez retomassem, ele respondeu:
– Quando toda essa gente voltar do front e precisar encontrar trabalho, isso os que ainda tiverem condições de trabalhar, você vai ver que ninguém vai se preocupar em nos procurar para trabalhar. Quem precisa de pedra esculpida quando mal tem o que comer?
Zio Alberto, naquele dia, fez prova de rara lucidez. Mas não nos importamos e corremos para o vilarejo sob o frio de novembro para dançar, gritar na praça e cantar, cantar *a guerra acabou*, porque era o que todo mundo acreditava.
Alguns meses antes do nosso voo inaugural, no verão de 1919, gritos acordaram a população. Um grande incêndio ardia para os lados da Villa Orsini. Alínea e eu nos vestimos

às pressas e corremos para lá. As laranjeiras queimavam nos campos, uma multidão se amontoava diante do portão da propriedade. Esterco havia sido lançado contra o muro e a grade. Demoramos um pouco para entender que vários *braccianti*, trabalhadores diaristas, haviam influenciado e incitado os agricultores locais contra seus empregadores. Tínhamos ouvido falar de algumas agitações aqui e ali, mas a raiva silenciosa dos mutilados agora se alastrava por nossos campos. Os trabalhadores exigiam uma redistribuição das terras e salários melhores. Na entrada da Villa, o marquês e seu filho Stefano, com olhares duros e uma espingarda em cada mão, não recuavam diante do fervor socialista. Juntos, eles conseguiram conter uma multidão que os teria derrubado sem o menor esforço se não fosse pelo jugo atávico que a paralisava, o da submissão aos poderosos. Atrás deles se mantinha a marquesa, muito digna, mas lívida. Ao lado dela, Viola observava a cena com curiosidade, com as mãos atrás das costas, o rosto corado pelas laranjeiras em chamas. Os homens se embriagavam com o cheiro de queimado e de estranhos aromas cítricos.

Alguns quiseram chamar o prefeito – ele havia fugido para não ter que tomar partido. Às duas da manhã, um cavaleiro partiu dos fundos da casa, a grande galope na direção de Gênova. Enquanto isso, os revoltosos discutiam suas reivindicações com o marquês e Stefano. O primeiro estava disposto a conceder um pequeno aumento nos salários, o segundo gritava para quem quisesse ouvir que a família não daria uma lira a mais e que estava disposto a levar para o inferno todos aqueles que se opusessem a ele. Um lado praguejava contra os covardes e os capitalistas, o outro contra os vermes bolcheviques. Os ânimos se acalmaram um pouco antes do amanhecer, a revolução cansava, era preciso dormir. Ao amanhecer, as negociações recomeçaram. Cerca de cinquenta árvores tinham sido queimadas.

Os atônitos moradores do vilarejo se depararam com a cor de que eles só ouviam falar nos jornais, o cinza das cinzas. Os Gambale chegaram, o pai Arturo e seus dois filhos, se oferecendo como mediadores. Stefano Orsini respondeu que preferia morrer a ter que tratar com um Gambale. O mais velho, Orazio, avançou afirmando que ficaria feliz em ajudá-lo. Uma tempestade de poeira, no horizonte, interrompeu as tratativas.

Eu estava lá naquele momento, depois de ter me retirado para um breve descanso. Desde minha chegada, eu considerava Pietra d'Alba um paraíso instável, onde podíamos ser açoitados em público, é verdade, mas onde estávamos mais ou menos protegidos dos distúrbios que dilaceravam o planeta. Naquela manhã, tomei consciência de meu erro. No fundo, minha mãe e eu não estávamos tão distantes um do outro quanto eu havia pensado. Nossas janelas se abriam para os mesmos incêndios.

A nuvem de poeira se expandiu, uma coluna de uma dezena de veículos, todos motorizados, apareceu. Ao vê-los, os Gambale deram no pé. A coluna seguiu pela estrada que levava à Villa Orsini, avançando em direção à multidão. O primeiro carro atingiu um dos revoltosos, que havia tentado deter seu avanço. Ele rolou para o lado e nunca mais se levantou.

Homens saíram dos veículos, alguns vestidos com camisas escuras: um dos primeiros *squadre d'azione*, compostos por fascistas, fanáticos, veteranos de guerra que acreditavam que a vitória lhes fora roubada, os esquadrões que em breve fariam o terror reinar sobre a Itália. Stefano havia trabalhado bastante nos últimos dois anos. Era preciso reconhecer seu talento: ele havia feito as amizades certas.

Os *squadristi* mergulharam na multidão de manifestantes com as baionetas em riste. Os gritos recomeçaram, tiros ecoaram. Não fiquei para ver o resto. No dia seguinte, comentou-se no vilarejo que oito pessoas haviam morrido,

todas entre os trabalhadores diaristas. Os corpos não foram encontrados. Foram levados para a floresta, sugeriram algumas vozes, e entregues como alimento a algum urso. Alínea voltou a olhar para Viola de maneira estranha por alguns dias, depois parou. O prefeito fez um discurso na praça, lamentando aqueles intoleráveis acontecimentos depois da barbárie de que o mundo mal começava a se reerguer. A guerra, declarou o governante, pelo menos havia nos tornado homens mais dignos, comprometidos com a retidão. Haveria uma investigação e a justiça seria feita.
A guerra acabou! A guerra acabou!
Nunca houve investigação.

Viola e eu tínhamos quinze anos. Alínea e Emmanuele, na nossa frente, dezoito. E, é claro, Hector. Hector que tinha acabado de se atirar, corajoso, corajoso Hector que não tinha medo de nada, com seu grande sorriso um pouco simplório. Hector alçou voo, ganhou velocidade, encorajado por nossos gritos de alegria. Então a asa tremeu, foi a pique bruscamente e virou. Hector caiu sobre ela, preso em seu cordame. Gritamos em vão: "Puxe! Puxe!", para quê? Hector era surdo e Viola, como boa engenheira, já sabia que sua asa não voava.

Só encontramos o corpo no dia seguinte. Por sorte, era um domingo, único momento da semana em que Viola podia se juntar a nós durante o dia, porque ninguém prestava atenção nela. Seu pai percorria a propriedade, sua mãe escrevia cartas. Stefano maquinava, em alguma cidade, ao lado de homens raivosos como ele. Ninguém nunca pôde dizer contra que coisa ou quem se dirigia sua raiva. Stefano havia nascido furioso.

A asa jazia na floresta abaixo do vilarejo, quebrada em três, com o couro despedaçado. Hector estava caído com os braços em cruz, em meio a um cheiro de húmus e cogumelos. O espetáculo não era agradável. Seu crânio tinha se partido ao bater em uma pedra. Uma banda de música se fez ouvir, distante. Em algum lugar, um grupo ensaiava para o primeiro aniversário do armistício – um réquiem improvisado para o falecido. Hector, o quinto membro de nosso grupo. Era triste vê-lo assim, ainda que uma de suas peculiaridades, além da infalível coragem, fosse ser imortal. Tínhamos construído Hector para simular o peso e o equilíbrio de um corpo humano. Sua gentil cabeça de abóbora, surrupiada por Viola da despensa familiar, acompanhara nossos trabalhos por semanas a fio, em um canto do celeiro. Seu corpo era feito de roupas velhas e tábuas grosseiramente articuladas.

Um ano de trabalho em vão, disse Alínea. Viola, com um entusiasmo que me surpreendeu, argumentou que as maiores experiências sempre começavam com fracassos. Portanto, deveríamos nos inspirar em Hector, ela disse. Mudar de abóbora e começar de novo.

Zio estava certo, trabalhamos pouco nos primeiros meses de 1920. As nações vitoriosas disputavam a carniça dos vencidos. As tensões do ano anterior se espalhavam como uma peste por todo o país, seguindo o mesmo padrão que eu havia testemunhado: reivindicações de justiça seguidas de repressão impiedosa por grupos a serviço dos novíssimos Fasci Italiani di Combattimento, criados por um ex-socialista em Milão. Viola e eu nos víamos quase todas as noites, nas barbas de sua família. Quando sua mãe a surpreendeu uma noite no jardim, a caminho do cemitério, ela fingiu ser sonâmbula.

Os Orsini a princípio me pareciam um pouco ingênuos, resquícios de outra época, mas Viola me corrigiu. Eles eram perigosos. Eu nunca soube se ela odiava a família ou se não se reconhecia nela. A comicidade involuntária dos Orsini, como entre os grandes deste mundo, escondia correntezas turbulentas e poderosas. Viola me contou, sem se perturbar, uma anedota popular entre os criados da Villa. Seu pai um dia havia entrado em uma peça pouco usada da casa e encontrara o jardineiro satisfazendo a marquesa. Ela descreveu a cena com grande detalhamento, sua mãe curvada sobre uma pequena mesa de xadrez, a saia levantada até a cintura, o jardineiro em pé atrás dela, as calças sujas nos tornozelos. Os dois tinham ficado petrificados ao ver o marquês. Este, com um sorriso afável, dissera apenas:

— Ah, Damiano, é você. Quando terminar, por favor me encontre no pomar, temo que algumas plantas estejam apresentando sinais de fumagina.

A indiferença do marquês logo se espalhara pela propriedade. À noite, na taverna, a cena tinha sido reproduzida na forma de uma arlequinada. O jardineiro, depois de algumas doses, não hesitara em reencenar seu papel com uma mesa representando a patroa, e todos haviam concordado que a cena era hilária.

Uma semana depois, Damiano havia sido encontrado coberto de geada, pendurado em uma laranjeira na entrada da propriedade, visível da estrada. Em seu bolso, uma carta justificava seu ato por problemas financeiros, e pouco importava que ele não soubesse escrever. Essa era justamente a mensagem.

– Nunca confie em um Orsini – Viola me advertiu.
– Nem mesmo em você?
– Não, em mim você pode confiar totalmente. Você acredita em mim, não?
– Claro.
– Então não entendeu nada do que acabei de contar.

O ano se arrastou entre trabalhos ocasionais no ateliê, noites sepulcrais em que os mortos se recusavam obstinadamente a falar conosco, e nossos esforços para construir uma asa. No cemitério, Viola só se deitava sobre o túmulo do jovem Tommaso Baldi, convencida de que um dia ele lhe sussurraria a entrada do reino subterrâneo onde se perdera com sua flauta. Às vezes ela conseguia me convencer a me juntar a ela. Era nesses momentos que ficávamos mais próximos, encostados um no outro, à deriva em nossa jangada de calcário. Acontecia de Viola pegar no sono. Sentindo-a adormecida contra mim, eu quase esquecia de temer a ira dos mortos.

O celeiro na floresta ainda nos servia de ateliê. Viola inventou uma asa alternativa, Alínea uma nova maneira de curvar uma peça de madeira única. Hector fez dois novos voos experimentais, morreu e ressuscitou imediatamente. Emmanuele às vezes adormecia a um canto do celeiro, com um sorriso satisfeito nos lábios, exausto por ter corrido o dia todo atrás do carteiro, especialmente porque o velho Angelo lhe confiava cada vez mais correspondência.

Viola cresceu repentinamente naquele ano e logo ficou duas cabeças mais alta que eu. Alínea, que havia esquecido completamente de seus terrores ursinos, observou que ela não era muito avantajada na altura do peito, especialmente se comparada a Anna Giordano. Viola respondeu – essas são suas palavras exatas, lembro até hoje – que aquele tipo de vantagem só atraía problemas, não sendo o menor deles, com o passar do tempo, seu inevitável colapso. Alínea perguntou por que ela não podia falar como todo mundo.

Viola não tinha seios, é verdade, mas se despedia da adolescência e de seus ângulos. Era a fase de polimento, a mais importante em escultura. Seus cotovelos e joelhos não se destacavam mais quando ela se sentava para pensar. Seus gestos adquiriam a poesia das curvas. Seus humores, por outro lado, tinham a aspereza das montanhas. Ela era exigente, impaciente, persuasiva, furiosa, suplicante. Ela era cansativa.

No verão de 1920, Viola entristeceu. Formávamos, junto com os gêmeos, um grupo inseparável. Viola até conseguia, para minha grande irritação, entender Emmanuele. Fizemos todo o possível para distraí-la, para animá-la, em vão. Uma noite, ela tentou nos explicar:

– Estou quase fazendo dezesseis anos. E ainda não voei. Nunca serei como Marie Curie.

– Que importância isso tem? Você é você, Viola, e isso é muito melhor.

Viola revirou os olhos e saiu sem se preocupar em fechar a porta do celeiro, nos deixando especular sobre as enigmáticas virtudes do misterioso Marricurrí.

***

A situação financeira do ateliê se complicava. Graças a algumas cartas suplicantes, Zio tinha conseguido arrancar dinheiro da mãe três vezes, mas a fonte havia secado. Nessas horas, quando precisávamos contar novamente com a generosidade dos moradores do vilarejo, com o que roubávamos aqui e ali das hortas ou com um pagamento inesperado de um trabalho urgente, Alberto pegava suas ferramentas com ar decidido e anunciava que iria voltar a trabalhar. De verdade. Ele se plantava na frente do bloco de mármore de Carrara que mantinha na reserva e que recusara vender apesar de várias ofertas de escultores de Gênova. Pois naqueles veios, ele dizia, estava sua *opera maxima*. Ele andava com firmeza em volta do bloco, andava, andava o dia todo. Seus ombros caíam um pouco mais a cada volta, ele abria uma garrafa e continuava a andar bebendo direto do gargalo. Ele resmungava consigo mesmo, lançava maldições entrecortadas, acho que um dia o ouvi dizer *aquela puta velha* quando entrei no ateliê para recolher as garrafas vazias.

— Por que está me olhando assim? — ele gritou ao me ver. — Você se acha muito superior a todo mundo, é isso? Só porque se chama Michelangelo e consegue esculpir coisas vagamente reconhecíveis?

Consegui desviar por pouco da garrafa que ele atirou em mim. Ainda havia vinho dentro, sinal de que ele estava realmente com raiva. Ela se quebrou em um golfinho começado e abandonado depois de um mês por Zio, uma encomenda de dom Anselmo que meu tio decidiu não honrar. Ele era, no fundo, ferrenhamente anticlerical, porque um padre da paróquia de San Luca, em Gênova, lhe repetira durante toda a juventude que sua mãe era um demônio, uma maldita, uma alma perdida. Talvez seja a esse detalhe que Zio deva todos os seus obstáculos. Sua mente tentava constantemente reconciliar as duas visões da mãe, aquela que ele venerava e aquela que os outros garotos e as autoridades seculares e religiosas atiravam em sua cara. *Mammina* ou *puta*, *puta* ou *mammina*. E entre esses dois extremos, nos momentos de esgotamento ou sabedoria que o faziam pensar, *no fim das contas, não importa se mamãe é um demônio*, ele esculpia ou ia ao bordel mais próximo e tratava as garotas como rainhas.

Ele se acalmou de repente, correu até o pequeno móvel onde guardava seus papéis e me estendeu o tinteiro.

– Tome, escreva. *Mammina, o inverno está chegando, estamos passando um pouco de fome no ateliê, principalmente por causa dos dois sanguessugas, você não faz ideia do que o nanico come, a gente se pergunta para onde vai tudo aquilo. Então é isso, estou pedindo mais um pouco de ajuda, é a última vez, tenho certeza, porque o ano de 1921 vai ser bom, sinto isso, vou voltar a trabalhar, tenho uma bela peça de Carrara e tive essa visão de que talvez seja Rômulo e Remo, preciso pensar. Mas para pensar é preciso comer bem, então, por favor, não banque a velha mesquinha e abra um pouco essa mão de bruxa, você tem dinheiro suficiente para o resto de seus dias, e estou bem posicionado para saber como você o conseguiu, já que eu estava no quarto ao lado, e era eu, você deve lembrar, quem limpava tudo entre um cliente e outro. Seu filho que a ama.*

Duas semanas depois, recebemos uma correspondência de um endereço que não conhecíamos.

>*Caro sr. Susso,*
>*Lamento informar-lhe o falecimento de sua mãe, sra. Annunziata Susso, ocorrido subitamente aos 63 anos, no dia 21 de setembro de 1920. Convido-o a entrar em contato com nosso escritório o mais breve possível para organizar a sucessão da falecida, antiga proprietária do estabelecimento Il Bel Mondo, que a designou como único herdeiro.*

Mammina foi atropelada por um bonde ao amanhecer, voltando de seu estabelecimento. Ela foi quase partida ao meio, encharcando com seu próprio sangue as ruas para as quais já havia dado tanto. Zio arregalou os olhos e falou com voz trêmula.
– Espero que ela não tenha lido minha carta antes de morrer. Eu não queria soar tão duro. Mammina foi tão boa...
A questão o atormentaria até o fim de seus dias e não deixaria a Zio muito tempo para esculpir.

Alberto partiu para Gênova no dia seguinte. Na mesma noite, Viola irrompeu no celeiro da floresta, agitada. Estávamos equivocados, ela anunciou. O peso era e sempre seria nosso inimigo em uma máquina que dependia apenas de correntes de ar e da força humana. Seu novo ídolo se chamava Fausto Veranzio, um homem admirável que sabia tudo. Em 1616, ele havia concebido o Homo Volans, um paraquedas rudimentar que ela nos mostrou em ilustrações. Graças a meus novos conhecimentos, lembrei a ela que Da Vinci já havia concebido uma máquina semelhante. Ela riu, replicou que a máquina do bom Leonardo também tinha um problema de peso, pois, mesmo que funcionasse, esmagaria o piloto quando seus oitenta quilos caíssem sobre ele durante o pouso. Viola foi, até onde sei, a única capaz de criticar o maior gênio do Renascimento sem parecer arrogante. Ela foi a única, aliás, até onde sei, a criticar o maior gênio do Renascimento.
Viola queria combinar o conceito do Homo Volans com o da asa de Lilienthal, e sem perder tempo. Os porões da Villa Orsini estavam cheios de rolos de tecido adquiridos para revestir sofás e fazer roupas, mas esquecidos à medida que as modas passavam. A mãe dos gêmeos, que via com bons olhos tudo que afastasse os filhos da taverna, nos

emprestou uma velha máquina de costura. A vela projetada por Viola oscilava entre o círculo e o retângulo, controlada por um sistema de cordas e polias. Dobrável, ela não pesaria mais do que dez quilos. Minha amiga Viola inventou, com quarenta anos de antecedência, uma versão simplificada do parapente.

Passamos a semana transportando rolos de tecido durante a noite. E como não havia trabalho no ateliê, podíamos passar nossos dias cortando e costurando. Viola se impacientava, como se seu tempo fosse contado. De repente, Alínea deixou de aparecer, em meados de outubro. Ele alegou vários impedimentos, que engoli sem hesitar, mas Viola o agarrou pelo colarinho uma noite em que ele se dignou a aparecer e o prensou contra a parede, embora ele fosse uma cabeça mais alto que ela.

– Perdemos uma semana de trabalho! Melhor ter uma boa desculpa.

Alínea confessou tudo: Anna Giordano estava com ciúmes. Viola assentiu e ordenou que ele voltasse com ela na noite seguinte, o que ele fez. Anna encarou Viola, Viola encarou Anna. Viola percebeu que Anna não era má pessoa, com suas bochechas de maçã e uma alegria de viver que ela não conseguia disfarçar. Anna, cujo decote fazia Emmanuele, Alínea e eu babarmos, avaliou por sua vez que Viola não representava uma ameaça, pois, exceto pelos cabelos compridos e pelos olhos enormes, ela parecia um garoto. Assim, Anna ofereceu seus serviços para a confecção da vela, criticando as costuras de má qualidade, e se tornou uma de nós.

No início de novembro, Zio ainda não tinha reaparecido no ateliê. Recebi uma carta de minha mãe anunciando que havia se casado novamente. *Ele é um pouco mais velho do que eu, mas é gentil e me trata bem.* Ela estava morando na Bretanha havia pouco. Suas cartas sempre causavam o mesmo efeito em mim, uma mistura de alegria e tristeza, às quais se mesclavam, cada vez mais, um surdo ressentimento. Por seus erros de francês, seus sonhos modestos, pelo meio social que meu corpo ainda habitava, mas do qual o verdadeiro Mimo se distanciava, já que Viola me puxava incessantemente para seu mundo e sua vida ardente, onde as estrelas pareciam um pouco menos distantes de nossas mãos estendidas.

Uma noite, ao voltar do cemitério onde Viola se deitara sobre o túmulo de uma família, na esperança de aumentar suas chances de comunicação com os mortos, vi uma luz vermelha brilhando na janela de seu quarto. Tínhamos acabado de nos separar, mas saí imediatamente e encontrei um envelope amarrado com uma fita verde em nosso tronco oco. O papel, de excelente qualidade, revelava uma trama requintada, com meu nome escrito em tinta verde. Dentro, apenas uma mensagem. *Amanhã, meio-dia, no Carvalho dos Enforcados.*

Eu só via Viola de dia aos domingos, e o dia seguinte era uma quinta-feira. Não dormi a noite toda e saí cedo. Fiz bem, pois no caminho encontrei dom Anselmo, que voltava de uma bênção a uma nova plantação de laranjeiras na propriedade dos Orsini.

– Ah, Michelangelo, eu queria mesmo falar com você. Seu tio ainda não voltou de Gênova, me parece.

– Não, padre.

– Você tem talento, sabe.

Um talento anormal. Mordi o lábio, eu não queria correr o risco de me atrasar.

– Obrigado.

– O que você planeja fazer com esse talento? Você está perdendo tempo com Alberto.

– Não sei. Estou bem aqui.

Dom Anselmo sorriu, depois olhou ao redor.

– Sim, suponho que estejamos bem aqui. Cada um tem o lugar que lhe foi designado pelo Altíssimo, não é mesmo? Se o seu for aqui, quem sou eu para dizer o contrário?

Por sorte, dom Anselmo e seus humores metafísicos seguiram em direção ao vilarejo, enquanto eu segui para a floresta. Não para os lados do cemitério, a oeste, mas para o leste. Passei pelos últimos campos dos Orsini, as terras menos férteis e mais próximas do vilarejo, e depois segui a trilha que subia por dentro da floresta. O Carvalho dos Enforcados marcava a interseção de dois grandes caminhos e geralmente servia como local de partida para as batidas. Seus galhos longos e retos, na altura certa, eram ideais para um projeto de enforcamento, ainda que, na memória dos moradores, ninguém os tivesse testado. Cheguei com uma hora de antecedência, me sentei contra o tronco e abri os olhos de novo uma hora depois, quando Viola tocou meu ombro. Ela me olhava, zombeteira, e apontou para o filete de baba que escorria de minha boca aberta.

– Absolutamente nojento – ela observou.

– Não banque a marquesa. Tenho certeza de que também ronca à noite. Você nunca vai encontrar um marido, nem alguém para dormir com você.

– Ótimo, porque não estou procurando nenhum dos dois. Seu mau humor já passou? Tenho um presente para você.

– Um presente? Para mim?

Ela entrou direto na floresta, como sempre, ignorando as trilhas. As árvores deviam ter sido informadas, pois me deixaram segui-la. O verão se demorava naquele lugar, preso aos galhos, grudado na resina que escorria dos troncos em grandes gotas de âmbar. Depois de dez minutos, o céu apareceu novamente. Tínhamos chegado a uma clareira.

– Espere aqui, disse Viola. Esse presente é porque somos gêmeos cósmicos e nosso aniversário está chegando. Dezesseis anos é importante.

Enquanto falava, ela recuava em direção à orla da clareira.

– Lembre-se bem: acima de tudo, não se mexa.

Ela desapareceu, engolida pelas árvores. Um minuto passou, depois cinco. Comecei a pensar que tinha me abandonado ali, uma de suas brincadeiras para ver se eu conseguia encontrar o caminho de volta, até que ouvi um estalo. Então ela emergiu da floresta.

Desmaiei apenas duas vezes na vida, as duas por causa de Viola.

Na primeira, quando a vi sair do túmulo de sua família e a confundi com uma morta.

Na segunda, quando ela se transformou em ursa para o meu aniversário.

A ursa era imensa. Imensa mesmo para alguém que não fosse do meu tamanho. De quatro, era assustadora. Ela parou ao me ver, farejou o ar e se ergueu sobre as patas traseiras. Quase três metros de pelos castanhos e músculos, com o vestido de Viola sobre os ombros, rasgado pela transformação. Ficamos olhando um para o outro por longos segundos. Viola não parecia hostil. Ela bocejou, exibindo enormes dentes amarelos, e foi nesse momento que desmaiei.

Quando voltei a mim, Viola, em sua forma normal, estava curvada sobre mim.

– Nunca vi alguém desmaiar tanto quanto você. Aliás, eu nunca tinha visto ninguém desmaiar antes de conhecer você.

Ela me ajudou a levantar. Eu tremia de alto a baixo.

– Não imaginei que você fosse chegar a esse ponto – ela continuou.

Fixei nela meus olhos atordoados. Ela me deu uma bofetada.

– Ei! Você não vai desmaiar de novo, vai? Você não acha mesmo que me transformei em ursa, acha?

Seu vestido estava intacto. Eu estava voltando à razão. Comecei a entender a natureza do truque, ao menos em parte.

– Me siga. Ande devagar.

Dessa vez, ela segurou minha mão e me levou para a floresta. Meu olhar, mais treinado, conseguia distinguir arbustos derrubados, galhos quebrados. O solo mergulhou, depois subiu abruptamente até a entrada de uma caverna cercada por pinheiros cerrados. Alguns, caídos, quase formavam uma parede de troncos. Um cheiro almiscarado, muito intenso, chegou até mim. Na entrada da caverna, a ursa com o vestido rasgado se coçava. Ela se levantou quando nos aproximamos, erguendo-se de novo nas patas traseiras. Viola soltou minha mão para correr até ela e afundar o rosto em seu ventre. A ursa levantou a cabeça para o céu e urrou. A terra tremeu sob meus pés.

Oitenta e dois anos. Concordaremos que minha vida foi longa. Repleta de arte, metrópoles, música, beleza fulgurante. Nada se aproximou do espetáculo daquela garota incandescente entre as patas de uma ursa. Viola inteira cabia naquele momento.

– Essa é Bianca. Bianca, cumprimente o Mimo.

A ursa voltou ao chão. Com um empurrão em seu traseiro, Viola a fez avançar em minha direção, depois passou por ela para se postar a meu lado. A ursa aproximou o focinho de meu rosto, me cheirou e lambeu minha bochecha. Depois voltou para a entrada da caverna, onde, deitada de costas, ofereceu sua barriga a um raio de sol.

– Sente-se, você está todo branco.

Finalmente, Viola me contou. Aos oito anos, enquanto passeava pela floresta, ela tinha ouvido gritos de sofrimento. Naquela mesma caverna, encontrou uma ursinha solitária. Uma ursa havia sido morta por um caçador uma semana antes, provavelmente sua mãe. Ao lado de Bianca, seu irmão gêmeo havia morrido de fome.

– Ursos costumam ter gêmeos – explicou Viola. – Talvez Emmanuele e Vittorio gostassem de saber. Mas não vamos fazer isso. Ninguém *jamais* deve saber.

Viola leu tudo o que encontrou na biblioteca de seu pai sobre os plantígrados. Ela criou Bianca, chegando a escapar duas vezes em uma mesma noite para garantir que a ursinha estivesse bem. Ela chorou com ela, riu de suas trapalhadas, venceu uma febre estranha com pílulas roubadas de sua mãe, sem saber exatamente para que serviam. Por milagre, Bianca sobreviveu.

– Quando ela era uma ursinha, eu costumava vesti-la com meus velhos vestidos. Ela era minha única amiga.

Com o passar dos anos, Viola tentou se distanciar. Ficar muito tempo com Bianca colocava o animal em perigo. A ursa não aprenderia a temer os homens. Ela não aprenderia a caçar. Bianca estava agora com oito anos, e Viola tomava o cuidado de não a visitar mais do que duas ou três vezes por ano. Foi em uma dessas ocasiões, três invernos atrás, que a lenda nasceu. Viola tinha passado a tarde brincando com Bianca. Ela tinha encontrado um de seus antigos vestidos rasgados no fundo da toca e o vestira na ursinha para ver o quanto ela havia crescido. A cena a fizera rir, e Viola fora buscar pedras redondas para fazer um colar para ela. Ela se deparara com os caçadores; um deles tentara pegá-la. Ela tinha corrido, corrido, sem pensar, até encontrar Bianca.

– Então, sua ursa o... o...

– Ela não é *minha* ursa. Sim, Bianca o matou. E sabe de uma coisa? Não senti nada. É a lei da natureza. Um predador entrou em seu território. Ele não deveria ter feito isso.

A ursa nem sequer usava um vestido idêntico ao de Viola, mas os caçadores não tinham percebido. Fui vítima da mesma ilusão. Como em todo grande truque de mágica, olhamos para o lugar errado.

Viola colocou um dedo sobre os lábios e olhamos para a ursa em silêncio. Com os olhos semicerrados, Bianca roncava. Quando o horizonte ficou vermelho, ela se espreguiçou, moveu o focinho negro ao vento. Viola foi até ela, colocou os braços em torno de seu pescoço – ela não dava a volta completa – e sussurrou algo em seu ouvido. Bianca grunhiu e se afastou entre as árvores, se balançando.

– Ela deve ter um pretendente – suspirou Viola. – Ouve cada vez menos os meus conselhos. Mas suponho que isso signifique que fui uma boa mãe.
– Viola...
– Sim.
– Nunca conheci alguém como você.
– Obrigada, Mimo. Eu também nunca conheci alguém como você.
Limpei a garganta.
– Gosto muito de você.
– Eu também gosto muito de você.
– Não, o que estou tentando dizer...
– Eu sei o que você está tentando dizer.
Ela pegou minha mão e a colocou em seu coração. Sempre pouco ressaltado, sempre tão emocionante quanto as colinas da Toscana.
– Somos gêmeos cósmicos. O que temos é único, por que complicar? Não tenho o menor interesse pelas coisas para as quais essa conversa está nos levando. Você viu a cara de bobo que Vittorio faz quando Anna entra na sala? Viu os olhos que ele abre quando ela ajusta o decote? Claro, deve ser agradável, para idiotizar a esse ponto. Mas eu não quero ficar idiota, justamente. Tenho coisas a fazer. E você também. Um grande destino nos aguarda. Você sabe por que o apresentei a Bianca?
– Para o meu aniversário.
Ela começou a rir, da maneira única e rara que ela tinha, a cabeça jogada para trás, os braços ligeiramente afastados do corpo, como se estivesse prestes a dar um grito agudíssimo.
– Não, Mimo. Eu queria mostrar que não há limites. Não existe alto ou baixo. Grande ou pequeno. Toda fronteira é uma invenção. Quem entende isso sempre incomoda os que inventam essas fronteiras, e mais ainda os que acreditam

nelas, ou seja, praticamente todo mundo. Eu sei o que dizem sobre mim no vilarejo. Sei que minha própria família me acha estranha. Não me importo. Você sabe que está no caminho certo, Mimo, quando todos dizem o contrário.
– Eu preferiria agradar a todos.
– Claro. É por isso que você ainda não é nada. Feliz aniversário.

Alínea me encontrou aquela noite no ateliê, parado na frente do valioso bloco de mármore de Zio, com um brilho nos olhos.
– O que está olhando?
– O presente de aniversário da Viola.
Ele franziu o cenho. Seu olhar foi do mármore para mim, de mim para o mármore, então ele arregalou os olhos.
– Ah, não, não, não, Mimo. Zio vai matar você. Esse bloco guarda uma obra-prima.
– Eu sei. Estou olhando para ela.
Minha expressão deve ter assustado Alínea, porque ele me encarou boquiaberto. Depois ele deu de ombros e recuou, sem tirar os olhos do mármore. A peça era um paralelepípedo com um metro de base por dois de altura. Perfeito para o que eu tinha em mente. Mas eu só tinha dez dias até 22 de novembro, aniversário de Viola. Peguei as ferramentas de Zio, as melhores, as que ele nunca me deixava usar, condenando-me às lâminas gastas, aos cabos rachados que deixavam farpas na palma da mão. Então dei o primeiro golpe, no lugar exato, sem hesitar. Alínea suspirou profundamente.
Não dormi quase nada nos dez dias seguintes, apenas duas ou três horas por noite. Mandei dizer a Viola que estava doente e consegui faltar a uma reunião no celeiro, onde a construção da nova asa estava quase concluída. Para não

levantar suspeitas, concordei em encontrá-la uma noite no cemitério e imediatamente adormeci sobre o túmulo de Tommaso Baldi, o pequeno flautista. Minha amiga me acordou rindo – eu estava roncando alto o suficiente para acordar os mortos. De volta ao ateliê, no meio da noite, continuei a esculpir.

Na véspera do aniversário da Viola, cedo pela manhã, Emmanuele entrou no ateliê com uma carta na mão, vestindo seu casaco de hussardo preferido. Ele entregou a carta para Alínea e se aproximou da estátua em que eu trabalhava com um pedaço de pedra-pomes. Fazia dois dias que eu a polia. O mármore estava coberto do sangue de minhas bolhas, do suor que escorria da minha testa. Emmanuele segurou meu pulso e murmurou alguma coisa, olhando diretamente nos meus olhos. Foi a frase mais curta que ele jamais disse.

– Ele disse que você terminou – explicou Alínea.

Dei um passo para trás, tropecei em uma cunha de madeira e caí de costas. Não me levantei imediatamente, admirando o urso que se erguia acima de mim. Ele emergia do bloco de mármore pela metade, com uma pata apoiada na pedra como se quisesse arrancar-se dela, a outra estendida para o céu. Seu focinho também apontava para cima, aberto em um grunhido que sua cabeça, ligeiramente inclinada, tornava menos ameaçador. Eu só tinha esculpido a parte superior do bloco, a partir da cintura, com detalhes cada vez mais nítidos. O olhar do espectador, partindo da base até o focinho, fazia uma viagem da brutalidade para a delicadeza, da imobilidade para o movimento. Podem dizer o que quiserem de meu trabalho, mas acredito que já havia algo de divino ali, naquela gênese de mármore que começava como nada, um conjunto de ângulos e vazio, e então se rompia, dava nascimento, em um jorro de luz, a um mundo violento, terno, atormentado, uma ursinha

abandonada que saudava outra, Bianca chamando Viola com um grunhido afetuoso. Até se podia adivinhar, depois de observar a parte esculpida, a forma ainda enterrada nas profundezas diáfanas da metade deixada bruta.
    Zio tinha razão, aquele mármore era extraordinário. Meu tio me mataria quando percebesse o que eu havia feito. E estava tudo bem assim, porque eu queria dormir, dormir e nunca mais acordar.

    Um balde de água fria no rosto e duas bofetadas puseram fim a meu projeto. Alínea e Emmanuele me arrastaram até o bebedouro.
    — Você acha que é hora de dormir? Ele está chegando!
    Alínea brandia a carta na minha frente. Tentei fechar os olhos, a outra metade do balde me fez engasgar e me levantar.
    — Alberto! Ele está chegando, droga!
    — O quê? Quando?
    — Não sei. Na carta, ele diz em alguns dias, o correio deve ter saído de Gênova no início da semana. Então talvez hoje à noite, ou amanhã, ou depois de amanhã.
    O aniversário de Viola era na manhã seguinte. 22 de novembro de 1920, o dia de seus dezesseis anos. Todo o meu trabalho, a quantidade de pedra a remover, o tempo de polimento, girava em torno dessa data. Eu planejava mandar entregar a escultura, minha primeira obra de verdade, durante o dia, com a ajuda de alguns homens do vilarejo. Impossível correr o risco de esperar. Mas mesmo com tudo o que eu havia retirado, a estátua pesava pelo menos duas toneladas. Puxei Alínea pela manga.
    — Corra até a Villa Orsini. Peça para falar com o marquês em pessoa, da parte de Zio. Diga a ele que há um presente para sua filha Viola no ateliê.

Alínea assentiu e saiu correndo. Depois de um segundo de hesitação, Emmanuele também assentiu e o seguiu. Me arrastei até o ateliê, coloquei as ferramentas no lugar, tentei limpá-lo o máximo possível. Então me postei na estrada, observando o horizonte. Os gêmeos reapareceram depois de uma hora.

– O marquês vem amanhã de manhã.
– Amanhã de manhã? É tarde demais! Alberto pode chegar antes!
– Mimo, só para falar com ele tivemos que implorar para metade dos empregados. Eles pensaram que estávamos começando outra revolução quando batemos à porta, o filho até saiu com a espingarda. Dissemos que havia um presente valioso no ateliê, mas o marquês está recebendo convidados. Ele vem amanhã de manhã.

Não dormi durante a noite, apesar do cansaço. Levantei ao alvorecer, olhei para o horizonte. O ar estava claro, quase cortante. O sol surgiu, puxou uma fina bruma do chão, logo dissipada pelo mistral. Era um dia de vento.

Uma pequena silhueta piscou no horizonte, desapareceu em uma ondulação da estrada, se aproximou com um brilho dourado. Emmanuele. Dez minutos depois, ele parou na minha frente, sem fôlego. Apontou freneticamente para o vilarejo, fez caretas, imitou um volante, depois caminhou no lugar rodando os ombros, fez mais uma careta, imitou outro volante. Corri para acordar Alínea, que conversou com o irmão.

– Emmanuele disse que Alberto está de carro. Ele parou na praça do vilarejo para que todos pudessem admirá-lo.

Nós três espreitamos a poeira, rústico telégrafo de Pietra d'Alba. A longa estrada que atravessava o planalto de norte a sul, cortada em ângulo reto pela estrada que levava à Villa Orsini de um lado e ao cemitério do outro, oferecia muitas informações para quem soubesse lê-la. A poeira da manhã era a dos trabalhadores indo para os campos. Seu rastro indicava a velocidade e, portanto, a condição social de quem a movimentava. Por volta das dez horas, a temida mensagem apareceu. Uma longa faixa marrom que descia do vilarejo se alongava mais rápido do que caía. Um automóvel.

Zio parou na frente da entrada. Ele desceu do carro, um modelo vermelho brilhante, não o da falecida mammina. Ele fechou a porta e bateu no capô.

– Ansaldo Tipo 4, quatro cilindros em linha, comando de válvulas no cabeçote. Recém-saído de uma fábrica que produzia motores de avião há menos de dois anos. Só faltam as asas!

Ele acariciou novamente o capô, depois ficou sério.

– Não toquem na lataria com esses dedos imundos, entenderam? Mas se implorarem, dou uma volta com vocês.

Ele usava um terno que, apesar dos esforços do alfaiate, não conseguia aburguesá-lo. Com um polegar no colete, ele entrou assobiando na cozinha, pegou a velha cafeteira e a colocou para ferver. Alínea havia desaparecido. Tentei conversar com Zio, entretê-lo – percebi que não tinha nada a lhe dizer, nem mesmo para salvar minha própria pele.

– Que bagunça é essa? – ele exclamou, olhando ao redor. – Vamos ter mudanças por aqui. Meu apartamento em Gênova é outra história. Aluguei para umas pessoas que gostaram, me chamam de senhor Susso, está tudo recém-pintado. Vamos fazer o mesmo aqui. Já é bom que vocês não incendiaram tudo enquanto eu estava fora.

Com a xícara na mão, ele foi até o ateliê. Eu tinha coberto o urso com uma lona velha, deixada ali de maneira negligente, como por acidente, sobre o bloco de Carrara. Zio se deteve.

– Retire a lona.

– Está cheia de poeira e...

– *Retire a lona.*

Puxei o tecido, derrotado. Zio inspirou profundamente. Ele contornou o urso, estudou-o de todos os ângulos, balançou a cabeça.

— *Pezzo di merda...* Depois de tudo o que fiz por você. Hospedado, alimentado, e assim que viro as costas... Então ele começou a gritar.

— Quem você pensa que é, hein? Acha que é melhor do que eu, é isso? Vou mostrar quem é o melhor.

Ele pegou um martelo, avançou para a escultura. Sinto vergonha de dizer que não me interpus entre eles, não a protegi. Em sua raiva, Zio errou o urso e acertou a base, que perdeu um pedaço. Ele ergueu o martelo novamente.

— Mestre Susso?

Zio ficou paralisado ao ver o marquês na soleira. Viola o acompanhava, assim como um jovem de batina que reconheci como Francesco, o irmão mais novo. Um personagem mais velho os seguia, também de batina preta, com uma faixa violeta na cintura. Zio voltou a si, largou o martelo e se curvou.

— Vossa Senhoria, padre...

— *Excelência* — corrigiu o marquês com sua voz suave, virando-se para o homem com a faixa. — Monsenhor Pacelli nos concedeu a gentileza de acompanhar Francesco, de quem é um dos professores, neste fim de semana. É uma honra para os Orsini.

— A honra é minha em educar um aluno promissor — respondeu o bispo, dando um tapinha amigável no ombro de Francesco.

Dei um passo na direção de nossos visitantes, antes que Zio pudesse falar.

— Meu mestre, aqui presente, me pediu para esculpir esta obra em homenagem à família Orsini, por ocasião do aniversário de vossa filha. Ele me confiou, com generosidade, um bloco de mármore de Carrara que lhe era precioso. Escolhi o tema do urso, como o de vosso brasão.

Zio abriu a boca, desconcertado, enquanto o pequeno grupo se aproximava. O marquês se virou para mim, intrigado.

– Foi você que esculpiu isso, meu rapaz?
– Sim, Vossa Senhoria.
– Que idade você tem?
– Dezesseis anos, Vossa Senhoria.
– Como Viola. Veja, minha querida, o que este jovem homem fez para você.

Viola inclinou a cabeça. Vi imediatamente que estava em um de seus dias ruins.

– É muito bonito, obrigada.

O bispo colocou os óculos e se aproximou da obra.

– Prodigioso. De um escultor tão jovem, mas os grandes da Renascença também começaram jovens. A perfeição das formas e do movimento é simplesmente espantosa. E essa modernidade... Qualquer um teria ficado tentado a esculpir a segunda parte do bloco, o animal inteiro. O efeito é ainda mais impressionante. Parabéns, rapaz. Você irá longe. E talvez possamos ajudá-lo nisso, quem sabe.

Viola balançou lentamente a cabeça, seus olhos tristes cheios de *eu disse*. Francesco olhava para nós, com as mãos às costas e uma expressão amigável.

– Enviaremos alguns homens para ajudá-lo a transportar a estátua no início da tarde. As festividades começam no almoço e continuam até o anoitecer. Assim, Viola poderá admirar seu presente e escolher um lugar para ele. É claro, mestre Susso, que esse gesto generoso será recompensado.

– O jovem escultor poderia vir à minha festa? – sugeriu Viola. – Ele é realmente muito talentoso.

O marquês ergueu uma sobrancelha, me estudou por um momento, depois consultou o filho com um breve olhar. Imperceptivelmente, Francesco assentiu.

– Claro, por que não? É seu dia, afinal. Seus convidados são nossos convidados.

***

Em 22 de novembro de 1920, entrei triunfalmente na Villa Orsini, pela porta de serviço, é verdade, mas a entrada do paraíso não me teria parecido mais bonita. Entregamos a estátua à tarde e a colocamos perto do espelho d'água ao lado da residência, de frente para o salão. Entre o grande número de convidados importantes, nenhum tinha a idade de Viola. Eu ainda não sabia que fazer dezesseis anos, para uma mulher daquele meio, não era ocasião para uma festa entre amigos. Era um ato político.

Intimidado, me escondi na cozinha. O marquês me tirou de lá.

– Ora, não fique plantado aí, rapaz. Você foi convidado por Viola, pode circular à vontade.

Circular. Eu geralmente caminhava de um ponto a outro, para deixar ou pegar alguma coisa. Meu caminhar era utilitário. Circular era um privilégio social, uma arte que eu não conhecia. Eu não tinha a desenvoltura daqueles homens que percorriam os gramados, de charuto nos lábios, conversando entre si, enquanto as mulheres riam sob seus guarda-sóis brancos, um pouco afastadas. Entre os convidados, havia vários prelados e alguns padres. Eles avançavam com a cabeça baixa, recebendo as confidências que um conde ou uma baronesa sussurravam a seus ouvidos. Pela primeira vez na vida, sob o pé direito alto da Villa Orsini, me senti pequeno. Os convidados me lançavam olhares curiosos, às vezes risonhos, talvez pensando que eu fosse um bobo da corte contratado para a ocasião, como nos banquetes dos quadros de Veronese.

Veronese. 1528-1588.

Com as mãos nos bolsos, passei de sala em sala tentando me sentir maior. O verde dominava, impregnava papéis de parede, cortinas, bojos de lustres, poltronas com franjas em tons de tília, aventurina e jade. Nossa asa voadora, que tínhamos terminado dois dias antes e estávamos ansiosos para experimentar, obviamente exibia a mesma combinação cromática. Avistei Viola deslizando de grupo em grupo, cumprimentando os convidados com uma graça fingida, uma afabilidade contradita pelas divagações de seu olhar, anormalmente inquieto, incapaz de fixar qualquer ponto de interesse. Ela se entediava profundamente, aquelas pessoas estavam vivas e, portanto, não tinham nada interessante a dizer.

Criados passavam sem parar, oferecendo champanhe em bandejas – não para mim. No meio de um salão, esbarrei em Stefano. Ele estava acompanhado de um homem de cabeça raspada em um traje um pouco antiquado, vagamente campestre.

– Ah, Gulliver! – ele exclamou. – Primeiro você rouba nossos livros, depois faz uma estátua para minha irmã e consegue ser convidado para cá. Você tem recursos, é preciso reconhecer. Gosto de homens com recursos.

Fiquei olhando para ele sem responder, dividido entre o medo e o ódio. Stefano se inclinou sobre mim, segurou meu queixo com a mão grossa.

– Não esqueça que todos viram seu traseiro, hein?

Viola apareceu de repente a meu lado e empurrou o irmão sem cerimônia.

– Deixe-o em paz!

Ela me arrastou pela multidão, segurando firmemente a manga de minha camisa. Atravessamos várias salas cada vez mais vazias, um budoar com as persianas fechadas e cheiro de mofo. Depois entramos na biblioteca, onde parei abruptamente, fascinado pelas estantes. O conhecimento cheirava a couro e carvalho. No meio da peça, um globo terrestre antigo, coberto de nomes latinos, emergia de uma mesa octogonal. Quando tentei examiná-lo, Viola pegou minha mão e me puxou para a parede. Um painel de madeira girou. Entramos nos corredores reservados aos empregados, um mundo dentro do mundo, percorrido apenas por aqueles que nasciam para servir, ou acreditavam nisso. Ali eles também se reproduziam, em cantos úmidos e febris, enquanto os senhores dormiam. Viola me empurrou contra a parede e olhou intensamente para mim antes de me abraçar. Não havia janelas, nem a menor abertura. Uma luz acinzentada, vinda de algum lugar, salvava seu rosto da voracidade da sombra.

– Obrigada pelo urso, Mimo. É o presente mais bonito que já recebi.

Em algum lugar da Villa, um sino ressoou. Viola estremeceu.

– Não temos muito tempo, então ouça. As coisas estão acontecendo mais rápido do que pensei. É culpa minha, eu deveria ter percebido os sinais. As insinuações, o número de convidados... Não vou deixar você na mão, entendeu? Fizemos um juramento. Só queria dizer que... o que você vai ouvir... não vai acontecer, certo? Seremos sempre você e eu, Mimo e Viola. Mimo que esculpe, e Viola que voa.

Eu nunca a tinha visto naquele estado. Ela abriu a porta e saiu correndo. Eu quis segui-la, mas a perdi de vista e me desorientei naquele labirinto traiçoeiro sob os olhares craquelados de uma galeria de antepassados. Consegui abrir uma veneziana, emergi nos fundos da casa e, contornando-a, voltei facilmente ao salão principal, cujas grandes portas de vidro davam para o jardim. Os convidados estavam justamente passando deste para aquele, em uma atmosfera de excitação palpável. A noite caía, mas grandes tochas acesas uma a uma pelos criados garantiam que a escuridão não tivesse vez. *Ab tenebris, ad lumina*. Os Orsini permaneciam fiéis a seu lema. Longe das trevas, em direção à luz.

As pessoas se apertavam no salão de baile. Em um estrado, o marquês e a marquesa se juntaram ao pequeno homem de cabeça raspada que eu tinha visto na companhia de Stefano. Sua esposa, uma mulher magra e uma cabeça mais alta do que ele, estava a seu lado. Entre eles, um garoto da minha idade, com o rosto anguloso, bochechas marcadas pelos tormentos da adolescência. Ele usava o mesmo traje que o pai, de tweed grosso. Um criado tocou uma sineta e o silêncio se fez.

– Queridos amigos – proclamou o marquês –, que alegria vê-los reunidos na Villa Orsini para o aniversário de nossa filha Viola.

Aplausos. Viola subiu no estrado, lívida. Ela havia trocado de roupa e estava usando um vestido de baile creme.

– Lindo vestido, não é mesmo? – murmurou Francesco.

Ele apareceu a meu lado, em sua posição preferida, com as mãos atrás das costas. Era um jovem de vinte anos, de traços sem encanto ou defeito, cuja banalidade era a cada segundo assassinada pelo brilho extraordinário de seus olhos, de um azul que raramente se via. Seu olhar era doce, uma doçura que eu nunca soube se cultivada, sincera ou simplesmente consequência dos cílios muito longos que ele compartilhava com a irmã.

– Não – respondi. – O vestido é horrível.

Ainda não sei por que fui tão sincero. Meu senso estético incipiente, talvez. Viola era como uma flor silvestre, selvagem, não a pastelaria vienense que acabava de subir ao palco. Ela provavelmente concordaria comigo, pois tinha me enchido de tratados de costura, moda, explicando que nada era insignificante, que tudo podia ser elevado à categoria de arte. Em vez de se ofender, Francesco começou a rir e então olhou para o estrado, franziu o cenho e me estudou de novo.

– Suponho que você tenha razão. Esse vestido realmente não combina com ela.

Assim nasceu a estranha relação que nos uniria por anos.

– Minha garotinha não é mais uma garotinha – continuou o marquês. – E estamos felizes, esta noite, de anunciar a aliança de duas grandes famílias. Dentro de seis meses, celebraremos o noivado de Viola e Ernst von Erzenberg!
– Não... – murmurei.
Sob os aplausos, o jovem de tweed deu um passo desajeitado à frente e estendeu a mão para Viola. Viola olhou para ele, respirando pesadamente, então olhou para a multidão com pânico nos olhos. Gosto de pensar que, naquele momento, ela me procurou. Com um sorriso afetuoso, seu pai a empurrou na direção do jovem Ernst, que ainda mantinha a mão estendida, e que também não parecia nada contente de estar ali. Viola pegou a mão sem olhar para ele.
– Essa aliança é ainda mais valiosa porque fará da futura geração, dos filhos de nossos filhos, uma das famílias mais poderosas de um país cujo destino costuma ser deixado aos incompetentes.
Virei-me para Francesco.
– Vocês vão fazê-la casar com esse sujeito?
– Por que não?
– Ela só tem dezesseis anos! Tem outras coisas para fazer!
– Desculpe, mas acho que você a conhece apenas desde essa manhã, ou estou enganado?
– Não. Eu não a conheço. É apenas... apenas uma impressão.
– Estou vendo. Viola sempre causa uma forte impressão.
– Com base nesta aliança – continuou o marquês com voz firme – e como símbolo de nossas ambições comuns, tenho a imensa alegria de anunciar que em no máximo dois anos a eletricidade chegará a Pietra d'Alba!
Em outras circunstâncias, talvez eu me divertisse com o contraste entre os criados, boquiabertos, e os convidados, que tinham vindo das grandes cidades do país e aplaudiam

educadamente. Para aquelas pessoas, a eletricidade já não era um milagre. Elas não avaliavam o desafio técnico de fornecer energia a um vilarejo tão remoto, talvez porque no fundo não entendessem nada de eletricidade.

– Deus preservou e enriqueceu nossas famílias para que possamos retribuir – concluiu o marquês. – Para que possamos iluminar, não apenas metaforicamente, as almas pelas quais somos responsáveis...

– Mais um pouco e meu pai vai achar que é Deus – cochichou Francesco com uma piscadela.

– Em dois anos, portanto, acenderemos nestes mesmos jardins nosso primeiro poste de luz. Enquanto isso, em homenagem à nossa filha Viola e ao jovem Ernst, bebam, dancem e se divirtam! Fogos de artifício serão oferecidos a vocês esta noite pela ilustre família Ruggieri.

Saí e me sentei no jardim. Do salão vinha o som distante de uma orquestra, acordes ao ritmo de uma valsa. Uma música bestial, repugnante, de quermesse às margens do Danúbio, em homenagem à família de tweed. Eu não compreendia as implicações daquela aliança. Exceto pelo fato de que, casada, Viola não iria para a universidade. Não voaria. Não ouviria os mortos. Não me manteria constantemente à tona, não me incentivaria a nadar, nadar sempre um pouco mais longe, na expectativa de margens próximas em que seríamos festejados como reis. Comecei a afundar.

A noite, caindo sobre o planalto, avançava até o muro da propriedade. Eu nunca tinha estado tão perto do quarto de Viola, exceto pela vez em que havia caído dentro dele. Sua janela se erguia sobre mim, escura e deserta, três andares acima.

– Com licença, padre – falei, quando Francesco passou por mim novamente. – O senhor viu Viola?

– Ainda não sou "padre", apenas seminarista. E não, não vejo minha irmã desde há pouco no estrado.

Com um gesto, ele fez um sinal para o mordomo.
– Silvio, você viu a srta. Orsini?
– Não, senhor. Imagino que esteja com seus pais.

Explorei os salões, determinado a falar com ela, quando uma explosão fez as janelas tremerem. Um silêncio temeroso se fez, seguido por um alegre clamor quando uma corola de fogo se abriu no céu. Os fogos de artifício tinham começado. Todos foram para o jardim, me arrastando para lá contra minha vontade. Os Ruggieri, os mais famosos pirotécnicos do mundo, enchiam a noite de sonhos incandescentes, flores de luz e pólen púrpura, estames azuis, vermelhos e verdes que faziam os astros empalidecerem, tudo com a mesma pólvora que, menos de um ano antes, tinham dedicado aos canhões. De repente, depois de uma explosão espetacular, uma voz exclamou:

– Há alguém no telhado!

A bomba seguinte iluminou uma silhueta. Minha silhueta preferida. Viola estava um pouco abaixo da cumeeira, com o vestido de noite mais extravagante que já se viu, um degradê de verdes cuja cauda imensa, furta-cor aqui e ali, cintilava conforme as explosões no céu: sua asa voadora, que ela devia ter ido buscar não sei quando no celeiro, talvez no dia anterior. Era sua única chance, a última chance de mostrar a todas aquelas pessoas que ela, Viola, tinha um destino extraordinário.

Os convidados se entreolhavam, perplexos. Nuvens de pólvora e inquietação pairavam no ambiente. A voz do marquês ressoou, o final de sua frase interrompido por uma explosão dourada.

– Viola, desça daí imediat...

Viola gritou alguma coisa inaudível e correu pelo telhado. As cordas se esticaram, a vela deslizou sobre as telhas atrás dela. A asa não tinha sido projetada para um voo tão curto, de no máximo quinze metros, talvez vinte se considerássemos a inclinação natural do terreno na frente da casa, mas o mistral que soprava suavemente desde a manhã aumentou de repente, em homenagem a essa corajosa pioneira. O tecido inflou. Viola pisou na calha de zinco e se atirou no vazio.

A vela se desdobrou com um estalido seco acima de sua cabeça, sob os "oh!" e "ah!" dos convidados, convencidos de que isso fazia parte do espetáculo. Viola planou com seu paraquedas verde entre turbilhões em chamas, entre cometas e foguetes, pois os pirotécnicos não deviam tê-la visto. Ela deslizou na escuridão, ganhou um pouco de altitude e flutuou sobre a multidão silenciosa. Seu futuro noivo, espinhento e atônito, seguia com o olhar aquela estranha borboleta, com remendos de linho, veludo e cetim. Duas lágrimas de alegria escorreram por meu rosto, secas quase na mesma hora por uma rajada de mistral mais violenta que as outras. A mesma rajada sacudiu Viola, movendo-a lateralmente de um lado a outro da casa, depois a fez girar bruscamente. Apesar da altura, nós a ouvimos gritar. Não de medo, mas de raiva. Ouvimos o som de um lençol batendo ao vento da madrugada para afastar a escuridão. As cordas da asa se enroscaram, o tecido pegou fogo no segundo seguinte.

Viola caiu de repente, como um Ícaro furioso turbilhonante, mergulhando trinta metros em uma massa verde, verde Orsini, verde floresta, e desapareceu entre as árvores.

Os fichários marcados *Pietà Vitaliani*, no armário blindado de padre Vincenzo, estão divididos da seguinte forma:
Caso Laszlo Toth, um fichário.
Depoimentos, dois fichários.
A Pietà Vitaliani, *uma monografia, Leonard B. Williams, editora da universidade Stanford*, um fichário.

Neste último também está incluído um pequeno arquivo intitulado *Relatório C.A.* O padre sempre se perguntou que espírito brincalhão teria colocado, no mesmo arquivo, um acadêmico tão pouco inclinado ao misticismo como o professor Williams e o temível C.A. Candido Amantini, o exorcista-chefe do Vaticano.

Os elementos biográficos descobertos por Williams são sucintos. Michelangelo Vitaliani nasceu na França em 7 de novembro de 1904, filho de um escultor. Vitaliani, provavelmente depois da morte do pai, chegou a Turim em 1916. Ele foi acolhido por um amigo, ou tio, ou primo de seus pais, que o levou consigo para Pietra d'Alba. Vitaliani passaria a maior parte de sua carreira lá, com duas exceções: uma estadia em Florença, da qual não se sabe praticamente nada, exceto que frequentou o estúdio de Filippo Metti, e uma estadia em Roma, da qual se sabe muita coisa. Rumores mencionam uma estadia nos Estados Unidos, sem qualquer prova para corroborá-la. Vitaliani sofria de acondroplasia. Várias fontes apócrifas mencionam um homem magnético, cativante. Alguns descrevem uma doçura extrema, próxima à ingenuidade, outros um temperamental, por vezes violento. É impossível confiar em qualquer uma dessas descrições, portanto. Comparado a seus predecessores diretos ou contemporâneos, Vitaliani produziu muito pouco. Menos de oitenta obras originais foram identificadas, em comparação com as milhares produzidas por Rodin, Moore ou Giacometti. A maioria das obras de Vitaliani desapareceu, provavelmente devido ao contexto político em que foram criadas. Também não é irreal imaginar destruições intencionais, seja pelo próprio artista, seja por instâncias desejosas de apagar seu nome dos registros ou, no mínimo, levá-lo ao esquecimento. Essa escassez se soma à aura de mistério, para não dizer aos fantasmas que cercam o escultor. Vitaliani nunca fez parte de nenhum movimento, não se alinhou a nenhuma tendência. Ele foi em seu campo o que Marlon Brando foi para os atores, Pavarotti para os cantores, Sabicas para o violão. Um artista instintivo, dotado de um talento incomum e inato, inexplicável – inclusive para ele mesmo. A arte de Vitaliani nunca foi teorizada, ao contrário da de um Giacometti, com quem ele teve um célebre desentendimento.

Em 1948, Mimo Vitaliani desapareceu completamente – eliminando assim qualquer possibilidade de resposta definitiva sobre a onda de choque causada por sua última obra, a *Pietà*. À época da monografia (publicada em 1972 e revisada em 1981, pouco antes da morte do professor Williams), ninguém sabia se Vitaliani ainda estava vivo. E se estava, onde ele se escondia.

Padre Vincenzo conhece a resposta a essas duas perguntas. *Vitaliani está vivo, mas não por muito tempo, na cela à direita da escada do primeiro andar do anexo*. Ele pensa brevemente nesse furo de reportagem, sem dúvida rentável, mas logo afasta a picada da tentação – o diabo está sempre à espreita. Ele não falará. Deixará Vitaliani tremeluzir à brisa da noite até se apagar suavemente, levando consigo seu segredo. Não há nada mais bonito do que um mistério, afinal, e padre Vincenzo está bem posicionado para saber, pois dedicou sua vida ao maior de todos eles.

Viola foi carregada para casa pela porta dos fundos enquanto os convidados eram educadamente conduzidos até seus veículos, ou até seus alojamentos. Os Erzenberg partiram imediatamente depois do acidente, sem dizer uma palavra. A mensagem era clara: seu filho Ernst, o menino espinhento de seus olhos, não se casaria com uma maluca, supondo que a maluca em questão ainda estivesse viva.

Segundo os rumores, Viola ainda respirava quando a encontraram, mas algumas senhoras desmaiaram quando ela voltou para a Villa. Dizia-se à boca pequena que o espetáculo não era bonito de se ver. Não faltavam carros motorizados, e alguém foi buscar o médico alcoólatra do vilarejo vizinho, por falta de opção. Precisei voltar, doente de ansiedade, ao ateliê. Do alto de seus 19 anos, Alínea se segurou para não chorar. No dia seguinte, Anna nos informou – ela trabalhava como camareira substituta na casa dos Orsini quando eles recebiam – que Viola não havia recobrado a consciência. Ela tinha sido transferida para o hospital de Gênova.

Desde a queima de fogos de artifício, Zio me olhava de soslaio. Três dias depois, ainda não se sabia de nada. Não se via mais um Orsini, todas as ordens passavam por Silvio, o mordomo. Os criados também não falavam nada – mesmo se quisessem, não dispunham de nenhuma informação. Só sabíamos que o marquês e a marquesa estavam envolvidos em longas tratativas diplomáticas para restaurar seu prestígio, um empreendimento exclusivamente epistolar, já que o telefone ainda não havia chegado a Pietra d'Alba. As cartas chegavam e partiam em menos de uma hora, uma agitação nunca vista na região.

Uma manhã, Zio apontou para o carro e me ordenou que pegasse minha maleta e entrasse.

– Para onde vamos?

– Vou explicar no caminho. Você vai fazer um trabalho para mim.

Intrigado, coloquei algumas coisas na pequena maleta que tinha trazido da França, logo colocada no banco de trás do Ansaldo. Ele arrancou às pressas, subindo em direção a Pietra d'Alba, atravessou o vilarejo buzinando e pegou a estrada para Savona.

– Você está indo para Florença! – ele gritou, para cobrir o barulho do motor.

– Não quero ir para Florença! Quero ficar perto de Viola!

– Hein? O que você quer?

– Não quero ir para Florença!

– Você vai escolher para mim dois belos blocos de Carrara, com Filippo Metti! O marquês me pagou três vezes mais do que o bloco que você usou valia, mais o trabalho. Não é um mau negócio, afinal, ainda que seja melhor você não me roubar de novo. Tome o tempo que precisar para não ser enganado!

Ele me deixou na estação de Savona Letimbro e partiu depois de me entregar um envelope para o tal Metti.

– O pagamento de Metti. *Apenas* se os blocos valerem a pena. A passagem de volta está aí dentro, válida para qualquer trem. Não se apresse, se precisar de mais um dia, fique mais um dia. Verifique bem se o mármore não tem imperfeições. Não aceite mármore francês.

Na época, as estações de trem eram bonitas. Aquela era ainda mais bonita, pois o mar começava algumas ruas adiante. Quatro anos antes, o Mediterrâneo era apenas uma extensão azul a meus olhos. Graças a Viola, ele agora se cobria de rotas pontilhadas, dava vida, tirava vidas, abrigava tornados e terremotos, cujos doze graus na famosa escala de Mercalli Viola sabia recitar. Ela conhecia a diferença entre um *Arbacia lixula* e um *Tripneustes ventricosus*. "Um ouriço-do-mar preto e um ouriço-do-mar branco, idiota." O mundo sem ela era mais simples, sem dúvida. Ele também era menos bonito, pensando bem.

Posso adivinhar facilmente o que sussurraram sob os dosséis, nas alcovas, com caretas escandalizadas por trás de leques de crepe. *A jovem Orsini preferiu se matar a ter que casar com o espinhento austro-húngaro*. Em primeiro lugar, o espinhento não era austro-húngaro, mas italiano desde a anexação do Trentino e do Alto Adige à Itália um ano antes. Além disso, eu conhecia a jovem Orsini como ninguém. Éramos gêmeos cósmicos. Eu sabia que no momento em que pulou, Viola estava convencida de que voaria.

Depois de oito horas de viagem, cheguei a Florença. Ninguém parecia estar à minha espera. Aguardei na frente da estação, saltitando para me aquecer. Uma geada suja de fuligem cobria os telhados. A cidade zumbia, em um contraste atordoante com Pietra d'Alba, onde as pessoas já fechavam as venezianas para se acomodarem à frente de um fogo escasso. À minha frente, uma sucessão de carros e carruagens desfilava diante do Grande Hotel Baglioni.

Um movimento chamou minha atenção. Mais adiante, no terraço de um café que não tinha o esplendor do Baglioni, logo passando os trilhos do bonde, uma criança dentro de um casaco apertado acenava na minha direção. Olhei ao redor, então apontei para mim mesmo com um olhar interrogativo. A pessoa assentiu vigorosamente. Atravessei a rua, desconfiado. A criança não era uma criança. Era um homem de cerca de cinquenta anos, cuja barba grisalha e escassa mal escondia as cicatrizes de acne. Acima de tudo, ele era como eu. Um deus travesso havia colocado um dedo sobre ele ao nascer, impedindo-o de crescer.

– Mestre Metti?
– O quê?
– O senhor é Filippo Metti?
– Nunca ouvi falar. Sente-se, meu garoto.
– Não posso, estou esperando alguém na frente da estação.
– *Estamos* na frente da estação. Melhor esperar sentado. Quer beber algo? Um vinho quente?
– Nada, senhor.
– Você me permite pedir algo? – ele disse, empurrando três copos vazios para o lado e fazendo um sinal ao garçom.
– Sente-se, ao menos.
Com os olhos fixos na entrada da estação, me sentei na ponta da cadeira. O garçom trouxe um copo fumegante e de cheiro um pouco acre, colocou-o na mesa sem nos olhar.
– Está procurando emprego, garoto?
– Não, senhor. Vou embora amanhã.
– Hum, que pena. Sou Alfonso Bizzaro. Sim, é meu nome verdadeiro. Alfonso Bizzaro, filho bastardo de pai espanhol e mãe italiana, proprietário, diretor artístico e intérprete principal do Circo Bizzaro, cuja tenda você veria no terreno baldio logo atrás da estação se ela não tivesse desmoronado depois dos ventos de ontem. E você?
– Mimo. Vitaliani.
– O que está fazendo em Florença, Mimo Vitaliani?
– Estou aqui a trabalho. E se eu tiver tempo, gostaria de ver os afrescos de Fra Angelico. Assim posso descrevê-los para uma amiga que nunca os viu.
– Quem é esse Fra Angelico?
– Um monge e um grande pintor do Renascimento italiano. Data de nascimento desconhecida, morto em 1455.
– Pena que esteja indo embora amanhã. Preciso de pessoas como você.
– Para quê?

– Para o meu espetáculo, ora. Uma recriação de uma luta entre homens e dinossauros. Os dinossauros são interpretados por atores fantasiados, e pessoas como você e eu interpretamos a humanidade em perigo. Com a diferença de tamanho, fica muito impressionante. *Sold-out* todas as noites.

Em quatro anos, Viola tinha me transformado profundamente. Nunca senti isso mais do que quando respondi, eu o *Francese*, eu o filho de analfabetos:

– Os dinossauros e os homens não foram contemporâneos.

Bizzaro me olhou com um ar estranho, depois soltou um assobio.

– Nossa, você é um anão instruído.

Eu me endireitei, furioso.

– Não sou anão.

– Não? O que você é, então?

– Escultor. Um grande escultor. Serei um dia.

– Anotado. Enquanto não cresce, e se mudar de ideia, sabe onde me encontrar. Você pode pagar?

Ele terminou a bebida de um gole e se afastou, com as mãos nos bolsos, sob meu olhar atônito. O garçom apareceu na mesma hora e estendeu a mão.

– Uma lira.

Eu não tinha dinheiro, nunca tive, nunca tinha precisado ter. Ele percebeu, me agarrou pelo colarinho.

– Mimo Vitaliani?

Um homem se aproximava, depois de atravessar os trilhos do bonde. Ainda era jovem, não devia ter nem quarenta anos, mas algumas décadas a mais se acumulavam em seus olhos. Sua manga direita pendia, vazia da carne forte e saudável que um dia a habitara. Ele voltava do front, que se inscrevera em seu corpo, em rugas inesperadas para um homem de sua idade, em pesadelos que o perseguiam mesmo acordado e o faziam afundar, imperceptivelmente, a cabeça entre os ombros.

– Sou Filippo Metti. Você deveria me esperar na frente da estação.

– Desculpe, mestre. Eu...

– Uma lira – repetiu o garçom.

Metti examinou os quatro copos em cima da mesa, ergueu uma sobrancelha zombeteira.

– Você não perde tempo, hein.

– Não, eu...

– Tudo bem. Estou atrasado, afinal. Mas já vou avisando que no ateliê não se bebe – ele disse, pagando.

Eu não estava nem aí para o ateliê. Para começo de conversa, eu queria ir embora daquela cidade. Voltar, saber notícias da Viola, ainda que aquela viagem, no fundo, me permitisse evitar pensar nela, no fato de que ninguém poderia se recuperar de uma queda como aquela. Eu queria acabar com Florença. Como se fosse possível. Florença era Viola, eu logo entenderia isso: machucada e fanática e doce. Era *ela* que decidia quando acabava.

Atravessamos a cidade a pé, apesar do frio, desviando de bondes e carruagens puxadas por cavalos de olhos tristes. Cada prédio me chamava a atenção, cada rua, cada sequência, cada nova perspectiva me sugava, dando a meu caminhar um ritmo cambaleante que me valeu um olhar reprovador de Metti. A cada passo, era preciso escolher entre dez formas de beleza, dez histórias diferentes. Cada cruzamento era uma renúncia. A cidade penetrava em mim e nunca mais me abandonaria. Nem a grandiosidade de Roma, nem a magia de Veneza ou a loucura de Nápoles me fariam esquecer Florença. Não era uma das cidades mais bonitas da Itália, era a mais bonita. Viola, de novo.

– Você tem certeza de que está bem? – perguntou Metti.

– Sim, mestre.

– Está com uma cara estranha. Parece... que vai chorar.
– Eu só estava pensando em uma amiga. Ela está no hospital.
Ele estremeceu, murmurou "hospital" e teve outro calafrio.
– Sinto muito. Vamos apertar o passo, está escurecendo.
– Onde estão os blocos de mármore?
– Blocos de mármore? – ele repetiu, surpreso. – Bem... no ateliê.
Ele me olhou intrigado e voltou a caminhar. Atravessamos o Arno pela Ponte di Rubaconte – os alemães a destruiriam em 1944, para grande alegria da Ponte Vecchio, que se tornaria assim a ponte mais antiga da cidade. Do outro lado, seguimos a margem para o leste, por cerca de dois quilômetros, deixando para trás a atmosfera da cidade em direção a campos pálidos e gelados. No fim de uma estrada de terra, um prédio de paredes desgastadas dominava a paisagem árida. Um arco majestoso levava a um pátio transformado em armazém, com muitas janelas ao redor. Uma sensação de ordem e simetria reinava no lugar, misturado ao doce amargor do abandono. Uma melodia de cinzel e talhadeira escapava de várias janelas do primeiro andar, acompanhada por um contraponto de chamadas, perguntas e ordens amplificadas por corredores invisíveis.

Metti entrou na ala norte, subiu com seu passo pesado até o segundo andar e abriu a porta de um cômodo mobiliado com uma cama e uma bacia de cobre cheia de água.

– Você vai ficar aqui.

– Quando posso ver os blocos? Quero ir embora o mais rápido possível.

– Mas que história é essa de blocos?

– Os que meu tio quer comprar do senhor.

Metti olhou para mim como se eu fosse louco, e eu fiz o mesmo.

– Não estou entendendo nada dessa história de blocos, garoto. Já foi tudo acertado com seu tio. Estou alugando seu serviço para o ateliê, pois preciso de mãos para a construção do Duomo. Ele vai continuar pagando seu salário como antes.

Então entendi. Não tudo, não os detalhes, mas o principal: Zio tinha se livrado de mim.

– Não posso ficar.

– Como quiser. Você pode passar a noite aqui. Se ficar, começa amanhã às 7 horas, na área de corte, logo atrás do prédio principal.

Ele se afastou, um pouco inclinado, com um estranho desequilíbrio do tronco, projetando o ombro direito a cada passo, como para compensar a ausência do braço. Me deixei cair sobre o colchão de palha, atordoado. Então me lembrei da mensagem de Alberto para Metti. Abri febrilmente o envelope. Ele continha outro envelope, com a inscrição WIWO. Alberto tinha tentado escrever meu nome. Dentro dele, uma única folha, na qual ele havia desenhado – e ele desenhava bem, aquele sacana, com uma graça digna do Renascimento – um *digitus impudicus*. Um dedo esticado, a carvão, fazendo um gesto que lhe dava vida, e que me arrancou um grunhido furioso. Mil coisas me passaram pela cabeça ao mesmo tempo. Zio teria sido um pintor extraordinário, por que havia escolhido a escultura? Ele tinha me enganado muito bem e, pior ainda, não tinha tramado aquele plano todo apenas uma semana depois de voltar. Ele não tinha se livrado de mim por vingança, depois do caso do urso que esculpi. Seu plano era muito anterior, ele simplesmente não gostava de mim. O que fazia com que não sobrasse muita gente para gostar de mim nesse mundo, pois uma delas estava no hospital e talvez, agora que eu pensava nisso, tivesse deixado de gostar.

Eu não podia ficar. Viola precisava de mim. A genialidade de Zio também estava nisso. Impossível ficar, impossível partir. Eu não tinha dinheiro. Metti pagaria por meus serviços a Zio, que nunca me pagaria. Eu era um prisioneiro. Sempre tinha sido, no fundo, mas Viola quebrava minhas correntes quase todas as noites. Fiz uma promessa a mim mesmo, um juramento sombrio em uma cama de ferro.

Alberto Susso, seu filho da puta. Um dia ainda vou matar você.

Como tantas outras promessas que fiz, não a cumpri.

Florença, anos sombrios. Um bom gancho para meu biógrafo, embora eu ainda não suspeitasse que um dia alguém se interessasse por minha vida. Eu suspeitava menos ainda que se alguém um dia se interessasse por minha vida, eu faria de tudo para complicar as coisas para ele.

Irmãos, quando eu tiver dado meu último suspiro, me levem para o jardim. Me enterrem sob uma bela pedra branca, desse Carrara que tanto amei. Não gravem nela meu nome, por favor. Deixem a pedra simples, lisa, boa para deitar. Quero ser esquecido. Michelangelo Vitaliani, 1904-1986, disse tudo o que tinha a dizer.

A área de corte, um galpão de metal ondulado, ficava nos fundos do prédio principal. Quando me apresentei, às 7 horas, as serras já estavam funcionando. Ninguém prestou atenção em mim. Dei uma mão aqui e ali e logo me transformei, como os outros seis funcionários, em um fantasma coberto de poeira de mármore. Impossível falar em meio a tanto barulho, a não ser quando os operários paravam para fumar, sentados em um bloco, os cotovelos nos joelhos e o olhar no vazio. Um sujeito macilento que parecia ser o chefe e atendia pelo nome de Maurizio me ofereceu um Toscano. Acendi o charuto como se já estivesse acostumado – eu nunca tinha fumado – e engoli um acesso de tosse com os olhos lacrimejando. Maurizio me lançou um olhar zombeteiro, mas desprovido de maldade. Ele não se contentava em fumar, ele *respirava* a fumaça marrom, inalando-a assim que ela saía de sua boca, o que lhe permitia fumar duas ou três vezes o mesmo charuto. O tabaco e a poeira de mármore cobriam sua língua, seus dentes, sua barba e provavelmente o interior de seu corpo com uma crosta amarela. Fiz questão de terminar meu primeiro Toscano e fui direto vomitar fora do prédio.

Não vi Metti naquele dia, nem naquela semana. Fazíamos as refeições no antigo refeitório – o prédio principal tinha sido um palácio, depois um convento, foi abandonado, serviu de celeiro e agora servia de ateliê para Filippo Metti. O primeiro andar da ala norte era ocupado pelo ateliê de escultura propriamente dito, onde trabalhava a elite dos escultores florentinos. Metti tinha sido um dos artistas mais proeminentes da cidade, até perder o braço em uma explosão em Caporetto. Foi exatamente isso que aconteceu. Um obus tinha interrompido o ataque que ele liderava, forçando sua seção a recuar sob uma chuva de terra. Ao retornarem para o abrigo, ele anunciou: "Escapamos por pouco, poderia ter terminado mal", até que um soldado lhe perguntou onde estava seu braço.

A área de corte era um inferno, o porão do navio, o trabalho mais ingrato. Nós recortávamos e ajustávamos os revestimentos de mármore destinados às fachadas. Às vezes, desbastávamos os blocos destinados às esculturas, se o trabalho não tivesse sido feito na pedreira. Metti acabara de conseguir um dos contratos mais importantes da região, a restauração de parte do Duomo. Havia tanto trabalho que ele contratava até estrangeiros. No refeitório, a diferença era evidente entre a elite, os escultores, alegres, que não deixavam de brincar enquanto comiam, e "os do corte", cobertos de pó da cabeça aos pés, curvados em silêncio sobre seus pratos. Por mais arrogantes que fossem os escultores, e eles eram, eles não nos criavam problemas. A área de corte era um reduto de durões, ex-condenados, desertores, homens com todas essas pequenas covardias que, para serem suportadas, exigiam uma grande coragem.

Durante essa primeira semana, consegui ganhar um selo postal. Escrevi para Alínea (na casa de sua mãe, pois era fácil imaginar Zio interceptando minha correspondência) e na mesma carta incluí uma mensagem para Viola. Todas as manhãs, eu abria os olhos com uma bola no estômago, em um mundo que eu não sabia se ainda abrigava minha melhor amiga. Tornei-me um mago, buscando mil presságios no decorrer de um dia, inventando-os se necessário. *Três corvos naquela chaminé, ela está mal. Se eu conseguir subir essa escada sem respirar até o próximo andar, ela sobreviverá.* À noite, depois do jantar, eu vagava pela margem encharcada do Arno, inebriado de lama e ar frio, fascinado pelos reflexos da lua no campanário de Giotto, do outro lado. Eu nunca atravessava a ponte, porque me sentia indigno de tanta elegância, porque também não queria correr o risco de me deparar com uma obra de Fra Angelico sem Viola para vê-la comigo. Também diziam que algumas ruas não eram seguras, que se poderia ter a garganta cortada por pouca coisa.

Uma semana depois de minha chegada, Metti reapareceu. Reconheci sua maneira de andar, do outro lado do pátio.

– Então você ficou – ele observou, quando corri em sua direção.

– Sim, mestre. Eu queria lhe perguntar... Por que estou na área de corte?

– Porque preciso de mãos na área de corte, e seu tio me disse que você era um bom aprendiz para esse tipo de trabalho.

– Mas eu sei esculpir.

Ele colocou o único punho no quadril esquerdo.

– Tenho certeza disso. Mas, veja você, estou trabalhando em projetos importantes, não em decorações para casas de campo. Se trabalhar bem, prometo que poderá ter aulas com meus aprendizes e, se se sair bem, subir na hierarquia. Vamos, agora suma.

Ele voltou a circular em torno do grupo que estava estudando, no meio do pátio, um São Francisco de olhar terno. Voltei para a área de corte, com a cabeça baixa, e para minha vida de espectro. Meus companheiros logo me trataram com certo respeito. Secretamente, acho que apreciavam que eu não reclamasse do trabalho, apesar de minha estatura. Pelo contrário, eu fazia questão de participar das tarefas mais difíceis. Em troca, eles me ofereciam copos de cerveja, charutos, todos os prazeres proibidos aos quais eu nunca tivera acesso. E selos postais, minha moeda mais valiosa naqueles dias.

Doze dias depois de minha chegada, recebi uma carta de Alínea. Ela queimou em meu bolso interno até a primeira pausa, a das dez horas, quando finalmente pude abri-la, no calor de um raro raio de sol à porta do ateliê.

> *Querido Mimo,*
> *Nada de muinto novo aqui. Alberto ainda um indiota, e Anna bonita como sempre. Sentimos sua falta. Nenhuma notícia de Viola, nem os criado sabe muito. Alguns dizem que ela morreu, outros não. Mando notícias fresca assim que tenho. Seu amigo, Vittorio.*
> *PS: Emmanuele diz que espera que você volte logo, porque não é ingual sem você.*

Decidi escrever para a família Orsini, e passei a noite nisso, formulando um pedido educado com minha melhor caligrafia, explicando que estava estudando em um prestigioso ateliê em Florença e pedindo, *por favor, por piedade*, que me dessem notícias de Viola. Rasguei a carta, recomecei e substituí Viola por "Senhorita Orsini".

No dia seguinte, a serra elétrica, um dos orgulhos do corte, quebrou. Enquanto esperávamos o conserto, pegamos um velho arco de serra e cortamos os blocos manualmente. Minha altura se tornou um problema, pois alguns blocos eram mais altos que eu. Fiz de tudo para ajudar no transporte, na limpeza, mas me vi várias vezes vagando pelo quintal, onde as estátuas que saíam cruzavam as obras que chegavam para restauração. Encontrei Metti de novo na frente da estátua de São Francisco, aos pés da qual um jovem com um lenço vermelho no pescoço, usando um avental azul, acabara de colocar dois pássaros de pedra. Metti fez um sinal para mim.

– Veja esses pássaros esculpidos por Neri. Neri em breve será companheiro, ele dirige os aprendizes do ateliê. O que achou?
– Muito bonito, mestre.

Neri franziu a testa, se perguntando se deveria considerar a opinião de um cortador, qualquer que ela fosse, como um insulto. Com um encolher de ombros, decidiu aceitar o elogio, mesmo que ele não valesse nada. Metti deu um tapinha em seu braço, Neri se afastou.

– É uma encomenda da basílica de Assis – sussurrou Metti. – Eu que deveria ter feito...
– E o senhor teria feito melhor.
– Perdão?
– Eu menti. Esses pássaros...

Balancei a cabeça. A boca de Metti se contorceu em caretas quase cômicas, que no entanto revelavam uma raiva crescente.

– Você não gostou?
– Não.
– Poderia me dar sua esclarecida opinião de operário de corte?

Encarei Metti, ainda que para isso eu precisasse olhar para cima. Dezesseis anos de raiva brotaram naquele momento, de angústia engolida e fermentada, misturada com o pânico que senti ao ver minha melhor amiga cair do céu. Eu também tinha direito à minha parte de raiva.

– O senhor pode ouvir a esclarecida opinião de alguém que viu muitos pássaros. E esses dois aqui – eu disse, apontando para as esculturas – nunca vão voar.
– Como assim?
– A anatomia está incorreta. Eles parecem perus do tamanho de pardais. Mas perus que com certeza não vão voar muito longe. Além disso, eles desviam o olhar do santo para baixo, quando o senhor deseja expressar o contrário, não?

– E você pode fazer melhor.
– Acho que sim.
Ele se virou para um aprendiz que passava e o chamou furiosamente.
– Você aí, me traga uma maleta de ferramentas.
Depois, para mim:
– Está vendo esses pequenos blocos? Acabei de voltar de Polvaccio, são duas amostras. Escolha uma e faça um pássaro para mim. Veremos se ele voa.

Devo tudo a meu pai, a nosso breve convívio nessa bola de magma. Fui suspeito de indiferença porque pouco falava sobre ele. Me acusaram de tê-lo esquecido. Esquecido? Meu pai viveu em cada um dos meus gestos. Até minha última obra, até meu último gesto. Devo a ele minha ousadia com o cinzel. Ele me ensinou a levar em conta a posição final de uma obra, já que suas proporções dependem do olhar direcionado a ela, de frente ou de cima, e de que altura. E a luz. Michelangelo Buonarroti tinha lixado sua *Pietà* incansavelmente para capturar o menor brilho, sabendo que ela seria exposta em um local escuro. Por fim, devo a meu pai um dos melhores conselhos que já recebi:
– Imagine sua obra terminada ganhando vida. O que ela faria? Você precisa imaginar o que aconteceria no segundo seguinte ao momento que você eternizou, e sugerir isso. Uma escultura é uma anunciação.

Sentado em um canto do ateliê de corte, comecei a trabalhar no bloco que Metti me ofereceu. Meus colegas me observavam com curiosidade, seduzidos por aquele patinho feio que parecia ser um cisne, talvez um pouco desajeitado, mas eles não tinham muitas oportunidades de se alegrar e não iriam reclamar. O mármore tinha uma textura perfeita, própria de Carrara. Dúctil, maleável na medida certa, nada áspero. Esculpi o pássaro que ali se escondia. Ele tinha as asas ligeiramente afastadas do corpo, pois no segundo seguinte voaria para pousar no braço ou no ombro do santo. O mármore capturava a força dos músculos, sua transparência, a fragilidade do pardal. E porque um pardal não era suficiente para um santo, esculpi outro, bem ao lado do primeiro, meio estufado em suas penas, como se os dois tivessem acabado de rolar por brincadeira, por tédio, ou para disputar os favores do franciscano. Passei o último dia polindo e, quando finalmente recuei para avaliar meu trabalho, esbarrei de costas no círculo de operários reunidos a meu redor. Metti apareceu atrás de Maurizio, que o havia chamado.

– Veja, patrão, venha ver o que sabemos fazer no ateliê de corte. Não hesite em nos dar um aumento.

As risadas se multiplicaram, logo abafadas pelo olhar severo que Filippo Metti lançou ao grupo. Ele se aproximou dos pássaros e teve a estranha reação que acolheria minhas obras ao longo de toda a minha vida: um momento de hesitação, um olhar de vaivém da obra para mim, e embora as palavras não fossem exatamente essas, era como se ele estivesse dizendo *como esse nanico conseguiu fazer isso?* Ele estudou meu trabalho, esticou os dedos para tocá-lo, movendo-os por todos os ângulos. Conforme examinava, ele corava. Então ele explodiu:

– O que você está pensando? Que eu tenho espaço para mais um escultor no ateliê? Existe uma hierarquia, tradições, e elas são respeitadas aqui. Você tem talento, é certo, muito talento, talvez até seja o mais talentoso que já vi, mas isso não muda nada. Não entendo por que seu tio me disse que você era um trabalhador não qualificado, e não quero me envolver em seus assuntos de família. Você fica no corte.

Ele saiu em meio a um silêncio pesado. Momentos depois, ele voltou e plantou um dedo em meu peito.

– Você começa no ateliê hoje à tarde. Fique avisado que não posso pagar, não tenho orçamento. Bem, talvez cinquenta liras a mais do que pago a seu tio todos os meses. Você as receberá diretamente.

Atordoado, eu o observei sair. Cinquenta liras, um sexto do que ganhava um operário. Para mim, uma fortuna. O suficiente para comprar uma pilha enorme de selos para escrever para Pietra d'Alba, para Vittorio, para os Orsini, para qualquer um que pudesse me dar notícias de Viola. O suficiente para eu um dia ir embora, deixar aquela cidade tão bela e tão dura, para continuar de onde Viola e eu havíamos parado.

Até lá, eu teria que sofrer um pouco.

Como um duende de gesso, entrei no ateliê sob os olhares desconfiados de uma dúzia de escultores. À frente deles, Neri ainda não tinha vinte anos. Ele viu meus pássaros e me odiou na mesma hora. Para não ficar atrás, e porque já havia passado da idade dos contos de fadas em que o ódio se transforma em amizade sólida, retribuí com o mesmo ódio. Nas semanas seguintes, fui alvo de intimidações discretas, mais ou menos sérias, perpetradas por Neri e seus capangas. Continuei almoçando e jantando com o ateliê de corte, o que não aumentou minha popularidade no ateliê de escultura, cujos residentes se gabavam de respirar um ar único e raro, o do talento, embora nenhum deles o tivesse. Nenhum deles, com exceção de Neri. Eu tinha sido um pouco duro com seus pássaros, eles eram bastante bem-feitos. Mas eu tinha feito melhor.

Minhas ferramentas desapareciam regularmente. Meu banquinho desabou – o pé tinha sido serrado. No entanto, eu não ameaçava muita gente, tinha sido relegado às tarefas menos nobres. Para mim, as conchas, as plantas, os animais, os ornamentos de fonte. Nunca os santos, os apóstolos, nada que se aproximasse de perto ou de longe da Divindade. Quanto à Sagrada Família, ou o Pai em pessoa, nem pensar. Eles eram o apanágio de Neri e de dois idiotas que eu chamava de Uno e Due (não lembro de seus verdadeiros nomes), que concordavam com tudo o que o líder dizia.

Neri não importava. Minha raiva não era dirigida contra ele, mas contra os Orsini. Talvez até contra Viola, pois ela só podia estar viva. Uma garota como ela era imortal. Por que me deixavam sem notícias? Vittorio me escrevia regularmente e suas cartas se pareciam com a primeira: *Alberto é um indiota, estou apaixonado, ninguém sabe o que aconteceu com Viola.*

No início de fevereiro de 1921, três meses depois do acidente, um período mais ameno levou os florentinos para as ruas depois de um inverno particularmente rigoroso. Uma brisa descia o Arno, um cheiro de pastagens dos Apeninos, e o prédio se esvaziou. Neri me proibiu de sair, pois era preciso vigiar o ateliê, o que foi bom. Uma hora depois, recebi uma carta com o cabeçalho dos Orsini. Era de Francesco, o irmão seminarista. Durante uma visita aos pais, ele encontrou minha carta abandonada em uma escrivaninha. Ele me falou de sua irmã, finalmente. Desdobrei a carta, sem respirar.

Viola tinha fraturado o crânio, uma vértebra, três costelas, as clavículas, as duas pernas e perfurado um pulmão. Ela tinha passado três semanas em coma. A seu lado, especialistas de toda a Europa haviam feito prognósticos e augúrios variados, quase sempre sombrios, que Viola se empenhava em contradizer. Ela havia acordado, certa manhã, com apenas sequelas neurológicas: uma amnésia total do acidente e um leve problema de dicção, que, segundo Francesco, estava desaparecendo. Ela seria levada para Pietra d'Alba nas semanas seguintes, onde continuaria sua recuperação. "Ela está bem, mas não quer ver ninguém." Francesco havia sublinhado a palavra "ninguém". Seguia-se um trecho sobre meu urso, ainda no mesmo lugar, perto do espelho d'água. "Monsenhor Pacelli ainda fala do 'jovem escultor de pequeno tamanho, mas de grande talento'." Então Francesco acrescentou, como se tivesse esquecido um detalhe menor: "É cedo demais para dizer se Viola, devido à extensão de suas fraturas, voltará a andar".

Viola estava viva, era o que importava, e finalmente pude chorar. Três corvos, pousados na chaminé do prédio em frente, me estudaram com desdém, depois se inclinaram ao vento e voaram na direção do Arno.

Escrevi para Viola todas as semanas da primavera. Minha pobre Viola quebrada, perfurada, que me fazia falta a cada hora e cada minuto. A obra no Duomo ocupava todo o ateliê; a cidade ouvia o som de nossas batidas quando o vento soprava em sua direção. Eu raramente deixava o antigo convento, preferindo as conversas imaginárias com minha amiga às bebedeiras nos bares que se multiplicavam ao longo do rio. Cedendo às minhas repetidas solicitações, Metti acabou me confiando elementos arquitetônicos mais importantes, às vezes um personagem menor do panteão. Homens de negócios bem vestidos e prelados visitaram várias vezes nosso local de trabalho. Metti e Neri os acompanhavam, detalhando, explicando, com infinita paciência, a jornada do bloco de pedra até a obra de arte.

As provocações continuaram, mesquinhas, tornadas mais dolorosas por sua falta de ambição. Eu era empurrado, ignorado, enviado em missões imaginárias. Uma noite, encontrei um gato morto em minha cama. Falei com Metti, que afastou com um gesto essas "criancices" e ordenou a Neri que colocasse as coisas em ordem. Neri me odiou duas vezes mais.

Era o ano de meus dezessete anos, e acho que foi nesse momento que começaram a me considerar perigoso ou imprevisível. Eu carregaria essa reputação por toda a vida, provavelmente porque a alimentei um pouco. Em junho, depois de enviar uma dezena de cartas para Viola, precisei me render às evidências: ela não as estava recebendo. Era melhor do que a alternativa: ela as estava recebendo e não respondia. Por um momento, considerei gastar minhas parcas economias em uma viagem para Pietra d'Alba, mas quem era eu para exigir entrar na casa dos Orsini? Francesco tinha sido claro. *Ela não quer ver ninguém.*

Uma manhã, chegando ao ateliê, encontrei a estátua em que eu vinha trabalhado por uma semana decapitada.

– Quem fez isso?

Todos trabalhavam como se nada tivesse acontecido. Uno e Due assobiavam, Neri me ignorava. Me aproximei dele.

– Quem fez isso?

– O quê?

– Você sabe muito bem.

– Não sei de nada. Vocês sabem alguma coisa, rapazes?

– Não – disse Uno.

– Nada de nada – acrescentou Due.

Acertei Uno (ou Due) na virilha. Ele caiu, derrubando uma bancada. Os outros nos separaram, trocamos impropérios, o silêncio se fez quando Metti entrou no ateliê. Meia hora depois, Neri e eu fomos convocados para o seu gabinete, ou o que servia de gabinete: uma madeira apoiada em dois cavaletes diante de uma lareira monumental, na antiga cozinha do convento. Ele nos repreendeu distraidamente sobre as rivalidades comuns nos estúdios de artistas, esperando que pudéssemos esquecê-las rapidamente e nos convidou a trocar um aperto de mãos, o que fizemos com um sorriso hipócrita.

– Você não perde por esperar – sussurrou Neri quando saímos.

– Me faça mais uma, apenas uma, e eu mato você.

Um lampejo de medo passou por seu olhar. Eu já não era o menino de doze anos que tinha chegado a esse país estranho e maravilhoso. Eu era um italiano de verdade, um filho da seca, das privações e do fazer o melhor possível com o que se tem. Mas o que o assustou, como outros depois dele, foi imaginar que uma pessoa como eu não tinha nada a perder.

Alguns dias depois, Metti me convidou para acompanhá-lo à cidade. Eu não a visitava desde minha chegada, exceto para comprar uma ou outra coisa. Ele me fez conhecer o Duomo, subindo por escadas escondidas na cúpula. No topo, um vento terrível soprava. Florença brilhava a nossos pés, livre de sua poeira, sob um céu azul brilhante.

– O que você acha?

– Que o senhor deveria me dar o mesmo trabalho que dá a Neri.

Metti suspirou, meio divertido, meio irritado. Descemos, retomamos o caminho até o Arno, congelados. No final da Via delle Terme, pouco antes da Piazza di Santa Trinita, algumas mesas estavam colocadas no que parecia ser uma garagem. Meu mestre devia frequentar o local, já que nos trouxeram imediatamente dois cafés e uma garrafinha de aguardente.

– Como vai sua amiga, Mimo?

– Minha amiga?

– Aquela de quem você falou no dia em que chegou. Aquela que estava no hospital.

– Ah, ela está melhor. Eu acho.

Em três goles, ele tomou seu café e depois olhou fixamente para o fundo vazio da xícara.

– Neri é o chefe do ateliê. É assim.

– Não quero tomar o lugar dele. Só quero trabalhar em projetos à altura do que posso fazer.

A palavra "altura" o fez sorrir. Ele olhou quase involuntariamente para minhas pernas, que não tocavam o chão.

– Neri não gosta de você – ele argumentou.
– Neri é um *cazzino*.
– Ele também é um Lanfredini. Sua família é uma das mais poderosas da região, e seu pai é um dos principais financiadores da renovação do Duomo. Não sou ingênuo. Se consegui esse contrato, foi por causa dele. Porque seu filho dirige o ateliê. E ele merece – acrescentou Metti antes que eu pudesse falar. – Neri é um bom escultor. Não me force a escolher entre você e ele.
– Eu tenho talento!
Metti ficou sério. Ele serviu um pouco de aguardente em sua xícara vazia, a levou aos lábios, mas a pousou sem ter bebido.
– Eu também um dia achei que tinha talento. Entendi, depois, que não se pode *ter* talento. O talento não é algo que se possui. É uma nuvem de vapor que você passa a vida tentando segurar. E para segurar alguma coisa, você precisa de dois braços.
Com os olhos fixos no chão, ele parecia ter se esquecido de mim. Eu o havia perdido em um dia de neblina em Caporetto. De repente, ele estremeceu e pousou em mim um olhar febril.
– Sabe por que Neri é um bom chefe de ateliê? Porque ele é estável. Ele está ali, sobre os dois pés, sabe o que faz.
– Mas ele nunca irá além.
– Não. Ele chegou a uma parede. Mas a vantagem das paredes é que podemos nos apoiar nelas. Você, por outro lado, corre como um homem sem fôlego em uma descida, com a diferença de que sua descida está subindo. Há gênio em você. Eu o reconheço, porque acho que o compartilhei, sem falsa modéstia. Isso foi... antes.
Ele deixou algumas moedas na mesa e saiu sem dizer uma palavra, com seu peculiar jeito de caminhar. Corri para alcançá-lo, com meu peculiar jeito de caminhar, e ficamos

em silêncio até a ponte Vecchio. O rio, naquele dia, tinha um cheiro fresco, azul, um antegosto de Mediterrâneo, onde ele sempre terminava seus dias.

– Nunca vou progredir no estúdio se só esculpir obras menores – eu disse, quando alcançamos a outra margem.

– O importante não é o que você esculpe. É por que o faz. Você já se fez essa pergunta? O que é esculpir? E não me responda "quebrar a pedra para lhe dar uma forma". Você sabe muito bem o que quero dizer.

Eu não podia saber a resposta a uma pergunta que eu nunca tinha me feito, e não fingi que sabia. Metti assentiu.

– Eu sabia. No dia em que tiver entendido o que é esculpir, fará homens chorarem com uma simples fonte. Enquanto isso, Mimo, um conselho. Seja paciente. Seja como este rio, imutável, tranquilo. Você acha que o Arno se irrita?

Em 4 de novembro de 1966, o Arno romperia seus diques, transbordaria e devastaria a cidade.

O verão voltou, quase tão sufocante quanto o de 1919 em Pietra d'Alba, atenuado apenas pela presença do rio. Uma trégua frágil regia a vida no ateliê. Eu continuava confinado a restaurações e criações menores, enquanto Neri recebia as pedras mais bonitas e as encomendas mais nobres. Eu saía cada vez mais à noite, frequentando os ambientes suspeitos do pessoal do ateliê do corte. Eu me sentia bem entre pessoas que não seguiam as regras e não se importavam que eu não tivesse nascido nesse meio. Eu testemunhava brigas, ajustes de contas, traições, entre duas doses de álcool às vezes duvidosas, mas nenhum daqueles renegados jamais me chamou de "nanico". Não era raro, depois que bebíamos bastante, que um ou outro se levantasse, solene. Todos ficavam em silêncio e ouviam uma ária de ópera que nos fazia chorar. Aqueles homens cantavam porque tinham algo a dizer, e não sabiam se poderiam fazê-lo no dia seguinte. Aquelas noites, aquelas salas de chão pegajoso, preenchidas pelo canto de um Caruso clandestino, se tornavam os mais belos palcos do mundo. Os Pagliacci realmente enlouqueciam, e os Don Giovanni nem vamos falar, já que todos os que cantavam amavam e matavam o dia todo. Para cada Caruso que morreu naquele verão, para cada Di Stefano que acabara de nascer na Sicília e dava seus primeiros passos vocais, quantos destinos fracassados naqueles antros? Um passo em falso, um olhar errado, e eles cantavam *Nessun dorma* para um bando de bêbados, amputados, embrutecidos pelo cansaço e famintos, em vez de para o La Scala. Mas não acho que, entre os dois, nosso público fosse o menos conhecedor. Os *loggionisti* do

La Scala, autoproclamados guardiões do bom gosto, prontos para vaiar ao menor deslize vocal, nunca realmente ouviram ópera. Gesualdo foi um assassino. Caravaggio também. Às vezes, a arte é feita por mãos ensanguentadas.

Minha vida noturna tinha um objetivo: me impedir de pensar em Viola, de quem eu ainda não tinha notícias. Uma intuição, talvez, de que eu precisava aprender a viver sem ela. Alínea me confirmou que ela tinha retornado a Pietra d'Alba. A passagem da ambulância, em alta velocidade, bem no meio do vilarejo e da noite, tinha sido notada. Mas ninguém a via desde então. Nem mesmo Anna Giordano, que agora trabalhava em tempo integral na Villa, onde os Orsini tinham voltado a receber a alta sociedade. Viola não saía, não aparecia em público. Apenas duas empregadas, que trabalhavam para a família havia décadas, cuidavam dela.

Sem resposta de sua parte, supus que seus pais filtrassem sua correspondência. Então, por intermédio de Alínea, pedi a Anna que lhe entregasse uma carta diretamente. Ou o mais diretamente possível, ao menos. Uma vez por semana, Anna participava da grande faxina do quarto de Viola, que desaparecia nas profundezas da casa enquanto isso. Anna colocaria minha mensagem embaixo do travesseiro dela, depois de fazer a cama. Ela cumpriu fielmente a missão, e eu esperei. Uma semana. Duas. Três. O outono voltou com suas brumas, com as chuvas finas que faziam as pessoas encolherem os ombros e abafavam os sons da cidade ao longo do rio turvo. Viola não responderia. Ela não podia, ou não queria, o que para mim era quase a mesma coisa.

Eu fermentava meus maus humores, afogando o rancor em longos goles de cerveja. Agora, eu era cumprimentado imediatamente quando entrava em um de nossos bares preferidos, acompanhado de Maurizio ou de outros do ateliê de corte. Me passavam um copo sem que eu precisasse pedir. Depois do terceiro, minha generosidade natural se inflamava, eu pagava rodada atrás de rodada. Um novo cliente apareceu depois de dois meses, um sujeito alto e magro, de bochechas morenas e bexiguentas, chamado Cornutto – o chifrudo –, eu não sabia por quê. Eu entendia de onde vinha o apelido, só não conseguia imaginar alguém querendo colocar chifres em um sujeito como ele. Conheci muitos bandidos, mas ele era *realmente* assustador. No entanto, Cornutto tinha uma das vozes mais bonitas que já ouvi. Sua especialidade era a canção do imigrante, seu maior sucesso, *Riturnella*, um canto calabrês que lhe pediam batendo os copos vazios no balcão, o que ditava o ritmo da canção. Ele cantava partidas, separações – todos nos reconhecíamos em suas árias. Era fácil acreditar, ao ouvi-lo, que ele tinha trabalhado em minas que desabavam, viajado em navios que naufragavam, morrido várias vezes de fome, sede, pobreza – ele parecia ter feito tudo isso. Nessas noites de cabeça rodando, de fala arrastada e passos ainda mais cambaleantes do que o normal, eu pensava em minha mãe, em Viola, em minhas separações. Nos despedíamos ao amanhecer, jurando uma amizade eterna. Às sete horas eu estava no ateliê, agarrado a meu cinzel como a uma jangada.

Dois acontecimentos quase simultâneos, lançados ao acaso no caldeirão do outono de 1921, fizeram minha vida explodir novamente. Em 7 de novembro, dia de meu aniversário de dezessete anos, Mussolini criou o Partido Nacional Fascista, destinado a federar os *ras*, pequenos chefes que espalhavam o terror por todo o país. Neri deve ter visto uma mensagem nisso, pois minhas ferramentas voltaram a desaparecer, voltei a receber cotoveladas quando alguém passava atrás de mim no refeitório, e até mijaram em minha cama. Um dia, Maurizio flagrou Uno caminhando atrás de mim, imitando meu balanço, enquanto todos seguravam o riso. Ele o pegou pelos cabelos e o arrastou até o ateliê de corte, onde o nocauteou e colocou na frente da serra circular, dizendo que da próxima vez ele não teria a mesma sorte. Metti reuniu a todos, furioso, e nos cobriu de perdigotos. Na próxima vez, ele responderia com severidade. Eu não tinha dinheiro – gastava quase tudo nas nossas saídas noturnas – e nenhum lugar para ir. Tive que me calar, e Neri continuou sua campanha, intocável que era. Apenas Uno se manteve na linha e não falava com mais ninguém. Fiquei grato a Maurizio, mas também um pouco ressentido. Sua intervenção dava a impressão de que eu não era capaz de me defender.

Então a carta chegou. Uma manhã, sem fazer alarde, em um sopro de inverno com cheiro de carvão. Meu nome e meu endereço em tinta verde, uma cor de hortelã que só uma pessoa no mundo usava – Viola fazia a própria tinta, uma paixão que lhe restara da fase "química". Eu a mantive a manhã inteira sob o casaco, e subi correndo na hora do almoço para lê-la em meu quarto, depois de trancar a porta com chave.

Meu querido Mimo,
Recebi suas várias mensagens. Desculpe não ter respondido mais cedo. Espero que não leve a mal esta carta, mas prefiro que não me escreva mais, pelo menos por enquanto. Tive muito tempo para pensar, no hospital, e percebi que fui egoísta. Arrastei você para meus jogos infantis, fiz muito mal a muita gente, a começar por mim. Chegou a hora de amadurecer e deixar tudo isso para trás. Ficarei feliz em ver você um dia desses, para um café na Villa talvez, quando eu estiver melhor. Provavelmente riremos de nossos sonhos de antigamente. Por enquanto, é inconveniente que me escreva sem que eu o tenha convidado a fazê-lo, acredito que vá entender. É preciso saber crescer.
Tudo de bom para você,
Viola Orsini

Desci ao ateliê no meio da tarde. Passei uma hora deitado, em um estado de choque agravado pela ressaca. Tinham imitado a letra de Viola. Tinham forçado Viola a escrever aquela carta. Nenhuma hipótese fazia sentido. Eu conhecia Viola o suficiente para sabê-la não apenas capaz de escrever aquilo, mas também de acreditar. O que mais me machucou, estranhamente, foi o sobrenome que ela adicionou a seu primeiro nome, tão frio, tão distante, tão longe de nossos túmulos compartilhados e de nossos sonhos de altitude.

Neri me atacou assim que me sentei em meu banquinho.

– Onde estava? Você não é pago para fazer corpo mole.

– Eu estava doente.

– Sim, dá para ver que está doente – ele concordou, com um sorriso sarcástico.

Eu deveria ter feito como de costume, ficado quieto, mas eu já não aguentava mais.

– Vamos, Neri, no fundo eu sei que você gosta um pouco de mim.

– De jeito nenhum.

– Tem certeza?

Eu me levantei, me aproximei de um apóstolo que ele estava terminando, uma cópia destinada a substituir o original danificado, que foi para o Museo dell'Opera del Duomo.

– Esta é uma estátua para os nichos da fachada do Duomo?

– E daí?

– E daí que você nunca ouviu falar em perspectiva?

– Como é?

– Essa estátua vai ficar empoleirada a vinte metros de altura. Uma distância dessas obriga você a artificialmente aumentar suas dimensões, esticá-la, digamos, se quiser que ela pareça proporcional vista do solo. Esta aqui – eu disse, dando batidinhas no trabalho de Neri – tem as dimensões corretas quando vista de frente. Mas a vinte metros de altura, vai parecer um pouco encolhida. Como eu. E considerando que essa não é a primeira que você faz, podemos dizer que você plantou anões por todo o Duomo. Então, eu acho que, no fundo, você gosta um pouco de mim.

Ouvi risadinhas. Neri lançou um olhar pesado ao redor, o silêncio se fez. Ele deu um passo à frente e se aproximou de mim.

– Volte para o seu lugar. Ou volte a escrever suas cartas para a sua namoradinha.

Eu sempre escondia minhas cartas quando as escrevia. Eu tinha encontrado algumas amassadas, um detalhe que atribuí à minha falta de atenção. Seu comentário só podia significar uma coisa.

– Vocês leram minhas cartas?
– E se tivéssemos, o que você faria?

Eu não podia levantar a mão contra ele. Acabaria na rua imediatamente. Eu não podia fazer nada, ele sabia, eu sabia, e ele me dirigiu um sorriso satisfeito.

Eu lhe dei uma cabeçada em pleno rosto.

Filippo Metti não demonstrou surpresa quando me viu entrar em seu escritório com minha pequena maleta. Ele ficou grato por eu não dificultar as coisas para ele. Não me pediu explicações e eu não dei nenhuma, essa conversa já havia acontecido havia muito tempo.

– O que você pretende fazer? – ele perguntou apenas.

Eu tinha pensado nisso enquanto arrumava minhas coisas e não via outra solução além de voltar para Pietra d'Alba. Ninguém me esperava por lá, mas eu ficaria no pequeno celeiro da floresta, o esconderijo de nossas conspirações. O tempo de organizar um futuro do qual, por enquanto, eu não sabia nada. Eu voltaria para partir de novo. Nem mesmo tentaria ver Viola, já que a princesa havia crescido, e eu não.

– Sinto muito – ele continuou, quando não respondi nada –, estamos em meados de novembro e não posso pagar o mês inteiro.

– Claro.

Dirigi-me à porta, puxando a mala atrás de mim. As duas rodinhas rangiam – eu tinha prometido a mim mesmo que as lubrificaria, mas nunca o fiz. Eram apenas quatro horas, mas a noite já começava a se encaixar na moldura das janelas da antiga cozinha. Com a mão sob o queixo, sozinho sob o feixe de luz de uma lâmpada industrial que pairava acima dele, Filippo Metti parecia triste. Ele se levantou quando cheguei à porta.

– Espere.

De uma gaveta de sua mesa, ele tirou algumas notas, hesitou, contou mais algumas e as enfiou em um envelope. Ele se aproximou de mim e o colocou em meu bolso.

– Para garantir.

Agradeci com um aceno de cabeça. Nem ele nem eu gostávamos de efusividades. Nascemos de privações, de cintos apertados, em um ambiente onde até mesmo as emoções eram contadas. Passando a porta, olhei para trás uma última vez, pensando na expressão atordoada de Neri, nas grandes bolhas vermelhas saindo do seu nariz. E sorri.

– Mesmo assim... valeu a pena.

– Penso que não, Mimo.

Addio Firenze bella, o dolce terra pia, scacciati senza colpa, gli anarchici van via e partono cantando, con la speranza in cuor.

Nunca Cornutto cantou tão bem, o que dizia tudo. Repetimos a estrofe em coro, guiados pelo poderoso tenor. Quando fui me despedir no setor de corte, meus amigos insistiram em celebrar dignamente minha partida. Uma última *sbronza*, um pequeno porre inofensivo. Meu trem partiria de manhã, então por que não? Um primeiro bar, um segundo, Cornutto apareceu no meio do terceiro. Ele entoou, especialmente para mim e mudando o nome da cidade, *Addio a Lugano*, uma canção de anarquistas no exílio, de assassinos gentis arrancados de sua terra.

Adeus bela Florença, ó doce e piedosa terra, expulsos sem culpa, os anarquistas vão embora e partem cantando, com esperança no coração.

Tínhamos feito nossas despedidas, trocado as promessas habituais, e depois perambulei pela noite gelada, batendo de muro em muro, esperando a estação abrir. O futuro não parecia tão sombrio. Meu otimismo de bêbado calava as maldições que a aurora murmurava aos angustiados. Parei para mijar em uma parede.

Eles caíram sobre mim em cinco, com o rosto coberto por lenços. Não estavam ali por acaso, tinham me procurado. Eu me defendi bem, melhor do que eles esperavam. O álcool amortecia a dor, a raiva multiplicava minhas forças, e derrubei dois antes que os outros três levassem a melhor. Eles se atiraram sobre meu corpo caído com socos e pontapés, depois carregaram seus próprios feridos. Eu não voltaria a ver Neri por muitos anos.

Eu poderia ter morrido de frio. Nunca estive tão perto de dar meu último suspiro, de deixá-lo pairar na noite de novembro e entregá-lo ao fio gelado do rio. Senti então um aroma familiar, uma mistura de massa de pão, rosa e suor. Minha mãe. Ela me levantou, murmurou que tudo ficaria bem, que olhava por mim mesmo que eu não a visse. Senti outros cheiros, cravo-da-índia, gerânio, sândalo, sempre-vivas, anis, tédio e tristeza, o cheiro de mil mães indignadas, mil mães fantasmas cujos filhos tinham sido espancados, que vieram me ver. Recuperei os sentidos alguns momentos depois, sugando o ar como um afogado. Eu estava sentado contra uma parede. Minha mala estava aberta, minhas roupas espalhadas. Levei um minuto para pensar em procurar o envelope que continha toda a minha fortuna, uma centena de liras, em meu bolso interno. Ele havia sumido. Eu não voltaria para Pietra d'Alba. Então fiz o que meus pais me ensinaram de mais precioso, pouco depois que cheguei nesse mundo. Me levantei e caminhei.

A tenda do circo estava onde ele havia indicado, no terreno baldio atrás da estação. Um campo careca com trilhos de um lado e o pátio de um ferro-velho do outro. A poucos minutos de caminhada do Grande Hotel Baglioni, entrava-se nesse purgatório de tijolos, terra seca e metal retorcido. A tenda já conhecera dias melhores – provavelmente no século XIX. Uma bandeira gasta, no topo de um mastro plantado à frente da entrada, anunciava o nome do proprietário, a única pessoa que eu conhecia em Florença, se aceitássemos o enunciado de que ser passado para trás por ele equivalia a conhecê-lo: CIRCO BIZZARO.

As cortinas de lona estavam totalmente abertas sobre as arquibancadas de madeira cinza, cheias de farpas, que circundavam um picadeiro de cerca de dez metros de diâmetro. Dois trailers, que não viam a estrada desde tempos imemoriais, balançavam sobre calços apodrecidos, um pouco afastados. Um cercado rudimentar abrigava um cavalo, uma ovelha, uma lhama – a primeira que eu via – e um estábulo feito de troncos. Ao amanhecer, o cenário parecia lunar, prenunciando as paisagens órfãs da Grande Depressão. Coincidentemente, Alfonso Bizzaro em pessoa emergiu de um dos trailers naquele momento, profeta alucinado de um mundo à deriva, e cambaleou até uma fonte improvisada, feita de um barril alimentado por uma mangueira que se perdia na grama empoeirada. Ele não me viu. Lavou o rosto, sacudiu a cabeça, se espreguiçou bocejando, depois fixou o horizonte.

– Então, aqui está você – disse ele por fim, de costas para mim. – O anão que não é anão.
– Você se lembra de mim? Depois de um ano?
– Um ano? Nos vimos de novo desde então. Você conversou comigo a noite toda, há um mês, naquele buraco na beira do Arno onde aquele sujeito alto cantava. Você não se lembra?
– Não.
– Não me surpreende. Com o que você tinha bebido...
Arrastando minha mala e minha dignidade ferida, mergulhei a cabeça no bebedouro e me sacudi. Tudo doía.
– Deixaram você em um belo estado, hein? Foi a escultura que o deixou assim? Uma mulher?
– Os dois – respondi, depois de um instante de reflexão.
– Se está aqui é porque está procurando trabalho?
– Se tiver. Mas não quero participar de seu espetáculo degradante.
– Veja só. E o que você considera degradante, meu príncipe?
– Fazer piada de... disso – fiz um gesto indicando nós dois.
– Ah, mas fazer piada primeiro é a garantia de que ninguém fará piada depois, fazendo-o parecer um idiota.
– Filosofia de bêbado.
Ele riu. Seu rosto estava marcado por cem anos de humilhações, apesar de ter apenas cinquenta, pelo sol, pelo frio e por diversos abusos. Mas seu riso era fresco, vinha de uma fonte de alegria invisível e inesgotável.
– Está me chamando de bêbado? Você que está fedendo a álcool. Eu adoraria acender um cigarro, mas tenho medo de que você exploda.
– Bem, você tem trabalho ou não? Faço o que for.
– *How the mighty have fallen...* [Como caíram os poderosos...] Você participa do espetáculo *A Criação*, na luta dos homens contra os dinossauros e, durante o dia, limpa, dá uma mão onde for preciso. Em troca, pode dormir no

estábulo, é alimentado, e recebe oitenta liras por mês mais as gorjetas, se o público gostar. Fechado?

Apertei sua mão. Ele segurou meu queixo entre dois dedos, virou meu rosto para o sol, que finalmente brilhava no muro do ferro-velho vizinho. Meu olho direito começou a latejar, um gosto de ferro me cobria os dentes.

– Sarah vai resolver isso para você – disse Bizzaro, apontando para o segundo trailer. – Mas espere que ela acorde. Senão ela fica de mau humor.

Foi assim que me juntei ao circo Bizzaro. O que, por sorte, nenhuma das pessoas que mais tarde se interessou por mim, ou que tentou me prejudicar, descobriu. Bizzaro tinha estacionado seu circo em Florença depois de anos de errância pelo mundo, segundo ele próprio. Ele afirmava ter participado de várias turnês europeias do *Buffalo Bill Wild West Show* e ter conhecido bem William Cody. Viajou por toda a Europa, fez espetáculos clandestinos durante a guerra, divertiu príncipes e plebeus. Eu nunca soube o que ele inventava e o que era verdade. Mas pude verificar, em contrapartida, que ele falava seis ou sete línguas com fluência e que era um saltimbanco genial. O número em que ele fazia malabarismos com adagas mergulhadas em veneno (na verdade, chá misturado com carvão moído, o que não tirava o mérito de fazer malabarismo com adagas) atraía uma multidão considerável. Quase todas as noites, renegados e clientes do vizinho Hotel Baglioni, mendigos em busca de abrigo e membros da alta sociedade se apinhavam nos mesmos bancos, ombro a ombro.

O modelo econômico do circo Bizzaro era incerto. Não havia uma trupe propriamente dita, apenas um bando de homens à deriva recrutados por Bizzaro na saída da estação. Por uma noite ou cem, eles vestiam uma fantasia de dinossauro no espetáculo que toda a Itália queria ver (segundo os panfletos que distribuíamos na entrada): *A Criação*. Em que Deus criava os dinossauros, depois os homens, e os observava lutar. Viola teria ficado horrorizada, o que me incentivou, só para contrariá-la, mesmo que ela não soubesse, a aceitar o papel de primeiro humano perseguido por um diplodoco desajeitado. Em algumas noites, via-se o rabo de um temível saurópode balançar, porque o ator que vestia essa parte da fantasia estava bêbado. Esses imprevistos faziam toda a graça do espetáculo, e as pessoas o frequentavam sabendo disso. Em algumas ocasiões, sem que ninguém soubesse o motivo, a apresentação descambava para uma briga generalizada.

Os espetáculos provavelmente não seriam suficientes para garantir o dia a dia, mas havia Sarah. Sarah se aproximava rapidamente dos sessenta anos. Parecia dez anos mais jovem, apesar da dureza da vida naquele ambiente. Sua corpulência suavizava suas rugas, que só apareciam quando ela ria, o que acontecia com frequência. Sarah, também conhecida como Signora Kabbala, nome inscrito em letras vermelhas no frontispício de seu trailer, era vidente durante o dia e, à noite ou entre as sessões, exercia a mesma profissão milenar da mãe do Zio. As duas profissões se complementavam à perfeição. Não era raro ela anunciar a um cliente solitário: "Vejo um belo traseiro no seu futuro", para depois levá-lo para os fundos do trailer e justificar seu pagamento. O cliente saía satisfeito, mesmo tendo pago duas vezes, pela previsão e pelo traseiro, e contava a quem quisesse ouvir que Signora Kabbala de fato via o futuro.

Sarah me atendeu naquela manhã por volta das onze horas, quando finalmente saiu para o sol. Não para aquele tipo de serviço, obviamente. Ela tratou de meus ferimentos com certo vigor, mas eu me entreguei a um prazer que não sentia desde que tinha deixado a França. Alguém estava cuidando de mim.

– Quer que eu leia o seu futuro, garoto?
– Não precisa, estou viajando no tempo.
– Hein?

– Pois é. Vim do passado. Há um segundo eu não estava aqui, e agora estou.
– Hein?
– Nada.
Eu a ouvi murmurar "ainda mais louco que Alfonso" antes de sair do trailer.

Eu me tornei um palhaço, um palhaço sombrio, totalmente sem graça. Eu, Mimo Vitaliani, em quem algumas pessoas, dentre as quais minha mãe e Viola, tinham depositado tantas esperanças. Mas minha mãe e Viola tinham me abandonado. E elas estavam erradas. Não havia lugar para alguém como eu no lugar em que elas queriam. Meus detratores estavam certos desde o meu nascimento: meu lugar era no circo.
Me tornei membro permanente da trupe, o único ao lado de Bizzaro e Sarah. Os outros iam e vinham, dormiam não sei onde e reapareciam, ou não, no dia seguinte. Sarah às vezes interpretava Eva no espetáculo A *Criação*, uma Eva rechonchuda e seminua que era engolida por um animal vermelho com grandes asas, de raça desconhecida. O público adorava. Metade das pessoas que eu conhecia na época tinha minha altura. Longe de me tranquilizar, essa companhia me deixava desconfortável, talvez porque isso só existisse sob a tenda do circo. Ela nos singularizava, em vez de nos normalizar. O público vinha nos ver cair, ser pisoteados enquanto tentávamos escapar dos dinossauros que, a crer o Evangelho segundo Bizzaro, disputavam a dominação da Terra conosco, os humanos. Todas as noites, eu brigava com Bizzaro e pedia a ele para escrever um espetáculo menos degradante. Ele abria a cortina de lona dos bastidores para uma plateia sempre lotada e me olhava com um ar zombeteiro. E todas as noites eu me degradava um pouco mais, caindo e rolando em uma lama que eu precisava limpar com álcool.

No início, Sarah e eu nos medíamos como duas feras selvagens. Ela quase sempre me encarava com um olhar penetrante, perturbador, como se estivesse tentando ver atrás do adolescente que, à noite, frequentava todos os lugares inapropriados da cidade e voltava pálido como a morte, com ressacas dantescas. Eu apreciava sua presença calmante, a maneira brusca com que ela às vezes fazia, a mim e a Bizzaro, algumas previsões, embora eu zombasse abertamente de seus tarôs, um mundo sem sentido que Viola me ensinara a desprezar. Passávamos nossos dias nos procurando e nos evitando.

Uma noite, depois de eu tê-la ajudado a carregar lenha até seu trailer, ela me segurou. Abriu um baú e tirou uma caixinha de papelão azul, desatando cuidadosamente a fita. Dois frutos estranhos repousavam dentro dela, em um pequeno leito de tafetá que carregava a marca de vários outros.

– Você já comeu tâmaras? Um cliente me traz tâmaras uma vez por ano. Elas vêm de longe, faço com que durem. Têm recheio de pasta de amêndoa. Pode provar, são minhas últimas.

– Mas se são as últimas...
– Prove, vá por mim.

Peguei a tâmara, mordi a polpa pegajosa, engoli quase inteiro aquele tesouro exótico. Sarah sacudiu a cabeça, mordeu a metade da sua e a deixou derreter na boca, com um prazer sensual que me fez corar. Olhei para o lado. Na minha frente, havia um baralho sobre uma pequena mesa quadrada onde queimava um incenso.

Quando me virei, a tâmara tinha desaparecido. Sarah me encarava com aquele olhar que me deixava desconfortável.

– O tarô intriga você. Me faça uma pergunta.
– Está bem. Você realmente acredita nessas bobagens?

Ela pareceu surpresa, depois balançou a cabeça.

– Desde que nascemos, só fazemos uma coisa: morrer. Ou tentar adiar, da melhor maneira possível, o momento fatídico. Todos os meus clientes vêm pelo mesmo motivo, Mimo. Porque estão aterrorizados, não importa a maneira como expressam isso. Eu tiro as cartas e invento palavras que os consolam. Todos saem com a cabeça um pouco mais erguida e, por um curto período, com um pouco menos de medo. Eles acreditam, e isso é o que importa.

– Visto assim, claro...
– Pois é. Visto assim.
– E você, como lida com o medo da morte, já que não pode mentir para si mesma?
– Eu como tâmaras.

Ela lançou um olhar quase triste para a caixa vazia e colocou uma mão em minha bochecha.

– Você não tem medo da morte, Mimo?
– Não. Não da minha, em todo caso.
– Então você não é como os outros.
– Sério? Ninguém nunca me disse isso.

Sarah caiu na gargalhada, juntando-se à lista daqueles que achavam graça do meu mau humor, a lista dos meus amigos. Voltei para o meu estábulo, mas mal dei alguns passos pelo terreno e ela apareceu à porta de seu trailer.

– Ei, Mimo!
– Sim?
– Quando chegar a sua vez, e espero que demore bastante, acredite em mim: você vai ter medo. Medo, como todo mundo.

O ano de 1922 passou ao ritmo do Arno, no ambiente quase monocromático de nosso terreno, onde a única variação à cor de terra era a do tijolo. Aprendi a ler o futuro próximo no mármore das torres e das fachadas distantes. Brilhantes, elas anunciavam chuva. Opacas, um dia sufocante. Durante o dia, eu raramente deixava o circo, com medo de ser reconhecido por alguém. Em meus pesadelos, esse alguém costumava ter o rosto de Neri ou o de Metti. Eu não sabia o que mais temia, alegrar o primeiro ou decepcionar o segundo.

À noite, Bizzaro e eu pilhávamos a cidade. Meu empregador complementava sua renda com pequenos furtos ou atividades de receptação. Frequentávamos os mesmos bares de antes, onde todo mundo parecia conhecê-lo. Às vezes ele encontrava personagens estranhos, que eu nunca tinha visto, e conversava em uma das muitas línguas que dominava: inglês, alemão, espanhol com certeza, e três ou quatro outras que não me eram familiares. Era difícil confiar em alguém naquele tempo, mas eu nunca me senti tão à vontade como entre aqueles bandidos com um código de honra singular. Não importava se você fosse fascista ou bolchevique, católico ou ateu. Todos éramos bêbados, vermelhos, inchados, éramos um só povo, agarrados uns aos outros enquanto singrávamos a noite, protegidos das tempestades.

Nos primeiros dias de sol, senti falta do cheiro dos bosques de Pietra d'Alba, uma dor quase física que me impediu de me levantar certa manhã. Escrevi uma longa carta para Viola, uma carta cheia de insultos em que a chamei de traidora e reneguei tudo o que tínhamos vivido. No dia seguinte, arrisquei uma saída à cidade para ir ao correio e pedir que encontrassem minha carta e não a enviassem de jeito nenhum. Riram na minha cara, os Correios Italianos eram o orgulho do reino e não se tornaram assim mantendo a correspondência em espera. Voltei para casa para escrever uma nova carta, na qual supliquei a Viola que ignorasse a primeira. Não coloquei nenhum endereço de retorno – não queria que ela soubesse o que eu estava fazendo.

Lembro-me de poucas coisas daquele ano. Os dias se pareciam, as noites nem se fala, passávamos de um a outro sem realmente entender como. Bizzaro era uma figura estranha, amigo e pai ao mesmo tempo, embora fosse impossível baixar a guarda a seu lado. Não era raro, quando estávamos tendo uma boa noite depois de um bom espetáculo, ele me chamar de "meu anão", ao que eu sempre respondia que não era nem anão nem dele, e estávamos sempre a um passo de brigar. Um companheiro de bebedeira nos separava e nos forçava a apertar as mãos, algo que fazíamos com relutância, cada um tentando esmagar os dedos do outro enquanto sorria.

Em uma manhã de julho, acordei com uma sensação desagradável. Tive um sonho em que, durante o espetáculo, vestido de homem das cavernas, eu via Viola na plateia, na primeira fila. Eu tentava me esconder atrás dos outros, mas a luz se apagava e um holofote era apontado para mim, monitorando cada um de meus movimentos. Não foi a lembrança do pesadelo que me entristeceu, mas o fato de, no sonho, o rosto de Viola estar um pouco embaçado. Eu não o via fazia quase dois anos. Ele desaparecia aos poucos, erodido pelo vento dos segundos, dos minutos, por todo o tempo que soprava entre nós.

Sarah entrou pouco depois no estábulo, segurando uma caixa de metal.

– Você está acordado, perfeito. Quer contribuir, para o Alfonso?

Ela sacudiu a caixa e a estendeu em minha direção. O aniversário de Alfonso se aproximava, a trupe estava juntando dinheiro para lhe dar um anel de sinete. Bizzaro adorava joias. Ele sempre usava um anel ou um colar da mais perfeita fantasia, às vezes misturados com peças surpreendentes, de origem desconhecida, que pareciam perigosamente autênticas. Coloquei algumas notas na caixa, mas já tinha *minha* ideia de presente. Os rapazes do ateliê de corte, os únicos que eu sempre via, tinham me trazido um pequeno bloco de mármore, um cubo de cerca de trinta centímetros de lado, e algumas velhas ferramentas. Por uma semana, voltei a esculpir, pela primeira vez em seis meses.

Alguns dias depois, a trupe se demorou depois do espetáculo, em vez de se dispersar como de costume. Sarah subiu em uma mesa, bateu em uma panela. Ela lembrava uma pera de cabeça para baixo. Abundante na parte de cima, mas com pernas surpreendentemente finas, das quais tínhamos uma visão espetacular naquele momento. Ela fez um pequeno discurso agradecendo a Bizzaro por tê-la apoiado por tanto tempo. Bizzaro recebeu seu anel, que todos quiseram admirar. Algumas garrafas de vinho foram abertas, passaram de mão em mão, havia até mesmo copos, que foram ignorados para beber diretamente da garrafa. Esperei até um momento em que Bizzaro estivesse sozinho e o puxei pela manga.

– Tenho um presente para você.
– Mais um?

Levei-o até seu trailer, que nunca estava trancado. O interior estava sempre impecável, em perfeito contraste com seu dono – Sarah cuidava carinhosamente de tudo, embora não houvesse nenhuma ligação romântica óbvia entre os dois. Na mesa, eu tinha colocado minha escultura. Assim como o urso de Viola, eu tinha incorporado o tempo, limitado, a minha obra, e esculpi apenas a parte superior do cubo. Ele representava nosso terreno em perspectiva, ligeiramente elevado, e não fiquei pouco orgulhoso do resultado. Era possível ver o topo da tenda, os trailers, um animal mais ou menos destacado da pedra. Em vez de uma escultura em três dimensões, escolhi fazer um baixo-relevo. O olhar pairava sobre o terreno em uma manhã de inverno, quando uma névoa impenetrável e estática apagava tudo até um metro do chão. Só esculpi o que emergia disso.

Recebi o olhar que estava começando a me irritar, e a frase que vinha com ele.

– Foi você que fez isso?
– Não, foi o papa. Ele não pôde vir, mas pediu desculpas e deseja a você um feliz aniversário.

Bizzaro olhava para o seu circo de mármore, como se não tivesse me ouvido. Seus olhos brilhavam. Eu tossi, constrangido.
— Quantos anos você fez, então?
— Dois mil anos, Mimo. Dois mil anos, mais ou menos. Mas não conte a ninguém.
Com o dedo, ele acariciou a tenda do circo. Ele engoliu em seco várias vezes e, finalmente, se virou para mim.
— Então é verdade.
— O quê?
— Você é um escultor.
— Eu disse, no primeiro dia, na estação.
— Se você soubesse o que me dizem no primeiro dia, na estação... A questão, agora, é saber o que você está fazendo aqui.
Eu o senti afundar, entrar em um de seus humores amargos. Não havia um motivo. Eu já não era uma criança, faria dezoito anos naquele ano, eu bebia bastante e aguentava o álcool como os melhores. Não me deixava mais ser pisoteado havia muito tempo.
— Você quer que eu vá embora? Porque se quiser, é só dizer.
— Não, não quero que você vá embora.
— Ótimo. Podemos voltar a beber, agora?
Ele semicerrou os olhos, examinou a barba ainda macia que cobria minhas bochechas, os cabelos que eu havia parado de cortar. Parecia prestes a fazer outra pergunta, mas me deu um tapinha no ombro.
— Boa ideia, vamos voltar a beber.

De vez em quando, os carabineiros faziam uma visita ao circo. Eles reviravam toda a palha da estrebaria onde eu dormia e o trailer de Bizzaro. Nunca encontravam nada. Eles se mostravam muito mais educados com Sarah, se contentando com uma visita de cortesia. Uma delicadeza provavelmente devida ao fato de que ela os convidava para "ver a Criação" e se sentava, durante essas buscas, com a saia levantada até os joelhos, as pernas um pouco afastadas. Os carabineiros iam embora cheios de respeito pelos mistérios do universo, que não imaginavam tão carnais e peludos. Às vezes, o capitão ainda se demorava para "buscas adicionais", cujo entusiasmo fazia o trailer tremer. Ele ia embora sem pagar, o que Sarah não contestava. O homem estava em dívida com ela.

O circo Bizzaro era quase uma cidade independente, um Estado dentro do Estado, com sua própria moral e suas leis. Mas isso era verdade para cada província italiana, cada vilarejo, onde as grandes promessas do Risorgimento tardavam em se realizar. Em vez de um reino unido, ainda éramos uma miscelânea de pequenos chefes, mandachuvas, bandidos, figurões. Em 28 de outubro daquele ano, os mais poderosos entre eles, fascistas, *squadristi*, antigos resistentes, tentaram a sorte. Uma tropa heterogênea marchou sobre Roma, determinada a intimidar o governo vigente. Apesar do sucesso em reprimir os tumultos socialistas, dos quais fui testemunha, estavam mal armados, hesitantes e, acima de tudo, inseguros. Tão inseguros que seu corajoso líder, Mussolini, tremendo em suas calças bufantes de antigo socialista e futuro ditador, preferiu ficar em Milão. Ele julgou mais prudente não se juntar à marcha, para poder fugir para a Suíça se as coisas dessem errado. A época era de covardia. E porque a época era de covardia, o governo e o rei decidiram deixar as coisas acontecerem, em vez de enviar o exército, que no entanto estava pronto para agir. O covarde de Milão se viu, da noite para o dia, à frente do governo, coisa de que foi o primeiro a ficar surpreso. Por todo o país, todos os tiranetes de pátio de escola, de fundo de quintal, de fim de linha, descobriram que sempre estiveram certos. Eu ainda não avaliava o impacto duradouro desse dia em meu destino, mas ele teve um efeito imediato: deixar Bizzaro muito mal-humorado, mais do que o habitual.

Sarah me comunicou sua preocupação várias vezes, afirmando que nunca o vira daquele jeito. O circo, no entanto, estava a todo vapor, as receitas eram boas. Sarah era de uma vulgaridade sem limites e, por isso, de uma sensualidade quase mítica. Mas ela também tinha muita sutileza, era uma leitora perspicaz da alma humana, como são todos aqueles que veem o futuro. Ela estava certa de se preocupar, embora, olhando para trás, eu ainda tenha dificuldade de entender como um acontecimento levou ao outro.

Era uma noite de granizo, final de novembro. Viola e eu tínhamos acabado de completar dezoito anos e, apesar de todos os meus esforços, eu ainda pensava "Viola e eu". Bizzaro e eu saíamos de nosso bar favorito, um pouco deprimidos porque Cornutto estava desaparecido havia um mês. Sem a voz dele, o álcool ficava amargo, o que não nos impedia de beber copiosamente. Eu me preparava para tomar mais uma dose quando meu companheiro disse "chega" e me puxou para fora.

Em vez de voltar para o circo, ele seguiu rapidamente para o norte.

– Para onde está indo?

Eu o segui, praguejando, cuidando para não escorregar na camada de neve fofa. Estávamos em pleno centro, mas as ruas me eram desconhecidas, tinham os nomes apagados por redemoinhos gelados. Via de' Ginori. Via Guelfa. Chegamos a uma praça no momento em que a tempestade se intensificava, à frente de uma fachada barroca que me pareceu familiar, embora eu nunca tivesse estado naquele bairro. Bizzaro contornou o prédio pela esquerda e bateu em uma porta da Via Cavour. Nada aconteceu, ele bateu de novo, mais forte.

– Está bem, está bem – resmungou uma voz abafada.
– Já vai.

Um homem finalmente abriu. Um homem como nós, de baixa estatura, com a diferença de que ele estava vestido como um monge. Com a ajuda do álcool e do frio, tive a impressão de ter caído em um romance gótico ruim, os preferidos de Viola. Era a última vez que pensava nela, sério.
– Mas o que estamos fazendo aqui? – perguntei irritado.
– Estamos congelando.
– Cale a boca e entre. Obrigado, Walter.
O monge, segurando uma lanterna, nos fez subir uma escada. No primeiro andar, ele parou em um corredor e estendeu a lanterna para Bizzaro. Acima de nossas cabeças, o teto se perdia na escuridão.
– Uma hora, não mais. E, acima de tudo, sem barulho.
Ele desapareceu. Bizzaro se virou para mim, seus dentes espantosamente brancos, ampliados pelo bruxulear da chama.
– Feliz aniversário – ele disse.
– Foi mês passado, logo depois do seu.
– Eu sei.
Ele continuava sorrindo. Olhei ao redor: um simples corredor, com várias portas entreabertas de cada lado. Ele me entregou a lanterna e repetiu:
– Feliz aniversário.
Dei um passo em direção a uma das portas. Ele segurou meu braço, apontando para outra, à esquerda.
– Aquela ali.
Entrei na sala. E fui imediatamente atingido, impactado pelas cores que se apresentavam a mim, pelo rosto daquela Virgem, de uma doçura que eu nunca tinha visto. O que era falso, já que eu tinha visto aquela mesma Virgem nas páginas do primeiro livro que Viola me emprestou. *Os pintores ilustres n. 17, Fra Angelico.* À minha frente, um anjo de asas coloridas anunciava a uma criança que ela mudaria o destino da humanidade.

Virei-me para Bizzaro, incapaz de falar. Ele balançou a cabeça, sorrindo, me pegou pelo braço e me fez passar de cela em cela. Cada uma continha fogos de artifícios realizados seiscentos anos antes, um festival de cores fixadas para sempre.

– Como você sabia... – perguntei finalmente.

– Você me disse, no nosso primeiro encontro, que queria ver esses afrescos. Eu não sabia se você tinha tido a oportunidade. Vendo sua cara, imagino que não.

– Obrigado.

– É a Walter que deve agradecer. Ele trabalhou para mim há dez anos, antes de começar a ouvir vozes. Um bom sujeito, em todo caso. O museu está aberto durante o dia, mas achei que o ver assim, sozinho...

Uma hora depois, estávamos na rua. A neve havia parado. Sob a lua, a cidade brilhava como se fosse dia. Uma tristeza surda roía meu estômago, o fantasma de nossa despreocupação sacudia suas correntes zombeteiras.

– Você parece preocupado.

– Não, está tudo bem. Só estou com frio.

Bizzaro pareceu pensar por um tempo, com o pescoço enterrado no colarinho.

– Quando você chegou todo machucado no circo, disse que foi por causa de uma mulher. É ela que deixa você assim?

– Viola? Não. Não sei. Ela era uma amiga.

– Uma amiga que você...

Ele fez um círculo com o polegar e o indicador, depois enfiou outro dedo no círculo várias vezes. Fiquei carrancudo.

– Só uma amiga, eu disse.

– Por que "só uma amiga"? Ela é feia? Lésbica?

Parei abruptamente.

– Ela não é feia, não sei o que ela é, e pare de falar dela assim.

– Ah, não se ofenda, não banque o anão sensível.

– Pela última vez, não sou anão.

– Sim, você é anão. Prova disso – ele disse, com um gesto apontando de seu corpo para o meu – *nanus nanum fricat*, anões se relacionam com anões.

– Acabamos de ter um lindo momento. Precisa estragar tudo? O que você quer, brigar?

– Eu? Eu não quero nada, só estou te dizendo a verdade. E sabe por quê? Porque apesar de seus grandes ares, apesar desse *sou um homem como qualquer outro*, você não acredita realmente nisso. Se eu o chamasse de polvo gigante vindo de outro planeta, você riria ou não se importaria. Mas quando eu o chamo de anão, você fica com raiva. Então isso o afeta de alguma forma.

– Está bem, isso me afeta, já deu?

– Se não o quê? Você vai me dar um soco na cara? Em mim, seu bom amigo Bizzaro? Vá em frente, não se acanhe.

Como ele pediu e tínhamos bebido, obedeci. Seu nariz explodiu em um jato de sangue. Bizzaro estava acostumado a brigas de rua e retribuiu a gentileza com um cruzado de pugilista profissional. Rolamos na neve aos gritos, embora meia hora antes estivéssemos soluçando na frente de Fra Angelico.

– Ei, moleques, que bagunça é essa?

Um grupo de quatro homens acabava de surgir na rua. Uniformes pretos, todos os quatro, reconhecíveis entre mil. Uma milícia.

– Não são moleques – disse um deles –, são anões.

Bizzaro o encarou, com o rosto machucado, os lábios arreganhados.

– Quem você chamou de anão?

Ele esmagou o pé do primeiro homem, o derrubou com um murro quando o sujeito se curvou gritando. Um dos outros três tirou um soco inglês do bolso e o colocou. Em uma fração de segundos, uma lâmina apareceu na mão de Bizzaro.

– Quer brincar, *du Schweinhund*? – ele zombou.
A lâmina se moveu tão rápido que não vi nada acontecer. Houve um clarão azul, o sujeito com o soco inglês, o desgraçado em questão, caiu segurando a barriga. Os outros dois caíram sobre nós, lutei o melhor que pude, depois me contentei em aguentar firme. Apitos soaram, mais gritos, e logo fomos separados por um grupo de carabineiros. Uma hora depois, estávamos na delegacia, três dos milicianos – o quarto tinha ido para o hospital, ou para o necrotério –, Bizzaro e eu. Bizzaro confessou, os milicianos não hesitaram em prestar queixa e me colocaram para fora ao amanhecer, com o nariz coberto de sangue, um tornozelo torcido e um olho fechado. Fui mancando até o circo. Nosso campo dormia sob a neve, com uma ternura de presépio. Hesitei em acordar Sarah, mas acabei batendo à sua porta. Ela abriu quase na mesma hora, com uma longa camisola de seda, um xale nos ombros.
– *Santo Cielo*, o que aconteceu com você?
Contei tudo a ela, a visita a San Marco para o meu aniversário, a estranha mudança de humor de Alfonso logo depois. Ela me tratou como quando eu havia chegado, um ano antes, depois me serviu uma bebida que me fez tossir por um minuto.
– E agora, melhor? Não entendo essa necessidade que vocês todos têm de brigar. Enfim, pelo menos não entendo Bizzaro. Você, eu sei qual é o seu problema.
Ela se serviu uma dose, bebeu de um só gole e sacudiu o copo na minha cara.
– Hormônios. Você está cheio deles, transbordando, eles precisam sair. Tem certeza de que está usando seu *cazzo* direito?
Fiquei todo vermelho. Ela me encarou e deu uma risada incrédula.
– Não me diga que você nunca...
Ela balançou a cabeça e me empurrou para a cama.

– Considere isso um presente, já que foi seu aniversário. Não pense que vai se repetir.
Ela levantou o vestido. Eu vi, estupefato, a Criação, magnífica, purpúrea. Ela puxou minhas calças, que segurei por reflexo, em pânico.
– Me deixe fazer, bobinho.
Ela se instalou em cima de mim, e esqueci de todos os meus males. Eu teria preferido, para minha primeira vez, brindar a valente Sarah com uma performance digna dos fogos de artifício Ruggieri. Mas houve um problema técnico, um erro de ignição. O pirotécnico logo disparou o grande final. Comecei a chorar.
Sarah se deitou a meu lado, segurou minha cabeça contra o peito e acariciou meus cabelos. Sarah, mammina e tantas outras antes dela. Sei, desde aquela manhã cinzenta e terna, que quando uma mulher se deita com um homem, no porto de Gênova, na traseira de um caminhão ou em um terreno de circo, é para suavizar sua queda.

Graças à amizade que tinha com o capitão dos carabineiros, Sarah voltou na noite seguinte com notícias. Por sorte, o homem que Bizzaro esfaqueou não tinha morrido. Mas houve tentativa de homicídio, com quatro testemunhas. O capitão, que odiava os fascistas, felizmente alterou o relatório. A faca agora pertencia aos milicianos, que a sacaram primeiro, e Bizzaro a pegara durante a briga, em legítima defesa. Bizzaro provavelmente não ficaria mais do que alguns meses na prisão.
O resultado imediato foi esse: o circo fechou. E porque era preciso ser exemplar, dois oficiais vieram simbolicamente selar a tenda, sob os olhares desolados de uma vidente prostituta, de um escultor que não esculpia, de um cavalo, de uma ovelha e de uma lhama.

Vaguei por alguns dias, ocioso, evitando o que sabia ser inevitável. Eu era um peso morto para Sarah, ela só não o dizia por gentileza. A sra. Kabbala não teria negócios sem a clientela habitual do circo. E embora o resto de suas atividades lhe garantisse uma renda decente, ela não podia cuidar de um jovem de dezoito anos que comia por quatro e, à noite, bebia na mesma medida. A nobreza de alma me impunha tomar a dianteira, fechar mais uma vez minha mala e partir sob o rangido de suas rodinhas. Mas eu estava desprovido de nobreza de alma e não tinha para onde ir. Então, covardemente, esperei que Sarah decidisse me colocar na rua.

Em 1º de janeiro de 1923, ela entrou no estábulo em meio a uma tempestade gelada. Um mês se passara desde a prisão de Bizzaro. Eu estava deitado, com os braços esticados para os lados, paralisado pela ressaca da noite anterior. Cornutto tinha reaparecido pouco antes da meia-noite, quando estávamos nos despedindo de 1922. Ele estava mais magro, o que me teria soado impossível se eu não o tivesse visto. Ele não disse a ninguém de onde vinha e para onde ia. Sessenta e tantos anos depois, ainda vejo seu rosto com uma clareza surpreendente. E reconheço nele a marca da agonia, a angústia da passagem, pois hoje estou na mesma encruzilhada. Naquela noite, porém, ninguém prestou atenção. Só lhe pedimos para cantar, o que ele fez, com uma voz menos poderosa que o habitual, menos perfeita, que falhou várias vezes. Ninguém pensou em debochar dele. Choramos ainda mais antes de escorregar até o amanhecer, pois todas as nossas noites eram em declive acentuado.

Sarah me olhou, com as mãos nos quadris, um olhar de reprovação. Quando tentei falar, um amargor violento encheu minha boca. Levantei um dedo para indicar a ela que esperasse, rolei para o lado para vomitar na palha. Por fim, me ergui em um cotovelo, desgrenhado e pálido. Minha voz estava rouca de ter gritado a noite toda.

– Eu sei o que você vai dizer.
– Tem alguém aqui para você. No meu trailer.

Dez minutos depois, me apresentei no quarto de Sarah. Desisti de me lavar, o encanamento estava congelado. Na base dos quatro degraus que levavam até o quarto dela, um jovem que devia ter a minha idade batia os pés. Ele me cumprimentou com um aceno de cabeça, passou na frente e abriu a porta para mim como se eu fosse um príncipe.

Apesar da batina, não reconheci imediatamente o visitante sentado na frente de Sarah. Uma amnésia temporária causada por meu estado, pelo fato de que ele tinha ficado careca desde o nosso último encontro e estar usando pequenos óculos redondos com aro de tartaruga: Francesco, o irmão de Viola. Ele me estudou dos pés à cabeça, sem parar de sorrir. Seus olhos se demoraram em meus cabelos semilongos, em minha barba ainda suja com a refeição da véspera. Ele parecia perfeitamente à vontade, enquanto Sarah se agitava nervosamente em seu banco de veludo.

– Tem certeza que não quer beber alguma coisa, padre?
– Não, não vou demorar. Você mudou muito, Mimo. Você foi embora criança, agora virou um homem.
– Como me encontrou?
– Fui a seu antigo ateliê. Ninguém parecia saber onde você estava. Quando eu estava saindo, um homem coberto de poeira me alcançou e, depois de se certificar que eu não queria nenhum mal a você, me disse onde encontrá-lo.
– O que quer?
– Vou explicar, em meu hotel. Meu secretário, que você viu lá fora, corre o risco de congelar se eu demorar. Estou no Baglioni. Traga suas coisas.

Ele se levantou, se curvou levemente na direção de Sarah.

– Um excelente dia para a senhora.
Sarah o encarou com os olhos arregalados e, enquanto ele se afastava, correu atrás dele.
– Padre, padre!
Ela o alcançou no meio do terreno baldio.
– Não sou de sua fé, mas me abençoe mesmo assim, padre.
Ela se ajoelhou na neve e ouvi Francesco murmurar algumas palavras enquanto traçava, com a mão enluvada, um sinal em sua testa. Voltei para o estábulo nauseado, atordoado. Francesco se parecia com Viola. E esse simples eco, esse distante fantasma, era suficiente para me dilacerar o ventre. Dobrado ao meio, deixei um fio de bile escorrer. Enfiei minhas escassas coisas na mala e contei o dinheiro que me restava. Minha fortuna somava quinze liras, o suficiente para comprar uma dignidade de fachada. Pouco antes do meio-dia, deixei o estábulo. Sarah não estava em lugar algum, as cortinas de seu trailer estavam fechadas. Segui na direção oposta ao Baglioni, atravessei o Arno pela ponte Santa Trinita, subi a Via Maggio, me perdi, encontrei por acaso a Via Sant'Agostino e o número 8, meu destino, um lugar frequentado por muitos de meus companheiros noturnos: os banhos públicos de Florença. Eu me limpei, me castiguei com a água mais fria, me esfreguei freneticamente para expulsar o mal impregnado nas dobras da minha pele. Saí vermelho como um camarão e tremendo de frio, mas com a cabeça erguida. Refiz o caminho de volta, parei no primeiro barbeiro, cortei o cabelo e fiz a barba. Então encarei, em um êxtase de unguentos e pó com perfume de sândalo, um rosto que não via havia dois anos. Mais duro, não necessariamente mais sábio, pois um novo tipo de loucura brilhava em meus olhos. Mas pela primeira vez na vida me senti bonito. Na rua, ergui minhas bochechas lisas para o sol tímido. Eu não tinha dinheiro para comprar

roupas. Nos banhos, porém, consegui deixar minha única roupa mais ou menos limpa.

Puxando minha mala, finalmente entrei no Baglioni, sob o olhar desconfiado do mesmo porteiro que me via ir e vir na frente do hotel havia quase dois anos. Ele ensaiou um gesto, como se fosse me deter, mas eu o fulminei com o olhar. Ele parou na mesma hora e recuou. Francesco estava certo. Eu tinha me tornado um homem, um concentrado de violência e assassinato contido apenas por um fio de seda.

Francesco me recebeu em um salão privativo. Seu secretário datilografava, sentado a um canto, em uma máquina de escrever portátil. O teto se perdia na escuridão. Do lado da rua, uma janela ornada com vitrais deixava penetrar uma lâmina cor de âmbar. O Grande Hotel Baglioni tinha aquele esplendor sombrio, velado, dos palácios de outrora. Era o hotel frequentado, ou que seria frequentado, por Pirandello, Puccini, D'Annunzio e Rudolph Valentino. O suficiente para ficar intimidado, o que não fiquei, graças ao álcool que ainda circulava em meu sangue e suavizava meu humor.

Com um gesto, Francesco me convidou a sentar.

– Está com boa aparência, Mimo. Estou contente em rever você. Um café?

Continuei de pé.

– Não, obrigado. O que o senhor quer?

Sempre o admirei por sua gentileza, seu sorriso constante, embora eu já suspeitasse que ele compartilhasse com a irmã um dom para a ilusão, o talento de direcionar o olhar para onde quisesse. Nunca soube se Francesco ardia de ambição ou de uma simples vontade de brincar.

– Eu não *quero* nada, Mimo, nada que me possa ser concedido neste mundo, de todo modo. Mas vim lhe propor voltar.

– Voltar? Para onde?
– Ora, para Pietra d'Alba.
– Não tenho para onde ir.
– Seu tio Alberto deixou o ateliê para você.

A notícia, dessa vez, me fez cair no sofá.

– Alberto morreu?
– Oh, não. Ele foi viver ao sol, em algum lugar no Sul. Acho que ficou entediado depois que herdou uma quantia considerável da mãe. Tentamos comprar a propriedade, mas ele não quis vender. Queria dá-la a você. Seu amigo Vittorio instalou seu ateliê de marcenaria no local, mas tenho certeza de que vocês podem chegar a um acordo.
– Espere. Zio me *deu* o ateliê?
– Exato.

Aquele velho canalha. Por que um gesto daqueles, eu não sabia. Talvez um resquício de humanidade, surgido como um soluço entre duas bebedeiras. E quem era eu para criticá-lo, eu que me parecia com ele?

– Não há muito trabalho para um escultor lá em cima – eu disse.
– Esse é justamente o motivo da minha presença. Um escrevente poderia ter informado que o ateliê era seu. Se vim em pessoa, é porque nós desejamos contratar você.
– "Nós" quem?
– Nós, os Orsini. E nós – ele acrescentou, com um gesto amplo – que servimos a Deus. Como você sabe, sua escultura causou forte impressão sobre Monsenhor Pacelli. Monsenhor Pacelli é um homem influente, foi aliás graças a ele, e à confiança que ele deposita em mim, que consegui uma posição na Cúria, mesmo tendo sido ordenado havia poucos meses. Trabalho com ele nas Relações Exteriores do Vaticano. Enfim, uma grande campanha de renovação da Casina di Pio IV, no coração dos Jardins do Vaticano, será lançada antes do final da década, e gostaríamos de ter

um artista de confiança para cuidar das esculturas. Há obras a serem criadas, outras a serem restauradas, é um grande projeto. Você poderá trabalhar em Pietra d'Alba ou no ateliê que será colocado à sua disposição no Vaticano, como preferir. Você terá jovens aprendizes para ajudá-lo em Roma, é claro. Oferecemos a você, para começar, um contrato de um ano, renovável por mais dois, a duas mil liras por mês.

– Duas mil liras por mês – repeti calmamente.

Seis vezes o salário de um operário, duas vezes o de um professor universitário. Mais dinheiro do que eu jamais tinha visto.

– Que você poderá complementar com algumas encomendas privadas, tenho certeza. Muitos visitantes da Villa Orsini ficaram impressionados com seu urso.

– E... quem vai pagar por isso tudo?

– Um dos órgãos do Vaticano. Mas é claro que esta operação também é uma maneira de lançar uma luz favorável sobre a família Orsini. Estamos agindo como mecenas nesse caso, apoiando você e oferecendo, apesar de sua pouca idade, um cargo que, provavelmente, despertará alguma inveja.

– Estou acostumado.

– Devido a essa associação entre seu nome e o nosso, você terá que se abster de... possíveis maus hábitos que possa ter adquirido durante sua temporada florentina, está claro?

– Claríssimo.

– Seria presunçoso supor que você aceita?

Fiz de conta que pensava, o que ele tolerou com a paciência daqueles que pensam em termos de eternidade.

– Aceito.

– Perfeito. Eu volto para Pietra amanhã, viajaremos juntos. Você tomará posse de seu novo ateliê, e discutiremos a melhor maneira de organizar tudo. Você tem um quarto reservado aqui para esta noite.

Ele se levantou, alisou a batina e perguntou:

— Alguma pergunta?
— Não. Sim. Vio... foi sua irmã que pediu para me contratar?
— Viola? Não, por quê?
— Como ela está?
— Ela teve muita sorte. Claro, um acidente daqueles sempre deixa marcas, mas ela está quase completamente recuperada. Você poderá ver por si mesmo. Meus pais estão nos esperando para jantar depois de amanhã.

Dormi mal, acordando com qualquer barulho, temendo ver minha porta se abrir por uma multidão indignada com minha presença naquele lugar, exigindo meu linchamento imediato ou, pior ainda, sendo atirado na rua, na sarjeta onde eu me arrastava na véspera, com uma multidão gritando que eu era um impostor e que não havia lugar para impostores no Grande Hotel Baglioni.

Partimos cedo na manhã seguinte. Depois de percorrermos cinquenta quilômetros, percebi que não tinha me despedido de Sarah, nem dos amigos de longa data ou das sombras dançantes de minhas noites clandestinas.

Na apresentação de sua monografia, Leonard B. Williams afirma que a *Pietà Vitaliani* está a ponto de se juntar ao selo de Salomão, à arca da aliança e à pedra filosofal no rol de objetos míticos, esotéricos, ocultos aos olhos dos mortais, ainda mais famosos por nunca terem sido vistos por ninguém. Ele destaca a ironia da situação, pois isso era o exato oposto do que o Vaticano buscava ao enterrá-la no coração de uma montanha. A intenção era simplesmente evitar um escândalo e compreender as estranhas reações que a obra provocava. Mas se a Igreja quisesse criar um mito e alimentar fantasias, teria feito exatamente o que fez. Confiar a *Pietà* à guarda da Sacra e de seus monges, segundo Williams, havia sido um erro. Era no escuro que as febres fermentavam.

Antes de abordar a histeria que recebeu as primeiras aparições da *Pietà*, Williams dedica uma breve página à sua descrição. Ele lembra, em primeiro lugar, que a estátua foi inicialmente chamada de *Pietà Orsini*, nome de seus patrocinadores, que teriam feito de tudo, nos anos seguintes à sua entrega, para desfazer essa associação. Com sucesso, já que, hoje, os documentos confidenciais relacionados a ela só a mencionam pelo nome de seu criador, Michelangelo Vitaliani.

A *Pietà* apresenta muitas semelhanças com sua ilustre antecessora, a de Michelangelo Buonarroti, exposta na Basílica de São Pedro, em Roma – uma escultura em três dimensões, com um metro e setenta e seis de altura, um metro e noventa e cinco de largura e oitenta centímetros de profundidade. Ao contrário desta, porém, a Vitaliani não parece destinada a ser exposta em altura. Seu pedestal, a bem dizer, tem apenas dez centímetros de espessura.

Fiel à tradição, a *Pietà* representa a Virgem segurando o filho depois da descida da cruz. Mais uma vez, o modelo romano não parece distante. Cristo está deitado nos joelhos da mãe. A precisão anatômica é elevada, mais ainda do que na obra de Buonarroti. Ou, mais exatamente, a precisão é comparável, mas Vitaliani, ao contrário de seu predecessor, não procura tornar seu Cristo belo. As sequelas da crucificação são visíveis na rigidez do corpo, saturado de ácido lático. Paradoxalmente, representar a rigidez em um material duro como o mármore não é tarefa fácil. Ela requer um cinzel de gênio, pois se torna aparente apenas por contraste. Contraste com a serenidade do rosto, o meio sorriso nos lábios do homem. Vitaliani não busca tornar seu Cristo bonito, mas ele o é mesmo assim, suas bochechas lisas encovadas pela agonia, seus olhos fechados, apenas semicerrados pela mão apaziguadora de sua mãe. Uma perturbadora impressão de movimento emana da obra, de novo em oposição àquela, hierática, de Buonarroti. Impressão que nada tem de metafórica: muitos espectadores que a observaram por tempo demais juraram tê-la visto se *mover*.

O contraste atinge seu apogeu na figura de Maria, espetacular. A mãe olha para o filho com um sorriso terno, uma estranha ausência de medo e angústia, onde muitos procuraram a explicação para o mistério e para a histeria. A Virgem é pura doçura. Uma mecha de cabelo cai de seu véu sobre a bochecha esquerda. Seu rosto é de uma intensa serenidade, cheio da vida que acabou de deixar seu filho. Williams se corrige. Mais do que serenidade, é quase esperança que se lê em seus traços, a última emoção que se esperaria encontrar.

Qualquer um que a veja sabe estar diante de uma obra-prima, confia Williams, entregando-se a um raro momento de lirismo em sua monografia. Ele mesmo admite, depois de sua primeira visita, ter hesitado escrever sobre ela. Ele no entanto havia examinado de perto, em sua profissão, a maioria das grandes obras-primas da história da arte. Nenhuma produziu aquele efeito sobre ele, uma reação visceral que ele não consegue analisar. Seu orientador de tese, antigamente, havia dito algo surpreendente ao lhe entregar o doutorado *cum laude*: *Você passou muitos anos estudando para nada, Williams. Nada do que faz a arte, a verdadeira arte, pode ser explicada, pois o próprio artista não sabe o que faz.*

Williams entendeu perfeitamente o que seu professor estava tentando dizer. A arte não é racional. Mas Williams não é um acadêmico como os outros. Williams também tem instinto. E esse instinto lhe diz que Mimo Vitaliani, ao criar sua *Pietà*, sabia exatamente o que estava fazendo.

*L*embre-se bem do que vou dizer, ralhou minha mãe. Eu tinha voltado da escola todo machucado, depois de brigar para provar a alguns incivilizados que eu não era uma meia-porção, mas uma porção completa, e tinha reclamado de não ter sorte. Eu era diferente, continuou minha mãe, isso era certo. Em vez de me fazer alto, bonito e forte, o bom Deus tinha me feito pequeno, bonito e forte. E minha sorte, também ela, seria diferente. Nunca seria como a sorte das primeiras vezes, essa sorte insignificante, de parque de diversões, onde todo mundo ganha o tempo todo e, portanto, não ganha nada. O bom Deus tinha me reservado o melhor em matéria de fortuna. *Você será um homem de segundas chances.*

    Não estive longe de acreditar nessas bobagens quando voltei, depois de mais de dois anos de ausência, para Pietra d'Alba. Um vento abafado, rente ao chão, arrancava um som de flauta de Pã do planalto, um estranho ulular que às vezes, modulado pelo relevo, lembrava o gemido de um cão saudando seu dono. A pedido meu, Francesco me deixou na saída do vilarejo e seguiu caminho com seu secretário, que dirigia, até a Villa Orsini. Cruzei a interseção do cemitério com um aperto no coração, vasculhei nosso tronco por reflexo. A paisagem combinava com meu estado de espírito. Ainda brumosa, úmida. Mas os olhos discerniam, por trás desse véu branco, o verde vibrante da floresta, que apenas aguardava um raio de sol para se revelar.

    O ateliê apareceu, idêntico e diferente ao mesmo tempo. A pedra havia sido escovada, os rejuntes da fachada refeitos, as velhas telhas substituídas. O celeiro exalava o cheiro bom da camada de alcatrão preto e fresco que cobria suas paredes de madeira. A esplanada árida que separava as construções tinha sido arrumada, canteiros criados com pedras retiradas dos campos vizinhos e alinhadas cuidadosamente. Ainda estavam vazios, mas sua terra negra, revirada no mês anterior, em breve se enfeitaria com margaridas e flores da primavera. Um cascalho branco cobria o barro batido que eu havia conhecido, rachado pela seca no verão, lamacento no inverno.

Anna gritou de susto quando entrei na cozinha, depois começou a rir quando me reconheceu. Sua barriga estava redonda, e não tive tempo de abraçá-la antes de Alínea aparecer, com o martelo na mão. Ele também começou a rir ao me ver. Fui recebido como um membro da família. Bebemos um café grosso e amargo na frente da casa, para espantar o frio que nos queimava as narinas. Alínea tinha quase vinte e dois anos, ele e Anna tinham se casado três meses antes. Eu não tinha conhecimento suficiente para deduzir, pelo tamanho da barriga, se o casamento era a causa ou a consequência da gravidez, e isso não me importava. Eles estavam felizes, pediram desculpas por terem invadido a casa principal depois da partida de Zio, dois meses antes. Me recusei a ocupar o lugar. Eu tinha dificuldade de me imaginar como dono, visto que poucos dias antes ainda carregava o cheiro dos esgotos de Florença. Eu dormiria no celeiro, até ver como as coisas se desenrolariam. Alínea e eu seríamos sócios, em termos a serem definidos, mas que se resumiam, por enquanto, a "nada muda". Ele continuaria seu trabalho como marceneiro no celeiro, eu assumiria o ateliê de Zio. Nenhum contrato, na região, valia mais do que um aperto de mãos.

Escrevi imediatamente para minha mãe. Das quatro cartas que redigi durante meus dois anos em Florença, enviei apenas três, pois tinha perdido uma delas em uma noite de bebedeira. Nelas, eu descrevia meu glorioso dia a dia, os elogios e encorajamentos que recebia. Esperava que as cartas dela, as descrições da vida tranquila na Bretanha, lá no fim do mundo, em uma aldeia chamada Plomodiern, fossem menos mentirosas. Pela primeira vez, pude ser honesto: eu tinha conseguido. Eu tinha um teto, trabalho. Sugeri que viesse se juntar a mim assim que quisesse.

Ao cair da noite, Emmanuele apareceu, vestido com uma calça azul com listra vermelha de lanceiro polonês, uma verdadeira antiguidade, e uma jaqueta cáqui. Ele chorou ao me ver. Depois se ajoelhou, encostou a orelha na barriga de Anna e desfiou um longo discurso para o bebê, ao término do qual Alínea revirou os olhos e respondeu:

— Era só o que faltava!

Jantamos os quatro na cozinha, pão fresco, tomates em conserva, um pouco ácidos, e anchovas levemente salgadas, recém-chegadas de Savona. Me informei sobre dois anos de história de Pietra d'Alba, onde rigorosamente nada de importante havia acontecido. Os Orsini e os Gambale ainda se odiavam. Viola nunca mais apareceu em público depois de sua queda. Havia rumores de que estava deformada, desfigurada, algo que Francesco certamente teria me dito se fosse verdade, já que eu a veria no dia seguinte. A eletricidade nunca havia chegado à casa dos Orsini. Uma doença havia dizimado um terço das laranjeiras, e o perfume já não era tão intenso quando o vento soprava do sul. Ninguém havia morrido, nem mesmo o velho Angelo, o carteiro, que, no entanto, anunciava, a quem quisesse ouvir, sua morte iminente.

Assim como para minha mãe, apresentei a meus amigos uma versão edulcorada de minha estadia em Florença, ou seja, menti descaradamente. Bizzaro, Sarah e os outros foram apagados da foto desses dois anos. Me arrependi um pouco, sem entender que era a mim mesmo que feria ao me privar de suas lembranças. Eu tinha dezoito anos, e aos dezoito anos ninguém quer se parecer com o que realmente é.

Alínea fumava um longo cachimbo reto e me ofereceu algumas baforadas amargas sob a Via Láctea. Anna subiu para dormir. Eu invejava seus olhares cúmplices, suas mãos que ainda se buscavam, sem cansaço ou rotina. Depois voltei para o celeiro, exausto, para viajar no tempo até o dia seguinte.

Dormi melhor naquela noite do que nos últimos meses, em uma cama de palha fresca, no bom cheiro de grama seca que ainda conserva um quê de verdor. Sonhei com anchovas se espalhando aos milhares, em rios de mercúrio, pelas ruas de Florença. Um presságio de fortuna, me disse Anna na manhã seguinte, com aquela segurança absoluta, convincente, daqueles que não sabem de nada. Zombei gentilmente dela, fingi não acreditar em presságios. E comecei a esperar que a lendária sorte dos Vitaliani – lendária por sua ausência – finalmente tivesse mudado.

No final da manhã, o secretário de Francesco apareceu no ateliê. Ele me entregou duas cartas. A primeira continha um adiantamento de duas mil liras. Dei metade para Alínea e Anna, que olharam para as notas com olhos arregalados e as recusaram. Eles só as aceitaram quando eu disse que eram para o bebê, e para instalar um novo fogão que aqueceria toda a casa. O segundo envelope continha um convite manuscrito em um cartão de correspondência, gravado com o emblema dos Orsini. *O marquês e a marquesa Orsini, seus filhos, Stefano e Francesco, e sua filha, Viola, ficarão felizes em recebê-lo para jantar no dia 3 de janeiro de 1923 na Villa Orsini, às oito e meia.*

A seguir, o secretário me colocou a par dos vários projetos que me aguardavam naquele ano: a restauração das duas estátuas da fachada da Casina di Pio IV, a inspeção de todos os seus baixos-relevos e eventual restauração, e por fim a criação de um grupo escultórico em torno do tema de

Diana, a caçadora, destinado a se tornar uma fonte em um projeto de expansão. Ele me forneceu o endereço de um ateliê em Roma, perto do Vaticano, acima do qual havia um apartamento reservado para mim. Eu lhe comuniquei minha intenção de trabalhar essencialmente em Pietra, onde viviam meus amigos.

Na hora de partir, ele tirou uma capa do porta-malas. Ela protegia um terno do meu tamanho. Francesco, ao que tudo indica, havia antecipado minha resposta. Alínea e Anna riram quando vesti o terno e passaram o dia me chamando de *meu príncipe* e *Vossa Alteza*. Com alguns ajustes, que Anna se encarregou de corrigir com agulha e linha, o terno ficou bom. Durante toda a minha vida, eu nunca tinha usado um. Meu guarda-roupa era uma mistura heterogênea de roupas de adolescente ou de adulto ajustadas, alongadas, encurtadas, mil vezes remendadas. Ele cabia inteiro em minha mala de rodinhas.

O secretário voltou para me buscar às oito horas. Meus amigos, zombeteiros, me viram sair acenando a mão. Aproveitei a curta viagem até a Villa para repassar todos os possíveis cenários de meu reencontro com Viola. Ela seria fria, como em sua última carta, mais de um ano antes? E se ela fosse, não seria apenas uma maneira de esconder a emoção e a alegria de me ver de novo? Quanto a mim, eu estava magoado com seu silêncio. Eu seria educado, distante, como convém a um escultor empregado pelo Vaticano. Mas não muito, para não a ofender se ela lamentasse nosso distanciamento e desejasse fazer as pazes.

Eu havia considerado todas as possibilidades quando chegamos, esquecendo que Viola era inatingível, que ela escapava a todas as probabilidades, às mãos dos caçadores, à gravidade e, mais ainda, à normalidade.

***

– Senhor marquês e senhora marquesa.
Os anfitriões fizeram uma entrada triunfal na sala onde esperávamos por eles. Ela usava um vestido framboesa de gola larga, ele um uniforme com ombreiras que teria feito Emmanuele chorar de alegria. Minha frequentação dos arredores do Baglioni e da alta sociedade que se misturava ao público das arquibancadas do circo me permitira desenvolver o gosto por belos tecidos. Eu sabia que os homens não usavam mais uniformes à noite, sob pena de parecerem antiquados ou, pior, provincianos. A moda feminina era mais difícil de entender, mudava rapidamente – as bainhas subiam e desciam à velocidade dos livros de imagens animadas que eu folheava quando criança. Mas Giandomenico e Massimilia Orsini, marquês e marquesa de Pietra d'Alba, se portavam com a bela rigidez de antigamente, não desprovida de graça. Eles teriam inspirado respeito mesmo vestidos com andrajos.

Fiquei um pouco desapontado ao perceber que não era o único convidado do jantar – éramos uma dezena. Stefano me concedeu uma piscadela acompanhada de um sorriso malicioso, depois Francesco me apresentou aos outros: um duque e uma duquesa, dois funcionários ministeriais, um general de exército coberto de medalhas, um advogado milanês e uma atriz cujo nome lembro bem, Carmen Boni, primeiro porque ela era bonita, depois porque li certa manhã, em 1963, por pura coincidência, que ela morreu atropelada por um carro em plena Paris. Talvez houvesse um ou dois outros que não causaram a menor impressão em mim.

Bebi champanhe pela primeira vez na vida. Levei a bebida aos lábios com o mesmo ar vagamente cansado dos outros, a expressão daqueles que não se surpreendem com mais nada. As bolhas subiram por meu nariz, me causaram uma tosse que mal consegui conter. Enquanto recuperava o fôlego, fingi admirar um quadro que mostrava uma ninfa pouco recatada espionando um grupo de soldados à beira de um rio. A Villa não havia mudado desde a minha última visita, ainda presa aos mesmos tons de verde. Pela primeira vez, porém, notei as rachaduras nos frisos, os vestígios de desgaste mais ou menos dissimulados por uma almofada em um sofá, um mofo azul em um canto do teto, e a massa de vidraceiro que se desfazia lentamente nas janelas opacas. Correntes de ar frio entravam na casa, aproveitando qualquer interstício. Rangidos e estalidos se misturavam ao som do gramofone tocando em um canto. A Villa lutava com todas as suas paredes, todas as suas vigas, no auge do inverno. Ela não tinha mais a leveza, a arrogância brincalhona de antes.

Só faltava Viola. Bebi três taças de champanhe, mas um longo hábito de bebidas florentinas, destiladas para aliviar todas as dores, me impedia de ficar bêbado. Finalmente, a porta do grande salão se abriu. A princípio, não vi ninguém. Então um criado entrou e sussurrou algo ao ouvido do marquês.

– Parece que Viola não se juntará a nós esta noite – ele anunciou para todos. – Ela está indisposta. Portanto, podemos passar à mesa sem demora.

Notei o olhar de Francesco – ele franzia o cenho. Logo depois, ele sorriu para mim, deu de ombros, e atravessamos as portas duplas que levavam à sala de jantar. Não lembro direito desse jantar, exceto que eu estava sentado na frente do advogado milanês. Um homem bonito de olhos vivos, bastante engraçado, até que percebíamos que todas as suas anedotas giravam em torno de si mesmo. Ele dizia "Bartolomeo me disse outro dia...", e era óbvio para todos os presentes, exceto para mim, que estava falando, é claro, de Bartolomeo Pagano, nosso Maciste nacional, o antigo estivador de Gênova que se tornara o queridinho dos filmes na Itália. Além do escritório que havia herdado, o advogado, chamado Rinaldo Campana, havia investido no cinema. Este rendia bastante, a julgar pelo corte de seu terno, por seu relógio de pulso e pela inexplicável aura de letargia que alguns ricos exalam.

Terminei a refeição completamente bêbado. Era uma embriaguez pesada e silenciosa de taberna, que passou por seriedade. Francesco, antes da sobremesa, ergueu a taça para me parabenizar, pois a partir daquele dia carregaria o estandarte dos Orsini a seu lado, e convidou os dois funcionários do governo a me visitarem em meu ateliê, se o "sr. Vitaliani estiver de acordo", é claro. O sr. Vitaliani estava de acordo, tão embriagado que já não se surpreendia que o chamassem de "senhor".

Na volta, pedi ao secretário que me deixasse na estrada principal, alegando que queria caminhar um pouco. Precisei insistir, pois tinha começado a chover. Uma vez sozinho, corri de volta para a Villa Orsini, atravessando os campos, escalei o muro da propriedade em um ponto onde ele estava desabado e me esgueirei abaixo da janela de Viola. As venezianas estavam abertas, três andares acima, mas não havia luz passando pelas cortinas. Atirei uma pedra timidamente contra o vidro, ela errou o alvo. Uma segunda pedra, mais forte, também errou. A terceira ricocheteou na fachada e caiu sobre mim. A pedra não era grande, apenas o suficiente para doer bastante. Furioso, dei um chute em uma trepadeira, que derramou sobre mim uma chuva de folhas mortas. A lua reapareceu entre duas pancadas de chuva, e me deparei com meu reflexo em uma janela do térreo. Um filete de sangue na têmpora, o cabelo castanho colado na testa, uma folha grudada na bochecha. Eu não era fã de espelhos – por causa de minha aparência – e os enfrentava o mínimo possível, mesmo para me barbear. Mas minha mãe tinha razão. Eu era bonito, meus traços tinham uma simetria inesperada, meus olhos tinham o azul quase roxo que ela tinha me dado. Era o rosto de um homem forte. O rosto de um homem a quem seu pai não ensinou a resignação. E porque a resignação faz o mundo girar, porque ela permite aceitar as mil mortes que exterminam nossos sonhos, era também o rosto de um homem ridículo. Molhado até os ossos, desorientado, um homem que se recusava a aceitar uma derrota anunciada havia tanto tempo que ele era o único a não ter percebido. Eu não era ingênuo. A indisposição de Viola, exatamente na noite em que deveríamos nos reencontrar, não era um acaso. A mensagem era clara: nossa história estava encerrada.

Um pedreiro passou os dias seguintes restaurando o ateliê de Zio, que Alínea não abria desde a partida de meu tio. As paredes foram reparadas e caiadas, os poucos vidros – todos rachados – foram substituídos. Alínea insistiu em restaurar a antiga bancada de carvalho, que se estendia ao longo da parede sul por quase cinco metros. Ele desapareceu por dois dias e voltou dirigindo um caminhão, sobrevivente da guerra, que ele havia adquirido a um preço razoável com o dinheiro que eu lhe dera. Ele agora poderia entregar seus pedidos em toda a região, e o mundo encolheu um pouco mais. Um comerciante veio de Gênova com um catálogo de ferramentas, uma seleção que eu nunca havia visto. Dois blocos do mais belo mármore chegaram, junto com meu primeiro pedido oficial, assinado por um obscuro secretário do Vaticano. Uma encomenda direta mas discreta, segundo Francesco, do Monsenhor Pacelli, que desejava oferecê-la à residência papal em Castel Gandolfo. O tema: *São Pedro recebendo as chaves do paraíso*. A primeira estátua que realmente me tornaria conhecido.

Naquela noite, depois do jantar, saí para respirar o ar da noite. Nosso planalto era um alambique onde os cheiros dos quilômetros circundantes se combinavam para dar origem à fragrância mais sutil e secreta do mundo. *Inverno em Pietra* d'*Alba*. Bastava virar a cabeça e esse perfume mudava, volátil, em constante recomposição, dependendo dos movimentos do ar nas encostas das montanhas do Piemonte ao norte ou nos vales que cercavam o planalto. Laranjeira e cipreste, às vezes mimosa, dançavam sobre uma base de gramíneas e madeira queimada. Acendi o cachimbo emprestado por Alínea e adicionei um pouco de mim, um aroma de feno, incenso e sela de cavalo. *Notas empireumáticas*, teria dito Viola, porque ela teria lido o termo em algum lugar anos atrás e se lembrava de tudo.

Fazia dois anos que eu não lia um livro. Mas nem tudo estava nos livros. Eu tinha aprendido a embriaguez, folheado com prazer e repulsa suas páginas noturnas. Mesmo assim, eu sentia falta do papel, do cheiro de madeira seca e de poeira da biblioteca Orsini. *As aventuras de Pinóquio*, o último livro que ela me fez ler antes do acidente. Sem pensar, fiz o que vinha evitando fazer há dias, e me virei para a Villa Orsini.

Na janela de Viola, a luz vermelha de um lampião coberto por um lenço pulsava suavemente na noite.

O tronco continha um envelope. Eu não me lembrava de ter saído do ateliê. Apenas de ter visto a luz, nosso sinal, e então me vi ali, sem fôlego, os pulmões queimados pelo frio. No envelope, uma simples folha, a letra de Viola, mais compacta do que antes, econômica no esforço, reconhecível pelos círculos perfeitos de seus A. *Amanhã à noite, quinta-feira, no cemitério*.

Era quarta-feira, então ela havia deixado a carta naquela noite. Era uma convocação, com a arrogância peculiar a Viola, que presumia, é claro, que eu veria o seu sinal. Como se eu não tivesse mais nada para fazer além de esperar por um gesto de sua parte.

Voltei ao ateliê. Acordei Alínea e pedi que me levasse até a estação de trem de Savona, de onde eu pegaria o primeiro trem na manhã seguinte.
– O primeiro trem? O primeiro trem para onde?
– Roma.

Se Viola pensava que poderia me ignorar por dois anos, fingir estar doente quando eu finalmente voltava e depois me convocar a seu bel-prazer, estava enganada. Eu não era mais o *Francese* desorientado, sem pátria nem pai, desembarcado em uma noite fria de 1917. Ela tinha me esculpido, moldado, eu admito. Mas eu não era o seu Pinóquio. Eu não era sua criatura. Dessa vez, seria ela quem esperaria por mim. Eu estava partindo. Exatamente como Pinóquio, só percebo isso hoje.

Eu não tinha um plano definido. Provavelmente voltaria em um mês, talvez dois, e poderíamos começar de novo em pé de igualdade, já que ambos tínhamos ofendido um ao outro, já que ambos tínhamos pisoteado nossa amizade.

Parti sem saber que levaria mais de cinco anos para voltar. Ou melhor, mil novecentos e noventa e um dias e dezessete horas, pois não voltei em uma data qualquer.

Em todos os lugares em que vivi – com exceção do monastério onde estou morrendo e de Pietra d'Alba, é claro –, senti a necessidade de adiar o amanhecer. De fugir do dia que me revelaria que Viola não estava lá, aninhada em seu lugar habitual. Nunca bebi por prazer. Mas bebi sem desprazer, como todos os marinheiros que encontrei a bordo dessas noites, dançando de um convés a outro, criaturas de pura luz que ardiam mais intensamente à medida que o naufrágio se aproximava, inevitável, nos rochedos da manhã. Por sorte, não morríamos disso, ou não imediatamente, e navegávamos novamente na noite seguinte. Noites de Florença e noites de Roma se misturam em minha memória. Noites sem propósito, pontuadas por dias sem Viola. Os esgotos de Roma fediam tanto quanto os de Florença. Mas agora eu usava perfume.

Eu estava zangado com Viola por ter criado esses vazios em nossa história. Por ter me repelido, afastado, quando vivíamos tão próximos que nem um átomo passaria entre nós. Eu estava zangado com ela e não havia encontrado melhor maneira de fazê-la entender isso do que indo embora. Mas comecei a me sentir culpado. Eu não era mais digno de sua amizade do que ela da minha por tratá-la assim. Viola se tornava o meu reflexo. Eu a insultava, me enfurecia, e a imaginava fazendo o mesmo, lá, em seu planalto, onde as geadas, naquela estação, cobriam as laranjeiras. Mesmos gestos furiosos, mesmas recriminações fúteis. Nós dois tínhamos razão, não sabíamos mais quem era o espelho de quem. Quanto mais eu me culpava, mais eu culpava Viola por me forçar a me culpar. Jurei não a ver novamente até que ela pedisse desculpas. Como bom reflexo, ela deve ter feito o mesmo de seu lado, e sem nos darmos conta nos retiramos um da vida do outro. Essa espiral infernal, esse ouroboros tragicômico, é a única maneira de explicar os anos que se seguiram.

Cheguei a Roma sob um sol branco, que cegava sem aquecer. Meu ateliê ficava na Via dei Banchi Nuovi, número 28, cerca de quinze minutos a pé do Vaticano, um pouco mais para quem tinha passadas curtas como eu. A rua cruzava em ângulo reto a Via degli Orsini. Eu nunca soube se ela devia seu nome a meus benfeitores, que, sempre que eu fazia a pergunta, encolhiam os ombros com ar misterioso e satisfeito. O ateliê dava para o pátio interno do imóvel, onde quatro aprendizes aguardavam em posição de sentido. Francesco apareceu dois dias depois de minha chegada, claramente surpreso com minha decisão de última hora, sobre a qual não me interrogou. O mármore já esperava, pronto para uso, e comecei meu primeiro trabalho encomendado, *São Pedro recebendo as chaves do paraíso*. Confiei a primeira redução o bloco aos aprendizes, o desbaste a Jacopo, um garoto de quatorze anos, que me parecia o mais talentoso. Eu o chamava de garoto, mas eu tinha apenas quatro anos a mais que ele.

Meu apartamento ficava exatamente acima do ateliê, um espaço cujas proporções não perdiam em nada à Villa Orsini ou ao Grand Hotel Baglioni. Notei depois de alguns dias que o espaço me angustiava, então mandei trazerem uma cama com dossel, uma antiguidade que ninguém queria, para dormir em um volume um pouco mais adequado a minhas dimensões. Essa cama, flutuando como uma jangada no meio de um cômodo vazio, sob um teto onde a cal branca competia com a fuligem, me rendeu certo sucesso amoroso. Um cliente alemão que passou pelo apartamento um dia chamou meu quarto de "Bauhaus perverso, mas Bauhaus mesmo assim".

Enquanto trabalhava em minha encomenda principal, eu também supervisionava a restauração da Casina di Pio IV, uma villa renascentista à sombra da cúpula da Basílica de São Pedro. Concebida como uma residência de verão papal, abandonada, transformada, ela aguardava pacientemente seu novo destino. Monsenhor Pacelli queria fazer dela um local de pesquisa dedicado à ciência, algo que alguns de seus rivais na cúria viam com maus olhos, clamando que toda a ciência de que o homem comum precisava começava com *No princípio, Deus criou os céus e a terra* e terminava em *Deus viu tudo quanto tinha feito, e eis que era muito bom*.

No primeiro ano, só saí de meu ateliê para visitar um canteiro de obras, encontrar um fornecedor e almoçar com Francesco, o que fazíamos uma vez por mês. Quase nos tornamos amigos, nos chamávamos de Mimo e Francesco. Compartilhávamos Pietra d'Alba, afinal, o que nos tornava mais queridos um ao outro. Francesco tinha algo da irmã, a mesma maneira estranha de inclinar a cabeça enquanto falava, o olhar subitamente distante. Maneirismos sonhadores de um jovem de vinte e três anos, poderíamos pensar, mas Francesco não era um sonhador. Era a postura de uma águia no topo de um pinheiro, acompanhando a corrida apavorada de dez ratos ao mesmo tempo, calculando suas trajetórias, escolhendo sua presa com dez movimentos de antecedência. Ele tinha na voz um fio agudo, o gume que matava sem dor. Ele desarmava uma crise sem elevar a voz. Vi brutamontes se curvando diante dele. Mas ele me tratava como igual. E posso dizer hoje, sem jactância, que o era. Havia apenas uma pessoa no mundo que nos superava em inteligência, em ambição, mas nunca mencionávamos seu nome.

Um ano depois de minha chegada a Roma, finalmente entreguei meu *São Pedro recebendo as chaves do paraíso* a seu patrocinador.

***

Monsenhor Pacelli circulou em torno da obra por bons dez minutos no ateliê. Eu esperava nervosamente, com meus quatro aprendizes alinhados atrás de mim. Tão perto do Vaticano, não era incomum ver um prelado, mas o carro que aguardava do lado de fora, com um capô que parecia uma boca arreganhada, e a aura peculiar emanada por Pacelli tinham uma pequena aglomeração, apesar do vento frio que varria Roma naquele mês de fevereiro de 1924.

Várias vezes, Pacelli tentou falar, mas desistiu. Eu sabia o que ele sentia. Meu São Pedro não se parecia com o que ele tinha em mente. Para que fazer o que as pessoas esperavam? De minhas noites florentinas, de minha frequentação de tabernas de chão pegajoso de cerveja, que atravessávamos antes de renascer ou morrer, eu havia mantido um temperamento levemente suicida – estou falando de um temperamento profissional – que me serviu ao longo de toda a minha carreira. Nessas noites, nada importava, exceto esvair-se o mais intensamente possível. Não tínhamos medo de nada, o dia seguinte apagava tudo. Meu São Pedro não era o sábio barbudo e jovial que se via em toda parte. Ele tinha os traços de Cornutto. Porque ele tinha vivido e sofrido como sofre um homem que negou três vezes seu melhor amigo, uma traição que ninguém o deixava esquecer, pois era lida o ano todo em todas as igrejas do mundo. Ele também não segurava a chave do paraíso com a pompa dos outros.

– A chave – murmurou finalmente Pacelli. – Estou enganado ou ele a...

– O senhor não se enganou.

São Pedro havia soltado a chave. Ela pairava no ar diante dele, entre sua mão aberta, crispada no vazio para segurá-la, e o chão. Eu a havia prendido ao manto, que ela roçava, por um elo de metal quase invisível. O efeito era impressionante. Deus tinha escolhido o homem que havia negado três vezes seu Filho para fundar sua Igreja. Um pecador. E eu imaginava que se Cornutto tivesse recebido a chave do paraíso, ele a teria deixado cair de estupor. Em vez de um santo extático, de um aposentado da fé corpulento e entediado, São Pedro tremia de medo diante de sua missão, diante de um objeto pesado demais para suas mãos envelhecidas, que acabavam de traí-lo. Ele olhava com terror para a chave caindo, talvez se perguntando se ela se quebraria, se ele seria fulminado. Não tive dificuldade para capturar a intensidade de sua expressão. Eu também tinha visto algo precioso cair, uma vez.

– Não posso colocar isso em Castel Gandolfo – disse Pacelli.

Francesco empalideceu. O bispo se virou para mim – estava com lágrimas nos olhos.

– Mas vou guardá-la para mim. Pagarei por ela do meu próprio bolso. Essa obra é muito... audaciosa para alguns de nós. Mas eu a entendo. Eu o entendo, senhor Vitaliani.

Ele girou nos calcanhares sem dizer mais nada. Francesco me dirigiu um leve aceno de cabeça, um meio sorriso, e seguiu seus passos.

Meu caderno de encomendas explodiu. Monsenhor Pacelli não hesitava em mostrar meu trabalho a seus amigos e visitantes, e acredito que o fazia sem vaidade. Minha lista de clientes me forçou a dobrar o pessoal do ateliê para cuidar apenas do trabalho na Casina di Pio IV e, seis meses depois, fui obrigado a recusar novos pedidos. Aceitei dezesseis grandes obras, cuja execução me ocuparia por seis anos. Estátuas religiosas em sua maioria, ou criações baseadas no brasão ou história de tal ou tal família. Meus aprendizes faziam o trabalho bruto, Jacopo intervinha a seguir sob minha supervisão, depois eu alternava entre uma obra e outra para finalizar. Meu prestígio disparou quando se espalhou a notícia de que eu não estava aceitando novas encomendas. Eu finalmente era desejado. Eu havia sido cuspido, ignorado, tinha tido que implorar por trabalho durante toda a minha vida. Da noite para o dia, eu era o homem cuja obra todos queriam ter. Tudo isso porque eu tinha aprendido uma palavra nova. *Não*. O poder dessas três letras era insano. Quanto mais eu recusava, e mais o fazia com firmeza, mais as pessoas me queriam, *o escultor dos Orsini*, como começaram a me chamar.

Certa manhã, ao sair do meu ateliê, fui abordado por um homem com trajes de motorista. Ele apontou para um carro tinindo de novo, um Alfa Romeo RL, estacionado bem no meio da rua, um pouco mais adiante. No banco traseiro, Francesco me fez um sinal.

– Para onde estamos indo? – perguntei quando me juntei a ele.

– Ora, eu não faço ideia.

– Como assim, não faz ideia?

– Não faço ideia porque o carro é seu, e Livio é seu motorista. Presente dos Orsini.

Ele riu de minha expressão de espanto, me deu um tapinha no ombro e desceu. Naquela mesma noite, escrevi uma carta muito curta para a minha mãe. *Querida mãe, faço vinte anos este ano, tenho um carro e um motorista, e lamento não poder levá-los, papai e você, para um passeio por Roma.*

Apesar das longas horas que eu passava no ateliê, comecei a ler novamente. Havia uma biblioteca não muito longe de minha casa, e pedi à responsável para selecionar livros para mim, qualquer coisa. Uma tarefa que a confundiu e que ela nunca realizou com a competência de Viola, mas fez o melhor que pôde. Eu raramente lia os jornais, já que de todo modo era impossível escapar das notícias, comentadas o dia todo por meus clientes e aprendizes – nunca por Francesco. As eleições de abril de 1924 levaram uma imensa maioria fascista ao Parlamento, um resultado esperado devido ao terror imposto pelos *squadristi* sobre toda oposição. Ninguém ousava falar.

Ninguém, exceto um jovem deputado chamado Matteoti, que exigiu a anulação das eleições. No final de junho, ele desapareceu. Em meados de agosto, seu cadáver em decomposição foi encontrado em uma floresta dos arredores de Roma. Lembro da foto dos carabineiros carregando seu corpo, do policial à esquerda, em primeiro plano, que embora devesse ter visto outros cadáveres segurava o lenço contra o nariz. Sessenta anos depois, ainda sinto o cheiro daquela foto. Os fascistas ficaram indignados com a suspeita, depois, em janeiro de 1925, Mussolini declarou: "Se o fascismo foi uma associação criminosa, sou o chefe dessa associação criminosa". Depois disso, todos se calaram ainda mais, inventaram desculpas para eles, e houve muitos para achar que, no fim das contas, Matteoti estava procurando problemas e que, afinal, era preciso entender os fascistas, cujo nome ele tinha maculado.

Eu atravessava esses acontecimentos com desprendimento. Eu era um artista e não seria eu, com meu um metro e quarenta de altura, que mudaria o curso de qualquer coisa. Entreguei uma estátua, depois duas, depois três. Meus aprendizes agora podiam se encarregar de restaurações mais difíceis, sob minha supervisão, então abri espaço para duas novas encomendas, que encarreguei Francesco de distribuir, permitindo que ele fosse retribuído em sua própria moeda, a influência. Cerca de vinte potenciais clientes disputaram acirradamente o privilégio de constar em meu caderno.

Tive mulheres, é claro. Annabella, primeiro, a bibliotecária que escolhia minhas leituras. Uma garota discreta, magricela, com um rosto um pouco pontudo, que acabou cedendo a meus avanços. Acho que Annabella me amou de verdade. Eu não tocava em uma mulher desde minha iniciação entre as coxas amplas de Sarah, e não fui muito melhor em minha segunda vez. Annabella tinha de extraordinário o fato de ser tão selvagem sob meu dossel quanto doentiamente tímida em sociedade. Aprendi tudo em seus braços. Nossa história durou dois anos. Ela era cada vez mais vista no ateliê, a única presença feminina, reconfortante para alguns dos aprendizes mais jovens, que estavam longe de casa. Então chegou o dia em que ela bateu à porta de meu gabinete, as batidinhas discretas que ela dava, como se temesse ser ouvida. Devíamos sair para comer.

– Estou atrasada – ela disse quando entrou, olhando para o chão.

– Nem um pouco, ainda não são sete horas.

– Não, estou atrasada – ela repetiu, colocando as mãos na barriga.

Devo ter empalidecido, pois ela logo explicou:

– Conheço alguém que pode resolver isso.

Fechei a porta, mas não lembro mais o que disse naquela noite, apenas que não queria resolver isso. Eu também não queria um filho, tinha medo de lhe transmitir meus genes. Decidimos não tomar uma decisão. Lembro de meu covarde alívio quando Annabella, uma semana depois, me informou que o problema tinha "se resolvido por si mesmo". A partir daquele dia, parei de ir à biblioteca, e aleguei estar ocupado demais para vê-la. Annabella saiu de minha vida como entrou, silenciosamente.

Então vieram Carolina, Anna-Maria, Lucia, e talvez uma ou duas outras das quais prefiro não lembrar, porque eu teria que me lembrar que parti seus corações, menos o de Lucia, que partiu com minha carteira.

Em um dia de agosto de 1925, Francesco me levou para jantar no Gran Caffè Faraglia. Para minha surpresa, a mesa estava posta para uma dezena de convidados sob o teto decorado da sala, e todas as outras mesas tinham sido removidas. Poucos minutos depois, Stefano Orsini apareceu com um grupo de amigos, todos de terno, exceto dois indivíduos em uniforme de *squadristi*. Eles se instalaram fazendo muito barulho. Stefano apertou a mão do irmão e exclamou "Gulliver!", me cumprimentando com um tapinha amigável, como um velho camarada. Eu me retesei quando um *squadristi* se sentou a meu lado, mas ele se revelou um companheiro de jantar animado e engraçado. Mais tarde, ele se queixou um pouco do tratamento de seus colegas pela imprensa, me explicou que não tínhamos ideia dos golpes sujos que os bolcheviques perpetravam contra eles e que a violência não estava do lado deles, mas do outro. Eles estavam apenas se defendendo. O caso Matteoti? Eles não tinham nada a ver com isso. Alguns elementos dissidentes, quem sabe. *Mas Matteoti estava procurando problemas, não é mesmo?*

Estávamos todos bastante embriagados por volta da meia-noite. Os garçons estavam impacientes para ir embora, mas não se pode ditar as regras para uma mesa como a nossa. Os funcionários sabiam disso, Stefano e seus amigos também, que pediram mais uma rodada.

– Bom, não é grande coisa – gritou Stefano –, mas um brinde à noiva, mesmo assim!

– Que noiva? – perguntei.

– Viola! Você não lhe disse, Francesco?

– Não. Confesso que nem pensei nisso. De fato, nossa irmã Viola vai se casar. Você conhece o noivo, aliás. Rinaldo Campana.

Levei alguns segundos para associar um rosto ao nome. O advogado milanês amante de cinema que eu havia conhecido quando jantei na casa dos Orsini dois anos antes. Fazia algum tempo que eu já não pensava em Viola diariamente. A visão de um cemitério, um cheiro de primavera não me levavam mais imediatamente a Pietra d'Alba. A notícia rasgou o véu do esquecimento. E, de repente, tudo voltou. Nossos juramentos, nossas

mãos entrelaçadas, as noites de inverno em que o ar era sorvido como uma aguardente, em pequenos goles abrasadores, tudo.
Várias garrafas de champanhe apareceram. As rolhas voaram, Stefano agitou uma para molhar os *squadristi*. Um deles abriu a boca para beber. O outro, meu vizinho, pareceu furioso, mas não ousou dizer nada. Sinal de que a carreira de Stefano progredia, assim como sua leve barriga e sua ligeira rosácea. Ele agora trabalhava na Segurança Pública. Mais especificamente, como ele se gabou durante todo o jantar, para Cesare Mori, o prefeito encarregado por Mussolini de erradicar a máfia. Sua cabeça, raspada para esconder os cachos, lhe dava o ar inquietante de um bebê que havia crescido rápido demais.
Francesco, o único que não havia bebido, se levantou e se desculpou – ele tinha que celebrar a missa cedo no dia seguinte.
– Deixo você em casa, Mimo?
– De jeito nenhum, deixe ele aqui! – gritou Stefano. – Estamos apenas começando a nos divertir. Não é verdade, Gulliver? Ele é a glória da família, vamos fazer com que se divirta um pouco!
– Vou ficar.
Francesco franziu o cenho e foi embora, dando de ombros.
– E agora que o bom padre foi se deitar... – exclamou Stefano.
Ele tirou uma caixinha do bolso e a abriu, revelando um pó branco, que circulou pela mesa. Eu nunca tinha visto "coca", a novidade das noites da época. Todos pegaram um pouco com a unha e cheiraram. Eu os imitei, apenas para me tornar normal, para me tornar como eles, alto e perfeitamente bem-proporcionado. Depois fomos incendiar Roma, em uma noite da qual não me lembro. Uma noite a menos em minha vida, depois da qual acordei ao lado de uma lixeira na frente do Coliseu, menor do que nunca.

A telefonista me conectou sem demora.
— Residência Orsini, pois não?
Não hesitei por muito tempo. Na noite seguinte, com a cara ainda inchada da bebedeira da noite anterior, fui ao escritório dos Correios e Telégrafos do Vaticano. Francesco me informara, ao longo de um almoço recente, que fazia pouco tempo que a Villa tinha um telefone. Um fio de cobre, desafiando a distância e os galhos prontos para cortá-lo, bem como os dentes brincalhões dos esquilos, dava mais um golpe na lentidão do mundo em que nasci. Os Orsini tinham levado quase uma semana para saber da morte de seu filho mais velho em Saint-Michel-de-Maurienne, não muito tempo atrás. A notícia tinha chegado pouco antes de seu corpo rígido e inerte. Agora, eu podia telefonar algumas horas depois de saber do casamento de Viola. E isso era bom. Eu estava prestes a fazer vinte e um anos, não era a idade em que achamos que tudo era melhor antes. Eu estava vivendo justamente esse "antes" que mais tarde eu lamentaria.
— Bom dia, eu gostaria de falar com a srta. Orsini.
— Quem devo anunciar?
— O senhor Mimo Vitaliani.
Me senti ridículo de me apresentar como "senhor", mas era preciso impressionar o mordomo.
— Espere um momento, vou ver se ela está disponível.
Esperei, com os ouvidos atentos, na esperança de capturar algo de Pietra d'Alba, o som do vento nas árvores se a janela estivesse aberta, já que era agosto. Mas o barulho da

rua, sinos, carrilhões, carros buzinando na Via della Posta, me ancorava firmemente em Roma. Eu sufocava em minha cabine, o ouvido úmido sob o telefone, observando o vai e vem do público, leigos e dignitários eclesiásticos que giravam em uma dança graciosa sobre o mármore do hall.

Ouvi um crepitar, uma tosse educada, e então a voz do criado se fez ouvir novamente.

– Senhor Vitaliani? Sinto muito, mas a srta. Orsini não deseja falar com o senhor.

Eu estava tão preparado para essa resposta que acreditei tê-la ouvido, embora ele não tenha dito essas palavras. Quase desliguei.

– Senhor Vitaliani? – ele repetiu.
– Sim, desculpe, estou aqui.
– Não desligue, vou passar para a srta. Orsini.

Uma série de cliques, vozes fantasmagóricas e distorcidas percorreram o cabo. Então a voz de Viola.

– Alô?

Um pouco rouca, talvez um pouco mais grave também, mas Viola inteira em uma voz, e Pietra d'Alba invadiu minha cabine com um fogo de verão, um cheiro de campos crepitantes sob o sol. Deixei-me escorregar pela parede e me sentei na cabine.

– Viola, sou eu.
– Eu sei.

Houve um longo silêncio, denso de resina de pinheiro, alegria profunda e terror.

– Fico feliz de falar com você, Mimo, mas não tenho muito tempo. Estou ocupada com os preparativos de meu casamento.

– É exatamente por isso que estou ligando.
– Sim?
– Estou ligando para perguntar...
– Sim? – repetiu Viola.

– Você tem certeza do que está fazendo? Certeza *de verdade*?
Novo silêncio, muito breve dessa vez.
– Pode confiar em mim, Mimo.
E então ela desligou.

Roma, minha cidade das primeiras vezes. Minha primeira sessão de cinema, naquele ano, *Maciste no Inferno*, que me aterrorizou e me fez jurar nunca mais deitar sobre um túmulo. Minha primeira ópera, *Otelo*, de Verdi, que me entediou. Minha primeira dose de cocaína, é claro, e minha primeiríssima encomenda por uma autoridade secular. A prefeitura de Roma, de repente, entrou em contato comigo para solicitar uma estátua de Rômulo e Remo. Eu já sabia que não voltaria para Pietra d'Alba, então aceitei a encomenda.

Francesco e eu continuamos nos vendo regularmente. Viola tinha se casado, ele me informou, no início de 1926, mas ainda não tinha saído em lua de mel porque os negócios do marido o convocaram imediatamente para os Estados Unidos. O projeto de levar a eletricidade para Pietra foi retomado – a fortuna do advogado sem dúvida teve alguma influência nisso. Eu concordava, comendo distraído, e ele deve ter imaginado que nada disso me interessava, pois as notícias sobre sua irmã se tornaram escassas.

Mais surpreendentemente, eu via Stefano. Eu não gostava dele, mas ele sabia farrear. Ele continuava subindo os escalões do governo e, de 1926 a 1928, ocupou nada menos que três cargos, cada um mais estratégico que o anterior. Ele se vangloriava sem reservas, e eu entendi o porquê quando ele me confidenciou uma noite, bastante embriagado:
– Você tem sorte de não ter irmão, Gulliver. *Virgilio, Virgilio, Virgilio*, era tudo o que ouvíamos quando éramos crianças. Virgilio disse isso, Virgilio disse aquilo, que gênio,

e deixavam passar tudo. Mas me diga uma coisa: se Virgilio era tão esperto assim, por que morreu como um idiota na guerra, e nem mesmo na guerra, mas em um maldito trem? Quem é que traz dinheiro para a família, agora? Quem é que faz com que todos se levantem quando ouvem o nome dos Orsini? Eu, e Francesco, e também Campana, agora que ele é um de nós. Já não somos caipiras que cultivam laranjeiras secas. E em breve, ouça bem, as laranjeiras não estarão mais secas. Os Gambale que se cuidem.

Eu trabalhava do alvorecer até a noite, depois saía até o amanhecer. No início de 1927, entreguei o grupo escultórico *Rômulo e Remo*. Ele provocou a demissão imediata do funcionário municipal que o havia encomendado. Em meu *Rômulo e Remo*, não havia nem Rômulo nem Remo. Tampouco loba. Havia apenas água. Esculpi as ondas, o ímpeto tempestuoso do Tibre, em que mal se discernia um cesto, que continha os gêmeos. Esculpi um milagre, a sobrevivência de dois bebês entregues à voracidade de um rio, porque, como em Pietra, tudo começava pela água. Sem o Tibre, não haveria Roma. Sem o Arno, não haveria Florença. Eu me senti um pouco culpado por ter contribuído para a demissão do pobre homem, mas a amante e musa de Mussolini, Margherita Sarfatti, aparentemente viu minha obra dois meses depois e declarou: "Todo o homem novo, o artista fascista, está aqui dentro". O funcionário foi readmitido, condecorado e promovido.

Roma tinha a particularidade de não oferecer muitos locais de festa, exceto talvez o Cabaret del Diavolo, cujos três andares subterrâneos representavam o inferno, o purgatório e o paraíso. Fui expulso de lá em minha primeira visita por "embriaguez excessiva". O pleonasmo provou que eles não entendiam nada de embriaguez ou de inferno. Havia poucos bares abertos até tarde, poucos clubes, Roma era uma senhora de idade. Muitas vezes jantávamos em um dos bons restaurantes da cidade, o Fagiano, o Caffè Faraglia – nosso favorito, por seus afrescos em estilo Liberty – ou no restaurante do Hotel Quirinale ou do Excelsior. A festa, a verdadeira, acontecia depois, em salões privados. Onde o excesso florescia. Ao contrário de muitos, eu não estava em busca de influência ou fortuna. Eu tinha minha parte, pequena, ela me bastava. Mais uma vez, pude constatar que os ricos adoravam ouvir um *não*. Eu não buscava novas encomendas, novos clientes. Mas ouvia súplicas, apenas para constar em minha lista de espera. *Só quero beber*, eu respondia, e minha reputação aumentava. Foi em uma dessas noites que conheci a princesa sérvia Alexandra Kara-Petrović. Ela caiu imediatamente sob o meu encanto, ou melhor, pelo de minha fama, de meu carro e de minha conta bancária, que na verdade não era tão copiosa quanto as pessoas acreditavam. Eu ganhava muito bem, mas não era nada comparado aos herdeiros, oportunistas e vigaristas que conhecia. Alexandra era provavelmente tão princesa quanto eu, ainda que tenha me jurado que o era até o último dia, e nunca fosse pega em contradição quando questionada sobre a história e genealogia de sua família. Ela tinha uma beleza absurda, imensa, sinuosa. Toda vez que chegávamos juntos a uma festa, eu adorava ver os olhos arregalados, e três palavras se formando na mente daqueles que não nos conheciam, tão óbvias que poderiam ter sido gritadas. *Ela, com ele?*

Alexandra era o oposto de Annabella em todos os aspectos. Uma tigresa em sociedade, um tronco na cama. Ela simplesmente não gostava da coisa, ou não comigo. Eu também não a desejava muito, mesmo ela sendo a mulher mais bonita que já vi. Depois de três ou quatro tentativas de acasalamento árduas e dissonantes, decidimos que era melhor dormir em quartos separados e nos dedicarmos ao que mais nos divertia: chocar a alta sociedade para mim, gastar meu dinheiro para ela, principalmente na loja de Sotirios Voulgaris, um joalheiro grego que ela apreciava. Éramos desprovidos de escrúpulos.

Várias vezes, fiz planos de visitar minha mãe. Eu os adiava repetidamente, por mil boas razões, trabalho, distância e, a propósito, eu não a havia convidado a se juntar a mim, com todas as despesas pagas? Mil boas razões, exceto a verdadeira: eu achava que era ela que devia dar o primeiro passo para atravessar o abismo criado entre nós, essa terra aberta cujas bordas escarpadas se afastavam desde 1916.

Eu poderia alegar que me arrependo de meus anos florentinos, e mais ainda de meus anos romanos. Eu poderia fingir, para aliviar minha alma e facilitar minha travessia com o bom e velho Caronte, que me espera à margem do rio Estige – e que um dia esculpi. Mas não posso me livrar de meu passado, assim como uma árvore não pode se livrar de seus anéis de crescimento. Florença e Roma estão aqui, neste corpo febril que treme e resmunga sob o olhar de quatro monges às últimas luzes do dia. Florença e Roma estão aqui e não podem ser retiradas, não mais que meu coração, meus rins ou meu fígado, que aliás não deve estar em muito bom estado.

Meus excessos atingiram um ponto de não retorno em 1928. Uma noite, Stefano contou a uma assembleia de brutamontes *squadristi* o episódio de meu açoitamento à beira do lago e entoou uma cançoneta repetida pelo pequeno grupo: *Gulliver, Gulliver, mostre-nos seu traseiro!* Em vez de ir embora com a dignidade que seria apropriada, mostrei meu traseiro a eles. Para provar que eu era como eles. Que eu mantinha minha posição. Mostrei meu traseiro e Stefano gritou:

– Ele deixou a barba crescer, mas eu o reconheço!

Eu acordava regularmente em vários lugares de Roma, às vezes em camas desconhecidas, ao lado de uma lambisgoia fedendo a álcool que me encarava com um terror igual ao meu. Uma manhã em que eu cambaleava, pouco depois do amanhecer, ao longo da Via Ápia, avistei um pequeno circo montado em um pedaço de terreno abandonado, entalado entre dois parques com muros de tijolos desmoronados. Um homem careca, de idade incerta, adestrava um jovem cavalo em um cercado improvisado. Eu o chamei.

– Bom dia, eu só queria saber se o senhor conhece o circo Bizzaro.

– Nunca ouvi falar.

– Ele fica em Florença, atrás da estação...

– Nunca ouvi falar, estou dizendo. O que você acha, que todos nós nos conhecemos? Você conhece todos os anões, por acaso?

Ele havia deixado, pendurada em uma estaca, um cantil com alça de couro. Eu o fiz girar e o atirei em sua direção. Um simples gesto mal-humorado, exceto que, com a incrível falta de sorte de um novato, acertei o rosto dele em cheio. Fugi correndo, mas a Via Ápia é longa. Ele e três amigos me alcançaram de caminhão meia hora depois, me perseguiram até os campos e me espancaram. Ninguém disse uma palavra quando voltei para o ateliê segurando minhas costelas, o lábio inchado, um olho roxo. A princesa Alexandra, com o frescor de uma rosa, preparou um café para mim e se encarregou de reprogramar nossa agenda social. Pouco depois desse episódio, Francesco me recebeu em seu escritório para me repreender. Ele me lembrou de minha promessa: representar dignamente o nome dos Orsini. Jurei que tal incidente não se repetiria. De volta para casa, demiti Livio, já que era meu motorista que me dedurava, e contratei outro, Mikael, um etíope do bairro, que dirigia bem e não fazia perguntas. Entre minha estatura e a cor de sua pele, nos tornamos imediatamente a tripulação mais notável de Roma. Azar para a discrição.

Em outra noite, um barão embriagado proclamou seu amor eterno por Verdi. Eu disse que Verdi fazia música de circo, ele me perguntou o que eu poderia saber, a menos que eu tivesse trabalhado em um circo. Defendi minha honra como aqueles que não a têm, com fervor, e exigi reparação. A noite se passava na casa da amante de um importante ministro, viúva de um industrial abastado. Alguém teve a ideia romântica de usar antigas pistolas de duelo expostas na sala. Ninguém nunca tinha carregado pistolas de duelo do século XVIII, então todos lutamos com as armas, cada um oferecendo seu conselho, a briga foi esquecida, até que um disparo acidental atingiu a viúva no braço, que felizmente era carnudo. Ao ver o sangue, a viúva desmaiou. Todo mundo se dispersou e desapareceu na noite em menos de um minuto.

Eu estava prestes a entregar minha última obra. Ela iria para um latifundiário, um dos grandes proprietários de terras do Mezzogiorno. O homem era previdente, tratava-se de um mausoléu. Quatro anjos, em cada canto do túmulo, guardavam a laje que eles aparentemente tinham acabado de fechar. Uma de minhas mais belas obras, o apogeu do movimento. Mas eu saía demais, e havia confiado a Jacopo a tarefa de terminar o rosto do último anjo. Minha encomenda estava atrasada um ano. Impossível adiar mais, especialmente porque o cliente era de Palermo e, por lá, eles eram mais tempestuosos que a média. Dois dias antes de entregar, Jacopo me mostrou seu trabalho. Olhei com incredulidade para seu anjo, sua expressão contraída, a tensão de seus traços. A anatomia estava correta. Mas se Jacopo pretendia sugerir a expressão de um anjo que acabara de prender os dedos sob uma laje de trezentos quilos ao fechar um túmulo, ele não poderia ter feito melhor.

Explodi de raiva, xinguei-o de todos os nomes. Ele havia desonrado o ateliê. Traído minha confiança, seus companheiros, os escultores e a arte em geral. Gritei, vermelho de raiva, por longos minutos, e várias cabeças curiosas saíram dos apartamentos que davam para o pátio.

Quando finalmente me acalmei, todo o ateliê me encarava com uma expressão que eu conhecia bem. Era a mesma com que eu olhava para Zio.

Para descrever a beleza da *Pietà* de Michelangelo Buonarroti, muitos se dedicaram a enfatizar a perfeição do drapeado, a precisão anatômica, a graça do movimento, sei lá mais o quê. Não importa o que digam os especialistas, o gênio de Michelangelo está no *rosto*. Ele poderia ter feito sua Virgem corcunda, com um rosto como aquele. O de uma mulher quase derrotada, surpreendida em um momento de fadiga e abandono em que a alma se revela por completo. Surpreendida, era isso. Michelangelo capturou o instantâneo da fotografia, com a diferença de que levou três anos para dar vida a essa imagem. Três anos de luta armada, um cinzel contra um pedaço de mármore. Esse rosto não é apenas o que o olho vê. Ele contém tudo o que aconteceu com ele, tudo o que está prestes a acontecer. O tempo que o trouxe até ali e o que está por vir, a morte de milhões de segundos e a promessa de milhões de outros. E eu tinha confiado a um garoto de dezenove anos, que não sabia nada da vida, a tarefa impossível de um rosto de anjo... Jacopo era talentoso, mas não a esse ponto. Não como um Buonarroti. Não como um Vitaliani.

Recebi Jacopo em meu gabinete e lhe pedi desculpas. Então abri meu caderno de encomendas. Impossível retalhar um rosto, era preciso refazer a cabeça ou a estátua inteira. Apenas a cabeça seria um ajuste inaceitável, um monstro à la Mary Shelley indigno de mim. Talvez eu pudesse entregar o mausoléu com três anjos, fingindo tê-lo concebido assim. Mas eu não o havia concebido assim. Cada anjo existia e, acima de tudo, só se *movia* em função dos outros três. Talvez eu pudesse entregar três e dizer que o quarto estava a caminho. Mas quando? Eu precisaria atrasar a encomenda de um industrial milanês, que não era menos tempestuoso...

A melhor solução, para o homem que eu era na época, consistia em não fazer nada. Encontrei Stefano no final do dia, decidido a me embebedar. Pela primeira vez, porém, não tomei o primeiro copo que me trouxeram no Caffè Faraglia. Bem na minha frente, um calendário estava pendurado na parede. Fixei, petrificado, a data do dia. 21 de junho de 1928.

— Ei, pessoal, Gulliver está fazendo uma cara estranha. Tudo bem, meu velho?

21 de junho de 1928. Eu não estava ali por acaso. Tudo havia me levado àquela parede. Àquele calendário barato ilustrado com caricaturas obscenas.

— Você viu um fantasma ou o quê?

— Sim.

Anos de esquecimento desapareceram, levados por uma lembrança com a violência de um dilúvio. Meu desejo de mácula, minha indiferença ao sucesso, meu entorpecimento no álcool, na cocaína e nas princesas sérvias passaram diante de mim como um rio furioso. O futuro estava em jogo. Se eu chegasse a tempo.

Pulei de minha cadeira e saí correndo. Uma hora depois, eu deixava Roma sem olhar para trás.

Mikael, meu motorista, seguiu para o norte por estradas esburacadas e brancas de poeira. A Itália era atravessada por caminhos e bifurcações nem sempre lógicos, trilhas que não levavam a lugar algum, vestígios acidentados de uma época em que as pessoas gostavam de se perder. As grandes artérias rodoviárias que exaltavam a linha reta, o barulho, a sujeira, apenas começavam a ser abertas nos arredores de Milão. O encanto tinha um preço: tivemos um radiador e dois pneus furados. Somente a engenhosidade de Mikael nos permitiu continuar. Durante essa viagem, descobri que ele ocupara um cargo importante na administração de Menelique II, imperador da Etiópia, e que deixara o país depois de um sombrio caso de adultério, em que sua cabeça fora posta a prêmio por uma das famílias mais poderosas do reino. Tendo chegado a Roma em 1913, ele vivia de expedientes. Tinha uma cultura enciclopédica. Em algum ponto entre Lucca e Massa, percebi que eu era menos inteligente e menos culto que meu motorista.

Em 24 de junho de 1928, deixamos Savona, sempre em direção ao norte. A noite caía. Quando apareceu uma placa indicando "Pietra d'Alba, 10 quilômetros", o segundo pneu furou. Pensei que fosse morrer dez vezes, o tempo passava, mas seguimos em frente. Atravessamos Pietra d'Alba a toda velocidade. Mikael parou a meu pedido no cruzamento, ao pé da colina que descia para o planalto depois do vilarejo. Eram quase 23 horas. Comecei a correr.

Às 23h05, desabei na frente do cemitério, exausto da viagem, sem fôlego. De costas para o muro, cabeça apoiada na pedra, respirei um ar fresco e familiar. A loucura de minha empreitada se revelou a mim, mas toda a minha vida agi por instinto. A razão não era o instrumento certo de medida. Eu estava onde deveria estar, isso era tudo que importava.

 Pela primeira vez, ela chegou atrasada. Ela saiu da floresta por sua passagem habitual dez minutos depois e congelou ao me ver. Ela não vinha de tão longe quanto eu, pelo menos aparentemente, pois sua jornada não tinha sido menos épica, menos desgastante. Nos aproximamos um do outro lentamente, no meio da pequena esplanada que o abraço da floresta formava naturalmente na frente do cemitério.

 Oito longos anos desde nosso último encontro. Viola não era mais uma adolescente, mas uma mulher feita. Seus traços estavam mais firmes. Eu teria jurado que seu rosto de dezesseis anos atingira uma espécie de perfeição, sem suspeitar dos segredos que alguns golpes do formão de seu criador ainda revelariam. Viola era uma lição de escultura, e eu lamentei ainda mais os oito anos longe dela. Eu gostaria de ter sido testemunha daquelas mudanças, uma a uma, analisá-las para um dia poder reproduzi-las.

 Seus cabelos estavam mais compridos do que em minha lembrança, ainda escuros, mas impecavelmente arrumados, sua pele ainda morena. Uma cicatriz pálida, no alto de sua testa, desaparecia sob uma mecha. Ela continuava alta, muito magra. Bonita, sim, mas não da maneira da princesa sérvia. Ela não tinha a generosidade de formas que Stefano e seus amigos – e eu, admito, uma ou duas vezes – buscavam nos lupanares de Roma. Era preciso olhar fixamente para Viola, realmente olhá-la, para compreender. Seus olhos eram um portal para outros mundos, um conhecimento que beirava a loucura.

 – Eu não sabia se você viria – ela disse finalmente.

 – Eu não esqueci. Você marcou um encontro comigo no dia 24 de junho de 1918. Preciso reconhecer que você tinha razão. Você viaja no tempo.

– Sim. Mas pensei que levaria dez anos.
Ela me encarou, colocou uma mão em minha barba de três dias e acrescentou:
– Levou dez minutos. E durante esses dez minutos, você se tornou um homem.
– Viola...
Com um dedo em meus lábios, ela me interrompeu.
– Você vai ficar?
Concordei sem precisar pensar, seu dedo perfumado em minha boca, um perfume de laranjeira nas narinas.
– Então temos todo o tempo do mundo.
Em silêncio, voltamos ao cruzamento. Apontei para o Alfa estacionado na escuridão, Mikael dormindo no banco de trás, os pés para fora da janela.
– Quer que a leve?
– Obrigado, prefiro andar.
– Eu também.
Ela foi para a direita, eu para a esquerda. Depois de alguns passos, me virei. Mais adiante na estrada, Viola sorria para mim.

– Papai, papai, tem um gnomo dormindo no celeiro!
Conheci Zozo, filho de Alínea e Anna, alguns segundos antes de sua filha, Maria, correr para ver como seria um gnomo.
– Não é um gnomo, crianças. Na verdade, é um gigante. Um pequeno gigante.
Nos abraçamos. Anna tinha minha idade, vinte e quatro anos, Alínea quase vinte e oito. Os dois tinham engordado um pouco. Seus filhos eram adoráveis e exaustivos, agarrados a mim como dois caranguejos.
– Deixem o tio Mimo em paz. Vocês não veem que o estão irritando?
– O que é um caranguejo, tio Mimo?

– Um crustáceo.
– O que é um crustáceo, tio Mimo?

Eu temia que Alínea se sentisse incomodado com meu retorno, depois de ter vivido tanto tempo no ateliê sem mim. Mas Anna e ele tinham construído uma casa atrás do prédio principal, prevendo meu retorno. Os negócios iam bem, eles tinham dois aprendizes. Anna cuidava em tempo integral da gestão da marcenaria. O antigo ateliê de Zio estava no estado em que eu o havia deixado, reformado, cuidado e limpo regularmente. Eu só precisava me instalar.

– Tem telefone aqui?
– Está achando que sou quem? Rockefeller?

Acordei Mikael, prometi às crianças um passeio de carro para me livrar delas e pedi para ser deixado na casa dos Orsini. Alínea me alcançou na hora em que Mikael dava a partida.

– A propósito, não sei se você está sabendo do pai da Viola...

Duas semanas antes, o marquês tinha sido encontrado nu na praça do vilarejo. Ele afirmava estar esperando o filho Virgilio, que havia falado com ele durante a noite para anunciar seu retorno. O marquês foi levado de volta para casa, tentaram convencê-lo de que seu filho estava morto, mas ele insistiu, *não, não, era ele mesmo, eu ainda sei reconhecer meu filho, ele estava montando um esqueleto de cavalo, ele está chegando, ele está chegando.* E então desmaiou. Um médico foi chamado, um de verdade, não o do vilarejo vizinho. Derrame cerebral, foi o diagnóstico. A marquesa se recusou a enviar o marido para o hospital, e ele estava sendo cuidado em casa.

Silvio abriu a porta, sorriu ao me reconhecer, algo que nunca havia acontecido. Por hábito, eu havia batido na porta dos fundos, mas ele me fez atravessar os jardins para entrar pela porta principal. O urso que esculpi para Viola ainda reinava perto do espelho d'água. Não pude deixar, ao

passar por ele, de criticar algumas das escolhas do Mimo de dezesseis anos. O movimento estava lá, mas exagerado. Eu agora era capaz de dizer mais, com muito menos.
— Vou avisar a senhora marquesa.
A senhora marquesa apareceu, com poucas rugas a mais, os cabelos negros como sempre. Os Orsini não eram ingratos, eles sabiam o quanto de seu prestígio deviam a mim.
— Vou buscar Viola. Lembra de minha filha, senhor Vitaliani? O senhor esculpiu para ela o urso do jardim.

Nada me convenceu mais de meu sucesso do que aquele momento, aquela fração de segundo em que, aos olhos de uma marquesa, eu deixava de ser uma "criaturinha horrível" capaz de violar a sua valiosa filha para me tornar um artista digno dos maiores salões.

— Lembro. Ficarei encantado de revê-la. Enquanto isso, posso usar seu telefone? Preciso falar com seu filho Francesco.

A marquesa me conduziu ao "salão telefônico" e me deixou lá sob seu teto decorado. Enquanto aguardava a ligação, percebi que as paredes tinham sido refeitas. Não havia mais rachaduras ou manchas de umidade. A massa de vidraceiro, nas janelas, era branca e macia. Um buquê de peônias frescas, em um vaso, descansava sob a luz que entrava pelos vidros novos.

Francesco começou a conversa furioso, o que estava acontecendo comigo, eu tinha desaparecido sem avisar, ninguém sabia onde eu estava, eles me procuraram por toda Roma. Anunciei meu projeto de trabalhar em Pietra, e ele se acalmou na hora. Ele sabia, como eu, o benefício que ele poderia obter de meu afastamento das tentações romanas. Sentindo o vento virar a meu favor, pedi que me instalasse uma linha telefônica e prometi aumentar a produtividade. Ele também precisaria me enviar novos blocos de mármore — Carrara não ficava muito longe. Por fim, eu precisaria de um aprendiz, e do Jacopo. Eu trabalharia entre os dois ateliês, indo para o de Roma apenas quando necessário. Ele se encarregaria de fazer meu cliente siciliano esperar, eu precisaria de alguns meses para entregar o quarto anjo. Se o cliente não ficasse satisfeito, eu o reembolsaria com os juros e venderia o seu túmulo pelo dobro do preço para outro.

– Mimo? – ele disse quando eu estava prestes a desligar.
– Sim?
– Você deve estar sabendo que meu pai não está bem.
– Ouvi falar. Sinto muito.
– Ele vai sobreviver. Mas ficará... debilitado. Stefano se tornará, de fato, o chefe da família. Você prestará contas a ele, agora. Mas se tiver qualquer pergunta, qualquer... dúvida, é a mim que deve se dirigir, certo?
– Certo.
– Nos veremos em breve na Villa. Enquanto isso, tenha certeza de que monsenhor Pacelli e eu estamos trabalhando para você.
– E eu estou trabalhando para os Orsini.
– Não, Mimo, você trabalha para a glória do Altíssimo, do qual somos humildes servidores.
– Mas um pouco de sua glória vai para sua família, não? – ironizei, pois a seriedade de Francesco tinha o dom de me irritar.

Francesco suspirou.
– Se for o caso, quem sou eu para me opor à Sua vontade?

Viola me esperava no grande salão onde, muitos anos antes, seu noivado tinha sido anunciado.
– Viola, aqui está o senhor Vitaliani. Você se lembra do jovem escultor que fez o urso para os seus dezesseis anos?
– Lembro, sim – respondeu sua filha com um sorriso educado.
– Claro, que tolice a minha, ele é muito...

Ela quase disse "reconhecível". Mas com a habilidade que havia transformado uma filha de fidalgos insignificantes em uma marquesa, ela completou na mesma respiração:

– ... talentoso.

– Quero um pouco de ar fresco, mãe. Vou dar um passeio pelo jardim. Pode me acompanhar se quiser, senhor Vitaliani.

Onze anos depois de meu primeiro encontro com Viola, eu aparecia em público com ela. Onze anos de clandestinidade. Pela primeira vez, o sol brilhava sobre nossa amizade intensa, cambaleante, uma amizade noturna finalmente consagrada pela luz do dia. Quando Viola voltou vestida para sair, com uma capa leve, ela se apoiava em uma bengala, um bastão de madeira com um punho de prata. Fingi não notar.

– Você está olhando para minha bengala, não é mesmo? – perguntou Viola assim que chegamos ao jardim. – Eu a odeio. Só a uso quando necessário. Quando está frio ou quando há umidade no ar, como hoje, minhas pernas doem...

Ela balançou a cabeça.

– Caí de muito alto.

Ela me precedeu em direção ao portão pelo qual entrei pela primeira vez no parque, quando consertamos o telhado da Villa. Uma luz oblíqua se misturava à névoa, agarrando-se em filamentos rosados aos ramos esqueléticos de laranjeiras antes prósperas. O ar rodopiava como um cachorro em um campo de batalha, desorientado pelo silêncio, entre troncos negros e sem folhas. Algumas árvores ainda estavam vivas, mas a cada passo eu via novos sinais de abandono: as valas não estavam tão cuidadosamente delimitadas e limpas, as fileiras estavam cheias de ervas daninhas. Cerca de um terço das árvores estava morta. Nas demais, os galhos cresciam desordenadamente, não viam uma tesoura de poda havia muito tempo. Comentei isso com Viola.

– Oh, as frutas cítricas já não são nossa principal fonte de renda.

— Mas vocês tinham as melhores laranjas que já provei...

Viola olhou ao redor e deu de ombros.

— Talvez, mas é difícil encontrar trabalhadores. O que podemos fazer, as cidades se tornaram atraentes demais. E essa estúpida rixa com os Gambale impede qualquer visão de longo prazo, qualquer possibilidade de investimento. A cada dois verões, sofremos com a seca. Seria suficiente sermos razoáveis, chegar a um acordo, mas...

Mais uma vez, ela deu de ombros. Era um gesto que eu não conhecia nela, que significava *não há nada que eu possa fazer*, mas a Viola que eu conhecia podia tudo.

— De onde vem o dinheiro, então? Notei que fizeram obras na casa.

— De meu marido. Ele encheu os cofres. Está à frente de um importante escritório de advocacia, mas, acima de tudo, investiu pesado em cinema. Ele diz que é o futuro. Deve estar certo, porque está rendendo. A única coisa que lhe faltava era uma associação com a nobreza, uma respeitabilidade que nem todo o ouro do mundo poderia comprar. Agora que estamos casados, isso está feito. Enfim, todo mundo está contente.

— E você, está contente?

Ela deu de ombros.

— Claro. Rinaldo é gentil.

Viola pegou uma trilha entre dois campos, apesar do terreno irregular, que levava à floresta.

— Onde está seu marido, agora?

— Nos Estados Unidos, a negócios. No resto do tempo, ele mora em Milão.

— Vocês não vivem juntos?

— Sim, mas ele viaja tanto que estou melhor aqui do que em Milão. Ele costuma me visitar nos finais de semana. E estamos tentando ter um filho, o que não é fácil. Os médicos acham que o ar do campo é melhor para minha saúde do que o da cidade.

Caminhamos em silêncio por um momento. Viola me olhou de relance – eu ainda não estava acostumado a ter que levantar tanto a cabeça para falar com ela.

– O que foi?

– Nada – menti.

– Conheço você, Mimo. E como você sempre acaba dizendo o que pensa, porque você nunca foi o tipo de homem que não diz, melhor dizer logo.

– Não sei. Tudo isso não parece você.

– "Tudo isso"?

– Casar, querer filhos...

– Ah, mas Mussolini não disse que o papel da mulher era procriar e cuidar da família?

– Não sei o que Mussolini disse e não quero saber. Não faço política. Mas não sou mais o idiota que você conheceu. Primeiro, sua família tentou casá-la com aquele garoto repugnante que, coincidentemente, era filho de uma família muito rica. Você sabotou o plano deles e alguns anos depois está casada com outro sujeito muito rico e a Villa não tem mais nenhuma rachadura, nenhuma mancha de umidade...

– Também já não sou aquela que você conheceu. Você sabe aonde meus sonhos me levaram? Foram meses de hospital, dezenas de pontos e quase o mesmo número de fraturas. É preciso saber crescer. Eu disse que Rinaldo é muito gentil, ele me trata bem. Ele prometeu que um dia me levará aos Estados Unidos.

– Mas...

Viola parou abruptamente quando chegamos à orla da floresta.

– Não preciso que você critique minhas escolhas, Mimo. Preciso que me apoie ou, pelo menos, finja apoiar.

Ela entrou na floresta com a mesma naturalidade de antes, mas não se embrenhou entre as árvores e continuou na trilha. Depois de alguns minutos, ela parou diante de um bosque de pinheiros e se virou para mim.

– É aqui.

– O quê?

– O lugar em que caí.

Acima de nossas cabeças, o pinheiro tocava as nuvens. Trinta metros de casca marrom e verde imperial.

– Devo minha vida a esta árvore – ela murmurou tocando o tronco. – Cada galho em que bati amorteceu minha queda e me deixou uma marca. O mais engraçado é que não me lembro de nada. Estou no telhado e, no momento seguinte, abro os olhos no hospital...

Enquanto falava, ela tocou várias partes do seu corpo, acredito que inconscientemente: o braço, as pernas, a testa. Eu lembrava da cena como se tivesse acontecido na véspera. O grito de raiva e desafio entre as flores de pó incandescente. A queda turbilhonante. A incerteza dos meses seguintes, a carta me pedindo para não escrever de novo. Ela leu tudo isso em meu rosto.

– Quando acordei, depois de dias de coma, pedi para ver você. Você foi o primeiro nome que pronunciei. Felizmente, só Francesco estava a meu lado naquele dia. Ninguém mais sabe que Alínea e você me ajudaram, com a asa voadora, e que éramos amigos.

– Francesco sabe? Sempre fingi que não a conhecia, e ele parecia acreditar.

– Ninguém sabe qual o jogo de Francesco – respondeu Viola com um leve sorriso. – Duvido que ele mesmo saiba. É só não dizer que sabe que ele sabe, e você recupera a vantagem.

– Você deveria fazer política... Por que me trouxe aqui?

– Porque fiz escolhas ruins. A primeira foi envolvê-lo nessa ideia maluca de voar.

– Não era maluca! O próprio D'Annunzio...

– Eu sei, eu sei – ela me interrompeu, irritada. – Mas não sou D'Annunzio, sou Viola Orsini. A verdade é que pensei muito, no hospital. Eu estava sob o efeito da morfina, e talvez não estivesse totalmente lúcida, mas me convenci de que havia decepcionado você. Prometi a você que voaria, e falhei. Eu era sua heroína e tive medo que você... não sei, que você me amasse menos, ou de maneira diferente. Foi por isso que pedi para não me escrever mais. Eu não queria a sua piedade. Eu não queria que você me visse quebrada, com as pernas em metal e a mandíbula remendada. Por essa mesma razão, decidi não descer para jantar quando você voltou dois anos depois. Entrei em pânico. Então me acalmei, coloquei o lampião vermelho na janela, e aí foi você que foi embora.

Olhei ao redor, com a garganta apertada, depois para cima, fingi arrumar o cabelo para passar uma manga sobre os olhos. Uma técnica que havia provado sua eficácia.

– Você ainda vê sua ursa?

– Bianca? Faz cinco anos que não. Vou até a toca dela de vez em quando, mas está vazia. Está vivendo sua vida, e é melhor assim.

Concordei, limpei a garganta.

– O que você quer, afinal?

– E você, o que queria voltando ao cemitério, dez anos depois? Não apenas ver se eu viajava no tempo.

– Eu queria que tudo voltasse a ser como antes.

– Não somos mais como antes. Você é um artista respeitado, eu sou uma mulher casada. Mas podemos viajar lado a lado. Sem heroísmo, dessa vez.

– Quem quer uma vida sem heroísmo?

– Geralmente, todos os heróis.

Ela estendeu a mão para mim.

– Negócio fechado?

– Não tenho certeza dos termos do negócio...

– Vamos inventá-los no caminho.

Peguei a mão dela rindo, uma mão ainda mais delicada do que antes, e tomei cuidado para não a apertar com muita força. Minhas mãos tinham aumentado de volume.

– Senti sua falta, Viola.

– Eu também.

Voltamos para casa em silêncio. A névoa se desfazia sobre uma paisagem marrom, verde e laranja, tecida com o tom rosado característico de Pietra d'Alba. Na entrada da Villa Orsini, Viola se virou.

– A propósito, quando enviei aquela carta pedindo para parar de me escrever...

– Sim?

– Nada o obrigava a obedecer.

Ela fechou a porta suavemente. O vento se levantou, levando os últimos fragmentos de névoa. Mas que vento? O siroco? O poente, o mistral, o grego? Ou talvez outro, que eu não conhecia porque ela não tinha me ensinado? Eu tinha pensado que, ao reencontrar Viola, tudo seria mais simples. Mas o que há de simples em um mundo onde o vento tem mil nomes?

Tenho vinte e quatro anos. Não sou rico, o que é apenas uma maneira de dizer o quanto serei mais tarde, porque em comparação com o garoto que chegou aqui doze anos atrás, sou um marajá. Tenho um carro, funcionários, o suficiente para viver por quatro ou cinco anos se tudo o mais der errado. Entro na casa dos Orsini pela porta da frente. O ano de 1929 se aproxima, seguido de uma nova década que, acredito, será a mais tranquila de minha vida. Uma década dourada de progresso e paz entre as nações e, mais impressionante ainda, de paz entre Viola e mim.

Deixem-me rir.

— Padre! Padre! Ele começou a rir.

Padre Vincenzo, com a irrupção do noviço em seu gabinete, ergue a cabeça dos documentos que está estudando desde a manhã. É sempre assim, toda vez que ele abre o armário. Ele se encontra preso no mesmo mistério, dissecando os documentos e examinando-os com a paixão de um teólogo dos primeiros tempos, de um rabino em uma yeshiva descobrindo que cada palavra pode significar uma coisa e seu oposto, mas que existe apenas uma verdade, uma combinação correta a ser descoberta para, de repente, tudo ser compreendido.

O noviço se detém, sem fôlego, à frente de sua mesa. No fim, essas escadas são difíceis para todo mundo, pensa o padre.

– Quem começou a rir?
– O irmão Vitaliani.

Embora Vitaliani nunca tenha feito votos, todos o chamam de "irmão", e Vincenzo deixa passar.

– Ele riu?
– Sim, como se alguém tivesse dito algo engraçado.
– Ele recuperou a consciência?
– Não. Segundo o médico, seus sinais vitais estão se deteriorando.

Padre Vincenzo dispensa o noviço com um gesto e fecha a janela, que imprudentemente deixou aberta apesar do frio. De um baú – todos os monges têm um igual, onde guardam seus pertences pessoais –, ele tira um cobertor de lã xadrez e se enrola nele. Depois, ele abre o documento que, entre todos os do armário, é necessariamente o mais intrigante.

Depoimentos.

Seu fogo ardia menos intensamente, e seus ossos estalavam quando ele subia ao púlpito. Ele tinha perdido o pouco cabelo que lhe restava. Um pequeno arco de fios ásperos e grisalhos o poupava da calvície total. Mas ele ainda intimidava, mesmo passado dos cinquenta anos, por sua voz douta, e sempre surpreendia com o estranho senso de humor que o havia levado, muitos anos atrás, a se afeiçoar a um vagabundo de estatura incomum. A alegria sincera de dom Anselmo ao me ver subindo a nave de San Pietro delle Lacrime aqueceu meu coração. Ele me abraçou antes de me encarar sem dizer uma palavra, apenas balançando a cabeça com satisfação.

 Sentados no claustro sob um céu azul Pietra – nenhum Technicolor ou vendedor de tintas jamais patenteou aquele azul, que não existe mais –, conversamos por um bom tempo. Dom Anselmo se queixou da queda nas finanças da paróquia. Depois de dez anos de paz, seu rebanho pensava menos na morte, portanto doava menos. E o Vaticano ficava longe. Ele me pediu para dar uma palavra a Francesco, que não tinha mais tempo de visitá-lo quando voltava para ver seus pais. Alguns ornamentos e elementos arquitetônicos precisavam ser substituídos com urgência. Prometi a ele que cuidaria disso, sem custos, assim que meus aprendizes se juntassem a mim.

 No caminho de volta, fui tomado de forte emoção. Eu havia chegado doze anos antes em um dia como aquele. Uma brisa roçava os campos deixados em pousio. O mesmo horizonte rosado e angelical me saudou à saída do vilarejo. Mas eu tinha vivido dez vidas.

Um grito se fez ouvir às minhas costas, seguido por um deslizamento. Não tive tempo de me virar quando uma bicicleta me ultrapassou, sem passageiro, e foi parar em um barranco. Então fui abraçado, levantado do chão várias vezes. Emmanuele gritava de alegria. Ele beliscou minhas bochechas, beijou minha testa. Ele vestia um uniforme de desfile dos carabineiros e um boné dos Correios Italianos. Sua fala ainda era tão incompreensível quanto antes, mas suas gesticulações eram eloquentes: ele era agora o carteiro de Pietra d'Alba.

Um mês depois, a eletricidade chegou ao vilarejo. Na Villa Orsini, para ser exato, mas pouco importava, era como se os elétrons jorrassem por toda Pietra e todos tivessem sua parte. A eletricidade, por enquanto, se resumia a um único poste de luz plantado bem no meio do parque, que foi solenemente aceso às 16h22 do dia 20 de janeiro de 1929, no exato momento em que o sol desapareceu no horizonte. Todo o vilarejo foi convidado para o evento. A excitação inicial foi sucedida por certa perplexidade, pois, com o poste finalmente aceso, as pessoas se perguntaram para que serviria a eletricidade, já que uma lâmpada a óleo fazia a mesma coisa. O marquês reapareceu em público pela primeira vez, empurrado por um criado em uma cadeira de rodas de vime. A metade direita de seu rosto e corpo estava paralisada. Ele fez um discurso pastoso, depois do qual Emmanuele se virou para nós e proferiu um veredicto, que Alínea traduziu:

– Não se entende nada do que ele está dizendo.

Um jantar foi oferecido naquela mesma noite na Villa. Fui convidado, naturalmente, como convinha ao escultor dos Orsini, ao símbolo de seu esplendor, de sua devoção e de sua generosidade. Fazia alguns dias que meus negócios estavam de novo a todo vapor, entre o ateliê de Roma e o de Pietra, onde Jacopo e um jovem aprendiz se juntaram a mim. Eles se hospedavam no vilarejo, em uma casa que estava vazia desde a partida de seu proprietário para alguma grande cidade. Eu tinha voltado a ver Viola várias vezes, com frequência para longos passeios pelos campos. Conversávamos menos do que antes. Ela parecia marcada pela palidez do inverno, assim como os pomares a nosso redor, e somente o cheiro de laranjeira que emanava dela, de seus cabelos, me lembrava da menina selvagem de minha infância. Ela ainda lia muito, mas não falava mais de suas leituras. Eu às vezes dizia uma atrocidade, de propósito, "dizem que eles vivem de cabeça para baixo no hemisfério sul", que reacendia um sol puro e ardente em seus olhos e me rendia uma lição de história, de física, uma viagem de Copérnico a Einstein passando por Newton. Então ela parava abruptamente e me dirigia um olhar agradecido, aliviada pelo escape que eu havia oferecido ao excesso de conhecimento que a afligia.

O jantar foi uma oportunidade para rever seu marido, o *avvocato* Rinaldo Campana. Ele tinha acabado de voltar dos Estados Unidos e detalhou suas reuniões com o misto de charme e arrogância que eu recordava, e em que o charme começava a faltar. Ele havia engordado e se animava quando falava de dinheiro. Nomes saíam de seus lábios com a mesma displicência, "Charlie disse isso, Charlie disse aquilo", e quando alguém perguntava quem era Charlie, ele ficava surpreso e respondia: "Chaplin, é claro". Dois outros convidados estavam presentes no jantar, ambos com camisas pretas, assim como Stefano e Francesco, vindos de Roma para a ocasião. Na cabeceira da mesa, o marquês se esforçava para comer dignamente, e nós, para não perceber a comida que caía sobre ele, manchando aquele homem que costumava enforcar seus rivais em laranjeiras.

Todos os convidados estavam com seus cônjuges, com a evidente exceção de Francesco. As mulheres eram elegantes, bem-vestidas, e eu surpreendi vários olhares furtivos de Viola na direção delas, seguidos de um ajuste em sua postura.

Um dos homens de camisa preta – chamava-se Luigi Freddi – a princípio se entusiasmou com os projetos de Campana. Ele sugeriu que a Itália poderia se inspirar no cinema americano, usar seus métodos comerciais para glorificar o novo homem fascista, sem os excessos da propaganda soviética. À sua maneira distorcida, ele parecia realmente gostar de cinema e evocou várias cenas de filmes que eu nunca tinha visto. Campana o ouvia distraído, afirmando que estava aberto a todos os projetos que lhe rendessem dinheiro. "Porque não foi o fascismo que pagou pela linha elétrica", ele insinuou, comentário que lhe rendeu um olhar furioso de Stefano e Freddi. Rapidamente, este último voltou a seus devaneios sobre uma cidade italiana dedicada ao cinema.

Eu ouvia sem participar, provavelmente influenciado por minha longa convivência com Francesco, que fazia o mesmo do outro lado da mesa e, às vezes, me dirigia um sorriso cúmplice, enxugando delicadamente os lábios com um canto do guardanapo depois de tomar um minúsculo gole de vinho. Stefano continuava bebendo por três, e enchia meu copo junto com o seu. Viola me estudou com surpresa ao me ver beber, então me presenteou com um de seus sutis encolher de ombros. Quando Luigi Freddi falava, em contrapartida, misturando arte e política como eu nunca havia ouvido antes, ela estremecia, parecia sempre prestes a dizer algo. Ele deve ter percebido, porque se virou para ela, logo depois da sobremesa, e perguntou:

– E a senhora, o que pensa sobre tudo isso?

Campana pousou uma mão sobre a de Viola.

– Onde estão suas maneiras, meu caro Luigi? Nossas esposas não se interessam por política. Por que aborrecê-las com nossas discussões?

– É verdade – interveio Stefano. – Vamos para a sala para uma última bebida, ou várias, e alguns charutos que ganhei de presente. Dizem que foram enrolados para o

Duce em pessoa! As senhoras podem conversar sobre coisas que lhes interessam.

Os homens se dirigiram à porta que levava à sala adjacente. Francesco anunciou que iria se deitar.

– Você vem, Gulliver? – gritou Stefano.

Antes de me juntar aos outros, lancei um último olhar para Viola, que sorriu para mim com um ar cortês. Um criado fechou a porta atrás de nós enquanto a esposa de Freddi, uma ruiva magricela, se voltava para Viola perguntando:

– O tafetá de seu vestido é precioso. Onde o encontrou?

Na sala, Stefano desabotoou a gola da camisa e as calças com um suspiro de alívio. Ele se atirou em uma poltrona, imitado por Freddi, que tinha bebido menos, e o outro *squadrista*, que só abria a boca para concordar com quem tinha falado por último. Campana se apoiou no móvel de marchetaria onde vários licores aguardavam pacientemente e fumou, pensativo, o charuto que um criado havia acendido para ele.

Depois de tomar metade de um copo de uísque, Stefano passou seu olhar zombeteiro pela pequena assembleia.

– Bem, francamente, todas essas histórias de cinema são principalmente para poder apalpar um pouco de carne fresca, não é mesmo?

Luigi Freddi franziu o cenho, em reprovação, Campana sorriu com discrição.

– Não acredite nisso. Conheci bem Rodolfo antes de sua morte e...

– Rodolfo? – interrompeu Stefano.

– Ah sim, desculpe. Rudolph, já que ele gostava de ser chamado assim. É verdade que Rudolph Valentino soa muito mais viril do que Rodolfo di Valentina. Enfim, quando Rudolph se casou pela primeira vez, sua jovem esposa o trancou fora do quarto do hotel durante a noite de núpcias. Acontece que ela só gostava de mulheres.

– Eu a teria feito gostar de homens.
– Duvido – ironizou Campana.
Stefano franziu o cenho e esvaziou o que restava de seu copo ao se levantar.
– O que quer dizer com isso, ao certo?
– Nada. Apenas que se Valentino não conseguiu...
– E quem está falando? Você nem consegue engravidar minha irmã!
– Senhores... – interveio Freddi, me lançando um olhar preocupado.
Eu já tinha visto Stefano se exaltar por muito menos, dezenas de vezes. Mas não intervi, simplesmente porque Campana me irritava e eu mesmo havia bebido bastante. O advogado, além disso, tinha tamanho para se defender.
– Eu engravidaria sua irmã, como você diz, se ela se esforçasse um pouco mais.
– Vocês deveriam falar sobre Viola com mais respeito. Os dois.
Stefano e Campana se voltaram para mim, surpresos com minha intervenção.
– Ah – disse o advogado. – Ela tem um cavaleiro galante.
Ele me mediu com aquele olhar que eu conhecia bem, aquele vaivém que não tinha uma grande distância a percorrer de minha cabeça a meus pés.
– Está de olho nela, homenzinho? – ele provocou.
– Me chame de homenzinho mais uma vez, só para ver.
Sem aviso prévio, Stefano riu alto e entornou o copo vazio.
– Ah, mulheres! Só causam problemas! Não vamos brigar por um par de seios, especialmente os de minha irmã!
– De fato, não há motivo para brigar – disse Campana, sarcástico.
Freddi me viu crispar a mão em torno do copo. Ele era um homem inteligente, adivinhou todas as possibilidades

que se ofereciam a mim, aquela em que eu atirava o copo no rosto de Campana, e outras ramificações, ao infinito, aquela em que o copo cortava sua bochecha, aquela em que eu errava e me atirava em cima dele para terminar o trabalho, e então... Sua mão pousou em meu braço, seu olhar me imobilizou na poltrona. Um criado serviu uma nova rodada enquanto Stefano alimentava o fogo. Claramente aliviado, Freddi sorriu para mim.

– Dizem que é um escultor de grande talento, senhor Vitaliani.

– Dizem – resmunguei.

– O regime precisa de pessoas como o senhor. O povo não tem imaginação. É preciso fazer com que ele *veja*. É preciso permitir que ele contemple, toque o novo homem. Temos um projeto com o grande Marconi, o genial inventor da telegrafia sem fio, sobre o qual ainda não posso dizer nada, e acho que o senhor também poderia contribuir para o brilho do país. O senhor se interessaria em trabalhar para nós? O Duce sabe se mostrar generoso com seus cientistas e artistas.

Talvez porque estivesse bêbado, ou porque gostasse de dinheiro, talvez porque Freddi fosse um visionário, à sua maneira, talvez porque ele não parecesse gostar de Campana e eu também não, ou talvez por nenhuma dessas razões, respondi:

– Por que não?

No dia seguinte, Viola apareceu logo depois do almoço. Ela irrompeu no ateliê, onde Alínea e eu tomávamos uma xícara de café antes de voltar ao trabalho.

– Quero falar com Mimo. Sozinha.

Alínea calmamente pousou sua xícara e se afastou. Às costas de Viola, ele me lançou um olhar zombeteiro, fazendo o gesto de uma lâmina deslizando pela garganta, e desapareceu.

— O que eu fiz, agora?

— Então você sabe que fez algo? — ela ironizou.

— Se é sobre minha discussão com seu marido ontem à noite, achei-o grosseiro. E não apenas grosseiro: vulgar.

— Entendi que você também bebeu bastante e não foi exatamente um modelo. Nunca pensei, aliás, que um dia você fosse beber. Com seu tio...

— Você veio me passar um sermão?

Viola abriu a boca, fechou, suspirou. Seus ombros caíram um pouco.

— Olhe para nós. Você voltou há um mês e já estamos discutindo.

— Seu marido me desrespeitou. E a você também.

— Mimo. Eu preciso de você. Mas não para me defender, entendeu?

Diante de meu ar obstinado, uma expressão angustiada passou por seu rosto. A Viola de doze anos, de dezesseis anos, de repente estava diante de mim, aquela pessoa que se impressionava, assustava e entusiasmava com tudo.

— Não me obrigue a escolher entre meu marido e você.

— Tudo bem, não se preocupe.

— Você vai apresentar suas desculpas a ele, então?

— *Minhas desculpas*? Prefiro morrer.

No fim do dia, fui até a Villa Orsini e oferici minhas desculpas a Rinaldo Campana, com uma abjeta falta de sinceridade. Ele as aceitou com uma hipocrisia não menos extraordinária e nós nos despedimos com um aperto de mãos, nos odiando mais do que nunca.

Luigi Freddi manteve sua promessa. Em maio de 1929, aproveitando uma passagem minha pelo ateliê romano, ele me fez uma visita na companhia de Stefano. O regime estava começando a construção de um edifício espetacular em Palermo, um símbolo de suas ambições, do homem novo com o qual todos me bombardeavam o dia todo e do qual eu nunca soube o que havia de novo, visto que ele bebia, mijava, assassinava e mentia tanto quanto o antigo. O Palazzo delle Poste, um prédio de concreto e mármore siciliano cercado por uma colunata de trinta metros de altura, foi confiado ao arquiteto Mazzoni, os afrescos internos foram entregues a Benedetta Cappa, que era nada menos que a esposa de Marinetti, o inventor do futurismo. E o futurismo era Viola. Freddi me ofereceu a criação de um feixe com machada de cinco metros, destinado a ser exposto na lateral do prédio, e cinquenta mil liras, o suficiente para viver confortavelmente por um ano. Eu não tinha trabalhado seis anos em Roma em vão, então respondi:

— Não estou interessado.

Atrás de Freddi, Stefano ficou atônito.

— Mas... outros escultores matariam por um privilégio desses!

— Ótimo, eu ficaria aborrecido se os deixasse em maus lençóis. Dirijam-se a eles. Há muitos bons escultores nesse país. Ou competentes, ao menos.

— Não estou entendendo. Quando jantamos, você disse que estaria interessado...

– Porque pensei que seu governo era ambicioso. Por que apenas um feixe? Deveriam ser três, como a Trindade, já que seu regime parece querer competir com o que há de melhor em matéria de autoridade. Cada um desses feixes deveria ter vinte metros, não cinco, caso contrário seu símbolo parecerá ridículo ao lado do prédio. Quanto ao custo, não sei se vocês poderiam arcar com ele. Cento e cinquenta mil liras, mármore e despesas não inclusos.

Freddi me encarou boquiaberto, mas acreditei ver um lampejo de admiração em seu olhar. Ele não podia decidir sozinho, precisava dar um telefonema. Ele subiu a meu gabinete enquanto Stefano sacudia o punho na minha frente.

– Você está louco? Se estragar tudo, Gulliver, eu mato você.

Ele teria feito isso facilmente, sem hesitar, tal era a natureza de nossa amizade. Ela se firmava no vazio, pronta para desmoronar a qualquer momento, mas ela tinha um brilho efêmero, e leve também. Stefano era um porco. Ele me considerava um degenerado, uma anomalia. Tínhamos um pelo outro o respeito mútuo da gentalha.

Freddi finalmente reapareceu, olhou sério para mim e então começou a rir, apertando minha mão com um entusiasmo infantil.

Francesco não recebeu a notícia desse pedido com o entusiasmo que eu esperava. Haveria melhor maneira, lhe perguntei, de aumentar o prestígio dos Orsini? Com as mãos unidas sob o queixo, com a seriedade que, graças aos cabelos grisalhos que salpicavam suas têmporas ainda jovens, parecia menos cômica, ele me explicou que as relações entre a Santa Sé e o regime eram delicadas. Um precisava do outro, mas necessidade não significava amor. Monsenhor Pacelli tinha acabado de ser nomeado cardeal, um grande passo para um homem que já era visto chegando aos mais altos escalões. Minhas escolhas seriam examinadas, analisadas como uma expressão das lealdades da família Orsini. E a família Orsini, ele me lembrou, só era leal a Deus.

Voltei para Pietra d'Alba e estabeleci o modo de trabalho dos anos seguintes: três ou quatro viagens anuais a Roma e a mesma quantidade de visitas a pedreiras. A maior parte do meu trabalho seria feita no ateliê de Pietra, ao lado de Alínea, Anna e, é claro, Viola. Mikael, que se tornara meu braço direito, cuidava discretamente, para não dizer secretamente, da gestão dos dois ateliês. Era mais fácil se impor, naqueles anos, quando se media um metro e quarenta do que quando se tinha a pele escura.

Mandei trazer três blocos de pedra de Billiemi, um mármore cinza dos arredores de Palermo, e passei quatro meses esculpindo os três feixes com minúcia, mas em modelo reduzido de um metro cada um. Enviei os modelos para Roma, junto com instruções sobre os cortes a serem feitos para criar os feixes de vinte metros, que seriam então desbastados por meus aprendizes. Jacopo, nesse meio tempo, cuidava de todos os pedidos que chegavam por meio de Francesco. Antigamente, esses pedidos me pareciam lucrativos, mas meus feixes, cujos modelos encantaram Luigi Freddi, anunciavam uma era de prosperidade sem precedentes. Uma prosperidade ainda mais insolente porque os jornais, a partir de outubro, só falavam de uma crise financeira devastadora, que no entanto pareceu não afetar a casa dos Orsini, nem meus patrocinadores seculares ou religiosos. Eu sabia, por experiência própria, que as crises empobreciam apenas os pobres.

Eu via Viola regularmente, durante longos passeios pelos pomares. Ela desapareceu por alguns meses em 1930, para um longo tratamento em Milão destinado a estimular sua fertilidade. Ela voltou com olheiras, dez quilos a mais, distribuídos de maneira desarmoniosa por seu corpo esguio.

No final de 1930, ela estava mais magra do que nunca, seus grandes olhos destacados por um violeta cansado que invadia suas pupilas e a fazia parecer minha mãe.

Viola não parecia mais entusiasmada do que Francesco com meus feixes ou minha colaboração com Luigi Freddi. Ela desaprovava a política do regime, que conhecia em detalhe. O *Corriere* não chegava mais a Pietra desde o ataque do marquês, incapaz de ler, mas eu o assinava para fornecê-lo discretamente a ela. Com isso, eu fazia um desserviço a mim mesmo, já que a cada dia levava a Viola um novo motivo para se indignar, mas devo confessar que eu gostava de ver seus olhos ardendo, sua boca se comprimindo, todos os tremores indignados ou impacientes dos outros tempos, quando a agitação era seu estado permanente. Eu suportava, portanto, seus olhares desdenhosos todas as vezes que eu mencionava o projeto de Palermo. De tempos em tempos, tínhamos uma discussão.

– Espero que não trabalhe mais para esses canalhas depois de Palermo...

– Nem todos são canalhas, longe disso. O governo faz muitas coisas boas.

– Sim, como assassinar os que se opõem a ele.

– Se está falando de Matteoti, é uma história antiga, nada foi provado. E você ficou bem contente quando eles salvaram vocês durante a revolta de 1919, se não me engano?

Ficávamos algumas semanas sem nos ver. Depois, um de nós acabava indo até o outro, ela ao ateliê, eu à Villa, com algum pretexto mais ou menos verossímil, e tudo voltava a ser como antes. A cada dois meses, um jantar acontecia na casa dos Orsini, onde era possível avaliar o progresso social da família. Membros cada vez mais influentes do governo compareciam. Francesco participava, mas falava pouco. Em algumas noites, a mesa se enchia de púrpura e todos competiam para glorificar a Deus, sem deixar de discutir negócios mais triviais, mas não menos importantes. Rinaldo Campana às vezes fazia uma aparição, sentado o mais longe possível de mim. Viola mal via o marido, frequentemente ocupado com suas viagens aos Estados Unidos, aonde, apesar de todas as promessas, ainda não a havia levado. Assim que o café era servido, os dois, sob o olhar zombeteiro de Stefano, se retiravam para testar a fertilidade de minha melhor amiga, e eu sentia vontade de vomitar.

No final de 1929, o regime havia criado a Academia Real da Itália, cuja direção confiou a Guglielmo Marconi, em 1930. Marconi declarou: "Reivindico a honra de ter sido o primeiro fascista em radiotelegrafia, o primeiro a reconhecer a utilidade de reunir em feixe os raios elétricos, assim como Mussolini reconheceu primeiro, no campo político, a necessidade de reunir em feixe as energias saudáveis do país para a grandeza da Itália". Se ainda me lembro dessa frase, é porque a aprendi de cor para usá-la contra Viola, perfidamente, durante uma de nossas discussões. Ela, que adorava a ciência, o progresso, a velocidade, não podia negar Marconi. E se o fascismo era bom o suficiente para Marconi, era para mim também, especialmente porque Luigi Freddi me contou que meu nome havia sido mencionado como candidato potencial, mas aos vinte e seis anos eu ainda era muito jovem, então se eu continuasse fazendo bem minha parte, um dia eu seria convidado a ingressar na Academia Real. Eu, que era tão pequeno.

Viola, com suas habituais precauções oratórias, explicou que eu era um imbecil, Marconi um cretino, e que juntos estávamos diminuindo a inteligência coletiva da nação. Mussolini tinha criado a Academia Real apenas para competir com a Academia dos Linces, uma instituição fundada três séculos antes que nem mesmo ele ousava dissolver e que reunia as mentes mais brilhantes do mundo, incluindo um certo Einstein. Os Linces, inteligentes, não eram nem um pouco fascistas. Fiquei vermelho de raiva e evitei Viola por três meses. Então veio a inundação de Palermo, em 21 de fevereiro de 1931, que naufragou as obras do Palazzo delle

Poste. Ela quase causou o desabamento do primeiro feixe, que tínhamos terminado e começado a erigir. Uma grua caiu logo depois, em um dia de ventania. Ela desabou sobre um prédio vizinho, reavivando minha veia supersticiosa. Viola estava dividida entre usar essa arma fácil, a maldição, e seu desprezo por qualquer forma de crença irracional. Entre esses dois extremos, sua mente congelou, e ela nunca mais mencionou aquela obra até sua inauguração, em 1934.

Claro que houve outras mulheres, já que muitas vezes me perguntavam isso, como se fosse importante. Eu as via durante minhas viagens, em Roma, em Palermo, mas nada desses abraços cansados merece ser mencionado. Meu trabalho ocupava a maior parte de meu tempo, Viola o resto.

Sem nossas discussões, talvez eu não a tivesse visto mudar. Eu teria aceitado o desgaste, insidioso, teria tido a impressão de que ela sempre tinha sido assim, como dom Anselmo era careca e Anna rechonchuda. Nossas separações me permitiram notar, quando eu a via de novo, que ela parecia cada vez mais ausente. Ela me fazia repetir uma pergunta várias vezes, estremecendo como se despertasse de um longo sono. Outros tratamentos seguiram o de Milão, variando seu peso e suas olheiras, mas ela sempre recuperava a silhueta afiada de galho jovem, apenas um pouco mais desbastado. Campana começou a vir para os finais de semana cada vez com mais frequência, junto com a irmã, uma milanesa de quadris largos acompanhada de três meninos, de dois a seis anos. Seu objetivo declarado – ao menos quando nos retirávamos para fumar um charuto – era inspirar a esposa, apresentar-lhe aquele modelo de felicidade perfeita para finalmente estimular seu "ventre triste", como ele disse uma noite, quando somente a presença de Francesco evitou uma nova discussão. O ventre de Viola não se animou e permaneceu desesperadamente plano, apesar dos avanços mensais, cada vez menos entusiasmados, de seu marido. Ela me anunciou um belo dia, pouco antes do meio da década, que eles estavam desistindo de ter um filho. Segundo alguns médicos, a queda provavelmente a danificara de forma irreversível. A partir desse dia, Campana se tornou ainda mais desagradável, ou assim me pareceu. Sua irmã continuou a se hospedar na Villa Orsini, três ou quatro vezes por ano. O objetivo agora era fazer Viola perceber o que ela havia perdido. Uma estratégia duvidosa, visto que os três garotos eram insuportáveis, mimados e estúpidos.

Meus feixes me renderam um novo afluxo de encomendas governamentais depois de entregues. Os feixes antigos, carregados pelos lictores que protegiam os juízes, consistiam em um machado cercado por varas de madeira, símbolos da autoridade de seus portadores e de dois tipos de punição, um doloroso, o outro letal, que eles podiam infligir. Mantive apenas suas formas, que podiam ser distinguidas à contraluz ou em suas sombras. Não havia separação entre o machado e as varas, apenas uma forma monumental, símbolo de um poder vigoroso porém calmo, de raiva imprevisível. Foi minha única obra decididamente moderna, se é que a palavra significa alguma coisa. Os feixes foram erguidos à direita do prédio. Foram admirados, aplaudidos, elogiados, e se não estão mais lá hoje, quando deixo este mundo, é totalmente culpa minha. Eu os criei e os fiz desaparecer, ainda que por acidente, alguns anos depois.

Ao voltar de Palermo, os Orsini organizaram um jantar *em minha homenagem*. A vingança do garoto açoitado no traseiro, quinze anos antes, estava completa. Francesco agora participava de todas as refeições importantes, inclusive aquelas em que os dignitários do regime eram convidados. Pio XI havia se reconciliado com o Duce, que acabara reconhecendo a soberania do papa sobre o Vaticano e o catolicismo como religião de Estado. Como presente, Marconi havia oferecido a Pio XI a primeira transmissão radiofônica de um papa, cuja voz foi ouvida em todo o mundo. Compareci ao jantar com meu melhor terno, um relógio Cartier no pulso. Eu usava o que havia de melhor, que invariavelmente vinha da França, para meu grande desgosto, visto que a Itália da época não se importava com a moda. Cartier também me rendera uma de minhas raras discussões com Alínea, a quem dei um relógio cujo luxo o envergonhou. Ele o devolveu, afirmando que não saberia o que fazer com ele, já que o tempo da madeira, aquele que mais o interessava, não se media com tal ferramenta. Chamei-o de caipira.

Campana participava da refeição, separado da mesa por uma barriga que caía para fora das calças. Seu rosto se decompunha em uma massa flácida, que contrastava com o brilho de seu olhar de lobo, sempre alerta, e seus ternos de luxo. Ele passou a noite se vangloriando de seus últimos sucessos, anunciando que havia descoberto uma garota que logo seria a Shirley Temple italiana, Miranda Bonansea, e que ainda não tínhamos visto nada em matéria de cinema. Ele quase não praticava mais a profissão de criminalista, exceto em julgamentos sensacionalistas, dos quais participava apenas para alguns truques de efeito com o resultado garantido. E se o resultado não fosse garantido, garantia-se que seria mesmo assim, ele dizia rindo e esfregando o polegar no indicador. Viola sorria educadamente, ausente. Eu morria de vontade de sacudi-la para acordá-la. Quando Campana comentou que tinha seu próprio camarote no La Scala e que havia levado, na semana anterior, seu amigo Douglas (Fairbanks), fiz um comentário, só para incomodá-lo:

– Eu adoraria ir à ópera.

– Eu também – acrescentou Viola, imediatamente.

Campana abriu um sorriso crispado e foi obrigado a nos convidar para acompanhá-lo na semana seguinte, quando seu amigo Arturo (Toscanini) regeria *Turandot*. O marquês, à cabeceira da mesa, emitiu um gorgolejo incompreensível que ninguém entendeu o que significava. Ele sempre presidia esses jantares na companhia de sua esposa, auxiliado por uma ajudante que enxugava e juntava tudo o que caía incessantemente de sua boca. Um novo ataque, no ano anterior, o prejudicara ainda mais. Apenas seu olhar móvel, frequentemente mergulhado no decote da ajudante, sugeriam uma força vital intacta dentro daquela casca morta.

Seis dias depois, estávamos em Milão. Campana havia convidado amigos, seu camarote estava cheio. Ele estava sentado entre Viola e uma pequena loira, sua secretária, que não demorei a perceber, pelos olhares mal disfarçados que trocavam, que ela não cuidava apenas de seu secretariado. Viola olhava reto para a frente, fechada em si mesma atrás de um sorriso. A ópera começou, e não é exagero dizer que a trama era ridícula. Uma cruel princesa chinesa, enigmas, um pobre sujeito que nem percebia que sua criada estava apaixonada por ele. Sentado atrás de Viola, me inclinei para sussurrar em seu ouvido:

– Não vou aguentar nem dez minutos.

Dez minutos depois, Liù declarou seu amor ao imbecil Calaf e comecei a chorar. Eu conhecia Viola o suficiente para saber, olhando apenas para a parte de trás de sua cabeça, que ela também chorava diante do gênio da Itália. Aproveitando a escuridão, Campana deslizou uma mão furtiva sobre a coxa de sua vizinha, bem na minha frente. No palco, Calaf cantava *Nessun dorma*. Fingi ajustar minha posição e dei um joelhaço nas costas dele, me desculpando com um sorriso angelical.

Quando saímos, uma chuva fina entristecia os primeiros dias de 1935 e as ruas de Milão. Campana observou à sua esposa que ela parecia cansada e a aconselhou a ir para casa enquanto ele tomaria uma última bebida e falaria de negócios. Eu me ofereci para acompanhá-la, o que não pareceu incomodar o *avvocato*. Ele não me via como uma ameaça – eu não sabia se devia ficar aliviado ou ofendido.

No meio do caminho, ordenei a nosso motorista que parasse e abri a porta.

– O que deu em você? – perguntou Viola. – Onde estamos?

– Não sei ao certo, mas com certeza estamos no bairro certo.

– Certo para quê?

– Para beber o máximo possível.

Viola nunca tinha bebido o máximo possível. Mas ela me seguiu. Com o instinto que eu havia desenvolvido em Florença e aguçado em Roma, não demorei a encontrar o recife de azulejos e zinco a que todos os náufragos da cidade se agarravam. Um boteco com cortinas de metal meio abaixadas, entre uma garagem fechada e uma lavanderia há muito tempo fechadas. Viola tomou um copo com a ponta dos lábios, relutou em beber o segundo e o terceiro, pediu sozinha o quarto, e o resto pertence àquela noite. Por um breve momento, tudo foi como antigamente, Mimo-que-esculpe e Viola-que-voa, o que ela fez por volta das três horas da manhã, quando se atirou do balcão, podre de bêbada, nos braços macios de um bando de marinheiros que nunca tinha visto o mar.

No dia seguinte, Campana ligou para os Orsini para reclamar. Viola tinha ficado mal por dois dias por minha culpa. Ele me chamou de "anão degenerado", o que Stefano rapidamente repetiu para mim com uma expressão risonha. O anão degenerado, de volta às estradas, não estava nem aí. Naquele início de 1935, aceitei uma série de encomendas que preencheriam os próximos cinco anos. O cardeal Pacelli desejava dar uma estátua de santo de presente a um amigo, também cardeal. Era impossível dizer não a Pacelli, a quem eu devia tudo. Ele me permitiu escolher o santo, aconselhando-me apenas, por meio de Francesco, a "pensar no meu público" e "não ser experimental demais". Algumas encomendas privadas se somaram a esta e, depois, um dos arquitetos encarregados de construir o Palazzo della Civiltà Italiana em Roma me encomendou dez estátuas das quarenta que adornariam o térreo. A maquete do prédio, mais um símbolo das ambições do regime, me fascinou. Um cubo branco ciclópico de seis níveis, cada um com nove arcos (seis como o número de letras em Benito, nove como em Mussolini, diria mais tarde a lenda). Aceitei imediatamente. A construção nunca seria concluída, mas não por culpa minha. Por fim, aceitei uma encomenda para o pátio de uma escola de aeronáutica em Forlì. Os mosaicos que decoravam as paredes, magníficos exemplos da arte da *aeropittura*, sempre me faziam pensar em Viola.

Voltei para Pietra d'Alba no final da primavera, livre para sempre de todas as preocupações financeiras. Eu havia resolvido a estranha equação do capitalismo e, ao aceitar poucas encomendas, podia me dar ao luxo de vendê-las a preços absurdos. Sempre havia alguém para comprar. Quanto menos eu fazia, mais rico me tornava. Viola sugeriu que, a esse ritmo, eu em breve poderia ser pago para não trabalhar. A ideia lhe agradava, pois eu empobreceria os fascistas sem lhes dar nada em troca. Lembrei a ela que não trabalhava apenas para os fascistas e que, além disso, eles não tinham feito nada contra mim. Ela me falou do problema dos judeus na Alemanha, recitou nomes de cidades e pessoas, falou de lugares e assassinatos, tudo o que estava diante dos meus olhos mas que eu escolhia não ver, e tivemos mais uma das muitas discussões que pontuaram aqueles anos. Nossas queixas, como bons gêmeos cósmicos, eram perfeitamente simétricas. Ela me acusava de participar da construção do mundo que surgia, de ser um de seus principais atores. E eu a acusava exatamente do contrário. De ter saído de cena sob o pretexto de, um dia, ter tropeçado em público.

Em julho de 1935, bem no meio daquela década, Pietra d'Alba despertou sob o calor de uma manhã de verão em que tudo parecia como de costume: a terra queimada, as laranjeiras periclitando, o perfume cítrico menos presente do que antes mas ainda vivo, impregnado na pedra depois de tanto atrito. E aquele rosa universal, é claro, sem o qual Pietra nunca teria sido d'Alba. O ar tremeluzia, denso, prenunciando o calor de fornalha dos dias ruins, das horas em que nada se movia, quando até o mármore que trabalhávamos penava para manter o frescor.

De repente, houve uma agitação, um tumulto que nosso vilarejo nunca tinha visto e nunca mais veria. Uma nuvem de poeira, uma movimentação escura ao longo dos dois quilômetros que separavam o lago dos Orsini de sua propriedade, em direção aos campos dos Gambale. Cinco caminhões atravessaram a rua principal, rangendo em todos os eixos, os três primeiros carregados de tubos, bobinas, galões, os outros dois com trabalhadores e *squadristi*. Eles se dispersaram sob um barulho terrível pelas estradas, pelos campos, em meio a uma confusão de ordens e comandos. Qualquer militar, sob o aparente caos, teria discernido um plano de batalha.

Depois de anos de paciência, Stefano Orsini avançava seus peões.

Em menos de três semanas, o aqueduto atravessou os campos dos Gambale. Ele mergulhava no lago de um lado e desaguava do outro em um reservatório construído para esse fim, um pouco elevado, na floresta atrás da Villa Orsini, de onde então alimentava os campos por gravidade. Os *squadristi* vigiavam o bom andamento das obras e montavam guarda à noite, quase como uma formalidade. Stefano era um bruto, mas menos estúpido do que eu havia pensado. Os *squadristi* estavam ali para lembrar quem ele era e quem estava por trás de sua pessoa. A mensagem foi claramente entendida. Nenhum Gambale, apesar de sua raiva, ousou protestar. Ninguém queria terminar como o deputado Matteoti, com sua foto estampada nos jornais da noite. A última semana foi dedicada a instalar uma bomba perto do lago e a desenrolar o longo cabo que a conectaria à fonte elétrica do vilarejo. Stefano não comemorou a vitória de forma modesta. Ele mandou instalar uma fonte no meio dos campos, só porque podia. Meus aprendizes a esculpiram sob a direção de Jacopo. Uma pequena festa reuniu a família Orsini, com exceção de Francesco, ocupado em Roma, e alguns amigos de passagem. Stefano afastou Simona, a jovem que cuidava de seu pai, e segurou a cadeira do patriarca. Aos sessenta e cinco anos, o marquês não estava tão velho assim, mas seus dois ataques lentamente o tiravam de cena. Stefano empurrou o pai em direção à casa, até o terraço mais alto, depois o virou para os pomares. A fonte jorrava entre as árvores e, onde antes havia apenas rochas e poeira, novos reflexos de toranja e pêssego dançavam à luz do crepúsculo.

– Virgilio nunca teria feito tudo isso, hein?

Duas lágrimas escorreram pelas bochechas do marquês. Era impossível saber se ele chorava de alegria ou pelo filho despedaçado, ou simplesmente porque não podia piscar os olhos. Simona enxugou suas bochechas, dando um fim ao episódio francamente embaraçoso em que um dos poderosos da região se permitira um momento de fraqueza.

Em setembro, as laranjeiras e os limoeiros sobreviventes já mostravam sinais de renovado vigor. Uma remessa chegou de um viveiro de Gênova. Centenas de árvores mortas, danificadas ou doentes foram substituídas. Uma alegria surda correu pelos campos, valas, canais e ruas, turbilhonou pelas praças do vilarejo, embriagando os moradores que a respiravam o dia todo. Festas espontâneas eclodiram. Tínhamos vencido uma guerra contra um inimigo poderoso, o sol, e em menor medida contra os malditos Gambale. Mas a alegria se perdeu antes de chegar ao ateliê. Ao voltar de uma inspeção às pedreiras, pouco depois do equinócio de outono, encontrei a casa escura, o fogo apagado. Não havia um único som, e Alínea não respondeu a meus chamados.

Eu o encontrei sentado no meio de seu ateliê, sob uma coberta, com uma barba de vários dias. Ele cheirava a uma mistura de álcool e tabaco, tinha o cachimbo frio entre os dedos. Seus olhos ardiam de febre, mas sua testa estava seca. Alarmado, logo pensei nos pequenos, que já não eram tão pequenos, com doze e dez anos.

– O que está acontecendo? Onde está Anna?
– Foi embora.
– Foi embora? Para onde?
– Para a casa dos primos, perto de Gênova.
– Ela foi assim, sem mais nem menos?

Ela não tinha ido sem mais nem menos. Eles tinham conversado muito sobre o fosso que crescia entre duas pessoas que pareciam inseparáveis. Sobre as farpas que o tempo crava na pele e que são ignoradas – quem se preocupa com uma farpa? – mas que um dia infeccionam. Anna via o mundo mudar e queria mais. Ela criticava Alínea por sua falta de ambição. Três dias antes, ao voltar de uma entrega em uma aldeia próxima, ele tinha encontrado a casa vazia. Anna telefonara na mesma noite para explicar onde estava e eles conversaram sem hostilidade, com o cansaço dos lutadores no chão. Ela precisava de distância, da animação das cidades. Planejava encontrar uma casa perto de Savona, a menos de uma hora de Pietra. Alínea poderia ver Zozo e Maria quando quisesse e tê-los por alguns dias, se desejasse.

– Você acha que eu não tenho ambição, Mimo? Eu ganho bem minha vida. Mas é verdade que, comparado a você...

De repente, me senti mal por minha calça esportiva, meu paletó de linho, meu relógio caríssimo no pulso. E porque me senti mal, fui a Gênova para conversar com Anna. Ela me recebeu, as bochechas menos rosadas do que o normal, enquanto Zozo e Maria me abraçavam. Depois ela mandou as crianças saírem, me ofereceu um café e se sentou comigo na cozinha, um espaço pequeno que dava para uma rua movimentada. Ela não tinha muito tempo, os primos logo voltariam e ela não estava em sua própria casa. Recorri a todos os meus recursos de persuasão para fazê-la mudar de ideia, lembrei-a de nossas aventuras, de nossos encontros secretos, quinze anos antes, de seu encontro com Alínea, quando seus corpos jovens ainda atraíam um ao outro e cada noite parecia a primeira. Quanto mais eu falava, mais Anna se fechava. No fim, ela suspirou.

– Mimo, você passeia de cidade em cidade com seus amigos da alta sociedade e volta para nos dar conselhos quando acha que precisamos de você. Eu sei que pensa estar fazendo a coisa certa. Mas deixe-me dizer uma coisa: você não sabe nada sobre nós. Sobre a vida no inverno em Pietra d'Alba. Você foi embora há muito tempo. Eu tenho filhos, e quero para eles algo diferente dessa vida isolada. O mundo está mudando, não vou deixar que os deixe para trás.

Como sempre que criticavam meu sucesso, senti a raiva crescer. Eu tinha dinheiro, e daí? Como se eu não tivesse trabalhado por ele! Como se eu não o tivesse merecido! Não era eu que estava mudando, mas o olhar dos outros.

– Mas eu conheço vocês um pouco – eu disse, ríspido.
– Ah, é? Você sabia que Vittorio detesta quando você o chama de Alínea e nunca teve coragem de dizer?

Voltei derrotado, decidido a nunca mais me meter nos assuntos dos outros. Mas recomecei no dia seguinte, quando fui buscar Viola para um passeio nos campos e me informaram que ela estava indisposta. Quando voltei no dia seguinte e recebi a mesma resposta, mandei um recado por uma criada. *Não me obrigue a subir até seu quarto.* Eu sabia quando Viola mentia. A criada voltou depois de alguns minutos. Ela me entregou um bilhete com uma bela caligrafia verde. *Encontro você no ateliê.*

Ela apareceu no meio da tarde, enquanto eu dava os retoques finais na estátua de São Francisco para Pacelli. Sua silhueta se delineou por um instante na moldura da porta, depois ela avançou, apoiada em sua bengala. Ela a usava cada vez menos, mas não conseguia dispensá-la nos dias de frio. Estávamos a uma semana de seu aniversário, que ela não celebrava havia muito tempo. Viola tinha trinta anos, por mais alguns dias.

Ela usava um lenço de seda na cabeça e tinha se maquiado. Eu me virei para Francisco e voltei ao polimento dos contornos de sua bochecha, sem dizer uma palavra.

– Mimo?

Como não respondi, ela se aproximou, quase saindo da sombra. Eu esculpia sob um feixe de luz formado por uma claraboia que eu tinha mandado abrir no ano anterior, no lado norte.

– Quem fez isso em você? – perguntei.

Ela deu um pulo, levou a mão à bochecha.

– Como você sabe?

– Eu já disse mil vezes, Viola, não tenho mais doze anos. E conheci muitos brutamontes. Alguns até foram meus amigos.

Lentamente, ela tirou o lenço. Apesar da maquiagem, o roxo em sua bochecha ainda era visível.
— Foi Campana, não foi?
— Não é culpa dele.

Ela se dirigiu à porta que dava para os campos, saiu e se sentou em um tronco cortado que seria utilizado pelo ateliê de Alínea, na frente do meu. Coloquei um casaco de lã e a segui.
— Eu bati nele primeiro, se você quer saber. Brigamos. Não suporto a ideia de ele aparecer em público com as amantes. Não me importo que tenha amantes, tenho plena consciência de não ter lhe dado o que ele desejava. Mas mereço respeito.
— Onde ele está?
— Voltou para Milão essa manhã. Ele estava arrependido.

Me levantei de repente.
— Vou matar esse desgraçado.

A mão de Viola se fechou em meu braço, com uma força inesperada.
— Sou grande o suficiente para me defender.

Ela me puxou para perto de si, me forçando a sentar.
— E acredite em mim, se eu quiser matá-lo, farei isso sozinha.
— Não entendo como você chegou a esse ponto, casada com esse cretino.
— Como *eu* cheguei a esse ponto?

Seus olhos me fulminaram como dezoito anos antes, quando eu tinha ousado deixá-la sem olhar para trás. A razão de nossas constantes discussões talvez estivesse ali, no fundo, em uma simples nostalgia de nossas indignações, de uma época em que os cavaleiros eram bons e os dragões maus, em que o amor era cortês, em que cada disputa era justificada por uma causa sublime.

— Cheguei a esse ponto, Mimo, exatamente como *você* chegou ao ponto de trabalhar para um bando de canalhas. Porque é preciso plantar postes de luz e laranjeiras.
— Mas você poderia deixá-lo.
— Não é assim que funciona.
Alínea, que agora eu tomava o cuidado de chamar de Vittorio, saiu do celeiro. Ele se assustou ao nos ver, pareceu hesitar, e por fim veio se sentar perto de nós sobre o tronco e olhou para os campos. Ele tinha perdido peso desde a partida de Anna. Sua barba bem fornida, prematuramente grisalha, contrastava em espessura com sua testa alta.
— A colheita se anuncia boa — ele observou —, graças à água do lago.
Viola estudou os pomares, com uma expressão séria.
— Stefano é um idiota. Sim, há água hoje, mas e daqui a um ano? Dez anos?
— Impossível discutir com os Gambale — eu disse, como o bom filho do vilarejo que eu havia me tornado. — Era preciso forçá-los ou continuar perdendo as árvores.
— Sempre é possível conversar com as pessoas. De onde vem a violência dos homens?
— Dos Homens com H maiúsculo?
— Não existem homens com H maiúsculo. Todos vocês são homens com h minúsculos. Então me digam, porque estou interessada: de onde vem a violência de vocês, hein?
Viola nos encarava como se realmente esperasse uma resposta.
— Do fato de terem sido abandonados, talvez? Mas quem abandonou vocês? Suas mães? E se foi o caso, por que vocês as tratam assim, elas e todas as futuras mães do mundo?
— Então você acha que as mulheres não são violentas? — murmurou Vittorio.
— Claro que somos. Contra *nós mesmas*, porque não nos ocorreria fazer alguém sofrer, mas essa violência que

respiramos e nos envenena precisa ser liberada de alguma forma.

Um barulho de pneus, seguido por duas buzinadas, se fez ouvir na frente do ateliê. Vittorio deu um pulo.

– Vou ver quem é!

Ele saiu correndo, exatamente como antigamente, quando a conversa ficava séria demais. Quando ele desapareceu atrás do celeiro, Viola falou sem me olhar, com os olhos perdidos no horizonte.

– Você sabe o que é um dronte de Maurício?

– Não.

– Mais conhecido como dodô?

– Ah. Um pássaro, não é mesmo?

– Um pássaro extinto. Cuja particularidade era não voar. Eu sou um dodô, Mimo. Eu sei que você está zangado por eu não ser mais a mesma, a Viola dos cemitérios e dos saltos no vazio. Mas o dodô desapareceu porque não tinha medo de nada, justamente. Era uma presa fácil demais. Preciso cuidar de mim mesma se não quiser desaparecer.

– Eu nunca vou deixar você desaparecer.

Uma porta bateu, um motor se afastou. Vittorio apareceu logo depois, com os olhos arregalados.

– Mimo! Mimo!

Vittorio apontou para a casa. Uma expressão estranha perturbava seu rosto, como se algo inesperado tivesse vindo contrariar a depressão na qual ele estava firmemente decidido a afundar.

– Tem alguém para você!

Ela estava me esperando na frente da cozinha, com uma mala a seus pés. Uma mala que eu conhecia bem, apenas um pouco mais desgastada, e que reconheci antes de sua dona. Devo dizer que passei os últimos vinte anos escrevendo, com cada vez menos frequência, para uma mulher de quarenta anos, com o corpo moldado pelo trabalho, de volumosa cabeleira negra. Aquela que estava diante de mim tinha sessenta anos, a cintura um tanto larga. Seus cachos eram artificiais, assim como a cor de seus cabelos, eu era capaz de reconhecer o trabalho de um mau cabeleireiro.

Com passos lentos, me aproximei da mulher que me trouxera, em uma noite de inverno, a essa rocha áspera, eu, o *piccolo problema*, o insignificante, que se tornara o artista disputado por todos. De repente, senti vergonha, vergonha desse dinheiro que ninguém jamais dera ao meu pai, que eu sinceramente acreditava ser ainda mais talentoso que eu.

– Olá, Michelangelo – ela murmurou, com os olhos baixos. – Você disse que eu poderia vir quando quisesse, e eu pensei que agora que estou viúva...

Não era minha mãe falando, porque minha mãe nunca baixara os olhos diante de ninguém. Diante de mim estava uma mulher que dera à luz um prodígio, Maria depois da anunciação do anjo no afresco de Fra Angelico. Uma mulher impressionada, quase assustada com seu próprio filho.

Talvez tenha sido por causa de Viola, mas a primeira frase que saiu de minha boca não foi a que eu pretendia dizer.

– Por que você me abandonou?

Ela levou um susto. Tinha viajado por muito tempo, estava cansada, provavelmente esperava uma acolhida diferente. Lentamente, seus olhos se ergueram, devoraram os meus com aquele brilho violeta que não havia desbotado.

– A vida é uma sucessão de escolhas que mudaríamos se nos fosse permitido recomeçar tudo de novo, Mimo. Se você conseguiu fazer as escolhas certas na primeira tentativa, sem nunca errar, então você é um deus. E apesar de todo o amor que sinto por você, apesar de você ser meu filho, nem eu mesma acredito ter dado à luz um deus.

Minha mãe a princípio se recusou a morar conosco. Ela "não queria incomodar". Não demorou muito para ela perceber que Vittorio precisava de uma presença feminina. Ele pareceu reviver quando minha mãe tomou as rédeas do ateliê, onde ela concordou se hospedar enquanto procurasse por um lugar para morar. Seu segundo marido estava morto, exaurido pelo trabalho nos campos, como muitos, exceto pelo fato de ter acumulado uma bela quantia da qual nunca gastara um centavo. Antonella Vitaliani – ou Antoinette Le Goff, como ela agora se chamava – tinha meios para cuidar de si mesma.

Passamos algumas semanas nos reconhecendo, uma sensação estranha, pois todo o meu ser conhecia o dela, o que não excluía os silêncios desconfortáveis, as precauções excessivas, a mútua exasperação. As coisas melhoraram quando Vittorio, com sua sabedoria de Gepetto, me explicou:

– Apesar de todo o seu dinheiro, de seu sucesso e das muitas mulheres que você profanou em suas noites de libertinagem, apesar dos litros de álcool que você ingeriu e vomitou, apesar de todas as atrocidades que você ainda está prestes a cometer, sua mãe ainda pensa que você tem seis anos. Um filho que tenha um bom relacionamento com a mãe desistiria de convencê-la do contrário.

Apresentei-lhe Viola quando nos cruzamos por acaso na aldeia, e minha mãe me perguntou logo depois: "O que aconteceu com essa pequena? Parece ter engolido o diabo com casco e tudo". Então tive que ir para Roma, aonde cheguei nos primeiros dias de 1936 com meu São Francisco, cuja viagem insisti em acompanhar.

A púrpura cardinalícia não havia mudado monsenhor Pacelli. Mesmos óculos redondos que ele usou a vida toda, mesmo estranho contraste entre lábios que raramente sorriam e um queixo sensual, um queixo de boxeador ou de ator, que convidava a um soco ou a uma farra. Ele examinou o São Francisco em meu ateliê, enquanto Francesco e eu, como antigamente, aguardávamos seu veredicto. Eu tinha feito um bom trabalho. Eu tinha seguido suas instruções, ou quase, e tudo dependia desse *quase*. Pacelli me pedira para domar meus instintos. Para não ser eu mesmo, em suma. Mas por que ele tinha me contratado, se não porque eu era eu? Eu esculpira Francisco com a mão erguida perto da bochecha, um pássaro pousado no dedo indicador. Até aí, nada de anormal. Mas era possível adivinhar, por uma insensata ousadia de minha parte, que a asa do pássaro devia ter roçado seu pescoço no segundo anterior, fazendo-lhe cócegas, pois o santo sorria. Nunca se vira um santo com cócegas, muito menos sorrindo. Pelo menos não na estatuária, onde todos os santos costumavam parecer funcionários divinos assediados por pedidos de intermediação.

Pacelli nos olhou, com o canto dos lábios marcado por uma pequena ruga que, nele, parecia ser de riso, contaminado pela alegria coceguenta de Francisco.

– Com quantos anos está, sr. Vitaliani?

– Trinta e dois, monsenhor.

– Bem, vejo as mesmas qualidades que vi naquele urso, quando o senhor tinha a metade disso. O mesmo senso de movimento, a mesma irreverência. E esse algo a mais que somente a experiência pode trazer.

É costume dividir a vida de um artista em períodos, fases, épocas, tudo para tranquilizar o comprador que entraria em pânico se fosse abandonado nos corredores de uma vida sem rótulos. Magritte havia zombado disso alguns anos antes com seu cachimbo que não era um cachimbo e ninguém havia entendido nada, e quanto menos o público entendia, mais ele se extasiava. Mas quem sou eu para questionar o avanço do mundo? Vamos aceitar que períodos, fases e épocas existem.

O comentário de Pacelli, portanto, marcou o fim de minha primeira fase.

Naquela noite, bebi. Muito, e sozinho. Eu não queria Stefano como companheiro de excessos, nem seus amigos, que não tinham me feito nada e eram todos simpáticos, mas que eu suspeitava, por causa de Viola, terem as mãos sujas. Francesco me parabenizara, informado de que meu São Francisco já estava a caminho da residência familiar do cardeal amigo de Pacelli, mais um amigo que, quando chegasse a hora, votaria da maneira certa.

Francesco, é claro, tinha percebido que eu não estava em meu estado normal. "Viagem cansativa", eu disse antes de deixá-lo. A frase de Pacelli passava continuamente por minha mente no sórdido lugar onde eu me refugiava, perto do Tibre, onde ninguém me encontraria, pois nem mesmo os *squadristi* desciam tão baixo. Pacelli quisera me fazer um elogio. A única coisa que ouvi foi que eu era o mesmo de quando tinha dezesseis anos, melhorado. Onde estava o *homem*? Aquele que alcançava o segredo dos deuses? Crescer era isso, então? Ganhar dinheiro, melhorar um pouco se possível? Eu criticava Viola, mas no fundo não tinha ido muito mais longe do que ela.

Apesar de meu estado de embriaguez, não houve nenhuma anunciação naquela noite. Nenhum anjo desceu para me dizer para ser paciente, para me explicar que eu de fato alcançaria o segredo dos deuses, mas que levaria dez anos para isso. Dez anos. Tempo demais. Eu não teria suportado. Ou talvez tenha havido uma anunciação e eu não me lembre dela, já que acordei com a cabeça em um arbusto nas margens do rio, ao lado de uma poça de vômito que, por seu conteúdo, não era meu. Eu não bebia tanto havia muito tempo.

Fiquei em Roma até a primavera. Eu tinha atingido aquele ponto estranho que é preciso ter vivido para entender, em que os ricos se sentem pobres. Eu ganhava dez vezes o salário de um professor, era pago como um empresário. Mas eu tinha empregados, precisava de um motorista, devia me vestir adequadamente, por gosto e para meus clientes. Tudo o que eu ganhava, eu gastava. Era preciso ganhar sempre mais, o que me levava a gastar ainda mais, para manter esse equilíbrio em queda livre. A equação só mudava de natureza quando a pessoa se tornava *realmente* rica, e quando se tornava difícil gastar o que se ganhava, embora eu tivesse conhecido, durante meus anos romanos, algumas pessoas que eram excelentes nisso.

Eu não fazia política, eu não fazia religião. Mas embora seja possível escapar da segunda, a primeira é uma amante perversa, cujos ardores acabariam por me alcançar.

Alguns dias antes de meu retorno programado para Pietra d'Alba, no final de abril, bateram à porta de meu quarto. Eram quatro horas da manhã. Eu ocupava o mesmo apartamento havia quase quinze anos, na Via dei Banchi Nuovi, 28. A mesma cama à deriva sob o mesmo teto coberto de fuligem negra – eu poderia estar dormindo debaixo de uma obra-prima de Tiepolo sem perceber. Resmunguei, recusei-me a responder, até que um aprendiz me sacudiu.

– Mestre, mestre! O telefone, no escritório.

– Estou dormindo, droga.

– É o padre Orsini.

Francesco nunca me ligara àquela hora. Vesti uma calça e desci correndo as escadas.

– Alô?
– Mimo, você pode vir à casa de Stefano?
– Agora?
– Agora.

Por mais que eu não fizesse política, eu sabia quando era imprudente falar ao telefone. Meu primeiro instinto foi chamar Mikael para me levar, mas Mikael havia partido três meses antes. A Itália havia atacado a Etiópia, e ele voltara para lutar ao lado dos seus. "Agora somos inimigos", ele disse, abraçando-me com toda a força. Sua súbita partida me surpreendeu só até a manhã seguinte, quando a polícia veio perguntar por ele no ateliê. Aparentemente, houvera uma confusão em um bar do bairro, onde um homem que correspondia à sua descrição atacou um grupo de bons italianos que cantavam aos brados um dos sucessos do ano, *Facetta nera*, uma música que celebrava nossos soldados, nossos agrônomos e nossos engenheiros que partiam para libertar os abissínios. Alguém havia sacado uma faca, e como ele tinha uma aparência suspeita, só podia ter sido ele.

Pequeno rosto negro, pequena abissínia / Nós a levaremos à Roma libertada / Por nosso sol serás abraçada / Também usarás camisas pretas / Pequeno rosto negro, serás romano...

Saí a pé, tentando expulsar a melodia de minha cabeça, mas era preciso admitir que era bem feita, com seus metais conquistadores e alegres que davam vontade de invadir a Etiópia imediatamente. Stefano morava a apenas meia hora de distância, bem ao lado do Hotel de Russie. A aurora começava quando entrei no prédio, exatamente quando Stefano e Rinaldo Campana, o marido de Viola, saíam. Campana, fato incomum, baixou os olhos quando cruzou comigo. Stefano me cumprimentou com um aceno de cabeça.

– Gulliver. Francesco o espera em minha casa.

Francesco bebericava um café na sala de Stefano, a batina impecável, os óculos quase idênticos aos de Pacelli, na ponta do nariz. Ele me serviu sem perguntar e me indicou um lugar para sentar.

— Obrigado por vir. Estamos com um pequeno... problema.

Esperei, queimando os lábios com um café forte.

— Nosso camarada Campana, que estava em Roma a trabalho, passou a noite com Stefano e seus amigos festejando. Repreendi Stefano várias vezes por suas aventuras noturnas, mas não importa. Por volta das onze horas, eles se separaram. Aparentemente, Campana não voltou para o hotel, mas foi, como dizer, satisfazer certos instintos com uma jovem que conheceu em um bar. Uma profissional. Não sei exatamente o que aconteceu, e não quero saber, mas parece que alguma espécie de... brincadeira deu errado, e a garota foi ferida. Gravemente. Campana fugiu. Chegando ao hotel, o imbecil percebeu que tinha deixado a carteira lá. Ele imediatamente ligou para Stefano.

— Ele matou uma garota?

— Matar, acho que não. Gravemente ferida, segundo ele. Com possíveis sequelas.

— E então? Entreguem o idiota à polícia.

— Esse idiota, embora eu não discorde da descrição, é meu cunhado. A fortuna ascendente dos Orsini nos últimos anos, fortuna da qual indiretamente decorre sua própria carreira, é em parte financiada por ele. E nós não podemos nos permitir um escândalo. Mas não haverá um.

— Não?

— Não, porque Campana passou a noite com você.

Com toda calma, coloquei minha xícara na mesa. Francesco me encarava, as mãos cruzadas sobre o ventre.

— Vá se foder, Francesco.

— Ele passou a noite com você. Alguém roubou sua carteira, e o sujeito que o fez é responsável por tudo. A palavra de uma prostituta não terá nenhum valor.

– E por que ele não passou a noite com você? Ou com Stefano?

– Porque Stefano é um dignitário do regime e, se tudo correr bem, serei promovido a bispo no ano que vem. Além disso, somos próximos demais, já que Campana é nosso cunhado. Você é o álibi perfeito: você é próximo da família, portanto é possível que Campana tenha passado a noite em sua casa, e não precisa temer um escândalo por associação. O caso será resolvido amanhã.

– E se eu recusar?

– Você não vai recusar, Mimo. Nem que seja para proteger Viola. Imagine a humilhação, se essa história vazar. E além disso...

– E além disso? – perguntei quando ele interrompeu a frase.

Francesco se levantou para pegar uma garrafa de grappa em uma prateleira de licores. Ele serviu um pouco em minha xícara e um pouco na dele.

– Não quero ser vulgar, Mimo, mas você nos deve isso.

– O que eu devo a vocês?

– Tudo.

– Não quero ser vulgar – ironizei –, mas sou contratado por meu talento.

– Verdade, nunca neguei e nunca negarei isso. Mas você se esquece de como tudo começou. Quem foi buscá-lo em Florença?

– Tenho uma dívida com você porque você foi me informar pessoalmente que Zio tinha me deixado seu ateliê? Visita cara.

– Você realmente acreditou que aquele velho bêbado deixou o ateliê para você? Se acreditou, você é mais ingênuo do que eu pensava.

Engoli a grappa de uma só vez. E encarei, admirado, aquele mestre de xadrez. "Ele vai longe", dissera Viola, na noite dos tempos.

— O que aconteceu com Zio?

— Se aposentou, ao sol, como eu disse. Morreu há três anos.

— E o ateliê?

Francesco tomou um gole de álcool, lambeu com a ponta da língua o brilho açucarado de seus lábios e pousou a xícara.

— Nós o compramos dele. Ele nos fez jurar que nunca o venderíamos a você. Cláusula que respeitei, já que o dei de presente a você.

— Por quê?

— Primeiro, porque sempre pensei que você tinha talento, e que esse talento nos serviria. Mas principalmente, não vou esconder de você, porque Viola me disse, no hospital, que vocês eram amigos.

— Eu sei disso, por sinal.

— Eu sei que você sabe — ele respondeu sorrindo. — Enfim, eu suspeitava, ou supunha, que um dia Viola precisaria de ajuda, e que seria... vantajoso para a família ter um amigo por perto.

— Para vigiá-la, você quer dizer?

Francesco soltou um longo suspiro.

— Eu amo minha irmã, Mimo. Não se engane. Mas ela é complicada.

— Pelo contrário, ela é muito simples.

— Você seria simples se lembrasse absolutamente de tudo o que leu desde que aprendeu a ler, tendo aprendido a ler aos três anos? Se fosse exibido como um animal de circo aos convidados, se tirassem você da cama às quatro da manhã para ser usado?

— Vocês *me* tiraram da cama às quatro da manhã para me usar.

— Não banque o espertinho. O problema, aliás, não é a memória da Viola. O problema é que ela entendia o que lia, com uma idade em que outras só pensavam em bonecas e vestidos bonitos. Minha irmã é provavelmente a pessoa mais inteligente que conheço, junto com monsenhor Pacelli. Monsenhor Pacelli provavelmente será papa, se jogar bem suas cartas. Infelizmente, Viola não pode ser papisa, nem aviadora, ou qualquer outra coisa que ela tenha em mente. Não estou dizendo que dentro de trinta, quarenta anos, não haverá lugar para ela neste mundo. Mas hoje, em nossa família, ela tem um papel a desempenhar. Mesmo que não seja o que ela esperava. Cada um de nós tem um papel a desempenhar.

– Do que está reclamando? Ela o desempenhou muito bem.

– De fato. Viola soube crescer. O que não muda o fato de hoje precisarmos de você, e que isso também a afete. Campana dirá à polícia que estava com você. Faça o que quiser.

No dia seguinte, no final da manhã, a polícia bateu à porta de meu gabinete. Eu a abri, surpreso. O que eu tinha feito na véspera? "Bem, deixe-me pensar, trabalhei o dia todo, depois passei a noite com meu amigo Rinaldo. Rinaldo Campana, sim, por quê?" Os carabineiros foram embora, satisfeitos, e nunca mais se falou no assunto. Me senti mal por ter ajudado aquele cretino, mas não perdi um segundo tentando me convencer de que o fizera por Viola, para poupá-la de outra humilhação. Eu o havia ajudado por medo de ver minhas encomendas minguarem. Para preservar tudo o que eu havia construído, pois nada deveria obstruir minha ascensão, que me custara tanto. Ao fazer isso, acabei realizando meu sonho mais louco, mais secreto. Me tornei um Orsini.

Bom, primeiro vi a estátua e a achei bonita, é claro, ainda que estivesse bem no fundo, mas o que eu sei sobre isso? Fui vê-la porque estavam falando sobre ela na cidade. Como eu disse, não entendo muito de arte, mas era domingo, estávamos na missa, então por que não, já que ela estava lá? Eu a achei bonita, então, mas quanto mais eu olhava para ela, mais eu me sentia estranho, comecei a sentir calor e tive que sair para respirar. Na hora, não pensei que fosse por causa da estátua, mas depois li histórias nos jornais, parecidas com a minha, e então vim falar com o senhor, padre, como o monsenhor bispo pediu.
(Depoimento de Nicola S., Florença, 24 de junho de 1948).

As autoridades religiosas, segundo a monografia do professor Williams, receberam exatamente duzentas e dezessete queixas espontâneas, e quase o dobro de depoimentos depois da abertura da investigação oficial pela Congregação do Santo Ofício. É importante ressaltar que a imensa maioria do público que passou pela *Pietà Vitaliani* viu apenas uma estátua. Mas mesmo que cem mil, ou mesmo um milhão de pessoas, tenham permanecido insensíveis a ela, como ignorar os testemunhos de seiscentas pessoas? Seiscentas pessoas que, além disso, relatam praticamente os mesmos sintomas. Primeiro uma forte emoção, seguida de uma espécie de opressão. Taquicardia, tonturas, testemunhas afirmam ter "sonhado com ela", outras terem sido tomadas por uma profunda tristeza, próxima da depressão. O mais perturbador, nesses depoimentos – mas é preciso dissecá-los, como alguns especialistas fizeram, como o padre Vincenzo está fazendo agora –, é ler nas entrelinhas o que uma única testemunha, um contador romano, ousa formular em voz alta. Ele afirma ter sentido uma estranha forma de *excitação*. Sexual, ao que tudo indica, uma sensação difícil de verificar, especialmente em uma época em que não se falava sobre essas coisas.

O bispado de Florença, onde a *Vitaliani* foi inicialmente exposta, pensou a princípio que fosse uma brincadeira de antigos rivais, já que Mimo Vitaliani havia passado alguns meses turbulentos no ateliê de Filippo Metti. A seguir, pensou-se em um fenômeno de histeria coletiva. Depois do registro de cerca de quarenta queixas no mês seguinte à exposição da *Pietà*, decidiu-se mudar a estátua de lugar. A qualidade da obra a destinou às coleções do Vaticano, onde, em poucas semanas, as reclamações recomeçaram, inclusive da parte de turistas estrangeiros que não falavam italiano e não podiam ter conhecimento da reação florentina.

No conjunto de cerca de seiscentas pessoas, é impossível extrair qualquer tendência estatística. Depois da extrapolação dos dados, nem idade, nem sexo, nem origem parecem influenciar a propensão a ser afetado ou não pela *Pietà Vitaliani*.

Depois de alguns meses no Vaticano, a obra foi enviada para a reserva técnica, à espera de análises mais aprofundadas. Vários historiadores da arte, escultores, arqueólogos e outros especialistas foram convocados, e os resultados foram compilados e resumidos pelo professor Williams. E, como nunca se está mais bem servido do que por si mesmo, as autoridades eclesiásticas também chamaram um especialista de outro tipo, Candido Amantini, o exorcista oficial do Vaticano.

N*unc effunde eam virtutem quae a te est...**
9 de setembro de 1938.
...*principalis spiritus quem dedisti dilecto filio tuo Jesu Christo...***
Francesco, deitado sobre o mármore, de braços cruzados. Monsenhor Pacelli, ensanguentado.
...*quod donavit sanctis apostolis qui constituerunt ecclesiam per singula loca sanctificationem tuam...****
E eu estou com um fio de cabelo branco. Impossível pensar em outra coisa, apesar da solenidade do lugar, apesar da presença a poucos metros de mim da mais bela estátua de todos os tempos, a *Pietà* de Michelangelo Buonarroti. Estúpido fio de cabelo branco. Tenho apenas trinta e quatro anos. Não podia me poupar disso, Senhor?
...*in gloriam et laudem indeficientem nomini tuo.*****
Monsenhor Pacelli recua. Sua batina vermelha, da cor da Paixão, vermelha como o sangue derramado pelo Redentor, mal se faz ouvir. Francesco se levanta, se submete à imposição das mãos de incontáveis prelados, a mitra é colocada sobre sua cabeça, o báculo desliza entre suas mãos, um anel em seu dedo. Ele se levanta e assume seu lugar na cátedra.

---

* "Enviai agora sobre este eleito a força que de Vós procede..."
** "O Espírito soberano, que destes ao vosso amado Filho Jesus Cristo..."
*** "E Ele transmitiu aos santos Apóstolos que fundaram a Igreja por toda a parte, como vosso templo..."
**** "Para glória e perene louvor do vosso nome..."

Em 9 de setembro de 1938, Francesco Orsini é ordenado bispo em Roma. A diocese de Savona passa a ser dirigida por um filho da terra.

À noite, um jantar reuniu a família Orsini. Eu estava presente, pois agora pensava, comia e vivia como um Orsini. O Caffè Faraglia, o restaurante onde Stefano e eu tínhamos começado tantas noites de libertinagem, estava fechado havia alguns anos, e toda a família se encontrou em um salão privado do Hotel d'Inghilterra, onde todos estavam hospedados. O marquês, apesar de seu estado, embora não estivesse muito claro o que ele entendia. A marquesa, Stefano, Francesco, Campana e Viola. Esta última tinha olhado maravilhada para a cidade o dia todo, e fiquei surpreso ao saber que ela nunca tinha deixado Pietra d'Alba, exceto para ir a Milão, onde passou muito mais tempo no hospital do que passeando pelas galerias.

A filha do Renascimento tinha do mundo apenas um conhecimento livresco. Os Orsini chegaram na véspera da ordenação, e mostrei a Viola tudo o que era possível ver antes e depois da cerimônia. Mal tínhamos começado nosso passeio e nossos papéis se inverteram. Viola apontava para um monumento ou outro, me explicava sua história, e eu logo me via seguindo-a como um turista a seu guia. Eu tinha subestimado o poder das bibliotecas, que no entanto tinham me tirado da escuridão e me proporcionado até mesmo um pouco de ternura. Eu era ingrato. Quantas noites eu não tinha passado, completamente bêbado, repetindo que a verdadeira vida estava ali, em uma cidade eterna que girava a meu redor a mil por hora? Longe de casa, Viola me dava uma nova lição – a verdadeira vida estava nos livros.

Quando nos sentamos nos salões do Hotel d'Inghilterra, Viola estava com a expressão de seus dias ruins.

– Você leu o jornal? – ela me perguntou.
– Não. Nunca leio o jornal.
– Eu tinha esquecido: você não faz política.

Uma das raras áreas em que Viola era cruelmente carente de sutileza, talvez a única, era quando ela queria brigar. Ela o fazia de forma direta, como um touro furioso. Eu sorri para ela, porque, naquela noite, a briga não me interessava.

– O que diz o jornal?
– Nada – ela respondeu. – Absolutamente nada.

Com um gesto seco, ela abriu o guardanapo. Stefano chegou no uniforme preto dos Moschettieri del Duce, uma unidade de elite que servia como guarda de honra para Mussolini, fato que deixou Viola ainda mais sombria. Este posto de mosqueteiro sinistro era voluntário e visto por Stefano como uma jogada estratégica no xadrez, já que ele visava uma promoção para o ministério do Interior. A noite começou bem apesar de tudo. Nos serviram tudo o que podia ser assado, frito, grelhado, regado com um excelente montepulciano, já que os Abruzos, entre dois terremotos, encontravam tempo para produzir um bom vinho.

Desde "o incidente", Campana estava um pouco menos expansivo. Ele se comportava com mais humildade, o que não o tornava mais amigável. Ele mastigava em silêncio ao lado da esposa, os lábios brilhantes de molho, evitando meu olhar e sorrindo para mim constrangido quando nossos olhares se cruzavam por acidente. Ele olhava regularmente para o relógio, como se precisasse estar em outro lugar – provavelmente tinha retomado suas aventuras noturnas. Viola comia pouco, os olhos fixos em Stefano. Senti a chegada do drama e o temi, porque Viola aplicava sua inventividade à tragédia.

Logo antes da sobremesa, ela se dirigiu ao garçom que viera retirar nossos pratos.

– Com licença, meu amigo. Creio ter detectado um leve sotaque no senhor. De onde é?

— Sou alemão, senhora.

— Alemão. Entendi. Diga-me, o senhor não seria judeu por acaso?

Um silêncio estupefato se fez entre os presentes. O garçom a encarou, confuso.

— Não, senhora.

— Ah, que bom, que bom. Porque meu irmão aqui presente – ela apontou para Stefano – é um membro influente do governo. E esse mesmo governo assinou decretos, ontem e anteontem, contra os judeus, especialmente contra os judeus estrangeiros, já que eles acumulam dois defeitos. Veja bem, esse mesmo governo nos explica que a raça semita é inferior à nossa. Mas está tudo bem, já que o senhor não é judeu.

O garçom se retirou em meio a um silêncio mortal. Stefano se levantou, vermelho como um pimentão, fechou a porta e se virou para a irmã.

— O que deu em você?

Assim que ele agarrou o braço de Viola, me levantei. Francesco, com uma vivacidade inesperada para um homem que dedica sua vida à oração, se postou ao lado dela no mesmo instante.

— Sente-se, Stefano. Está tudo bem.

Seu irmão hesitou, o queixo tremendo com tiques nervosos, mas acabou voltando para seu lugar na frente de Viola. Ele bebeu uma grande taça de vinho.

— Tudo bem, tudo bem. Claro. Essa idiota nem sabe do que está falando.

— Não sabe? – disse Viola. – A idiota está errada? Vocês não publicaram, nos últimos três dias, dois decretos intitulados *Medidas para a defesa da raça na escola fascista* e *Medidas contra judeus estrangeiros*? Vocês não proibiram casamentos mistos? Vocês não vão demitir os professores da "raça hebraica"?

— É apenas política!

– Viola, minha querida – interveio Campana em um tom apaziguador –, você não entende nada de política.

– É apenas uma postura em relação à Alemanha – continuou Stefano, virando-se para o pai, como se fosse ele que quisesse convencer. – Não temos nada contra os judeus. É tudo fumaça. Veja Margherita Sarfatti, a antiga amante do Duce: uma judia. E eu mesmo frequentei algumas com grande prazer. O governo não tem a menor intenção de se virar contra os judeus.

– Você está mentindo – respondeu Viola. – Talvez esteja mentindo sem saber, mas está mentindo. Vocês todos estão mentindo.

Como ela disse isso virada para Campana, este se endireitou na cadeira.

– Eu estou mentindo?

Viola riu.

– Por onde devo começar? Pela viagem que você me prometeu para os Estados Unidos? Há quinze anos?

– É isso que você quer? Os Estados Unidos? Muito bem.

Campana afastou a cadeira e saiu, aumentando a confusão geral. O marquês teve um pequeno refluxo, e de repente tudo se voltou para a sua saúde, seu bem-estar, não se falou de mais nada além dele, comentou-se que ele devia ter tido um dia lindo hoje, que devia estar orgulhoso do filho Francesco – "você não está orgulhoso de Francesco?" –, e todos competiram para falar com ele como se fosse uma criança.

Então Campana voltou, se sentou e olhou fixamente para Viola.

– Esteja pronta em dois dias. Antes do final da semana, prometo que você estará caminhando em uma rua que se parecerá muito com uma rua dos Estados Unidos.

Viola não esperava uma reviravolta daquelas. Em seus olhos transparecia a luta eterna da criança que quer gritar de alegria e se lembra de repente que está com raiva. Ela perguntou, quase agressiva:

— Mimo pode ir? Ele é rico o suficiente para pagar sua viagem.

— Mimo pode ir e não terá que pagar nada.

Naquela noite, quando voltei para casa, senti um estranho nó no estômago, que não tinha muito a ver com a viagem que se aproximava. Antes de sair, Viola me entregara a primeira página do *Corriere*.

Fiquei parado na frente do espelho, a única mobília do quarto além da cama. O espelho que tinha me revelado, enquanto eu me preparava para a ordenação de Francesco naquela manhã, que eu estava com um cabelo branco. Quando tirei a roupa, a página do jornal caiu de meu bolso e deslizou para o chão. Eu não precisava ler o artigo, o título era suficiente para mim. *Le leggi per la difesa de la razza approvate das consiglio dei ministri*. Procurei por novos cabelos brancos, encontrei dois, e mais alguns pelos da mesma cor em meu corpo. Eu tinha ganhado peso, aos poucos, com o passar dos anos. *Leis para a defesa da raça aprovadas pelo conselho de ministros*.

Não, eu não gostei do que vi no espelho.

Dois dias depois, encontrei Viola no Hotel d'Inghilterra. Estava fresco, na medida certa. Meu motorista me deixou na entrada e descarregou minha mala, muito mais luxuosa do que a que eu costumava arrastar por toda a Itália. Na calçada, Viola estava quase pulando de impaciência. Compreensível. Eu tinha ouvido mil vezes, de meus clientes, elogios à magnificência do *Conte di Savoia*, ou do *SS Rex*, que alguns anos antes havia ganhado a Flâmula Azul de transatlântico mais rápido, para grande satisfação do regime. A Itália dominava os mares. Os dois navios saíam de Gênova.

O carro de Campana chegou, um Lancia Aprilia tinindo de novo. Em sua pressa, Viola carregou sozinha o porta-malas.
— Onde está seu marido?
— Vai se juntar a nós no caminho.
Assim que subimos, o carro saiu em alta velocidade. Passamos por um bando de crianças que, do alto de seus doze anos, executavam grandes movimentos de ginástica em uma pracinha, pequenos fascistas em formação, de uniforme preto e lenço azul no pescoço. Os muros da cidade passavam com fitas vermelhas, verdes e brancas que, quando diminuímos um pouco a velocidade, se fragmentavam em cartazes de propaganda nos instruindo a comprar produtos italianos ou celebrando o gênio da nação. Adolescentes de bochechas avermelhadas pelo esforço, em um parque, disputavam o privilégio de chutar uma bola de couro surrada entre duas latas de lixo — a Itália tinha vencido a Copa do Mundo alguns meses antes, pela segunda vez, graças aos pés mágicos de Gino Colaussi e Silvio Piola. Mal prestei atenção em tudo isso, estava mais preocupado com o fato de estarmos indo para o sul.
— Não entendo para onde estamos indo — murmurei.
— Para os Estados Unidos! — gritou Viola, colocando uma mão sobre os lábios e rindo. — Por que está fazendo essa cara? Desde que nos conhecemos, Mimo, você faz essa cara. Há vinte e dois anos — ela disse, fazendo uma careta.
— Só quero saber de onde vamos partir. Em que navio, essas coisas. Seu marido não disse nada?
— Não. Aproveite um pouco a vida!
Então ela abriu a janela e soltou um longo uivo que o motorista, acostumado a todas as extravagâncias, fingiu não perceber. Agora estávamos no campo, e eu havia percorrido Roma o suficiente — todo bêbado é um bom cartógrafo — para entender que não estávamos indo para Gênova ou mesmo para o mar. Campana sabia algo que eu não sabia.

Quarenta minutos depois, o Lancia entrou em uma estrada de terra entre dois campos. No final da estrada, um muro imenso bloqueava o horizonte. Só podíamos ver uma caixa d'água atrás dele, ao longe. Paramos bem no meio do nada, diante da única porta de metal da construção. O solo revirado, os restos de argamassa aos pés da muralha sugeriam que ela era recente. O motorista bateu, e a porta foi aberta por um sujeito de macacão sujo. Com o dedo nos lábios, ele nos fez sinal para segui-lo. Viola me lançou um olhar interrogativo, eu dei de ombros. Uma estreita passagem corria entre o muro que acabávamos de atravessar e o que parecia ser um andaime. A estrutura se estendia por uma centena de metros para a direita e para a esquerda. Um tapume de madeira impedia a visão do outro lado. Cigarro na boca, nosso guia mergulhou entre os tubos de aço, um labirinto que só ele conhecia. Ele não disse uma palavra. Finalmente, abriu uma porta oculta no tapume de madeira, olhou com cautela para o outro lado depois de nos pedir com um gesto que não nos movêssemos, e então se afastou para nos deixar passar.

Viola e eu nos vimos na Los Angeles de 1923, em plena Lei Seca.

Um Ford T nos ultrapassou, subindo a rua em marcha ré, com gangsters armados de metralhadoras Thompson sentados casualmente no banco de trás. Dois policiais com pesados casacos de feltro seguiam o carro, fumando. Na calçada do outro lado, cadáveres jaziam diante da vitrine quebrada de uma loja chamada *Grocery Store*, em grandes poças de sangue. Uma mulher se aproximou de mim, carregando várias bolsas a tiracolo.

– Qual o papel de vocês? Ainda não passaram pela maquiagem?

– Eles estão comigo, Lizzie.

Campana acabava de sair da loja destruída. Ele passou por cima dos cadáveres, acidentalmente chutou um deles, se desculpou. O cadáver respondeu educadamente: "Sem problema". Campana era seguido por Luigi Freddi, a quem eu devia a maior parte do meu trabalho para o governo e não via desde a inauguração do Palazzo delle Poste, em Palermo, quatro anos antes. Freddi nos cumprimentou calorosamente.

— Bem-vindos à Cinecittà! Mimo, quanto tempo! Um prazer revê-la, senhora Campana. O que acham de nossos estúdios?

Luigi Freddi havia alcançado seu objetivo. Seu sonho de rivalizar com os americanos estava encarnado naquela cidade fora da cidade, naquela fortaleza totalmente dedicada à arte da ilusão. Hollywood no Tibre, como seria chamada em breve, havia nascido da mente daquele homem afável, bem vestido, que sorria sem parar. Mas não devíamos nos enganar. Cinecittà era uma arma. A mais poderosa do país, segundo o próprio Duce, que havia colocado todos os recursos do regime no projeto.

— Ocupamos sessenta hectares. Oferecemos a nossas equipes, como à do sr. Campana aqui presente, setenta e cinco quilômetros de ruas. No fim desta — explicou Freddi, apontando para a avenida em que estávamos —, se vocês dobrarem à direita, estarão em plena Roma, vinte e três séculos atrás. Filmamos *Cipião, o africano* no ano passado.

— E então? — exclamou Campana, triunfante. — Eu menti ou não? Você está na América ou não? Você poderá dizer a todos que caminhou pelo Sunset Boulevard. E olhem só!

Ele se aproximou de uma laranjeira plantada na calçada, colheu uma fruta e a atirou para mim.

— São de verdade! Tudo aqui é de verdade, ou quase!

Uma jovem se aproximou dele, com um caderno na mão, para lhe sussurrar alguma coisa. Campana concordou.

— Um problema com um ator. Se o cinema pudesse ser feito sem eles, seria o paraíso. Preciso deixá-los. Divirtam-se, apenas sigam as instruções do Gerhard quando estivermos filmando — ele concluiu, apontando para o homem de macacão que nos havia recebido.

Finalmente ousei olhar para Viola. Seus olhos brilhavam. Não de admiração, nem de excitação. De raiva. Nem mesmo Campana pôde ignorá-la.

— Vamos lá, é engraçado, não? Você sabe quantas pessoas sonhariam em estar aqui? Estamos filmando um filme sobre Al Capone.

— Você deveria me levar para os Estados Unidos.

— Você não tem nenhum senso de humor, droga. É impossível agradar você. Vou para os Estados Unidos com frequência e garanto a você que é exatamente assim. Nosso cenografista é americano. Por que se sujeitar ao cansaço da viagem? Mas enfim, se quiser, levarei você.

— Quando?

— Assim que possível. Prometo. Nova York, São Francisco, de verdade, o que você quiser. Coney Island, Grand Canyon, os estúdios dos irmãos Warner. Faremos tudo do melhor jeito. Está bem, querida?

Ele se aproximou, ainda charmoso apesar da barriga que o precedia, para segurar a mão dela.

— Estou perdoado? Diga que estou perdoado.

Viola suspirou e lhe ofereceu um sorriso.

— Sim.

— Ótimo. Sabe de uma coisa? Está vendo aquela pequena passagem ali? Vamos renomeá-la em sua homenagem.

Ele estalou os dedos para chamar a atenção da jovem com o caderno.

— Chame o aderecista. Diga-lhe para preparar uma placa "Viola Orsini Street" para esta passagem. Não diga nada ao diretor. De todo modo, o imbecil nem vai perceber.

Ele se afastou depois de beijar a esposa na bochecha. Luigi Freddi o seguiu com um olhar dubitativo e depois nos fez subir o Sunset Boulevard. O que eu havia achado que era o céu no fim se revelou apenas uma tela pintada. Nós a seguimos até uma abertura escondida e emergimos, como anunciado, no terceiro século antes de Cristo. Freddi nos mostrou um pouco da Roma antiga e nos deixou diante de um lago onde flutuava um navio fenício.

— Voltem para o Sunset quando terminarem.

O motorista nos deixou de volta no hotel no fim da tarde. Viola parecia tranquila, embora um pouco distraída. Ela jantou com a família – os Orsini iriam embora todos juntos dois dias depois –, eu com minha princesa sérvia, com quem havia reatado. Tínhamos dado uma nova chance a nossos corpos e, para nossa surpresa mútua, vínhamos experimentando um prazer muito real. Alexandra já não precisava de dinheiro – ela se casara com um velho riquíssimo em 1935 –, mas percebeu que não tinha amigos em Roma além de mim. A noite terminou na cama, mais uma vez com um resultado agradável, surpreendente, considerando o quão diferentes eram nossos corpos – ela media um metro e oitenta e três. Eu fumava um Toscano, nu em pelo na brisa de setembro, quando bateram à porta do ateliê. Era meia-noite. Temendo novas travessuras de Campana, joguei uma coberta sobre os ombros e desci para abrir. Era Viola. Ela me olhou em silêncio e eu fiz o mesmo, intrigado. Alexandra apareceu atrás de mim, completamente nua.

— Quem é, querrrrido? — ela perguntou, com o r arrastado que havia feito muitos homens traírem seus votos matrimoniais.

— Ninguém. Uma amiga. Me espere no quarto.

Alexandra subiu, emburrada. Um sorriso zombeteiro apareceu nos lábios de Viola.

— Você não se priva de nada.

— Você não imagina o quanto, ela é uma princesa. O que posso fazer por você, Viola?
— Desculpe incomodar a esta hora. Vejo que está... ocupado, mas eu só queria me despedir. Estou indo embora.
— Eu sei. Em dois dias. Teremos tempo de nos ver.
— Não. Vou embora amanhã, ninguém sabe.
Com o cenho franzido, fechei a porta atrás de mim.
— Como assim, você vai embora amanhã?
— Acabou, Mimo. Essa vida. Eu tentei. Campana nunca vai mudar. Minha família muito menos. Vou embora.
— Para onde?
— Para os Estados Unidos. Pego o trem amanhã de manhã para Gênova. Há um navio a cada três dias.
— Você enlouqueceu?
— Não, Mimo — respondeu minha amiga, me olhando fundo nos olhos. — Não enlouqueci.
— Mas... com que dinheiro?
— Tenho um pouco. Vou tirar no banco.
— Você tem uma conta no seu nome?
— Não.
Nunca, em toda a minha vida, bolei um plano tão rapidamente.
— Tudo bem. Vou com você.
— Você?
Eu a fiz entrar e esperar em meu gabinete, enquanto eu me livrava de Alexandra alegando uma emergência familiar, na qual ela acreditou apenas um pouco. Mas as princesas não são ciumentas, prova talvez de que ela realmente fosse uma. Fiz um café e expus meu plano a Viola. Eu tinha dinheiro. Partiríamos juntos no primeiro navio. Depois que ela se estabelecesse em Nova York, eu voltaria e informaria a família. Viola permaneceria intocável.
— Nova York... — ela sussurrou, com arranha-céus nos olhos.

Ela me abraçou sem dizer uma palavra, visivelmente comovida. Nós nos encontraríamos no dia seguinte em seu hotel, às seis horas, e, de lá, iríamos diretamente para a estação. Teríamos que viajar com pouca bagagem – compraríamos o que precisássemos pelo caminho. Eu a segurei por um momento quando ela se virou para sair.

– Antes de irmos para Gênova, quero parar em um lugar. Quero mostrar uma coisa a você, tudo bem?

Eu a vi hesitar, e acrescentei:

– Pode confiar em mim.

Roma ainda dormia, mergulhada em um sonho de grandeza, quando o trem nos levou para o norte. No vagão de primeira classe, Viola me pressionou para saber a misteriosa escala que eu havia planejado. Eu aguentei firme, fiz com que trocássemos de trem em Pisa. Um ou dois minutos depois da parada do comboio na estação de Florença, enquanto fingia ler *La Stampa*, pulei de minha poltrona.

– Rápido! Descemos aqui!

Viola se levantou, atordoada, entrou em pânico, deixou cair a mala, começou a rir, e saímos do trem no último instante, enquanto as portas se fechavam atrás de nós. Chamei um carregador, ainda que cada um de nós tivesse apenas uma bagagem, dei-lhe o endereço do Baglioni.

Eu havia deixado Florença com a boca pastosa, em roupas malcheirosas, rasgadas, manchadas com meus excessos e os de outros. Voltei como um conquistador. Eu não conhecia o porteiro do Baglioni, mas ele rapidamente abriu a porta ao nos ver. Pedi duas suítes, uma para Viola, uma para mim.

– Temos apenas uma suíte disponível, senhor Vitaliani. Mas temos um quarto muito bonito que...

Interrompi o recepcionista com um gesto.

– Não será necessário. Iremos para o Excelsior.

O recepcionista mudou de atitude na mesma hora.

– Deixe-me ver o que posso fazer, senhor Vitaliani. Talvez eu possa lhe oferecer uma suíte suplementar, daremos um jeito.

Dei uma cotovelada discreta em Viola e franzi o cenho.

– Não entendo. Ela está disponível ou não está? Estou no Baglioni? Não entrei por engano em um bordel? Porque era exatamente aqui que o Baglioni costumava ficar.

O recepcionista forçou um sorriso, contrariado.

– Pedimos desculpas pelo equívoco, senhor Vitaliani. Confirmo que temos duas suítes disponíveis. Permita-nos oferecer uma garrafa de champanhe em desculpas pelo inconveniente.

No elevador, Viola e eu caímos na gargalhada. Atravessamos uma galeria interminável, cambaleando pelos corredores daquele transatlântico encalhado na cidade. Nossas suítes pareciam duas velhas solteironas, com painéis de madeira escura e cortinas amarelo-mostarda, empoleiradas acima da cidade, testemunhas silenciosas dos humores da época. Mesmo em 1938, elas exalavam um charme antiquado. O Baglioni era único por ser antiquado, eco de um tempo que talvez nunca tivesse existido.

Estávamos com pressa – tínhamos que pegar o trem das 8h25 com destino a Gênova na manhã seguinte. Fiz algumas ligações, depois fui buscar Viola. Ela havia trocado o vestido de viagem por uma calça e prendido os cabelos semilongos em um rabo de cavalo. Sem aquela sinuosidade, ela poderia parecer, a quem passasse rapidamente, um garoto afeminado. Cruzamos a Ponte Vecchio, subimos pela margem oposta em direção ao leste, um caminho que eu havia percorrido muitas vezes. Viola não sabia nada de meus anos florentinos, nada além do retrato lisonjeiro e mentiroso que eu havia pintado em minhas cartas.

Não havia nenhum rosto familiar no ateliê. Exceto o de Metti, inclinado sobre a planta de uma igreja em sua cozinha-gabinete. Eu não o havia avisado de nossa chegada. Tirei alguns instantes para contemplar meu velho mestre, o homem que havia perdido o braço em Caporetto, e bati à porta. Ele ergueu a cabeça, irritado por ser interrompido, arregalou os olhos ao me reconhecer. Pensei que ele fosse chorar.

Ele acabou contornando a escrivaninha e me abraçou. Em quinze anos, ele havia encolhido e seus cabelos ficado completamente brancos. Ele não tinha cinquenta e cinco anos.

– Mimo, que maravilhosa surpresa. E esta é a sra. Vitaliani, imagino?

Viola corou como uma adolescente.

– Não, sou Viola Orsini. Uma amiga.

– Ah, a jovem senhorita do hospital, talvez?

Viola estremeceu, na defensiva, depois o encarou por um breve momento e percebeu que estava falando com um irmão, um colega dos corredores brancos e cheiros de éter.

Metti jantou conosco no melhor restaurante da cidade. Ele havia acompanhado minha carreira nos jornais, que se apressaram em pintar um retrato lisonjeiro de mim assim que comecei a trabalhar para o regime. Neri, me disse ele, tinha seu próprio ateliê havia alguns anos, perto de San Gimignano. Eu ri alto: a cidade das casas-torre, cuja altura antigamente refletia o poder de seus proprietários, era perfeita para aquele imbecil pretensioso. Quando a conversa começava a desviar perigosamente para meus anos florentinos e seus excessos, eu mudava de assunto.

Onze horas soaram no campanário de Giotto. O eco brônzeo repercutiu de uma fachada de mármore à outra até se dissipar. Nos despedimos com muitas promessas de um reencontro. Depois de alguns passos na rua, Metti se virou.

– Você finalmente descobriu por que esculpe, Mimo?

— Não, mestre! É por isso, aliás, que ainda o chamo de mestre.

Ele riu, mas sem vontade, e saiu balançando o ombro órfão. Um trovão soou ao longe, a cidade cheirava a chuva. Levei Viola pela Via Cavour, um caminho que eu tinha percorrido apenas uma vez, mas que lembrava perfeitamente por ter deixado nele um pouco de meu sangue. Quando chegamos à Piazza San Marco, ela ficou paralisada diante da igreja que se erguia do outro lado.

— Eu conheço esse lugar...

Torci para que Walter não tivesse me abandonado. Dei três batidas na porta e ele abriu, como antes, igualmente pequeno, igualmente monge. O nome de monsenhor Francesco Orsini, quando liguei um pouco mais cedo, me abrira aquela porta. Oscilando de um lado para o outro em nossas pernas curtas, Walter e eu subimos a mesma escada de dezesseis anos antes, Viola atrás. No topo, Walter me entregou uma lamparina e pronunciou exatamente as mesmas palavras.

— Uma hora, não mais. E, acima de tudo, sem barulho.

Com um gesto, convidei Viola a entrar na primeira cela. Ela cruzou o marco da porta, parou diante da *Anunciação* de Fra Angelico e começou a chorar, sem soluços, sem tristeza, a chorar de alegria diante do anjo com asas de pavão e da mulher-criança que mudaria o mundo.

— Obrigada, Mimo.

A tempestade estourou, batendo no teto sobre nossas cabeças com uma enxurrada de chumbo. Apaguei a lamparina, deixando os relâmpagos nos guiar de cela em cela. Por alguns momentos, em uma tempestade de cianos, dourados e alaranjados, rosas e azuis, nossa amizade recuperou as cores.

Antes de me deixar à porta de seu quarto, Viola se ajoelhou — ela era quase tão alta quanto a princesa sérvia.

– Obrigada, Mimo. Nunca vou me esquecer desta noite. Na América, eles não têm muita história. Serei única, porque terei essa. Até amanhã.

Dez minutos depois, saí do hotel. Chovia muito, mas eu não me importava. Meus pés encontraram as pegadas do passado, os átomos de paralelepípedo que eles haviam desgastado, e se aconchegaram neles. Os trilhos do bonde brilhavam, desenhando a cada relâmpago um caminho flamejante. Eles me guiaram até o terreno baldio onde se erguia a velha tenda, mais remendada, mais descolorida que antes. O estandarte CIRCO BIZZARO tremulava, esfarrapado, na tempestade. Os dois trailers estavam lá, o de Sarah apagado. Uma luz brilhava na janela de Bizzaro, e uma silhueta escura a cobriu por um instante. Hesitei por um bom tempo antes de dar meia-volta. Aquela parte de minha vida havia terminado: o sofrimento, a pobreza, todas as ausências acumuladas em um nó no estômago. Ausência de mãe, de Viola, de futuro, ausências que tentei cumular em todos os bares da cidade. Nunca mais.

O recepcionista me perguntou se estava tudo bem quando me viu emergir de um turbilhão de relâmpagos e vento, encharcado da cabeça aos pés. Tomei um banho quente, me enrolei no roupão de seda fornecido pelo hotel – ele parecia um vestido de noiva com uma longa cauda – e em duas cobertas. Não consegui dormir, é claro. Por volta das três da manhã, quando ouvi baterem à porta, fui abrir imediatamente. Viola, no mesmo roupão, entrou sem dizer nada. Ela apontou para a cama grande.

– Posso?

Eu me deitei em silêncio. Ela se deitou do outro lado e depois se aconchegou em mim. Eu soube que me lembraria daquele momento até meu último suspiro. E vejam só, meus irmãos, eu não estava errado.

Depois de alguns instantes, a voz de Viola se ergueu, quase imperceptível, mas suficientemente alta para se sobrepor ao rugido da tempestade, que subia da janela aberta.

— Você me traiu, não foi?

A pergunta não pedia resposta, nós dois sabíamos. Eu não gostava do verbo *trair*, é claro. Mas a discussão semântica teria que esperar.

— Quando voltamos para Pietra d'Alba? — Viola perguntou.

— Amanhã.

No escuro, senti que ela concordava. Era estranho, eu sentia falta de sua raiva, o que me impelia a me justificar.

— O que você teria feito, sozinha, nos Estados Unidos? Você acha que sua família lhe enviaria dinheiro, gentilmente? Nós dois fingimos, nas últimas vinte e quatro horas. Você sabia tão bem quanto eu que era um parêntese.

— Eu talvez esperasse que...

— Era uma loucura. Há outras soluções. Fiz o que era melhor para você.

— Sim, muitas pessoas fazem o que é melhor para mim, há muito tempo. Quem você avisou? Stefano?

— Francesco. Antes de partirmos. Pedi a ele apenas que nos desse um dia em Florença. Tente dormir, agora. Falaremos sobre isso mais tarde.

Lado a lado, esperamos o amanhecer, fingindo dormir. Por volta das seis horas da manhã, uma onda púrpura varreu o Arno, lavando a água enegrecida da noite. Bateram à porta. Abri para os dois brutamontes que esperavam no corredor, em ternos escuros, para nos levar de volta a Pietra d'Alba. Não voltamos a falar sobre aquilo.

Candido Amantini não se parecia com a imagem que a cultura popular mais tarde associaria ao exorcista. Padre Vincenzo o havia conhecido anos atrás, quando era um jovem padre, e se lembrava de um homem gentil por trás dos grandes óculos, mais do que de um manipulador de relâmpagos e de um destruidor de demônios. No entanto, de acordo com o professor Williams, Amantini foi o primeiro homem chamado pela Congregação do Santo Ofício, antes mesmo dos especialistas científicos. Ele se trancou em oração com a estátua, por quase doze horas seguidas, com dois guardas suíços postados à porta do fundo de reserva onde a *Pietà* estava guardada, tendo como únicos acessórios "uma bíblia do século XVII, uma caixa de velas e outra de giz branco", detalha o relatório. Este último não menciona se os guardas viram ou ouviram alguma coisa. Candido Amantini finalmente saiu e deu seu veredicto uma semana depois. A estátua não estava possuída, o que o deixou ainda mais confuso, pois ele também havia sentido, depois de olhar para ela por horas, uma estranha *presença*, algo além das toneladas de mármore que dançavam diante dele à luz das velas. Mas a presença, ele assegura, não é diabólica, pois esta última se manifesta inevitavelmente, durante o exorcismo, com cheiro de queimado, ferrugem ou ovo, como se um raio tivesse caído perto dali.

Amantini arrisca uma explicação que, para alguns, esclarece o gesto de Laszlo Toth quando ele procurou a *Pietà Vitaliani* para destruí-la, não a encontrou e se voltou para a *Pietà* de Michelangelo: a obra nos aproxima do divino.

Ela está possuída, sim, mas pela presença divina. E, como tal, é perigosa. Deus é grande demais para ser aproximado, razão pela qual ele confiou a São Pedro, apesar de seus erros, a fundação de uma instituição que serviria como intermediária, a Igreja. Se fosse possível se aproximar do divino diretamente, tocá-lo como Adão faz no teto da Capela Sistina, então para que serviria a Igreja? Em sua recomendação à Congregação do Santo Ofício – que substituiu a Inquisição somente em 1908 – Amantini é categórico. A *Pietà*, do ponto de vista artístico, é uma obra maior. Do ponto de vista teológico, no entanto, ela representa uma heresia inexplicável. Amantini admite seu fracasso em entender, mas recomenda que a estátua nunca mais seja mostrada ao público.

Em uma nota de rodapé, o professor Williams destaca um ponto irônico: essa Inquisição tardia, que sob um nome diferente convocou o padre Amantini, intimou Veronese em 1573 por ter ousado pintar, em sua obra *Ceia na casa de Simão*... anões. Personagens necessariamente grotescos, cômicos, que se opunham à natureza divina da cena. Quase quatrocentos anos depois, esta mesma Inquisição criticará um anão por ser divino *demais*.

Então foi a vez dos especialistas, cientistas e historiadores. A estátua foi pesada, medida, analisada por raios X. Estes não revelaram nenhuma presença de microfissuras, sinal da qualidade do mármore. Falou-se de uma possível radioatividade ou da emissão de um certo gás radônio pela estátua, mas os testes refutaram essa possibilidade. Medindo a base, descobriu-se que seu tamanho correspondia ao número de ouro, e que se chegava à proporção divina ao conectar certos pontos da estátua. No entanto, era impossível deduzir qualquer coisa disso, já que a obra não era a primeira a seguir essa regra de harmonia. As teorias mais malucas – incrustações de meteoritos na pedra, radiações ionizantes, amplificação das redes telúricas de Hartmann ou

Curry – foram sugeridas e rejeitadas. Todos os especialistas concordaram com a conclusão do padre Amantini. *Não temos explicação.*

Depois de listar as teorias dos outros, o professor Williams finalmente apresenta a sua. Nem a religião nem a ciência encontrarão, segundo ele, uma resposta. Nenhum especialista realmente olhou para a estátua. Aquele que a olha atentamente, acrescenta o professor, só pode ficar fascinado com o rosto da Virgem, seu modelado, a feminilidade e a sensualidade que emanam dele apesar dos óbvios sinais da idade. Ao contrário da *Pietà* de Michelangelo (anormalmente jovem para ser a mãe de Cristo), a de Vitaliani não é uma garota. Ela viveu. E Williams arrisca a hipótese de que o mistério reside na relação do escultor com sua modelo.

Ele a conhecia, diz Williams, e é da natureza dessa relação que nasce o mistério.

Leonard B. Williams morreu em 1981, depois de dedicar os últimos vinte anos de sua vida ao estudo dessa obra, sem saber que estava certo e completamente errado.

Os Orsini estão no auge de sua glória e não têm consciência disso. Os laranjais produzem como nunca, graças à água do lago. Os demais cítricos também, a família agora exporta grande parte de sua produção.

Em 10 de fevereiro de 1939, Pio XI morre subitamente de um ataque cardíaco no Vaticano. Como ele se preparava, segundo alguns, para fazer um discurso denunciando os métodos fascistas e como seu médico era ninguém menos que o pai da última amante de Mussolini, Clara Petacci, os rumores correm soltos: Mussolini teria mandado envenenar um papa demasiado incômodo.

Em 2 de março de 1939, confusão: a fumaça que sai dos telhados do Vaticano é preta, mas se trata de um problema técnico, ela logo fica branca. Ainda assim, a notícia precisa ser confirmada na Rádio Vaticano.

Habemus papam.

Às 17h30, Eugenio Pacelli se torna papa. O homem ao qual devo minha carreira. Sob o nome Pio XII, ele volta para seu quarto à noite, se vira para a governanta, mostra a batina branca e murmura: "Veja o que fizeram comigo".

Depois da guerra, ninguém queria ouvir falar em morte. Os anos vinte foram os anos da vida, uma vida acelerada, frenética, e mais de uma vez pensei que os filmes daquela época, cheios de cortes e solavancos, capturavam a realidade. Durante os anos trinta, com a curiosidade terna que a distância proporciona, a morte voltou à moda. Qualquer cidade que se prezasse, qualquer vilarejo um pouco ambicioso, *precisava* ter seu monumento aos mortos. Precisei esculpir, apesar de minha relutância, o de Pietra, que tinha a particularidade de ter apenas um nome. Embora as autoridades militares não tivessem considerado mobilizar ninguém naquele vale perdido, ou tivessem preferido evitá-lo para não ofender os Orsini, seu filho Virgilio, no entanto, tivera a infeliz ideia de se voluntariar, atraindo para si o olhar míope do destino. O monumento resultou ainda mais trágico, uma estela cinza e marcial que Jacopo, meu braço direito oficial, acompanhou de um soldado erguendo uma bandeira sob fogo cerrado. Era quase impossível olhar para aquele único nome, perdido no meio de uma lápide vazia, sem pensar: "Que idiota". A homenagem tornou-se insulto. A família Orsini a odiou, o prefeito a odiou, e, como eu também a odiava, não tive nenhum escrúpulo em destruí-la. Voltei a trabalhar freneticamente nas estátuas destinadas ao Palazzo della Civiltà Italiana, que me ocuparam até o final da década.

Desde o episódio de Florença – minha traição, quer eu goste ou não da palavra –, Viola não me dirigia a palavra. Ela nunca comparecia aos jantares para os quais eu era convidado. Se eu a encontrasse no vilarejo, em um dia de missa – eu ainda cuidava da manutenção da igreja e fazia questão de fazê-lo pessoalmente –, ela fingia não me ver. Era fácil, bastava que não baixasse os olhos. Ela olhava em frente, para o vazio que eu teria ocupado se fosse de altura normal, e me ignorava, já que eu não era. Eu teria ficado ofendido se não recebesse regularmente, entregues por Emmanuele em envelopes não selados e de um remetente cuja identidade ele não queria trair (ele enfatizava bem a palavra *trair* ao me olhar), recortes de jornais. O primeiro artigo havia chegado em novembro do ano anterior e mencionava a Noite dos Cristais, o pogrom contra os judeus do

Terceiro Reich. Depois veio o Manifesto da Raça, no qual Mussolini baseava seus decretos. Depois, um artigo sobre o exílio do prêmio Nobel Enrico Fermi, cuja esposa era judia e fora proibida de ensinar. Fermi estava desenvolvendo os fundamentos da fissão nuclear para outro país. A mensagem era clara: Stefano havia mentido para mim. E Viola, que ainda pretendia me reformar, me comunicava que nossa amizade, talvez, não estivesse completamente morta.

Houve, depois do retorno de Florença, uma reunião conturbada entre os irmãos Orsini, Campana e eu. Campana explodiu, ele estava farto daquela *louca*, daquela *tábua estéril*. Francesco me intimou, com um simples olhar, a não me mexer. Ele era secretário de Pio XII e emanava uma aura tal que até eu obedecia. Desde o ano anterior, dois professores de medicina romanos, Cerletti e Bini, vinham desenvolvendo um promissor tratamento com eletrochoques. Viola era a candidata ideal, especialmente porque o médico milanês que a havia atendido, depois de sua fracassada tentativa de fuga, havia diagnosticado uma melancolia. E a melancolia não resistia à eletrocussão. Stefano torceu o nariz quando Campana explicou que o método tinha sido testado com sucesso em porcos e em alguns humanos. Com um movimento de dedo, Francesco encerrou a questão. Falou-se de lítio, ao qual a melancolia também não resistia. Eu não abri a boca e me levantei.

– Não haverá lítio nem eletrochoques. Não haverá nada.

Encarei Campana bem fundo nos olhos.

– E se você quer falar de *loucos*, vamos lá.

Campana saiu batendo a porta. Essa pequena vitória me convenceu de estar sendo injustamente ostracizado por Viola, que me devia um grande reconhecimento. Fazemos o que podemos com nossa consciência.

Naquela época, dediquei a maior parte do meu tempo, quando não estava esculpindo, a reencontrar minha mãe.

Os gestos do passado não funcionavam mais, tive que redescobrir uma postura, uma maneira de estarmos juntos, de termos nossos corpos no mesmo espaço. Costumávamos caminhar lado a lado e raramente nos encarávamos. Ela era minha mãe sem o ser, o tempo havia corroído coisas demais. O pudor continha meus impulsos, a paciência dela o aceitava.

Em 1940, a guerra recomeçou, já que nunca havia cessado. Recebi cada vez mais recortes de jornais, citações de Mussolini copiadas com tinta verde. No final do ano, um jipe Fiat 508 CM Coloniale parou na frente do ateliê, com duas bandeirolas italianas nos para-lamas. Um funcionário de uniforme estrito desceu, seguido por Stefano, que tinha dificuldade em esconder um sorriso radiante. Meu visitante me entregou uma carta, que abri imediatamente. Era uma encomenda de uma escultura monumental intitulada *O homem novo*, destinada à praça central de Predappio, cidade natal do Duce. O pedido, me fizeram entender, vinha oficialmente do Ministério da Cultura Popular, mas havia sido formulado em altos escalões. *Altíssimos*, acrescentou Stefano com um piscar de olhos, para visível desprazer do funcionário. Cem mil liras por ano até a conclusão da escultura, com um mínimo garantido de quatrocentas mil liras. Uma mina de ouro. Apaguei a tinta verde de meus pensamentos e assinei na mesma hora, no capô do Fiat.

À noite, fiz um esboço sobre a mesa da cozinha, entre duas taças de vinho e dois pratos vazios, enquanto Vittorio guardava a louça e minha mãe tricotava a um canto. *O homem novo* teria três metros de altura, cinco com o pedestal. *O homem novo* era um velocista, logo depois do tiro de partida, e estaria sobre um pé só. Um desafio técnico. Um desafio anatômico. Quando mostrei o desenho para minha mãe, ela deu apenas uma olhada, voltou a tricotar e disse:

– Você está muito bem do jeito que é, Mimo.

— Como é?

— Esse seu gigante, aí, com todos esses músculos, esse "homem novo", parece representar o que você gostaria de ser. Estou te dizendo que você está muito bem do jeito que é. Mas o que posso saber, sou apenas sua mãe.

Furioso, saí. Levei um susto depois de alguns passos no cascalho branco à luz da lua. Viola me esperava, vestida com um casaco escuro, não muito diferente da aparição que me assustara anos atrás no cemitério do vilarejo. E era de fato um fantasma que estava ali. O de nossa infância, com o rosto magro, olhos grandes demais avermelhados por uma longa lista de homens dos quais eu fazia parte.

— Stefano me falou de sua última encomenda. Você sabe de quem ela vem.

Era a primeira vez que falava comigo em quase dois anos. De repente, eu existia, para ser repreendido. Eu trabalhava feito louco, pagava dez funcionários, os Orsini se vangloriavam para quem quisesse ouvir de me ter descoberto. E eu não era nem Gesualdo nem Caravaggio. Eu não tinha matado ninguém. Minhas esculturas não faziam mal a uma mosca.

— Não me interesso por política. Já disse mil vezes.

— Não quero que você faça essa escultura.

— Você não *quer*?

— Não.

— Vá para o inferno, Viola.

Ela virou as costas sem dizer mais nada e desapareceu na noite.

Pouco depois, parti para a França, onde não pisava desde minha partida, em um dia fresco de 1916. Fui convidado para uma recepção na embaixada da Itália, na Paris ocupada, onde todos os talentos de nosso belo país desfilavam. O embaixador, que queria manter uma ilusão de amizade com os *francesi*, só por precaução, não havia convidado nenhum alemão. Foi lá que aconteceu meu suposto confronto com Giacometti. Não sei como esse professor americano, que um dia escreveu sobre mim, ou melhor, sobre minha *Pietà*, ficou sabendo, pois ele a mencionou em sua monografia. Uma lenda persistente, já que Giacometti e eu nunca trocamos uma palavra.

 Cheguei cedo à festa. Eu não gostava tanto de eventos sociais como de negócios, e sabia o valor de um encontro nos círculos em que Francesco me ensinara a me mover. Uma pergunta pairava nos lábios da pequena assembleia – Elsa Schiaparelli viria? A estilista da elite parisiense não veio. Mas outros artistas, não menos importantes, fizeram sua aparição. Fui apresentado a Brancusi. Meu colega, que parecia um sublime mendigo, se infiltrara na festa graças à sonoridade italiana de seu nome. Nos conhecíamos de nome, conversamos as banalidades habituais. Desde minha chegada, eu observava de canto de olho um sujeito estranho, de olhar fugidio sob uma cabeleira explosiva, que parecia me evitar. Ele também parecia um vagabundo e andava com muletas. Cada vez que nossos caminhos ameaçavam se cruzar, nos vaivéns sociais que agitavam a assembleia, ele virava rapidamente e desaparecia na multidão.

 Brancusi, que tinha simpatizado comigo, não parava de encher meu copo. Eu o interpelei com o cotovelo.

 – Me diga uma coisa, quem é aquele sujeito? Aquele que manca. Acho que está me evitando.

 – Giacometti? Ele odeia você. Vamos, beba!

 – Ele me odeia? Por quê?

Brancusi estendeu seu copo vazio ao barman.

 – Porque ele o admira, suponho.

 – Que lógica é essa?

 – Há *muita* lógica nisso. Por que odiar alguém que nunca fará sombra sobre você? Admirar alguém é um pouco odiar, e vice-versa. Beethoven odiava Haydn, Schiaparelli odeia

Chanel, Hemingway odeia Faulkner. Logo, Giacometti odeia Vitaliani. E já que estamos nisso, eu também o odeio. Mas nós, romenos, temos um tipo amigável de ódio. Então, o que você vai beber?
— Acho que já bebi o suficiente.
— Está brincando? Você viu sua cara? Quando um homem fica com uma cara dessas, só há duas razões possíveis. A primeira: uma mulher.
— E a segunda?
— Uma mulher.

Terminamos a noite podres de bêbados, mijando contra um carro alemão na Rue de Varenne, prova de que eu fazia, sim, um pouco de política. Brancusi e eu trocamos algumas cartas até sua morte, uns quinze anos depois. Se lhe pedissem para esculpir o oceano, ele teria polido um retângulo de mármore e argumentado que, como não se podia reproduzir em detalhe cada onda, bastava esculpir o que todas tinham em comum. Ele esculpia o que apenas o olho de um louco, de um animal ou de um telescópio poderia ver.

Passei um mês em Paris, vagando, desfrutando da vida, nem sempre da maneira mais sensata. Os alemães criavam um clima tenso, e as pessoas se divertiam de maneira excessiva atrás de portas bem fechadas. Um soldado alemão me parou certa manhã em Montmartre e fiquei assustado, mas ele apenas me perguntou, com os olhos arregalados, se eu era Toulouse-Lautrec. Eu respondi "sim, claro", e assinei um autógrafo para ele.

Voltei a Pietra d'Alba nos primeiros dias de 1941, em uma noite muito fria. Alguma coisa estava errada, percebi imediatamente. O vilarejo deveria estar dormindo, no escuro, algumas fachadas pontilhadas por luzes vacilantes onde uma veneziana não fechava direito. O magnífico silêncio das noites de inverno deveria estar enchendo as ruas.

Mas as venezianas não estavam fechadas. O vento subia as ladeiras, descia as ruelas, uivava como um louco. As pessoas se afastavam na praça para nos deixar passar. De tempos em tempos, chamados ressoavam.

 Corri do carro para o ateliê. Uma única lâmpada brilhava na janela da cozinha, onde minha mãe me esperava sem fazer nada, o olhar perdido na penumbra, enrolada em um xale de lã perto do aquecedor.

 – Algum problema?

 Minha mãe se levantou para pôr o café no fogo. Havia um problema.

 Viola tinha desaparecido.

Campana havia chegado de Milão alguns dias antes com a irmã, sempre acompanhada dos três filhos. Eles tinham vindo passar as férias de Natal na Villa Orsini. Uma viagem improvisada a Gênova havia sido decidida, da qual Viola se recusara a participar. Eu sabia por Stefano que suas relações com o marido estavam tão tensas que eles não se falavam mais. Eles haviam deixado as crianças com ela à noite, e todos os Orsini haviam partido, inclusive o marquês, com sua cadeira de rodas, sua ajudante e suas babas. Apesar de várias quedas, bronquites e outros ataques, o bom marquês agarrava-se à vida.

No início da manhã seguinte, ao voltar para casa, a família encontrou as crianças dormindo na sala – exceto o menor, que chorava –, cercadas por objetos quebrados por elas, e vestígios de comida nos belos sofás verdes. Os empregados, questionados, confessaram ter se aproveitado da situação, presumindo que a srta. Orsini estivesse no comando. Quando retornei, fazia dois dias que ninguém via Viola.

A sala principal tinha sido transformada em quartel-general. Uma mesa colocada no centro estava coberta de mapas. Eu não havia trocado de roupa, saíra diretamente do ateliê. Campana percorria a peça, com as mãos nas costas, um charuto nos lábios. Ele não olhou para mim. Grupos de caçadores, debruçados sobre os mapas, faziam comentários precisos sobre os caminhos que a jovem senhora poderia ter tomado e, de tempos em tempos, deixavam-se levar, com os olhos marejados, por uma anedota nostálgica sobre este ou aquele magnífico animal que haviam encontrado em determinado lugar e matado.

Os irmãos Orsini, ausentes, lideravam as operações a partir de Roma. O porto de Gênova foi alertado, bem como as companhias marítimas. Viola não poderia embarcar em um transatlântico. Ela estava sendo procurada em Gênova, Savona e Milão. Por dois dias, os poços da região foram sondados, mas apenas as lágrimas de São Pedro foram encontradas – a fonte corria mais viva do que nunca. Os cães voltavam de mãos vazias, com a língua de fora. Ninguém os culpava. Eles não tinham sido treinados para isso.

O marquês dormia em sua cadeira, imune à agitação. A marquesa permanecia sentada em um sofá, muito digna, ao lado de uma enorme mancha de molho de tomate. Vestida de preto desde o primeiro ataque do marido, magra e dotada dos longos membros que sua filha havia herdado, ela lembrava uma aranha. Ela também tinha a beleza das espécies tropicais que eu um dia admirara em um livro emprestado por Viola. Nos últimos anos, ela deixava os dois filhos cuidarem da glória da família, mas ela mantinha pessoalmente a teia social que havia tecido ao longo dos anos. Às vezes, ela ia sozinha para Turim ou Milão, e as más línguas sussurravam que essa mulher ainda jovem – de apenas sessenta anos – buscava o tipo de consolo que ali ninguém podia lhe oferecer. Ou não *ousava* lhe oferecer, caso o marquês não estivesse tão senil quanto parecia.

Desafiando a noite e o frio, vários grupos ainda vasculhavam os arredores – Emmanuele e Vittorio estavam entre eles. Eu não podia fazer nada e voltei a pé. Nossa última discussão pesava em meu coração. Chegando em casa, pensei de repente no único lugar onde provavelmente ninguém pensaria em procurar. O cemitério, é claro. Saí correndo até o campo dos mortos. Aos trinta e sete anos, o lugar já não me assustava. Os demônios de *Maciste no inferno* não povoavam mais meus pesadelos. O cemitério me lembrava de Viola, nossa amizade desgastada e várias vezes remendada. Ele me lembrava do cinema do passado, que não creio ser menos expressivo por ser mudo.

A porta do mausoléu dos Orsini estava entreaberta. Me aproximei a passos lentos, empurrei-a suavemente. O interior exalava um cheiro de tempo que passa, de poeira também. Estava vazio. Flores se desintegravam no altar – ninguém pisava ali havia muito tempo. Percorri o cemitério, lentamente, e terminei no túmulo do pequeno flautista, Tommaso Baldi. Diante da lápide desgastada, fui tomado por um pressentimento que me gelou o sangue. E se Viola também tivesse encontrado a entrada dos famosos túneis? E se ela estivesse vagando no escuro havia três dias? Ela não tinha uma flauta.

No dia seguinte, não consegui trabalhar, apesar do falso entusiasmo de minha mãe. Se Viola não quisesse ser encontrada, nunca a encontraríamos. Seus irmãos, assim como eu, deviam saber que, depois do fiasco de Florença, ela não partiria impulsivamente. Que ela não tentaria embarcar em um transatlântico com seu verdadeiro nome. Dessa vez, ela devia ter listado todos os obstáculos que surgiriam em seu caminho, previsto todas as nossas reações, inclusive aquelas que ainda não tínhamos tido. Nós já havíamos perdido.

À noite, o clima na Villa Orsini mudou. À excitação sucedeu-se o cansaço. A esperança de se tornar um herói, de ser notado, diminuía. Os homens emanavam pessimismo, com rostos arranhados e sujos. Campana havia retornado a Milão para um "negócio urgente".

Ao acordar, tive a terrível intuição de que Viola estava morta. Tive certeza que algo dela acabara de partir, naquele momento, um minuto antes, tanta certeza que não fui capaz de me levantar, pois respirava com dificuldade. Finalmente, consegui me arrastar até o bebedouro e mergulhei a cabeça na água da fonte milagrosa. O santo, dizia a lenda, havia chorado lágrimas amargas. Não sei se eram amargas, mas eram glaciais.

Passou-se mais um dia, durante o qual alguns relatos fantasiosos em diferentes pontos da região não conseguiram nos devolver a esperança. Minha mãe me obrigou a jantar, como uma criança, repetindo "mais uma garfada" toda vez que eu abaixava o talher. Naquela noite, nos tornamos um pouco mãe e filho novamente.

Tremendo ao lado do fogo, repassei mentalmente os lugares que frequentávamos juntos. Nada, realmente, além do cemitério. Nada. Nada. Nada.

Nada exceto...

– Aonde vai? – perguntou minha mãe ao me ver levantar abruptamente da cadeira.

Eu já estava correndo. Não peguei uma lanterna, apenas um antigo casaco militar que estava jogado em um móvel, provavelmente abandonado por Emmanuele. Apesar das nuvens – altos-cúmulos –, a lua brilhava o suficiente para me guiar. Cheguei ao Carvalho dos Enforcados, mergulhei na floresta sem me importar com as sentinelas negras e tagarelas que, com arranhões e tropeções, tentavam me deter. Dessa vez, eu era o mais forte. Encontrei a clareira, por milagre ou desígnio superior, atravessei os arbustos do outro lado.

Ela estava lá. Eu a vi antes mesmo de chegar à caverna. Deitada, imóvel. Subi, tropeçando, apavorado, pois ela não se mexia. Quando finalmente cheguei à entrada, Viola virou o rosto para mim. Uma nuvem passou por suas bochechas pálidas e a lua me revelou o que inicialmente parecia uma massa escura: a enorme forma de Bianca, também deitada. Viola estava aninhada junto a ela, vestida como para uma noite dentro de casa, o vestido em estado lastimável.

– Ela morreu esta manhã – ela sussurrou.

Ajoelhei-me perto de Viola, ajudei-a a se levantar e a abracei. A grande cabeça de Bianca estava voltada para nós, de olhos abertos, a língua um pouco para fora. Viola não tinha abandonado as crianças intencionalmente. Ela estava brincando com elas quando ouviu o chamado dilacerante da floresta. Um rugido poderoso capaz de fazer tremer as paredes, que nenhum espectador pôde corroborar depois. À beira da morte, Bianca chamava aquela que era ao mesmo tempo sua mãe, sua irmã, sua amiga. Viola, sem pensar em mais nada, convencida de que os empregados cuidariam das crianças, mergulhou na floresta. Ela havia passado quatro dias com a ursa, levando água para ela, conversando, dormindo a seu lado. Estou convencido de que, se eu não tivesse chegado, ela teria seguido Bianca nessa viagem.

Ela se deitou e me puxou para perto. Cobri-nos com meu casaco e contemplei as estrelas.

– Ela tinha vinte e cinco anos – Viola murmurou. – Uma bela vida de ursa.

– Você precisa voltar. Todo mundo está procurando por você.

– Ninguém pode saber. Vou contar que saí ao ouvir um barulho na floresta, que fiquei com medo do escuro, me perdi e vaguei por alguns dias.

Nenhum de nós dois se moveu. Soltei um suspiro.

– Isso é ridículo.

– O que é ridículo, Mimo?

– Você, eu. Nossa amizade. Um dia nos amamos, no outro nos odiamos... Somos como ímãs. Quanto mais nos aproximamos, mais nos repelimos.

– Não somos ímãs. Somos uma sinfonia. E até mesmo a música precisa de silêncios.

Viola me pediu para enterrar Bianca, o que aceitei fazer naquele momento, mas me arrependi assim que voltei armado com uma pá. A tarefa foi hercúlea. E ainda assim, Hércules tinha a vantagem de não medir um metro e quarenta. Ao amanhecer, voltei cambaleante, com as mãos sangrando, e dormi até à noite. Vittorio me acordou para anunciar a boa notícia: Viola tinha apenas se perdido na floresta e encontrado o caminho de volta. Fingi ficar feliz e voltei a dormir.

Ela passou três dias na cama se recuperando da aventura. Com os braços doloridos, fui incapaz de esculpir pelo resto da semana. No sábado seguinte, Campana voltou de Milão, os irmãos Orsini chegaram de Roma. Fui convidado para um jantar festivo ao qual compareci sem desprazer. Viola e eu tínhamos finalmente voltado a falar, isso era tudo que importava. Só mais tarde percebi que a maioria dos jantares na casa dos Orsini terminava mal, e aquele não foi exceção.

Havia algo no olhar de Campana, eu deveria ter percebido. Eu, o mestre do movimento, deveria ter percebido mais ainda seu avanço de tigre, lateral, com a cabeça baixa enquanto tomávamos uma bebida à espera do jantar. Os tigres muitas vezes atacam pelo lado.

Viola, ainda pálida, me dirigiu um sorriso. Parabenizei Francesco por suas novas funções junto a Pio XII, ex-monsenhor Pacelli. Como de costume, Stefano tomava um copo após o outro. A cunhada de Viola estava lá, cercada pela filharada. Quando criança, eu havia tremido de medo ao entrar furtivamente naquele santuário. Agora eu era um frequentador assíduo, respirava regularmente a poeira dourada que flutuava nos raios de sol e não me maravilhava mais. Com o tilintar do sino, passamos para a sala de jantar.

O jantar foi silencioso, perturbado apenas pelo som das crianças brincando na sala ao lado, até a hora do queijo. A bandeja tinha acabado de passar por todos e retornar ao centro quando Campana bateu na mesa com a palma da mão. Até o marquês levou um susto antes de voltar à sua letargia.

– Isso não pode continuar.

– O que não pode continuar? – Francesco perguntou educadamente.

– Ela! – exclamou o *avvocato*, apontando um dedo trêmulo para Viola. – Se eu tivesse comprado um carro tão malfeito, teria sido reembolsado há muito tempo!

– Minha irmã não é um carro – respondeu Francesco, igualmente afável.

Viola, com a cabeça baixa, não disse nada.

– Primeiro Florença, depois esse desaparecimento na floresta? Ela é louca, eu sempre disse. Sem falar que não pode ter filhos, provavelmente porque pulou do telhado desta casa, coisa que, admito, deveria ter me deixado com a pulga atrás da orelha.

Campana esbravejava sobre seu prato, vermelho de raiva. Ele apontou para sua irmã.

– E os filhos de Eloisa, hein? Poderia ter acontecido alguma coisa com eles! Que tipo de mulher abandona crianças, porcaria! E eu nem falei sobre isso!

Ele tirou do bolso um papel amassado, exibindo-o diante do nariz de Viola, que empalideceu imediatamente. Campana soltou um riso zombeteiro.

– O que é isso, hein? Foi encontrado depois que você desapareceu, quando seu quarto foi revistado em busca de uma carta ou uma mensagem. Madame anda escrevendo poemas, agora?

Ele desdobrou o papel, limpou a garganta. Viola olhou fundo em seus olhos.

– Não leia.

– Eu leio se quiser. Seria bom que sua família soubesse o que você tem na cabeça, não seria?

– Escrevi isso há muito tempo, quando estava no hospital. É do passado. E é pessoal.

– *Sou uma mulher de pé...* – começou Campana, com um vibrato teatral.

Um tique nervoso, de uma violência que eu nunca havia visto, deformou o rosto de Viola.
– Se você ler isso – ela disse lentamente –, eu mato você.
– Ah, porque além disso você também é uma assassina?
Campana contornou a mesa para se afastar de Viola e leu:
– *Sou uma mulher de pé no meio dos incêndios que vocês acenderam / Sou uma mulher de pé, podem me ver?, em suas fogueiras, autos-de-fé, dedos apontados / Sou uma mulher de pé, queriam o quê?, que eu chorasse sob seus gritos, na fumaça / de suas covardias, de suas fogueiras, autos-de-fé, dedos apontados.*
– Chega – murmurou Francesco, com o rosto sombrio.
– Espere, querido cunhado! – gritou Campana. – Não acabou! *Desde que mordi essa maçã, algo me incomoda, que surpresa para vocês / Uma vontade de dançar, de inventar foguetes, de curar vocês / Então vocês vão me queimar de novo, me crucificar / Gato preto e camisola, esquartejada, dirão que eu era louca, um pouco bruxa, ou as duas coisas ao mesmo tempo / Mordi a maçã, morderei de novo, preparem-se / Sou uma mulher de pé, não estou de joelhos.*
A irmã de Campana, virando o rosto, segurava o riso com a mão na boca. Eu estava petrificado, assim como o resto da mesa, embora ninguém o estivesse por razões semelhantes. Viola, que eu havia pensado morta, estava viva, dançando naquele poema da adolescência.
– *Sou uma mulher de pé no meio das guerras que vocês desencadearam / Sou aquela que vocês chamam quando tudo desmorona ao redor / Mas que vocês vão queimar de novo, assim que tudo estiver bem, caso eu perceba que nada vai bem / Vocês vão me consumir, me reduzir a cinzas, me dispersar, ou vão acreditar fazer isso, porque o fogo de vocês não tem calor e não queima nada / Sou uma mulher de pé, valho por mil de vocês.*

Campana engasgou, teve um acesso de tosse e aceitou o copo de água oferecido por sua irmã enquanto nos pedia, com a mão livre, para aguardar a continuação.

— E então, meus amigos, o melhor para o final, a estrofe que não entendi, talvez porque eu não seja poeta o suficiente!

Viola se levantou lentamente, como uma névoa assomando do chão de um cemitério. Com uma voz quase inaudível, ela recitou:

— *A você que não nasceu, que ainda não sabe o que é ser ferida / Cair das nuvens e se levantar / Quando lhe pedirem para desistir, dormir, deitar / Quando quiserem silenciar, amaciar, desarmar você / Sou uma mulher de pé como muitas outras antes de nós / Sou uma mulher de pé, e você também será.*

Silêncio mortal. Campana se voltou para a esposa, ameaçador:

— O que é essa frase? *A você que não nasceu*? Não me diga que você teve um aborto espontâneo? Ou pior, que você...

— Um aborto espontâneo? Eu nem conhecia você quando escrevi essas linhas. Esse poema são as elucubrações de uma garota de dezesseis anos. Suponho que eu estava falando *comigo* mesma, se você quer saber. Aquela que não nasceu sou eu. A garota que não voou. Eu estava falando com ela caso essa garota, em um universo paralelo, pudesse me ouvir.

— Um *universo paralelo*?

Campana quase engasgou de novo, dessa vez limpando a garganta com um copo de vinho.

— Mas você é completamente louca!

— É do interesse de todos que... — começou Francesco.

Viola o interrompeu com um gesto. Um simples movimento com a mão, delicado, capaz de parar um exército em marcha ou uma manada de elefantes. Os dois eram mais parecidos do que pensavam.

– Você sempre foi carente de imaginação, Rinaldo. Nunca passou por sua cabeça que nem tudo é como você vê? Que sim, poderia haver universos paralelos? Ou que este mundo talvez não exista? Que talvez vivamos apenas no sonho de um urso?

Todos olhavam para Viola, boquiabertos, menos eu, que sorria. Campana, com o pescoço inchado, estava vermelho. Viola estendeu a mão e seu marido devolveu, quase por reflexo, o poema. Ela o dobrou, o fez desaparecer em seu vestido, e encarou de novo o *avvocato*.

– Eu avisei.

Não vi o gesto chegar. Em uma fração de segundo, Viola pegou a faca de queijo mais próxima, abandonada à beira de um prato, e a cravou com toda força no marido.

Os dramas distorcem o tempo, prova de que Viola não estava falando bobagem. Nenhum dos convidados reagiu, suas mentes tinham parado no segundo anterior, imersas em uma incredulidade que paralisava suas engrenagens, desacelerava seus movimentos. Então a realidade se acelerou. Campana viu a faca saindo de seu ombro, as costas de seu paletó salpicadas de sangue, misturado ao bom queijo roquefort francês que os Orsini importavam e a um pedaço de algo parecido com pecorino. Ele deu um passo para trás e gritou. Sua irmã o imitou e desmaiou. Na sala ao lado, choros de crianças se fizeram ouvir.

Os Orsini, por outro lado, já tinham visto coisas piores. Stefano beliscava a ponta do nariz. Ele podia ver que a ferida não era fatal, embora as duas pequenas lâminas curvas da faca, profundamente enterradas na carne, devessem doer bastante. Francesco se levantou calmamente, chamou o mordomo e pediu que mandasse buscar o médico. Viola assistia à cena, indiferente, assim como seu pai. Sua mãe tinha desaparecido, com um lenço na boca, assim que o ato foi perpetrado. Era impossível saber se Viola tinha mirado intencionalmente no ombro ou se havia errado o coração.

Duas horas depois, Campana, Stefano, Francesco e eu nos encontramos na sala para uma conversa à qual as mulheres não foram convidadas. O médico tinha dado um sedativo para Viola e a colocado na cama. Eu frequentemente me perguntava como eu acabava no meio desses assuntos de família, como se realmente fosse um Orsini, e se eu não estaria presente simplesmente porque me esqueciam, porque os olhares passavam mecanicamente e distraídos sobre minha cabeça. Campana, com sua camisa ainda manchada de sangue, tinha o ombro enfaixado. Ele girou o conhaque no copo e olhou furiosamente para os dois irmãos.

– Chega, não aguento mais. Isso foi longe demais. Essa louca estéril deveria ir para a prisão. Ou para o manicômio.

Stefano se endireitou um pouco, com os lábios arreganhados, pronto para defender a honra da irmã. Talvez pelas razões erradas, por orgulho, por possessividade, mas ainda assim pronto. Como de costume, seu irmão refreou suas ânsias carnívoras com um simples gesto.

– Ninguém irá para a prisão – murmurou Francesco. – Nunca pensamos que vocês seriam Romeu e Julieta, mas chegou a hora de seus caminhos se separarem.

Campana empalideceu. Não era difícil imaginar que seu cálculo, ao se casar com Viola, tinha sido o seguinte: Francesco, obviamente, nunca teria filhos, pelo menos não oficialmente. Stefano, com seu amor pela noite e pelo vinho, que tinha transformado o rapaz robusto mas atraente de outrora em um funcionário roliço, tampouco rumava para a formação de uma família. Havia, portanto, uma possibilidade, fraca mas real, de que um filho de Campana e Viola herdasse o título. O ventre de Viola frustrara esse plano. Mas a associação com os Orsini ainda era fonte de prestígio e, nesse aspecto, Campana havia ganhado na loteria. Ele se gabava de ter uma linha direta com o papa (verdade, supondo que Francesco quisesse abrir essa linha) e com o Duce (mentira, pois Stefano tremia diante de Mussolini). E apesar dos anos de vacas magras, a fortuna dos Orsini, em termos imobiliários, continuava considerável. Para Campana, uma separação estava fora de cogitação. Ele deixou isso claro ao se levantar da poltrona e apontar furiosamente para todos nós, com a taça ainda na mão.

– Não haverá divórcio, vocês me ouviram? Não com tudo o que investi nesta família. Onde estariam seus cítricos, seus malditos campos, suas preciosas laranjas, sem mim?
– Não haverá divórcio – confirmou Francesco. – Mas uma anulação. Viola ainda sofria as sequelas psicológicas da queda quando aceitou se casar com você. Portanto, não estava em condições de fazê-lo. O casamento é inválido, a anulação será providenciada nas altas esferas. Você não precisará se preocupar com nada. Viola passará alguns meses em uma casa de repouso, para manter as aparências.
Eu não podia pular de minha cadeira como eles faziam quando ficavam indignados. Um detalhe insignificante, mas que me irritou por toda a vida. Eu me contorci, coloquei os pés no chão e me levantei.
– De jeito nenhum! – gritei com um pouco de atraso.
– Pela primeira vez – retomou Campana –, o anão está certo. De jeito nenhum, nada de anulação.
Francesco se levantou também, alisou a batina preta de faixa violeta. Contra sua vontade, o *avvocato* deu um passo para trás.
– Mimo, acabo de ter uma conversa com nossa irmã. Ela concorda. Inclusive me pediu. Conheço uma casa de freiras na Toscana, um lugar encantador. Você mesmo poderá verificar, se quiser. Quanto a você, querido cunhado...
Ele colocou a touca novamente, juntou as mãos em uma estranha atitude de oração.
– Você vai fazer exatamente o que dissermos para fazer.
– É o que vamos ver.
Campana girou nos calcanhares. Francesco limpou a garganta.
– Não vamos nos despedir assim. A raiva não é uma boa conselheira. Você não é obrigado a aceitar a anulação.
– Você está absolutamente certo, abade. E aliás...
– Mas ela vai acontecer – cortou Francesco.

– Desculpe?
– Houve aquele... incidente. Constrangedor. Aquela jovem que você violentou há alguns anos. Me disseram que ela perdeu um olho.

O *avvocato* congelou, lentamente voltou a si.
– Fui inocentado.
– Porque Mimo testemunhou a seu favor. O mesmo Mimo poderia voltar atrás em suas declarações e afirmar que você o forçou a testemunhar, para preservar a reputação da família.
– Ele seria preso por falso testemunho.

Francesco começou a rir.
– Por cerca de dez minutos, sim. Você, no entanto, temo que passe muito mais tempo e perca muitos, *muitos* amigos. E o que Eloisa, sua irmã, pensaria? Sua família? Além do mais, essa evidência flagrante de instabilidade mental nos garante a anulação. Eu estava oferecendo um acordo razoável ao fazer com que Viola seja responsabilizada, mas se você a rejeita...

Eu não tinha a menor vontade de ir para a prisão, nem que fosse por dez minutos. Mas dei de ombros. A mandíbula de Campana se contraiu. O olho arregalado, um pouco vidrado, fixava o jovem bispo como se o visse pela primeira vez.

– Estando a anulação garantida – continuou Francesco, com desprendimento –, você só precisa decidir se quer sair de cabeça erguida ou perder tudo pelo caminho: reputação, negócios, família. Para nós, o resultado é o mesmo.

Campana soltou um riso nervoso. Com passos pesados, dirigiu-se à porta, onde se virou uma última vez.

– Vocês são um bando de canalhas – ele disse.

Stefano, que não havia dito uma palavra, finalmente se levantou.

– Não. Somos os Orsini.

Fiquei ridiculamente feliz de estar naquela sala quando ele disse isso.

***

A anulação foi concedida em tempo recorde, e nunca mais ouvimos falar de Rinaldo Campana. Vi o nome dele nos créditos de vários filmes até o final dos anos cinquenta, depois ouvi dizer que tinha desaparecido uma noite ao voltar para casa. Mais tarde descobriram que ele tinha embarcado para os Estados Unidos, depois de alguns fracassos comerciais o levarem a se endividar com pessoas pouco recomendáveis. Ele teve sucesso onde sua ex-esposa havia fracassado.

Viola havia de fato pedido para ser enviada a uma casa de repouso. Na primavera de 1941, acompanhei-a pessoalmente, com meu motorista, até um convento incrustado nas colinas da Toscana. Duas encostas de trigo jovem formavam um U em cuja base o prédio se alojava, cercado por um parque verdejante. A arquitetura da residência, recém-pintada de rosa, me lembrava, em certos aspectos, o ateliê de Metti – Florença ficava a cerca de sessenta quilômetros de distância. A superiora, uma mulher de grande doçura, na casa dos quarenta anos, nos recebeu em uma sala luminosa, onde jovens freiras com ares de andorinhas nos serviram chá. A instituição acolhia irmãs convalescentes, na maioria das vezes lutando contra "doenças espirituais". Depois, fomos conduzidos aos quartos. O quarto atribuído a Viola, a pedido do monsenhor, seu irmão, ficava voltado para o sul, mas era protegido do sol por um cipreste verde escuro com aroma de violão.

– Vamos cuidar muito bem da srta. Orsini – assegurou-me a madre superiora com seu sorriso gentil. – Ela estará recuperada em pouco tempo.

Deixei Viola se acomodar. De volta ao salão, a madre superiora me entregou documentos para assinar, o que comecei a fazer maquinalmente, até que percebi uma formulação que chamou minha atenção por acaso. A *instituição declina de toda responsabilidade em caso de reação adversa aos cuidados dispensados*. Questionei a madre superiora sobre os cuidados em questão e a adversidade que poderia resultar. Ela me conduziu imediatamente ao porão para me mostrar, sempre sorrindo, um grande espaço revestido de azulejos do chão ao teto, sob as abóbadas da cave. Mangueiras de água sob pressão serpenteavam a nossos pés, em meio a um forte cheiro de umidade.

– Damos duchas geladas em algumas de nossas pensionistas, quando elas se agitam durante a noite. Esse método natural é um tratamento maravilhoso para os comichões da carne, ou os assaltos da dúvida, quando os métodos tradicionais falham.

– E quais são os métodos tradicionais? – perguntei gentilmente.

– Recorremos a algumas soluções medicamentosas, mas antes recomendamos que nossas pensionistas passem algumas noites em oração diante do altar. Uma freira voluntária assiste a orante e a impede de adormecer com uma bengala de bambu. *Aquele que desconfia de todos os sonhos é um homem sábio*, nos disse são João Clímaco. O Demônio se manifesta à noite, aproveitando o sono de nossa razão para nos insuflar comportamentos antinaturais. A insônia é um remédio soberano contra ele.

Pedi à irmã que me esperasse no salão. Subi para encontrar Viola, que estava guardando suas coisas no armário, e anunciei:

– Vamos embora.

Viola não fez perguntas. Com um suspiro, pegou suas coisas e as colocou na mala. Fomos ao encontro da superiora.

– Como devo me referir à senhora? – perguntei. – Minha irmã? Não gostaria de cometer um erro.

– Reverenda madre superiora – ela respondeu, franzindo a testa ao ver a mala.

– Reverenda madre superiora, seu convento não é uma casa de repouso.
– Exatamente. É um lugar de guerra, uma guerra contra as dúvidas que o Maligno nos infunde, e contra as tentações da carne. Mas da vitória vem o descanso.
– Lógica admirável, reverenda madre superiora. É como assistir ao magnífico movimento de um relógio. Um relógio tão complicado que se esquece de dar as horas.
– Eu não entendo...
– Viola não vai ficar.
– Desculpe?
– Viola. Não. Vai. Ficar.
– Ouça... *senhor* – disse a religiosa, enfatizando o título, como se eu mal o merecesse –, não sei quem o senhor é, mas não parece um Orsini.
– Porque os Orsini são grandes?
Ela ignorou minha pergunta.
– Nesse caso, não tenho que receber ordens suas. Monsenhor Orsini me pediu para receber sua irmã e só aceitarei contraordens vindas de sua pessoa.
– Ele não lhe dará contraordens.
– Perfeito, questão resolvida, então.
– Não exatamente. Deixe-me ser claro, reverenda madre superiora. Posso ir embora sem Viola. Mas a senhora precisa saber que um ser tão deformado e feio quanto eu, abandonado pelo Senhor desde o nascimento, frequenta péssimas companhias. Sou o primeiro a lamentá-las, mas, o que fazer, não podemos mudar quem somos. Se eu sair sem Viola, portanto, e olhe bem nos meus olhos quando digo isso, vou voltar em dois dias. Vou queimar este convento até não sobrar nada. Fique tranquila, não acontecerá nada com seu rebanho, nem com a senhora, não sou um bruto, embora possa ser tentado a levá-la para aquele chuveiro que remove a dúvida. Uma coisa é certa: farei questão de que não reste pedra sobre pedra.

Viola me olhou com estupefação, mas isso não era nada comparado à expressão da religiosa. Esta se recompôs rapidamente e, sem dizer uma palavra, nos conduziu até a porta. Francesco, saindo de sua reserva habitual, gritou comigo ao telefone quando recebeu uma queixa oficial da reverenda madre superiora. Sugeri que tomasse um banho gelado e desliguei na cara dele.

Pouco vi de Viola nos dois anos seguintes. Eu tinha meus próprios problemas e, além disso, uma surpreendente transformação ocorreu logo depois de seu retorno do convento. Da noite para o dia, Viola começou a vestir, embora antes mal prestasse atenção à sua aparência, os mais belos vestidos dos maiores costureiros de Paris. Ela insistiu em acompanhar a mãe em suas turnês amigáveis, em ser a anfitriã quando seus pais recebiam visitas. Logo chegaram a meus ouvidos elogios sobre a jovem marquesa, uma *criatura requintada*, uma *mulher que sabia receber*, que tinha *todas as qualidades de sua mãe* e que *teria sido uma maravilhosa esposa*, em todo caso se não estivesse, aos trinta e sete anos, velha demais para isso.

De todas as armaduras que Viola vestiu para escapar de si mesma, esta me pareceu a menos perigosa. Não me preocupei com ela e ignorava a cortesia um tanto afetada de minha amiga quando a encontrava. Quanto mais 1941 avançava, mais se tornava evidente que, por causa da guerra, a Exposição Universal de Roma não aconteceria. Não importava, dizia o regime, brilhamos em todas as frentes pela força de nossas armas. Não importava para eles, mas importava para mim. Pois o Palazzo della Civiltà Italiana, construído para a exposição, que foi cancelada, nunca foi inaugurado. Sua concha magnífica e vazia dominou Roma por muitos anos. O fascismo não havia construído um monumento à sua glória, mas, sem o saber, seu próprio mausoléu. Fiquei com dez estátuas nas mãos – três anos de trabalho, materiais e aprendizes – pelas quais nunca fui pago. Da noite para o dia, eu, que não tinha conhecido preocupações financeiras em quase vinte anos, eu, que tinha até mesmo esquecido que já tinha sido pobre, tive que demitir metade de minha equipe. E redobrar meus esforços no ateliê para atender aos pedidos em andamento enquanto percorria o país em busca de potenciais clientes. Pela primeira vez em minha carreira, tive medo de ter saído de moda. No entanto, minhas obras ainda agradavam. A todos menos a mim, desde que tomei consciência de ser apenas um escultor de dezesseis anos que tinha trinta e sete.

Certa noite em que eu me remexia na cama, agitado por um sono febril, a porta de meu quarto rangeu. Minha mãe colocou a mão em minha testa e sussurrou *shh, shh,* depois cantou uma antiga cantiga da terrinha. Eu não me lembrava, mas devia tê-la ouvido em um passado distante, saboiano, pois uma sensação de bem-estar me invadiu.

– Você não precisa estar sempre correndo – ela sussurrou.

No dia seguinte, ela me recebeu na cozinha como se nada tivesse acontecido. Ainda não tenho certeza se não sonhei aquele momento.

Alguns meses depois, consegui estabilizar a situação financeira do ateliê e recontratar dois aprendizes. Por causa da guerra, eu não tinha mais encomendas civis, com exceção da gigantesca estátua O *homem novo*, para a qual escolhi um bloco de uma pureza surpreendente. Agora, os mais belos mármores eram reservados para mim, para desgosto de meus concorrentes e colegas. Eu era implacável com meus fornecedores. A estátua seria menor do que o planejado, mas ao ver aquela pedra, decidi que seria ela. Um arrepio percorreu meu corpo quando a toquei. Ela *falou* comigo, algo que não acontecia havia muito tempo. Eu tinha certeza de que não continha nenhuma rachadura. Ela se entregava a mim, sem segundas intenções.

Com uma leve desonestidade, não a ataquei de imediato, já que era pago por tempo de trabalho. Aliás, eu não era mais desonesto do que aqueles que não me pagaram pelo Palazzo della Civiltà Italiana. Francesco tinha me perdoado pela insolência e me apresentado a um cliente original, um ex-padre que havia feito fortuna na aviação. O homem queria construir um mausoléu espetacular no cemitério dos cemitérios, o Cimitero Monumentale di Staglieno, a maior necrópole de Gênova. Uma cidade dos mortos cujo esplendor não ficava atrás do dos vivos, tão bela que alguns, segundo a lenda, perdiam o medo de morrer de tanta impaciência de terem sua morada lá. O cliente, no entanto, queria se certificar de que eu era mesmo o escultor, o que me obrigou a me estabelecer temporariamente em Roma, já que ele aparecia com frequência e sem aviso para verificar esse fato. Alguns meses depois, ele se espatifou no Mediterrâneo pilotando um protótipo de sua própria criação, e seu corpo nunca foi encontrado. A sepultura foi entregue à sua família. Eu não sei o que fizeram com ela. Talvez esteja hoje em Staglieno, vazia ou ocupada por outro. Mas, como homem de honra, o aviador tinha me pagado adiantado.

Foi nessa época, pouco antes do Natal de 1942, que fui tomado por uma estranha intuição. Uma opressão, um movimento nos limites de meu campo de visão. Falei com Stefano sobre isso, que riu de mim, e com Francesco, que murmurou *hmm*. Liguei para minha mãe, que estava com a voz fraca, e falei de mim e dessa sensação. Ela perguntou se eu não estava trabalhando demais.

Eu não estava louco e não estava trabalhando demais. Não era todos os dias que acontecia, e não consegui encontrar um padrão que desse lógica ou sentido à coisa. Mas era uma certeza.

Aonde quer que eu fosse em Roma, alguém me seguia.

Mais rápido, cada vez mais rápido.
No início dos anos 1920, eu levava dois dias para chegar a Roma desde Pietra d'Alba. Dez anos depois, um dia. Dez anos depois, metade do tempo. Os foguetes estavam nas esquinas. A barreira do som seria quebrada cinco anos depois. A *barreira do som*. Eu tinha conhecido cavalos e carroças, e de repente estávamos quebrando a barreira do som como se não fosse nada, mal pedindo desculpas por fazê-lo.

A sensação de ser seguido desapareceu assim que voltei a Pietra d'Alba para as festas de Natal. Minha mãe estava de cama devido a uma congestão no peito, que a deixava sem fôlego sempre que ela falava. O médico, preocupado, anunciou depois de examiná-la que ela tinha "uma orquestra no peito, e não uma orquestra de câmara". Vittorio cuidava dela dia e noite, a segunda mãe dele, o segundo filho dela. Depois de seis anos vivendo no ateliê, sem nunca sair, eles tinham se tornado muito próximos. Até mesmo Anna, de tanto vê-la ao levar as crianças, tinha começado a sentir afeto por ela. Anna e Vittorio estavam oficialmente separados desde o ano anterior. Em uma noite de um pouco mais de vinho, Vittorio suspirou: "Eu gostaria de juntar todos os meus defeitos e queimá-los, para voltar a ser quem ela amava".

A véspera de Natal ocorreu na casa dos Orsini, em pequeno grupo, ou seja, eles, eu, duas viúvas mais ou menos ligadas à família, mais surdas que uma porta, e dois primos solteirões, um deles senil. Viola desempenhou seu papel de jovem marquesa à perfeição, indo de um para o outro, rindo de suas piadas ultrapassadas, com as bochechas coradas de prazer, como se estivesse vivendo um sonho. Presentes estavam empilhados perto da lareira, e Viola abraçou carinhosamente a mãe quando ganhou um diamante laranja ladeado por duas esmeraldas, montado como um broche representando a fruta favorita de ambas. Fiquei surpreso quando Stefano, se debruçando sobre a pilha, tirou um envelope com meu nome e o estendeu para mim. Ele continha um cartão gravado com dois feixes dourados: um convite para um evento da Academia Real da Itália, em 23 de março de 1943, em nome de Stefano Orsini. Eu o devolvi com um sorriso.

– Acho que é para você.

Stefano ergueu uma sobrancelha, estudou-o por um momento e deu de ombros.

– Devo ter me enganado, então.

Ele fingiu procurar nos bolsos, finalmente encontrou outro envelope e me entregou, com um olhar brilhante. Meu coração parou. O envelope continha a cópia de um decreto datado de 21 de dezembro de 1942. *Por recomendação pessoal do ministro da Cultura Popular, o escultor Michelangelo Vitaliani, por sua contribuição ao movimento intelectual italiano no campo das artes, é admitido como membro plenipotenciário da Academia Real da Itália.*

Meus olhos se encheram de lágrimas. Como quando chorei, aos treze anos, no portão desse mesmo palácio, todos desviaram discretamente o olhar, permitindo-me recuperar a compostura. Um homem não chorava nesses ambientes, a menos que fosse uma mulher. Minha admissão oficial ocorreria na famosa noite de 23 de março, informou-me Stefano. Um champanhe foi aberto, fizemos um brinde, depois mais alguns. Evitei olhar para Viola, mas ela veio até mim e tocou levemente meu pulso com a mão enluvada.

– Parabéns. Estou muito feliz por você.

Durante o jantar, uma das tias idosas acordou e iniciou uma conversa sobre a posição da Santa Sé em relação à Alemanha. O champanhe já fazia efeito.

– Você – ela disse para Francesco –, por mais que seja bispo, eu troquei suas fraldas e vi seu *cazzino*. Então nos diga o que está acontecendo. Porque eu não apoio o porco do Mussolini, e muito menos o porco do Hitler, mas eu apoio Deus e gostaria de saber o que Ele pensa disso.

Francesco, com sua habitual suavidade, assegurou-lhe que Sua Santidade estava muito preocupada com os horrores da guerra e os condenava com grande firmeza.

– Por que ele não diz isso, então?

– Ele disse, querida tia.

– Sem mencionar culpados em particular.

– Sua Santidade não pode se expressar com toda... liberdade – argumentou Francesco, lançando um olhar irônico para o irmão. – Ele precisa ser cauteloso.

Viola se inclinou e colocou a mão sobre a da tia, como fizera para me parabenizar.

– Vamos, tia, não falemos de política.

– Exatamente – acrescentou Stefano, vermelho de raiva.

O primo que não estava senil se encarregou de distrair a tia, que logo voltou a cochilar à mesa. O jantar terminou em um silêncio um tanto tenso, os convidados se retiraram: Stefano para fumar no parque, Francesco para redigir algumas cartas em seu quarto. Eu fiquei para trás, pois Viola tinha ficado na frente da lareira. Ela tirou do bolso um frasco de comprimidos, do qual retirou duas cápsulas cor-de-rosa e as tomou com um copo d'água.

– Você está doente?

– Oh, Mimo, você ainda está aqui? Não, não estou doente. São apenas fortificantes que o médico me deu, caso eu fique cansada.

– Deve ser cansativo fingir ser uma marquesa perfeita.

Tapei o rosto com as mãos e suspirei. Eu também havia bebido. Viola, sem parecer afetada, me ofereceu seu frasco aberto.

– Quer uma? Você vai ver, ajuda a relaxar.

– Desculpe. Eu não queria dizer isso.

– Não? Tenho a sensação de que é exatamente o que você queria dizer.

– Talvez, mas não desse jeito. Sei que você desaprova algumas de minhas escolhas de carreira. Mas a Academia, você entende... É a consagração.

– Fico muito feliz por você.

– A falsa Viola está muito feliz. A verdadeira, se pudesse, me mataria.

– Não existe Viola verdadeira ou falsa. Apenas eu.

– Sabe o que eu acho? Que você vestiu todos esses disfarces ao longo dos anos para me irritar.

Viola soltou uma risada breve, incrédula, e colocou as mãos nos quadris.

– Bem, Mimo, parece que você leu mal os livros que eu costumava lhe passar. É uma pena, porque teria aprendido que Giordano Bruno morreu por defender, entre outras teses heréticas, a ideia de que a Terra não gira em torno de você.

Um sibilo se seguiu ao comentário. Nós levamos um susto – o marquês estava a um canto da sala e ninguém havia notado. Quase imediatamente, seu olhar se esvaziou novamente. Viola tocou a campainha, uma criada chegou apressada e levou o patriarca para fora da sala.

– Eu mereci o que está acontecendo comigo – continuei quando ficamos a sós, brandindo meu decreto de nomeação. – Eu mereci, e ninguém pode tirar isso de mim.

– Ninguém quer tirar isso de você.

– Você está mentindo, Viola. Você odeia esse regime. Mas ele foi bom para mim.

Dei um passo à frente e usei minha arma fatal. Com um gesto, apontei para o meu corpo.
– Não me critique. Você não sabe como é ser eu...
Viola fez exatamente o mesmo gesto para indicar a si mesma.
– E você não sabe como é ser eu.
Ela se virou para o fogo, com a expressão satisfeita do pescador que, depois de fisgar um peixe pequeno, o devolve ao rio para não perder tempo com ninharias.

Minha mãe se recuperou, para alívio geral, o que me permitiu voltar para Roma. Nevava na Cidade Eterna. O frio era cortante, especialmente em meu apartamento mal aquecido, mas nada podia afetar meu bom humor. Em menos de três meses, eu receberia a mais alta distinção artística do país. A publicidade que a acompanharia me garantiria novos pedidos.

Depois de uma semana, a estranha sensação voltou, do dia para a noite. Eu estava sendo seguido, isso era certo. Usei várias estratégias, entrei repentinamente em uma rua estreita, atravessei um prédio, e a sensação desaparecia por algumas horas ou alguns dias. Fui falar com Stefano, que ocupava um cargo importante no ministério do Interior.

– Quem você pensa que é, Gulliver? – ele perguntou, zombeteiro. – Você se acha importante o suficiente para ser seguido? E por que seguiriam um sujeito que o Duce acabou de premiar? Um fiel apoiador do regime?

Ele prometeu me telefonar, no entanto, e apareceu na mesma noite no ateliê para jurar que eu estava imaginando coisas. Eu não estava sendo seguido, pelo menos não pelos serviços dele. A sensação se atenuou nos dias seguintes. Decidido a capitalizar minha futura admissão como membro da Academia Real, reservei, algumas semanas antes do evento, os jardins do Hôtel de Russie e organizei uma festa em minha homenagem – ninguém melhor para fazê-lo do que eu mesmo. Francesco garantiu a presença de vários cardeais, e sei que Pacelli teria vindo se seus deveres permitissem. Minha princesa sérvia, viúva desde pouco, tinha arranjado um novo amante, "alguém um pouco mais presente", ela disse. Não sei se ela se referia às minhas frequentes visitas a Pietra d'Alba ou à minha crescente distração quando fazíamos amor. Mas ela veio de bom grado emprestar-me sua beleza, acompanhada por um grupo de pretendentes, alguns dos quais dispostos a tudo para agradá-la, inclusive encomendar uma obra de arte da qual não precisavam. Stefano, como de costume, apareceu com seus amigos mais ou menos recomendáveis, mas que, devemos reconhecer, tinham certo senso do festejar. Os grupos permaneciam separados e lembravam, no enorme salão, dois times de futebol, os vermelhos do Vaticano de um lado, os negros do regime do outro. Um *sfumato* de mulheres, cada uma mais bonita que a outra, confundia as fronteiras entre os dois e dava a impressão de ligação, de fluidez, mas os grupos não se misturavam. Champanhe e outras bebidas alcoólicas corriam soltas. Até vi um pouco de cocaína passar pelo grupo dos fascistas.

A princesa Alexandra Kara-Petrović não se privou de flertar comigo abertamente, o que me tornou instantaneamente desejável a várias das mulheres presentes, e provavelmente a alguns homens também. Se um homem como ele pode atrair uma mulher como ela, pensavam, e se além disso a Academia Real em breve o aceitará como membro, é porque ele deve ter algo especial. Eu não estava aproveitando essas atenções tanto quanto gostaria. Desde que era seguido, me mantinha constantemente em alerta.

Luigi Freddi também fez uma aparição, acompanhado de uma jovem atriz. Minha altura às vezes me colocava em situações embaraçosas. Embora Stefano várias vezes tivesse elogiado minha visão única do mundo, eu não necessariamente gostava de falar com o peito de uma mulher, muito menos quando, como a referida atriz, ela se aproximava demais para conversar. Eu recuava, ela avançava, e foi no meio dessa dança estranha, pouco antes da meia-noite, que o porteiro veio me chamar.

– Senhor Vitaliani, a segurança interceptou um indivíduo tentando entrar no hotel. Ele diz que o conhece, mas não tem convite. Suspeitamos que seja um penetra ou um jornalista.

– Como ele é?

O porteiro hesitou, quase imperceptivelmente. Mas eu lia expressões na pedra, então na carne humana...

– Seria melhor o senhor vê-lo pessoalmente.

Subimos ao primeiro andar. O porteiro indicou uma janela do corredor, da qual abriu a cortina. Podíamos ver a entrada. Um homem esperava no frio, lá embaixo, batendo os pés no chão, soprando nos dedos, e então entendi que era ele que vinha me seguindo havia semanas, porque não podia ser outra pessoa. Também entendi por que o porteiro tinha parecido constrangido quando pedi para descrevê-lo. O homem se parecia comigo: era Bizzaro. Um pouco grisalho, um pouco curvado, mas Bizzaro, sem dúvida alguma.

Com o mesmo sorriso de Pedro a um guarda muito curioso, dois mil anos antes, declarei:

– Nunca o vi na vida.

Voltei para casa às três da manhã, muito mais sóbrio do que havia previsto. Insisti em caminhar, seguido por meu motorista. Penitência, sem dúvida, por ter deixado Bizzaro no frio. Eu havia assistido, da janela do primeiro andar, à sua expulsão pelos seguranças. Ele havia cuspido aos pés deles antes de se afastar em meio a uma tempestade de neve, com a cabeça enfiada no colarinho e as mãos nos bolsos. Sua presença não prometia nada de bom. Ele não tinha se apresentado educadamente à minha porta, como alguém normal. Ele tinha me *seguido*. E tentado entrar em uma festa em que eu não o esperava. Bizzaro era capaz de tudo, de abrir o convento de San Marco para um amigo, chamá-lo de anão no segundo seguinte e confrontar um fascista. Talvez ele quisesse me chantagear. Eu era rico, meu rosto aparecia bastante em um jornal ou outro, nas colunas sociais.

É preciso ter visto Roma sob a neve antes de poder dizer que se viveu. O frio acentuava os cheiros. Os da noite – perfumes caros, corpos suados – sucediam aos do dia – metal dos postes de luz, café coado atrás da janela embaçada de um bar. Cheguei em casa congelado e me atirei na cama todo vestido, sem acender nenhuma luz. No canto, o aquecedor ainda crepitava – eu o havia ligado antes de sair. Por que mentir para mim mesmo? Bizzaro me preocupava, mas não era o medo que me levava a ignorá-lo. Eu fazia isso pelas mesmas razões que me dissuadiram de visitá-lo em Florença, quando voltei à cidade com Viola. Bizzaro e Sarah tinham me visto com a cara na sarjeta. Eu simplesmente não queria cruzar o caminho de alguém que tinha conhecido a pior versão de mim mesmo, por medo de descobrir que essa versão era a *verdadeira*. Porque se ela fosse a verdadeira, então o Mimo Vitaliani de hoje, com seu relógio Tank e seus ternos sob medida, não passava de um impostor.

Eu tinha um compromisso, algumas horas depois, com um fornecedor. Inútil tentar dormir, mas me entreguei a um cochilo. Um cheiro de queimado chegou até mim, carregado pelo vento quente das planícies da Anatólia. Distante, onírico, e então mais forte. Eu não estava sonhando. Algo estava queimando no quarto.

– Então, não reconhece mais os velhos amigos?

Dei um pulo, tão brusco que caí da cama. Meus olhos se acostumaram à penumbra e então o vi. Bizzaro estava sentado no chão, a um canto, perto da janela. Ele estava perto do aquecedor, mas fora de seu halo alaranjado. Ele fumava um cachimbo cujo fornilho em brasa refletia em suas pupilas, dando-lhe uma aparência assustadora.

— Diabos, quase tive um ataque cardíaco! Como você entrou?

— Pela porta, como todo mundo. A segurança deixa a desejar.

Me recompus. Tudo não passava de uma brincadeira entre velhos amigos, afinal de contas. Eu era Mimo Vitaliani, e nada podia acontecer comigo. Voltei da cozinha com dois copos de licor de ameixa, empurrei um para ele e me sentei no chão também — de todo modo, não havia poltrona na sala.

— Sinto muito, pelo que aconteceu antes, mas esta noite...

— Tudo bem, Mimo, eu entendo.

— Quanto tempo, hein. Como você está?

Ele começou a rir.

— Você realmente quer fazer isso? Falar dos bons velhos tempos?

— Muito bem. Por que você me seguiu?

— Porque eu queria ver com quem você andava antes de falar com você. Tenho medo de alguns de seus amigos. Dos que se vestem de preto. Eu precisava saber até que ponto vocês estavam envolvidos.

— O que você quer de mim?

— Eu não quero nada *de* você. Preciso da sua ajuda. Ou melhor, minha irmã.

— Você tem uma irmã?

— Sim, eu tenho uma irmã, imbecil, que você conhece muito bem. Sarah.

— Sarah é *sua irmã*?

Eu o encarei, atônito, assombrado pela lembrança culposa e perturbadora dos últimos momentos que passei no circo. Sarah, que tinha me confortado como nenhuma outra.
– Você nunca me disse que ela era sua irmã!
– Eu nunca disse o contrário.
Bizzaro aspirou seu cachimbo. Esperei, mas ele não falou.
– O que aconteceu com Sarah?
Lentamente, ele tirou um pedaço de papel dobrado do bolso e o deslizou em minha direção. Um impresso quase ilegível, enrijecido por marcas de umidade e cola, que claramente tinha sido afixado em algum lugar e arrancado.
– O que é isso?
– Decreto número 443/45626. Em que seus amigos ordenam a detenção de judeus estrangeiros e apátridas. Sarah foi presa. Ela está no campo de Ferramonti di Tarsia há seis meses. Cem barracões construídos em antigos pântanos no meio do nada, no Sul. Ela teve sorte, poderia ser pior.
– Eu não sabia que vocês eram judeus.
– Claro que somos judeus. Você não achava mesmo que meu nome fosse Alfonso Bizzaro? Nasci Isaac Saltiel, perto de Toledo. A questão é saber se isso teria mudado algumas de suas escolhas. Acompanhei sua carreira, meu caro. Tive dificuldade em reconhecer sua foto, quando a vi no *Corriere*. Olhe para você, é verdade que você não é um anão. Você conseguiu.
– Você veio me insultar?
A antiga chama belicosa se acendeu nos olhos de Bizzaro. Mas onde antes teria inflamado um combustível puro, volátil, ela encontrou apenas uma água parada, em profundezas lamacentas, e se extinguiu na mesma hora. Bizzaro se encolheu a seu canto.
– Não – ele murmurou. – Ou melhor, eu gostaria, mas preciso que você liberte Sarah. Você tem os contatos, não

minta. O campo em que ela está é habitável, mas ainda é um campo de detenção. E, acima de tudo, a coisa não vai parar por aí. A repressão vai se intensificar. Eu sei, porque vi.
— Como assim, você viu?
— Eu vi *tudo*. Sou o judeu errante, Mimo. Tenho dois mil anos. Dois mil anos sendo torturado, espancado e morto, dois mil anos de cusparadas, guetos, fugas no meio da noite. Onde quer que eu more, e já vivi no mundo inteiro, em Veneza, Odessa, Valparaíso, eles me encontram. Fui morto mil vezes, mas sempre renasço, e me lembro de tudo.
— Você está completamente louco.
— Talvez, meu amigo, talvez. Então, vai me ajudar?
— E se eu recusar? Você vai me chantagear? Contar para todo mundo que eu dava cambalhotas com dinossauros bêbados? Me dar uma facada?
— Ah, estou velho demais para facas. Se você recusar, irei embora sozinho e desconsolado. Direi apenas que talvez chegue o dia em que sua consciência valerá mais do que o relógio em seu pulso. E que você perceberá, nesse dia, que ela é a única coisa no mundo que seu dinheiro nunca poderá comprar.

Stefano teve que fechar a porta de seu gabinete, de tanto que eu gritava.

– Você mentiu para mim, seu canalha! Você vai tirar essa mulher desse maldito campo!

Ele me ordenou calma, afirmou que não tinha feito nada de errado, e era verdade. Ninguém jamais faz nada de errado, a beleza do mal é justamente que ele não requer nenhum esforço. Basta vê-lo passar.

– É complicado, Gulliver. Se ela está em um campo...

– Meu nome é Mimo.

– Tudo bem, Mimo. Se essa pessoa está em um campo...

– Escute aqui: fiz muito por sua família quando vocês precisaram de mim, entende o que quero dizer?

Stefano apertou os olhos. Seu rosto ficou ainda mais pesado. Em vez de parecer ameaçador, ele parecia com um porco cochilando ao sol.

– Está me chantageando?

– Claro que estou. Você é completamente idiota ou o quê?

Ele levou um susto – eu nunca tinha falado com ele naquele tom. E inspirou profundamente.

– Vou ver o que posso fazer. Desde que essa pessoa não tenha cometido nenhum crime...

– Ela *cometeu* um crime. Ela é judia.

Ele estalou a língua, irritado.

– Você não acha que está exagerando um pouco? Esses campos não são como você pensa. Olhe só isso.

Ele se virou, pegou uma pasta que estava em cima de um móvel e a deslizou sobre a mesa. Uma foto escapou,

de dançarinos em um baile. Todos os casais eram formados por homens.
– Ilha de San Domino, no Mar Adriático. Cerca de cinquenta homossexuais degenerados foram levados para lá em 1938. Bem, adivinhe só, tiveram que fechar a colônia penal, porque eles se divertiam como loucos, os safados. Se vestiam de mulher, praticavam sodomia à vontade... E tudo isso às custas do governo! Então sua amiga judia talvez não esteja tão mal.

Ele começou a rir, mas seu rosto se anuviou ao olhar para o meu. Ele tinha convivido com assassinos o suficiente para reconhecer um.

– Fiz minhas escolhas, Mimo. Não me arrependo de nenhuma. Não tenho nada contra os judeus, acredite em mim. E mesmo esses fornicadores, não estou nem aí. Eles não me fizeram nada. Mas ordens são ordens. A Itália é maior do que nossas pequenas insignificâncias. Você não pode escolher o que gosta e jogar fora o que não gosta.

Com um gesto, ele me indicou a porta.

– Telefono quando a coisa estiver feita.

Em 3 de março de 1942, Sarah desembarcou do trem de Nápoles na estação de Roma-Prenestina. Bizzaro e eu estávamos esperando na plataforma. Fiquei chocado ao vê-la. Ela não foi maltratada em Ferramonti, mas a mulher de sessenta anos que me tinha desvirginado estava com oitenta. Ela continuava bonita de cabelos muito brancos, e tinha perdido peso. Já não era uma vidente de feira, uma mulher de reconforto, mas uma pitonisa, um oráculo de olhar distante, com perfume de mistério e louro. Ela abraçou o irmão e sorriu ao me ver, pegando minhas duas mãos nas suas.

– Mimo, você não mudou.
– Você também não.

Nos encaramos por um bom tempo, em silêncio. Bizzaro limpou a garganta, pegou a mala que trouxera e nos conduziu até outra plataforma. Os últimos passageiros embarcavam em um trem onde ele fez a irmã subir.

– Para onde vocês estão indo?

– É melhor para todos que você não saiba.

O contraste com a estação de trem de Turim, aonde cheguei em 1916, era marcante. Quase metade dos trens eram agora elétricos. Havia menos fumaça, menos barulho. As partidas não tinham a mesma violência. Do vagão, a sacerdotisa me soprou um beijo antes de desaparecer. Bizzaro ficou nos degraus mais um pouco. Pensei que fosse me agradecer, mas ele apenas disse:

– Não critico suas escolhas, Mimo. *If you can't beat them, join them,* como dizem alguns amigos meus. Se não pode vencê-los, junte-se a eles. Você mereceu esse lugar na Academia.

– Obrigado.

Conversamos por mais alguns minutos, até que um apito soou. Com um suspiro pneumático, o trem começou a se mover. Bizzaro continuou nos degraus e eu comecei a caminhar a seu lado, depois a trotar. Aquele trem não era elétrico. Uma nuvem de fumaça preta e oleosa, cheirando a 1916, passou entre nós. O barulho aumentou, o trem rangeu, chiou nos trilhos. Eu estava quase correndo para me manter ao lado de Bizzaro.

– Ah, a propósito! – ele gritou. – Esqueça aquela história de Judeu Errante da outra noite! Eu tinha bebido um pouco para me aquecer!

Sem fôlego e no final da plataforma, observei uma parte de minha juventude desaparecer, puxando atrás de si uma longa serpente de fuligem.

Duas semanas depois, a multidão das grandes noites de festa se aglomerava na Villa Farnesina, sede da Academia Real da Itália. Eu recebia a todos na entrada, ainda pequeno, banal, insignificante. Em uma hora, eu seria um acadêmico. Receberia um salário mensal de três mil liras, um uniforme de deixar Emmanuele verde de inveja, o direito de viajar gratuitamente, de primeira classe, em nossos belos trens italianos, e seria chamado de "Excelência". Eu ainda não tinha quarenta anos, embora já tivesse alguns cabelos brancos.

Os irmãos Orsini compareceram. Viola, não. Vi Luigi Freddi passando, sempre bem acompanhado, várias personalidades que eu não conhecia. No coquetel que precedia a cerimônia, tive a surpresa de encontrar Neri entre os convidados. Vestido impecavelmente, mandíbula quadrada e sorriso cativante, tinha envelhecido bem. Ele me parabenizou calorosamente, o passado não existia mais. Neri prosperava e estava ali para se mostrar, na esperança de um dia ser convidado a ingressar em nossa ilustre instituição. Quando ele começou a se afastar, eu o segurei pelo braço.

– Ainda temos aquela pequena questão do dinheiro que você me deve.

– Eu devo dinheiro a você?

– Certamente. Florença, 1921. Você mandou seus capangas me espancarem e me roubarem. Note que as coisas não terminaram tão mal para mim, mas esse não é o ponto. Eu tinha cento e cinquenta e sete liras naquele envelope. Ajustando pela inflação, duas mil.

Estendi a mão. Neri me encarou, incrédulo, percebeu que eu não estava brincando. Olhares curiosos se voltaram para nós e ele me puxou pelo braço com um sorriso forçado.
– Vamos, Mimo, isso é ridículo, éramos crianças.
– Duas mil liras.
Ele cerrou os dentes, respirou fundo – a velha raiva não estava longe.
– Não tenho essa quantia comigo. Mil, no máximo.
– Seu relógio é muito bonito.
– Você está louco? É um Panerai. Vale três vezes o que você está pedindo.
– Sejamos claros, Neri. Ou você me paga agora, ou eu, como acadêmico, garanto que você nunca se tornará um.
Neri empalideceu. Ele soltou uma risadinha estridente e finalmente tirou o relógio.
– Estamos quites?
– Não totalmente.
Coloquei o relógio no chão com cuidado e o esmaguei com vários golpes de calcanhar.
– Agora sim, estamos quites.
Será preciso acrescentar, na balança das almas, que não sou um bom perdedor.

O jantar foi servido. Pela primeira vez em muito tempo, fiquei nervoso. Os acadêmicos uniformizados impressionavam. Sem mencionar os da Cultura, em trajes formais, alguns carabineiros, provavelmente presentes para garantir nossa segurança naquele antro de intrigas sociais. Uma figura alta se destacava na multidão de convidados, sentada a algumas mesas de mim, ao lado de Luigi Freddi. O homem ocupava o espaço de dois. Durante uma troca de pratos, me aproximei para bater em seu ombro, incrédulo. Era a melhor noite da minha vida.

– Com licença, o senhor não é Maciste? Quero dizer, Bartolomeo Pagano?

O gigante se virou e sorriu para mim. Era um gigante cansado de ter levantado muitos vilões para atirá-los pela janela, de ter mandado demônios demais para o inferno. Ele se levantou. Por um instante, não houve visão mais cômica em toda a Itália do que a diferença de altura entre o ator e o escultor mais famosos do país. Pagano estendeu a mão, curvando levemente as costas. Vi que o esforço lhe custava.

Trocamos algumas amenidades e eu me retirei. No banheiro de mármore, repeti meu discurso na frente do espelho, quase tremendo. No final do corredor, aplausos começaram, cadeiras rangeram. Era minha vez. O presidente da Academia saudou as personalidades presentes, fez algumas piadas, por fim anunciou o motivo do encontro, eu, minha extração do lodo em que nasci. Atravessei timidamente a multidão, aceitando abraços, tapinhas nas costas e apertos de mão, ficando vermelho, e subi ao palco. Não sei se a Villa Farnesina foi escolhida para intimidar, mas era o efeito que causava. A recepção ocorria no primeiro andar, na Sala das Perspectivas. Os afrescos de Peruzzi, em *trompe-l'oeil*, davam a impressão de que duas *loggias*, dos lados, se abriam para Roma. O efeito era espantoso, vertiginoso, especialmente porque não havia nenhuma vista naquele lugar, muito menos das *loggias*, apenas duas paredes sólidas. Minha cabeça girava um pouco, talvez por ter repetido demais meu discurso, que eu havia decorado. *Obrigado, queridos amigos, obrigado. Vocês imaginam o que essa recompensa significa...* O presidente me entregou uma caixa quadrada, de veludo azul-escuro, onde havia uma medalha de ouro. Eu não ouvi o que ele disse e me vi diante de uma plateia atenta, silenciosa. As mesmas pessoas que não teriam me dado uma lira vinte anos atrás.

– Obrigado, queridos amigos, obrigado. Vocês imaginam o que essa recompensa significa para um garoto como eu, que nasceu longe desses tetos decorados e desses dourados. A escultura é uma arte violenta, física, razão pela qual nunca acreditei que um dia estaria diante de vocês, pois como vocês podem ver, não tenho exatamente o físico de meu ídolo de juventude, o sr. Bartolomeo Pagano, que nos honra com sua presença esta noite.

Aplausos. Pagano se levantou ligeiramente, acenou com a mão e me agradeceu com a cabeça.

– Não vou aborrecê-los com discursos longos. Eu gostaria de agradecer a todos que me acompanharam nesta busca, que tem a particularidade, em comum com as artes aqui celebradas, de que quando pensamos ter encontrado a coisa que buscamos, percebemos que não é o caso, ela está sempre na frente, fugindo. Quando damos um passo em sua direção, ela também dá um, que torcemos para que seja apenas um pouco mais curto que o nosso, para alimentar nossa esperança de alcançá-la um dia. Uma obra é sempre o rascunho da próxima. Eu gostaria de agradecer em primeiro lugar a meu pai, que me ensinou tudo o que sei, e aos Orsini, meus mecenas. E é justamente com uma mensagem dos Orsini, e de mim mesmo, é claro, que concluirei, com as palavras de um amigo. *"Ikh darf ayer medalye af kapores... in ayer tatns tatn arayn!"* Desculpem a pronúncia, é iídiche. Literalmente: "Esta medalha, coloquem-na no pai de seu pai". Ou, em italiano mais moderno, mas menos poético: "Vocês podem pegar essa medalha e enfiá-la no cu".

Um silêncio consternado se abateu sobre a assembleia. Acho que a Terra desviou um pouco de seu eixo devido à violência do choque. Então, uma explosão indescritível de protestos e vaias irrompeu. Maciste, tranquilo, me olhava surpreso, de braços cruzados.

– Mimo Vitaliani e os Orsini enviam saudações calorosas, queridos amigos! – gritei para cobrir o tumulto. – Nunca mais trabalharemos para esse regime de assassinos!

Fui detido antes de chegar à porta. Pelo canto do olho, vi dois homens agarrarem um atônito Stefano e o levarem para fora. Ninguém me bateu, mas depois disso tudo ficou escuro, provavelmente porque, pela primeira vez em muito tempo, eu havia brilhado um segundo antes.

A ideia foi de Viola. Quando liguei para pedir desculpas, admitir que ela estava certa todos esses anos e anunciar que recusaria a nomeação para a Academia, ela interrompeu minha flagelação telefônica.
– Você quer se redimir, Mimo? Então precisa agir.
De todos os grandes golpes políticos e militares da história, e incluo nisso as batalhas de Termópilas, Trafalgar, Austerlitz ou Waterloo – dependendo do ponto de vista –, e o apelo de 18 de junho de 1940 do general De Gaulle, o de Viola talvez tenha sido o mais genial, mesmo que apenas por não vir de um militar ou de um líder carismático, mas de uma mulher com pernas mal curadas. Viola, que agora devorava sem se esconder todos os jornais que caíam em suas mãos, me explicara que, diante dos revezes que nos impuseram na África, os Aliados em breve desembarcariam na Itália. Não seria bom, naquele momento, ser fascista. Ela tentara explicar isso a Stefano, em vão.
– Ele vive na estupidez desde pequeno – ela resmungou. – E com a idade, se tornou mais ácido. Antes, ele era um pepino. Agora, é um picles.
Eu acredito, acima de tudo, e Viola não podia deixar de ver isso, que o picles havia passado a vida tentando preencher o vazio deixado pela morte do irmão mais velho, em quem todas as esperanças descansavam antes. A conclusão, de qualquer forma, era a mesma: era preciso forçar Stefano.
Viola pediu que eu falasse em nome dos Orsini. Stefano, com certeza, seria preso, eu também. Francesco, por outro lado, era intocável. O mais velho não ficaria muito tempo na prisão – Francesco era influente.

– No seu caso, Mimo, será diferente. O regime se serviu de você. Você comeu à mesa dele. Ele não o deixará sair tão facilmente. Não posso forçá-lo a fazer isso.

Os militares são crianças grandes, apenas mais mortais. Em fevereiro de 1943, a Operação Husky, a preparação para a invasão da Sicília, havia começado. Em junho, a Operação Ladbroke, a invasão em si, foi lançada. Era como se eles inventassem um nome de operação até para ir ao banheiro. Mas tudo, absolutamente tudo o que Viola previra, aconteceu, e os Orsini deveram a ela sua sobrevivência. Em setembro de 1943, Operação Baytown. Todo o sul da Itália foi ocupado, Mussolini foi deposto, preso e depois libertado pelos alemães, que invadiram o país do norte até Roma.

O país foi dividido em três, e se esses detalhes estão gravados em minha memória, é porque na prisão não tínhamos muito mais o que fazer a não ser remoê-los. Uma parte do sul libertada foi diretamente colocada sob administração dos Aliados, outra foi entregue a um novo governo sediado em Brindisi, sob supervisão aliada, mais uma vez com o objetivo de preparar o pós-guerra. O Norte caiu sob o domínio da República de Salò, a bem-nomeada, a última ideia de Mussolini, apoiada pelos alemães. Todos então se concederam um merecido descanso.

Na noite de minha façanha, Stefano e eu fomos presos em Regina Coeli, o maior centro de detenção de Roma, um antigo convento. A Rainha do Céu, lindo nome para uma prisão. Os Orsini foram colocados em prisão domiciliar pelos alemães. Francesco permaneceu em Roma e manteve a discrição, mas colocando seus longos dedos nas engrenagens do futuro para girá-las a seu favor. Assim que Stefano foi preso, os Gambale reapareceram, como larvas que dormem sob uma pedra e emergem nos primeiros dias da primavera. Em uma noite, o aqueduto foi destruído. Alguns disseram, ao ver as imensas poças que se formaram nos campos e se avermelharam ao nascer do sol, que as laranjeiras sangravam. Depois, a terra absorveu a água, a grama cresceu sobre as ruínas do aqueduto, a hera se espalhou sobre a bomba, e as coisas ficaram assim. Os Gambale não podiam arriscar mais, especialmente porque, como previsto por Viola, Stefano foi libertado apenas três meses depois. Ele voltou para Pietra d'Alba, com a recém-adquirida reputação de antifascista ferrenho.

– No começo, a ideia parecia boa – ele contava a quem quisesse ouvir. – Mas então, todas essas atrocidades... Em minha alma e consciência, eu não podia ficar calado. Os Orsini não podiam ficar calados.

Fizeram de mim um exemplo, por ter ousado morder a mão que me alimentara. Voltei a ser o *Francese*, um agente estrangeiro a serviço daqueles que sempre quiseram destruir a nação italiana. Minhas esculturas, ou todas aquelas em que o governo conseguiu pôr as mãos, foram destruídas ou desmontadas e vendidas clandestinamente, não sei para onde. O Palazzo delle Poste, em Palermo já não tem meus feixes – restam apenas fotos. Meus dois ateliês em Roma e em Pietra d'Alba foram esvaziados e saqueados. Vittorio, Emmanuele e minha mãe assistiram a um bando de brutamontes devastar o ambiente, mijar nas paredes e jogar tinta nelas. Antes de meu discurso na Academia, eu tinha tomado o cuidado de pagar seis meses de salário a cada um de meus funcionários e de guardar em lugar seguro o bloco de mármore superior que havia escolhido para *O homem novo*, já que não haveria um homem novo. Também confiei uma quantia a Vittorio, toda em espécie. Ela me permitiria viver modestamente por alguns anos depois que fosse solto. Para além dessa quantia, uma semana depois de ser preso eu já não tinha mais nada. Vinte anos de carreira destruídos, algo que poderia me fazer questionar minha decisão, o que nunca fiz. Eu tinha escolhido meu caminho havia muito tempo, e nesse caminho não se voltava atrás. Se ele passasse por uma floresta em chamas, eu teria que atravessá-la.

Cumpri uma pena de prisão desproporcional a meu crime, que não passou de um discurso, mas tive a sorte de não ser maltratado em Regina Coeli. Eu era protegido à distância por Francesco, que já planejava seus próximos passos. Quando os alemães, em represália a um atentado, vieram buscar mais de duzentos de nós para serem massacrados nas Fossas Ardeatinas, não fiz parte do grupo selecionado por Pietro Caruso, chefe da polícia. Caruso não tinha motivo para me poupar, pelo contrário. Mas mais tarde entendi que alguém, em algum lugar, tinha um "dossiê" sobre ele, e que ele soube ser complacente para evitar sua publicação.

Da cela, entre minhas quatro paredes, eu pensava bastante em Bizzaro. Eu pairava como uma águia por estradas distantes. Que país ele estaria percorrendo, em busca de um lugar onde não o encontrariam, mas onde o encontrariam de qualquer maneira? Ele estava certo. Depois da invasão alemã, os campos se tornaram mais cruéis. A Risiera di San Sabba, ou Stalag 339, em Trieste, não tinha nada a invejar aos piores campos da Polônia. Exterminava-se com gás de escapamento de ônibus. Eu tinha trabalhado para aquela gente. Eu tinha deixado o mal acontecer. E se fui melhor do que todos aqueles que mais tarde choramingaram e contra-argumentaram não ter feito nada, foi justamente porque não choraminguei e não contra-argumentei.

Durante os três anos que passei lá, recebi várias visitas de Pankratius Pfeiffer. Ele era um padre alemão, um salvatoriano apelidado de "Anjo de Roma". Pfeiffer tinha uma coroa de cabelos brancos despenteados e os mesmos óculos redondos de Pacelli e Francesco – como se todos os comprassem no mesmo lugar. Ele se contentava em conversar comigo, mas sua voz me aquecia por uma semana. Toda vez, ele partia levando um pouco mais de minha culpa, até o dia em que, ao acordar, constatei que ela não existia mais. Restava um resíduo, um pouco de depósito no fundo de um copo, mas ela já não faria meus sonhos turbilhonarem sob céus vermelho-sangue. Pankratius negociou a libertação de vários prisioneiros e salvou muitos judeus naqueles anos. Mais tarde, Pio XII foi acusado de não ter defendido os judeus o suficiente, mantendo-se apegado demais à neutralidade do Vaticano, mas eu vivi no meio daqueles dramas, perto da Santa Sé, e afirmo que Pacelli trabalhou ativamente, nos bastidores, para salvar o maior número possível de vítimas. Poucos papas teriam oferecido seu próprio quarto em Castel Gandolfo a refugiados judeus. Mas, justamente, Pacelli nunca falou sobre isso.

Viola não me visitou, nem uma vez sequer. Sou-lhe agradecido por isso. Eu finalmente entendia por que ela me mantivera afastado quando esteve no hospital. E não direi mais nada sobre esses anos, porque todas as prisões se assemelham. Seus prisioneiros também, culpados de um mesmo crime: terem acreditado em um mundo que não existia e terem ficado com raiva ao se darem conta disso.

A *Pietà Vitaliani* foi transportada para a Sacra em data desconhecida, nos últimos seis meses de 1951. A Sacra foi escolhida por seu isolamento, seu número insignificante de visitantes à época – as coisas mudaram bastante desde então, pensa Padre Vincenzo. Ela foi embalada em três caixas, uma estrutura externa de metal e dois envoltórios de madeira. Apesar do escândalo, talvez até por causa dele, a obra era de grande valor, uma das raras estátuas de Mimo Vitaliani que sobreviveram à capacidade quase sobrenatural de seu autor de atrair problemas.

O perigo no transporte de obras de mármore vinha de microfissuras ocultas, que poderiam quebrar a estátua em caso de impacto. Na época, as obras de arte viajavam pouco. E quando o faziam, os danos não eram raros. Um estudo foi encomendado para avaliar a melhor maneira de proteger a *Pietà*, e uma empresa americana, Koopers, forneceu o protótipo de um material chamado "poliestireno expandido". O mesmo estudo seria reutilizado para o transporte da outra *Pietà*, a de Michelangelo Buonarroti, quando enviada para a Exposição Universal de Nova York, em 1964.

A porta de um subterrâneo se fechou sobre a obra de Vitaliani em um dia de 1951, e sua história termina aí. O que vem depois se resume a uma série de medidas de segurança cada vez mais estritas em razão de rumores que circulam sobre sua presença. Depois do incidente Laszlo Toth, um moderno sistema de alarme foi instalado.

Padre Vincenzo arruma os últimos documentos, os coloca de volta no armário blindado e o fecha. Engrenagens giram em silêncio, acionam cilindros e trincos. O velho armário volta a parecer um velho armário. Vincenzo coloca a chave de volta no pescoço e estremece levemente ao se virar para a janela. Ele não percebeu a noite cair. Seu gabinete está gelado. Sempre que ele solicita um sistema de aquecimento adequado, opõem-lhe a falta de recursos. A fé aquece, mas há limites.

Vincenzo apaga a luz, desce a Escadaria dos Mortos. Atrás daquelas paredes, não deveria haver nenhum som, mas sempre se ouvem rangidos, estalos, sibilos. Talvez sejam os mortos roncando. Vincenzo continua descendo, se move sem esforço por um labirinto de corredores, evita por reflexo um arco mais baixo, curvando a cabeça, sobe e entra na cela da agonia.

Quatro irmãos ainda velam por Mimo Vitaliani. O médico continua ali, acena para ele e levanta uma pálpebra do escultor, sob sua cabeleira branca. O médico direciona uma lanterna para a pupila – ela não se move.

– Não vai demorar.

– O senhor me disse a mesma coisa esta manhã.

Vincenzo respondeu um pouco mais secamente do que necessário – ele se desculpa com um gesto. É que ao ver a pele esticada sobre os ossos do rosto, os lábios um pouco arreganhados, a respiração entrecortada que os queima e racha, ele gostaria que acabasse. Mimo Vitaliani, no fundo, talvez seja o que ele teve de mais parecido com um amigo.

Ele se volta para os monges, faz com que entendam que ele vai substituí-los. Eles protestam: "*Padre*, pode durar a noite toda, do jeito que ele está resistindo", mas ele os dispensa com um sorriso. Mimo Vitaliani partirá quando partir. Quem sabe o que se passa dentro daquela cabeça um pouco larga demais. Se é que algo se passa.

Padre Vincenzo se senta ao lado da cama, pega a mão quente do escultor e espera.

Fui oficialmente libertado no final de abril de 1945. Mussolini tinha acabado de ser preso, executado e pendurado pelos pés em um posto de gasolina de Milão, o mesmo posto onde, um ano antes, os corpos de quinze *partigiani* fuzilados pelos fascistas tinham sido expostos ao público. Saí um mês depois, na verdade, o tempo necessário para obter todos os documentos em um país de pernas para o ar. Francesco me esperava na frente da prisão em uma limusine preta. Sua batina estava ornada de botões vermelhos, um anel de ouro com uma safira ornava sua mão direita. Entre dois bombardeios, ele se tornara cardeal. Ele me hospedou por um tempo em um apartamento funcional do Vaticano, uma quitinete que se abria para o telhado de uma capela menor e que, ao meio-dia, se transformava em fornalha devido aos reflexos do sol no zinco. Depois de minha cela na prisão, ele parecia imenso. Eu tinha perdido quinze quilos. As más línguas disseram que a prisão ao menos serviria para isso.

Apesar do fim da guerra, as tensões continuavam vivas no país. A depuração antifascista estava a pleno vapor, perseguições e execuções aconteciam com facilidade. Os antifascistas moderados, por sua vez, temiam que a guerra civil sem nome se transformasse em revolução comunista. Para evitá-la, decidiu-se devolver ao povo sua voz. Não havia eleições livres desde 1921, então novas foram marcadas para 2 de junho de 1946. Uma assembleia finalmente tomaria as rédeas do país. Durante a mesma votação, os italianos seriam chamados a escolher entre um regime monárquico ou uma república. Eu observava a agitação com indiferença, ofuscado por meu sol de zinco. Agora que a ditadura havia caído, eu podia me permitir não fazer política, de verdade. Assim acreditei, em todo caso. Levei uma vida reclusa por muitos meses. Tudo me parecia grande demais, barulhento demais. Velhos amigos me obrigaram a sair, pouco a pouco. "Se é para viver assim, poderia ter ficado na prisão", disse minha princesa sérvia, que se reinventara e se tornara fotógrafa de guerra. Havia algo pior do que perder a liberdade: perder o gosto por ela. Ela me arrastou à força para as festas que contavam. E embora eu não me divertisse mais, o gosto voltou, um perfume de alvorecer, quando o sol nasce e a cidade ainda dorme. Também pude constatar que minha estrela, que eu acreditava apagada, brilhava mais do que nunca. Eu personificava o antifascismo. Minha opinião era solicitada. Acima de tudo, vagas em minha agenda de encomendas eram solicitadas. Eu mentia, dizia que estava lotada. Eu tinha perdido a vontade de esculpir.

Quando recuperei suficientemente as forças, voltei para Pietra d'Alba, decidido a nunca mais sair de minha aldeia. Cheguei em março de 1946, com a mesma cintura de trinta anos antes, mas de cabelos grisalhos. Como em cada uma de minhas voltas, Vittorio me recebeu no pátio de cascalho na frente de casa. Ele estava bem para seus quarenta e cinco anos e não recuperara o peso perdido com a partida de Anna. Em contrapartida, estava quase completamente careca, o que não lhe caía tão mal. Minha mãe continuava forte aos setenta e três anos, embora parecesse se cansar rapidamente. Conversamos pouco.

Meu ateliê havia sido completamente reformado por meu amigo. Não havia mais nenhum vestígio dos ultrajes que havia sofrido. Os vidros tinham sido trocados, um novo reboco cobria as paredes e as inscrições "Bolchevique" e "Amigo dos Judeus".

A estrada tinha me deixado exausto. Eu precisava ver os Orsini, cumprimentar Emmanuele, a mãe dos gêmeos, dom Anselmo – tudo isso podia esperar. Eu só queria minha cama. Mas a notícia de minha volta devia ter me precedido, ou se espalhado como rastilho de pólvora. Porque naquela noite, enquanto eu me inclinava pela janela para fechar as persianas com meus braços curtos demais, vi uma luz vermelha brilhando na Villa Orsini. Uma luz calorosa, acolhedora, que eu não via havia vinte anos e que eu havia ignorado da última vez que ela se acendera.

Na prisão, eu tinha aprendido a falar sozinho, e murmurei:
– Estou indo.

O tronco continha uma única linha rabiscada em um papel rasgado. *Estou esperando você.*

Subi o caminho do cemitério, com passos um pouco menos ágeis do que antes. Por mais que eu tivesse dado voltas em minha cela, lutado da melhor forma possível contra a imobilidade e seguido todos os conselhos de meus companheiros de prisão, eu levaria longos meses para recuperar minha agilidade, ou o que me restava dela aos quarenta e dois anos.

Como de costume – lembro-me de ter pensado nessa palavra, *costume*, para uma jornada que não fazia havia uma eternidade – cheguei primeiro. A noite estava agradável, a primavera se aproximava. Era uma noite de alegrias secretas e brincadeiras, de luz que se apaga tarde. Cinco minutos depois de mim, ela apareceu. Não consigo descrever a emoção que me invadiu. A mulher que saiu da floresta não era a garota cujos sonhos de pássaro foram partidos aos pés de um pinheiro. Não era a boa esposa do *avvocato* Campana. Tampouco era a perfeita pequena marquesa Orsini.

Era *ela*. Viola.

Eu vi – pela forma como ela caminhava, pelo sorriso discreto que indicava que ela sabia mais do que eu, pelos dedos brincalhões que se moviam o tempo todo, esperando a oportunidade de apontar, acusadores, para alguém, ou alegres, para o futuro. Ela caminhou até mim e pousou uma mão enluvada em minha bochecha. Fiquei olhando para ela por um longo tempo. Alguns fios brancos, entrelaçados a seus cabelos escuros. Pequenas rugas no canto dos olhos, que eu não tinha visto antes. As maçãs do rosto estavam mais proeminentes, o queixo havia afinado. Contivemos as primeiras palavras, sem saber se seriam banais ou grandiosas, pelo prazer de saboreá-las o mais tarde possível. Sua mão deslizou por meu braço até encontrar a minha, e ela me conduziu ao cemitério. Eu sabia para onde estávamos indo. Sem uma palavra, deitamos na sepultura de Tommaso Baldi, e juro que ouvi o pequeno flautista suspirar de alívio.

– Conheci Bartolomeo Pagano – eu disse.
– Como ele é?
– Grande.

A Via Láctea corria preguiçosamente sobre nossas cabeças. Tudo parece menor quando crescemos, menos os cemitérios. A parte oeste, antes vazia, agora estava cheia de novos túmulos. Os ciprestes tinham crescido e evocavam, em nosso mundo invertido, imensas cenouras verdes plantadas em um campo de estrelas.

– Continuo tendo dificuldade com o tempo – murmurou Viola.
– O que o tempo fez a você? Continua encantadora.

Viola não pensou em me agradecer. Ela não era indiferente à lisonja, mas não se preocupava em ser bonita. No entanto, ela era bonita ou, mais exatamente, dava a impressão de ser. Era o velho truque da transformação em ursa – atrair o olhar para onde o ilusionista quer. Eu tinha olhado tanto para a fera que não percebi que ela não estava usando o mesmo vestido. Quem olhasse para Viola só via seus olhos e esquecia o rosto um pouco comprido demais, herdado de seu pai, os lábios um pouco finos demais, e pensava: *Como é bonita!*

– Ontem – continuou ela, depois de um silêncio –, beijei meu irmão Virgilio, um belo homem de uniforme que partia para a guerra. Ele cheirava a âmbar e sabão. Agora à noite, meu irmão é um esqueleto em um uniforme que cheira a pó. Ontem foi há vinte e cinco anos. O tempo não passa na mesma velocidade em todos os lugares. Einstein tem razão.
– Você deveria dizer isso a ele, ele ficaria feliz.
– Você acha? – perguntou Viola, muito séria.

Não pude deixar de rir, e ela me fez uma cara feia por um minuto. Por fim, ela se endireitou, limpando o vestido coberto de galhos e pétalas secas.
– E se você viesse jantar em casa amanhã?
– Ah, não – resmunguei. – O que vai acontecer, agora?
– Não vai acontecer nada, Mimo. É apenas um jantar.
– Nunca é *apenas* um jantar, com vocês.
– Não seja ridículo. Você me acompanha até o vilarejo? As estradas não estão muito seguras no momento.

No caminho, Viola me atualizou sobre os últimos acontecimentos. Ela não estava exagerando ao afirmar que as estradas não estavam seguras, e se ela tivesse me dito isso antes, eu teria sido menos intrépido. A noite era uma aliada para vários bandos de ladrões e autoproclamados resistentes que caçavam fascistas. Na verdade, na maioria das vezes eles eram bandidos de pouca monta que aproveitavam a ausência de um poder central forte, à espera de eleições, para saquear e extorquir. Murmurava-se que os Gambale estavam conluiados com alguns desses sujeitos. Eles não hesitavam em cortar ou queimar, ocasionalmente, algumas árvores dos Orsini, enquanto afirmavam que não tinham nada a ver com isso, que era culpa dos bandidos. Stefano, à frente de um grupo de homens que adorava chegar às vias de fato, por sua vez, vagava pelo vale dos Gambale e não hesitava em espancar um membro ou outro da família. Ele afirmava, depois, que seus homens não tinham nada a ver com isso, que tinham confundido o Gambale com algum bandido.

Mesmo à noite, percebi que os campos tinham perdido muito de seu esplendor depois da destruição do aqueduto. Eles estavam cultivados, limpos, longe do estado de abandono que se seguiu às secas sucessivas dos anos vinte. Mas a produção estava em queda. Viola previa uma queda no preço das laranjas, o que não ajudaria os negócios se ela estivesse certa, e ela sempre estava certa.

Ao nos despedirmos, ela se virou para mim.

– *Sit felix occursus, optime Leo, nam totos tres anni te non vidi.* Boa noite, Mimo. Adoro a cara que você faz quando não entende o que estou dizendo.

Ela se afastou em direção à Villa, seu xale apertado contra os ombros, uma silhueta sublime e desoladora mancando naquela noite de janeiro.

– Viola!

– Hmm?

– *Que feliz reencontro, querido Leão, pois faz três anos inteiros que não o vejo.* Você me obrigou ler esse livro de Erasmo, em que um leão e um urso conversam. Você tinha colocado na cabeça que queria me ensinar latim.

Viola me olhou, surpresa.

– Nossa, eu não me lembro disso...

Ela deu uma risada como antigamente, lançando-a à lua, e desapareceu pelo portão dos fundos. Secretamente feliz de envelhecer, de perder a flexibilidade, de ficar grisalha e de poder enfim, até que enfim, *esquecer* alguma coisa.

Na manhã seguinte, ao descer para a cozinha, dei de cara com um jovem de vinte e poucos anos, barbudo, forte como um Hércules. Ele me olhou com afeto e começou a rir quando fiquei sem reação.

– Sou eu, tio Mimo. Zozo!

Fazia apenas cinco ou seis anos que eu não via o filho de Vittorio e Anna, mas a transformação, do menino ao homem, era espetacular. Então era isso que havia acontecido comigo. Era por isso que eu tinha ficado chocado com o meu primeiro fio de cabelo branco. A mudança era lenta, sorrateira, sussurrava a nosso ouvido que nada estava mudando, até que fosse tarde demais.

Zozo agora ajudava seu pai no ateliê. Ele tinha chegado à noite de Gênova, onde tinha ido ver a mãe, com quem se parecia muito. Mesmas bochechas rechonchudas, mesmo bom humor nos olhos, embora o de Anna tivesse se apagado um pouco.

Fiz todas as minhas visitas de cortesia, terminei com o padre Anselmo. Ainda vigoroso aos mais de setenta anos, mas onde estava o padre ardente, vagamente intimidante, que eu tinha conhecido quando cheguei? Sua pele era uma constelação de manchas escuras, suas mãos tremiam um pouco. Eu tinha piscado e todos tinham envelhecido.

– Sou como esta pobre igreja – ele disse, erguendo os olhos para a cúpula, cujos afrescos descascavam. – Cheio de correntes de ar.

À noite, me apresentei na casa dos Orsini. Apenas o marquês e a marquesa, Stefano, Viola e eu estávamos à mesa. O marquês era o único que não havia mudado desde que se sentara em sua poltrona para nunca mais se levantar e pronunciara suas últimas palavras perfeitamente compreensíveis, *ele está chegando, ele está chegando*. Seus traços singulares, o rosto longo sempre coroado por um penteado alto, tinham resistido à passagem dos anos. Apenas o olhar havia se esvaziado, e raramente se acendia. Falamos de política, do direito de voto concedido às mulheres – "e o que mais?", zombou Stefano, "em breve nossos cavalos poderão votar" – e do fato de um dos filhos Gambale ter se candidatado para as próximas eleições. A marquesa o repreendeu, fazendo prova de um progressismo inesperado. Ela mesma estava relutante em votar, pois, como a maioria das mulheres, não entendia nada de política, mas não se opunha a que algumas, especialmente educadas, pudessem fazê-lo. Afinal, uma mulher não era mais burra do que um homem.

– Especialmente se o homem for você – argumentou Viola, sorrindo-lhe com todos os dentes.

Stefano resmungou algo em sua barba e afogou a irritação na taça de vinho. Depois, amaldiçoou os Gambale, obstáculo eterno ao desenvolvimento dos pomares.

Eu sinceramente acreditei, de verdade, que aquela refeição se desenrolaria normalmente, que minha vida enfim seria banal. Mas isso era esquecer que a mesa de jantar, na casa dos Orsini e em qualquer outro lugar da Itália, dos palácios da Sicília aos casebres de Gênova, era muito mais do que uma simples mesa. Ela era um palco. Era onde se encenava o drama como uma fanfarronada. Quanto mais séria uma coisa, mais ridícula ela era.

Logo antes da sobremesa, Viola anunciou:

– Vou me candidatar às eleições constituintes. Se for eleita, serei representante de vocês na Assembleia.

Stefano se engasgou com o vinho doce que acompanhava sua segunda fatia de *sacripantina*, tentou se recompor, ficou todo vermelho e bateu com o punho no peito.

– Isso é uma piada?

– Segundo o decreto legislativo número 74, não. Tenho o direito de me candidatar, e é o que vou fazer.

A discussão foi épica. A marquesa, em falta de progressismo, acusou a filha de ter perdido o juízo. Seu sangue a dispensava da necessidade de passar pela humilhação ou, pior ainda, pela vulgaridade de uma eleição. Stefano estava sufocado, incapaz de entender como uma mulher, ainda mais sua irmã, poderia pleitear tal função.

– Você não tem nenhuma experiência política, droga! – exclamou ele. – É impensável!

– Quantos anos você tem? – perguntou Viola calmamente.
– Hein? Quarenta e oito anos. O que a minha idade tem a ver com isso...
– Em quarenta e oito anos, você passou por duas guerras, todas iniciadas e lutadas pela elite de nossos políticos. Então se isso é experiência, me desculpe por querer tentar algo diferente.

Os gritos recomeçaram. A marquesa falava alto, Stefano também. No meio daquela confusão, Viola apenas sorria, imperturbável, com a expressão pacífica de Maria sob o pincel de Fra Angelico. Dali em diante tempestade alguma poderia desviar o curso de seu destino. Ela me convidou, naquela noite, para que eu entendesse isso.

No dia seguinte, pegamos a estrada. Eu havia passado os últimos três anos de minha vida em câmera lenta. De repente, os muros despareciam, o vento picava meus olhos até as lágrimas de tão rápido que tudo acontecia. Stefano tinha se acalmado um pouco na noite anterior, quando mencionei que a candidatura de sua irmã irritaria os Gambale, que até então não tinham concorrência. Ele concluiu: "De qualquer forma, não vai dar em nada", e saiu para fumar lá fora.

Zozo, filho de Vittorio, era nosso motorista. Percorremos a região, batendo em todas as portas. Confesso que, quando Viola anunciou a novidade, fui culpado do mesmo ceticismo de Stefano. Em todo caso, de uma versão atenuada, porque eu sabia que sua irmã era capaz de tudo. Eu a acompanhei por amizade, lembrando-me de que não bastava querer para voar.

Um mês depois, eu estava certo de sua vitória. Viola, que nunca tinha feito política, estava dando o que falar. Os habitantes locais não acreditavam no que ouviam. Alguém falava sobre eles, sobre seus filhos. Mais surpreendentemente ainda, sobre o futuro, essa coisa misteriosa dos ricos.

Sobre a possibilidade de não passar a vida inteira entre o berço e a cova, mas sim de estudar em uma grande cidade. De viajar. As portas se abriam para rostos desconfiados, que depois quase se recusavam a nos deixar partir. O filho Gambale, cuja campanha consistia em se levantar de manhã e coçar o meio das pernas, ficou irritado. Ele nunca tinha tido a menor ambição política e se candidatara apenas porque pessoas bem posicionadas um dia lhe pediram que o fizesse, e porque a região tinha poucos candidatos. Mas ele tinha seu orgulho, que ficou abalado quando percebeu que corria o risco de perder. As incursões dos supostos resistentes se tornaram mais ferozes. Um casal de passagem, a caminho da Lombardia, foi assaltado e a mulher violentada. A polícia teve que intervir, mas concluiu que os culpados tinham desaparecido.

Às vezes, ao fim do dia, Viola e eu trocávamos um simples olhar. Tínhamos acreditado nossas vidas interrompidas em uma noite de novembro de 1920, quando ela pulou de um telhado. Mas os sonhos de Viola, como sua dona, eram resistentes.

– Tramontana, siroco, libécio, poente e mistral. Não é tão difícil! – Viola se exasperou. São apenas cinco ventos que sopram por aqui.
– Tramontana, siroco, libécio... poente e mistral.
– De novo.
– Tramontana, siroco, libécio, poente e mistral.
Eu tive a infelicidade de dizer "tem vento". Viola me deu um tapa no ombro, exasperada.
– As palavras têm significado, Mimo. Nomear é entender. "Tem vento" não quer dizer nada. É um vento que mata? Um vento que semeia? Um vento que congela as plantas ou as aquece? Que tipo de deputada eu seria se as palavras não tivessem significado? Eu não seria diferente dos outros.

– Está bem, está bem, entendi.
– Repita, então.
– Tramontana, siroco, libécio, poente e mistral.

Eu me submetia de bom grado às excentricidades de Viola, mesmo que apenas para passar o tempo quando estávamos na estrada. Zozo dirigia, naquele dia, em direção a um vilarejo do vale vizinho – o dos Gambale. Um homem tinha vindo falar com Viola naquela manhã, com o chapéu na mão, constrangido. Ele levou meia hora para ter coragem de falar, relaxado por um pouco de grapa. Ele vinha vê-la porque todo mundo dizia que ela seria eleita para representar a região, lá em Roma, e que, bem, no vale, falava-se de um projeto de autoestrada que atravessaria seus campos, e ele não queria isso. Uma hora depois, estávamos a caminho de seu vilarejo.

Viola se instalou na praça central, enquanto o velho reunia uma boa parte dos moradores, com a eficácia de um cão pastor. Ela os assegurou de seu apoio, prometeu que a autoestrada não passaria pelo vale deles, ficou para apertar mãos. No caminho de volta, paramos em cada aldeia, incluindo a dos Gambale. A situação ficou tensa quando um sujeito que assistia às discussões, apoiado em um forcado, gritou com raiva:

– A autoestrada é o progresso! Você é contra o progresso, é isso?

Viola acalmou a agitação que se seguiu com um simples gesto.

– A autoestrada é o oposto do progresso. Sim, tudo irá mais rápido. Mas tudo irá mais rápido *para longe daqui*. As aldeias deste vale se transformarão em blocos de pedra embaixo de uma ponte. Ninguém vai parar nelas, nunca mais.

O argumento convenceu e o sujeito saiu resmungando. Naquela noite, ao me deitar, adquiri um hábito do qual nunca mais me livrei, um tique supersticioso, talvez, e repeti antes de mergulhar no escuro e no esquecimento: *tramontana, siroco, libécio, poente e mistral*.

Mataram Emmanuele! Mataram Emmanuele!
Era meio-dia. Estávamos voltando de Gênova, onde oficializamos a investidura de Viola. Essa simples viagem lhe deu dez novas ideias, entre as quais um alargamento da estrada em vários pontos estratégicos e a criação de uma ligação diária entre Gênova, Savona e Pietra d'Alba. Na época, quem descia para o vale precisava pegar carona com alguém, e não era incomum perder uma hora atrás de um burro puxando uma carroça.

Mataram Emmanuele! Mataram Emmanuele!
Pouco antes de chegarmos ao vilarejo, um carro nos ultrapassou na direção oposta, a toda velocidade. Várias pessoas se amontoavam na parte de trás, onde pensei distinguir uma forma alongada. Mal tínhamos chegado à praça e a mãe dos gêmeos quase se atirou sob nossas rodas. Desgrenhada, desvairada, ela parecia uma louca. Ela contornou o veículo, batendo com toda a força na janela.

Mataram Emmanuele! Mataram meu filho!
Em Pietra d'Alba, tínhamos uma variedade única de trufa, pequena e densa, um pouco tardia, com um aroma tão intenso que se dizia não ser necessário um cachorro para encontrá-la. Um fazendeiro local estava justamente procurando trufas perto do Carvalho dos Enforcados quando ouviu gritos. O silêncio voltou e ele teve coragem de sair da floresta. Emmanuele balançava sob o galho mais grosso do carvalho, em seu uniforme de hussardo. Uma placa em seu pescoço dizia "Fascita", sem um S. Os supostos resistentes que o penduraram viram seu uniforme e, sem hesitação,

o pegaram, julgaram e condenaram. Emmanuele, tendo que garantir sua própria defesa com grandes balbucios de pânico, não conseguira explicar ao tribunal improvisado que seu uniforme tinha mais de cem anos e que não deveriam enforcá-lo, especialmente porque ele não tinha terminado sua entrega de correspondências.
Mataram meu filho! Mataram meu filho!
Mas Emmanuele não era apenas Emmanuele. Emmanuele era uma *ideia*. Uma incongruência, mais ou menos como eu, uma anomalia. Ou então, a expressão de uma normalidade que ainda não havia acontecido, o arauto de um mundo em que pessoas como ele teriam voz e não causariam mal senão ao abraçar-se com entusiasmo demais. E é bem sabido que não se mata uma ideia. Eles não mataram Emmanuele.

Talvez porque ele tivesse aprendido a se contentar com alguns átomos de oxigênio desde que o cordão que deveria lhe dar vida o estrangulara ao nascer, talvez porque o homem que o encontrou logo depois do crime o tivesse soltado da forca, Emmanuele sobreviveu. Ele voltou do hospital de Gênova uma semana depois, sorridente. Um pouco mais aturdido, mas o mesmo. Apenas Vittorio notou uma mudança – agora, ele tinha dificuldade para entendê-lo.

Nem mesmo a polícia foi chamada. Dessa vez, os homens do vilarejo se armaram, percorreram a floresta por dez dias e finalmente encontraram, ao pôr do sol, um grupo de quatro ladrões – ladrões e armados –, que disseram estar passando pela região. Não, eles não tinham ouvido falar da tragédia e fizeram o sinal da cruz, cheios de compaixão. Mas um deles usava uma magnífica medalha, a Ordem da Coroa de Ferro, que Emmanuele gostava de usar com seu traje de hussardo. O homem alegou tê-la encontrado no chão, em um caminho. Tiros foram ouvidos na montanha. Os homens do vilarejo voltaram com a medalha e não disseram uma palavra. Na condecoração estava gravada a inscrição *Deus me deu, ai de quem a tocar*. Emmanuele chorou quando a devolveram. A única coisa que continuou a entristecê-lo foi que nunca encontraram sua bolsa de carteiro. Os agressores a haviam jogado em algum lugar na floresta depois de perceberem que ela não continha nada de valioso.

No domingo seguinte ao retorno da medalha, dom Anselmo subiu ao púlpito. Ele criticou a violência que reinava no mundo e que acabara por infectar Pietra d'Alba. Ele condenou o grupo que fizera justiça com as próprias mãos, longe dos olhos dos homens e longe dos olhos de Deus. Protestos se elevaram, outros protestaram contra os protestos, e o padre continuou a falar, elevando a voz para cobrir a balbúrdia. Então Viola se levantou, e o silêncio se fez. Ela não acreditava em Deus mais do que antes, mas acompanhava os pais para prestar auxílio ao marquês.

– Dom Anselmo está certo – ela disse com firmeza. – Se eles eram inocentes, foi um crime.

– Mesmo que fossem inocentes em relação a Emmanuele, eles sem dúvida fizeram alguma coisa! – disse alguém, ao som de alguns aplausos.

Do alto de seu púlpito, dom Anselmo tentou restaurar a ordem. Viola me contou a cena depois, pois eu não estava lá.

– Se eles eram culpados – ela respondeu –, temos instituições para puni-los. Não vivemos no Antigo Testamento há dois mil anos. E não vivemos sob uma ditadura há um ano.

Várias cabeças se abaixaram em contrição, mas os debates recomeçaram com força. Dom Anselmo estava abatido, exasperado, um pouco ferido pela comparação implícita entre o Antigo Testamento e uma ditadura. Então aconteceu. Primeiro um estalo, que ecoou por toda a igreja e impôs o silêncio à congregação. Quando todos levantaram os olhos, viram que a cúpula de San Pietro delle Lacrime acabara de rachar e que uma pedra já havia se soltado.

Ela caiu exatamente no centro do transepto e esmagou a *pietà* que eu tanto havia estudado. Passado o choque, todos saíram gritando. Por sorte, a pedra não havia ferido ninguém. Dom Anselmo levou um segundo para recuperar a juventude. Ele emergiu da igreja, lábio arreganhado e punho erguido, coberto de poeira. Com fervores de Savonarola censurando Florença por seus costumes dissolutos, ele anunciou ao vilarejo petrificado que Deus acabara de enviar um sinal, um sinal de sua ira. O Senhor, cansado das guerras e dos crimes dos homens, havia deixado isso bem claro ao atingir sua própria casa. A hora de expiar havia chegado. Daquela vez, ninguém ousou protestar.

Dom Anselmo piscou como se acordasse de um transe e olhou com leve surpresa para a multidão que o ouvia pela primeira vez em cinquenta anos de sacerdócio.

Ninguém soube como a notícia se espalhou, mas duas guerras mundiais haviam matado, além de alguns milhões de homens, o que restava de lentidão. No dia seguinte, jornalistas desembarcaram de Gênova. Dois dias depois, de Milão e de Roma. Francesco chegou em seguida. O Vaticano considerou por um momento conduzir uma investigação, caso se tratasse de um milagre, depois desenterrou várias solicitações enviadas por dom Anselmo (e rejeitadas) para créditos adicionais a fim de realizar trabalhos de reforço, necessários devido a pequenos afundamentos do terreno nas proximidades da igreja. O milagre era apenas geológico, o que não excluía a possibilidade de ser um sinal. Um sinal de que uma operação de comunicação, no rescaldo da guerra, não era uma má ideia. Alguns telefonemas foram feitos, uma linha de crédito aberta em nome de San Pietro delle Lacrime no Istituto per le Opere di Religione, o banco do Vaticano.

Três dias depois do incidente, o cardeal Francesco Orsini reuniu os jornalistas sob a cúpula atravessada por uma fissura de quase um centímetro de largura. A pobre *pietà* tinha sido aniquilada.

– Queridos amigos, estou aqui como homem, como padre e como filho de Pietra d'Alba. O Senhor nos enviou um sinal. Mas o Senhor não ameaça. O Senhor não está irado. É um pedido de reconciliação que Ele nos envia. Venho anunciar, portanto, que, atendendo ao pedido de Sua Santidade, o papa Pio XII, o Vaticano se encarregará dos reparos da cúpula e de todos os trabalhos de consolidação necessários. Também venho anunciar que pedimos ao escultor que tanto fez por nossa família e por nosso país, opondo-se à tirania fascista a ponto de sacrificar sua própria liberdade, pedimos a Michelangelo Vitaliani que gentilmente aceite esculpir uma nova *pietà* para nossa igreja.

Eu estava lá, na multidão, e não pude esconder minha surpresa. Viola pisou em meu pé, fez um sinal para eu fechar a boca. As pessoas se aglomeraram a meu redor, me parabenizaram. Francesco obviamente não me perguntara nada e eu não aceitara nada, mas esses detalhes eram irrelevantes para os moradores, ávidos por reconciliação. Consegui evitar os jornalistas, que se viraram para deduzir, e publicar, que eu já estava em pleno processo criativo, cioso de não ser incomodado. Uma hora depois, irrompi na sacristia, onde Viola, os irmãos Orsini e dom Anselmo me esperavam. Gritos de alegria ecoavam no pátio, acompanhados por tiros de espingarda disparados para o alto. "Reconciliação!", os habitantes só tinham essa palavra nos lábios. "Reconciliação!" Eles se abraçavam. Depois dos anos que tinham acabado de viver, era difícil recriminá-los. O que não me impediu de confrontar Francesco.

– Você poderia ter me consultado antes, não acha?
– Sinto muito. Pensei que você ficaria feliz de contribuir para o renascimento desta igreja.

— Esta igreja que você ignorou por anos, porque não servia a seus interesses?
— Vamos, Mimo, sua raiva o está consumindo. Ou o cansaço, porque não vejo motivo para você estar com raiva.
— Estou com raiva porque não sou um macaco. Eu não esculpo sob encomenda.
— Tenho a impressão de que muito esculpiu sob encomenda nos últimos anos, já que estamos falando de ambição.
Dom Anselmo levantou as mãos, colocou-as em nossos ombros. E nós dois baixamos os olhos, Francesco, o cardeal, Mimo, o artista, como duas crianças pegas fazendo algo errado.
— Vamos, meus irmãos, trabalhamos para o mesmo fim. Vamos esquecer quem fez ou não fez o quê. Reconciliação é esquecer o passado e se voltar para o futuro. Mimo, você costumava criticar tanto essa *pietà* quando era pequeno, lembra? Você dizia que ela tinha os braços muito compridos ou algo assim. Quem melhor do que você, um filho da terra, um artista de imenso talento, para nos oferecer outra?
— Você será bem pago — acrescentou Stefano, erguendo uma sobrancelha. — Eles são ricos pra caramba, no Istituto.
— Mimo não a fará pelo dinheiro, tenho certeza — continuou Francesco. — Embora seja verdade que você será remunerado de acordo com seu talento.
— Acho que já ajudei bastante os Orsini. Estamos quites. Deixem-me em paz.
Eu me dirigi à saída.
— Mimo.
Viola tinha dado um passo à frente. Ela se virou para o padre.
— Dom Anselmo, poderia nos conceder alguns minutos?
— Claro.
O padre saiu da sacristia, sua sacristia, me deixando a sós com a fratria. Viola olhou para os irmãos.

– Não banquem os inocentes e os mecenas. A única coisa que interessa a vocês é a glória da família. Talvez até, Francesco, a glória de seu chefe, Pio XII. Sim, Mimo, você tem razão, meus irmãos pensam sobretudo em si mesmos. Mas eu peço a você, eu também, que aceite esta encomenda. Se eu quiser mudar as coisas, preciso ser eleita. As pessoas sabem que somos próximos. Se você aceitar, eu me beneficiarei. Pela primeira vez em toda a minha vida, o que beneficiar os Orsini também me beneficiará.

Os dois irmãos não se ofenderam com o retrato pintado por Viola. Stefano estava surpreso demais com seu raciocínio para isso. Francesco, que sabia muito bem que ela raciocinava tão bem quanto ele, estava satisfeito de saber que havia ganhado, já que eu não podia recusar nada a Viola.

– Está bem – respondi. – Vou fazer a *pietà*.

– Você precisa de uma pedra – sussurrou Francesco –, digna desse nome. Podemos ir até...

– Eu já tenho a pedra.

Eles saíram, animados. Stefano foi para casa, Francesco para Roma, Viola se misturou à multidão que ainda continuava no pátio da igreja. Dom Anselmo apareceu alguns minutos depois e me encontrou sentado em um baú de madeira, com a cabeça entre as mãos.

– Monsenhor Orsini me contou a novidade. Obrigado, Mimo.

Então ele franziu o cenho.

– Você não parece bem.

– Está tudo bem, dom Anselmo, está tudo muito bem.

Eu não podia admitir a ele que tinha perdido a visão.

Cheguei a Florença dois dias depois, no trem das 17h56. Quase na mesma hora de quando Zio tinha me vendido. Não era mais inverno, mas primavera, e a sensação ao descer do trem foi completamente diferente. A cidade parecia sedutora, falsamente tímida. Ela fingia não querer se revelar, mas convidava, por indícios sutis, como um pôr do sol, uma porta entreaberta, a percorrer suas ruas. Roma era uma amiga. Por Florença, eu estava apaixonado. Entre cidade (*ville*) e filha (*fille*), só há uma letra de diferença.

Metti me esperava na estação. Fizemos o mesmo caminho de antigamente, a pé, quase em silêncio. Em um canto de seu ateliê, ele puxou um lençol e revelou o bloco de Carrara que eu havia confiado a ele, aquele que adquiri para O homem novo. Ele tinha concordado em escondê-lo pouco antes de meu discurso na Academia.

Coloquei a mão sobre ela. A pedra falou comigo. Ela tinha uma beleza, uma densidade única. Meu instinto me dizia que era perfeita, que nenhuma fissura escondida viria arruinar o trabalho do escultor. O escultor que não seria eu. Porque, por mais que olhasse para ela, eu não via nada. Ou melhor, eu só via o passado, as dezenas de estátuas que eu já tinha esculpido.

– Você perdeu a visão, não é mesmo? – disse a voz suave de Metti, às minhas costas.

Mantive a mão sobre o bloco e não me virei.

– Sim.

– Foi o que aconteceu comigo quando voltei da guerra. Eu poderia ter me virado com um braço, encontrado um jeito, outra forma de fazer. Mas eu não via mais nada. Apenas blocos de pedra sem nada dentro.

– Há dez anos, vejo apenas blocos de pedra sem nada dentro. O que não me impede de esculpir.

– Mas você não vai fazer essa obra.

– Não. Já menti o suficiente.

– Você não vai esculpir mais nada, não é mesmo?

Finalmente me virei. E disse a palavra que me assustou menos do que eu pensava.

– Não.
– O que você pretende fazer com essa *pietà*? Já a chamam de *Pietà Orsini* nos artigos.
– Vou pedir a Jacopo que se encarregue, discretamente.
– Jacopo?
– Meu antigo assistente. Ele trabalha em Turim agora, mas vai aceitar. Até ele terminar, em pouco mais de um ano, ninguém se importará em saber quem a fez. Ele pode vir trabalhar aqui?
– Sem problemas.
Com a minha mão esquerda, peguei a dele e apertei.
– Obrigado. Adeus, mestre.
– Adeus, Mimo.
Passei uma semana em Florença, de onde liguei para Francesco para informá-lo que havia começado a desbastar o bloco. Se ele enviasse alguém para verificar, e ele era capaz disso, o relatório confirmaria minhas palavras. Na verdade, o bloco já havia sido desbastado por meus assistentes em Roma, na época em que o adquiri. Os ângulos tinham sido quebrados, a forma geral, triangular, esboçada. Seria perfeitamente adequada para a *pietà*.
Antes de pegar o trem de volta para o vilarejo, fiz um desvio pelo terreno baldio. Não havia mais um terreno baldio, mas um prédio de oito andares em construção, um paralelepípedo de concreto com pequeníssimas janelas, como inúmeros olhos malignos.

Faltava apenas um mês para as eleições. A justiça sumária dos moradores do vilarejo teve pelo menos uma consequência positiva: as incursões de bandidos cessaram e as estradas voltaram a ser seguras. Os verdadeiros culpados tinham provavelmente sido eliminados. Ou talvez a violência do ato, tão inesperada naquelas pacíficas paragens, inesperada até mesmo para aqueles que a cometeram, tivesse dissuadido os outros.

Viola aproveitou para percorrer as estradas, ir aos cantos mais distantes de sua circunscrição. À medida que o verão se aproximava, os dias se alongavam, convidando à languidez. Uma explosão de crianças surgiria dessas noites primaveris.

Não mencionei minha cegueira a Viola. Aleguei que começaria a esculpir depois das eleições. Eu explicaria tudo mais tarde, e sabia que ela entenderia. A estrada nos chamava, interminável e alegre. Muitas vezes dormíamos apoiados um no outro no banco de trás do carro, confiando na vigilância de Zozo. Saíamos cedo pela manhã e voltávamos tarde da noite. Não vimos, portanto, em uma semana de maio, as laranjas e os limões se cobrirem de poeira do planalto. Uma poeira que não era levantada pelo vento, tramontana, siroco, libécio, poente ou mistral, mas por um Fiat 2800 que ia e vinha várias vezes da Villa Orsini.

Depois que a cúpula de San Pietro delle Lacrime rachou, o marquês não foi mais o mesmo. Sempre que o levavam à missa aos domingos, ele se agitava na cadeira, emitia longos gritos e estendia o único braço ainda móvel em direção ao afresco danificado, exatamente entre o inferno e o paraíso. O que ele via? A jornada que o aguardava? Seus anos de juventude, a cúpula e a pintura que ele tanto havia admirado no passado, intactas, a cúpula e a pintura sob as quais ele havia cochilado durante intermináveis serviços religiosos, sob as quais ele havia casado com sua marquesa, batizado seus filhos, enterrado seu primogênito, a cúpula e a pintura desfiguradas por uma fissura negra?

Os trabalhos de reparo haviam começado. Os especialistas estavam confiantes: a restauração ficaria quase invisível. Um andaime ocupava a interseção do transepto e as missas eram temporariamente realizadas em uma capela lateral, que ficava lotada. Depois de duas celebrações interrompidas pelas eructações do marquês, decidiu-se não levá-lo mais à missa. Dom Anselmo lhe dava a comunhão semanalmente na Villa Orsini.

Quinze dias antes das eleições, o humor de Viola mudou abruptamente. Eu tinha sido testemunha suficiente de seus mergulhos em águas turbulentas para me preocupar. Ela afirmava que estava tudo bem, mas seu olhar vagava pela paisagem quando estávamos viajando. Ela não falava mais. Com aqueles que ela chamava de seus "futuros administrados", no entanto, ela voltava a ser ela mesma, alegre e atenciosa. Quando apertava uma mão, conquistava um

voto. Mas ela voltava à melancolia quando retornávamos. Uma manhã, ao buscá-la, vi-a apoiada em sua bengala. Fingi ter esquecido algo em casa para ir ao encontro de Stefano e compartilhar minhas preocupações. Ele deu de ombros.
– Deve ser o momento ruim do mês, se é que você me entende.

Quanto mais as eleições se aproximavam, menos raro se tornava, depois de percorrermos um vilarejo batendo de porta em porta, encontrarmos ovos jogados no para-brisa ou, mais irritante, um pneu furado. Zozo era de grande ajuda e sempre nos colocava de volta na estrada. Uma atmosfera de expectativa congelou Pietra d'Alba, como um suspiro interrompido. À beira da estrada, nos campos, a agitação diminuía. Os trabalhadores se apoiavam em seus ancinhos para nos observar passar, pensativos. Talvez se perguntassem se preferiam seu rei – Umberto havia sucedido ao pai, Vittorio-Emmanuele – ou uma república, já que teriam que escolher no mesmo dia.

No ateliê, Vittorio me informou que passaria duas semanas em Gênova e só voltaria para votar, antes de descer novamente. Anna e ele, ao se encontrarem para trocar os filhos, que já não eram crianças, tinham adquirido o hábito de fazer longas caminhadas juntos. Quando chegava a hora de se separar, sempre havia um pequeno momento de constrangimento, um "e se" nunca formulado. Vittorio planejava aproveitar essa estadia para tirar um pouco minha mãe e a mãe dele, que tinham se tornado boas amigas, de Pietra d'Alba. Seu objetivo semiconfesso era tentar reconquistar Anna. Emmanuele se inseriria nessa epopeia turística e sentimental. Ele tinha medo de ficar sozinho, pois quase todas as noites sonhava que um grupo de homens sem rosto tentava enforcá-lo. Um jovem do vilarejo cuidaria da correspondência em sua ausência.

Minha mãe chorou ao partir, derramando algumas lágrimas de ametista, como quando me colocara em um trem em 1916. Tive que lembrá-la de que estava partindo por apenas quinze dias, a uma hora de distância, mas na Itália cada viagem é potencialmente lendária. Vittorio me deixou na frente da igreja no caminho, pois eu tinha prometido a dom Anselmo um pequeno conserto em uma escultura do portal que não precisava ser removida. Viola, de todo modo, havia encerrado todas as viagens. Restava apenas uma semana para as eleições. Os dados tinham sido lançados.

Voltei a pé para o ateliê. Era uma dessas maravilhosas noites de primavera em que o ar cheira a glicínias e jasmins, mesmo quando não há glicínias ou jasmins por perto. Eu tinha acabado de sair do vilarejo e descia em direção ao platô quando um carro parou a meu lado. A porta de trás se abriu e vi Francesco.

– Entre.
– Pensei que você estivesse em Roma?
– Entre, Mimo.

Obedeci, convencido de que ele tinha me desvendado. Ele sabia que eu não esculpiria sua *pietà*, que eu decidira usar outra pessoa. Mas ele não disse nada durante toda a viagem, contentando-se em olhar pela janela. O motorista dobrou à direita na interseção e nos deixou na entrada da Villa Orsini. Outro carro, um Fiat 2800, estava estacionado ali, banhado pelas águas púrpuras do crepúsculo. Francesco colocou o solidéu e me guiou até a sala de jantar.

A surpresa me deteve à porta. Várias pessoas aguardavam à mesa, que não estava posta para o jantar. O marquês, a marquesa, Stefano. Diante deles, o velho Gambale estava sentado entre os dois filhos. Francesco se sentou perto de seu irmão e me indicou uma cadeira ao final da mesa.

– Como está progredindo nossa *pietà*? – ele perguntou educadamente.

– Está progredindo.
Sentei-me, cauteloso, e os encarei em silêncio. A sala cheirava a cera de abelha. Havia um cheiro de suor no ar, vindo dos Gambale, que tinham passado o dia em seus campos de flores. A marquesa ocasionalmente mergulhava o nariz em um lenço. Mas havia outro cheiro, ainda mais acre, um perfume de decisão final.
– Trouxemos você aqui – Francesco disse enfim – para compartilhar com você uma informação importante. As famílias Orsini e Gambale finalmente se reconciliaram. Um símbolo forte no início de uma nova era.
Os Gambale concordaram, com a economia de gestos e emoções dos montanheses.
– Parabéns. Fico feliz por vocês, ainda que eu nunca tenha entendido por que brigavam.
Houve um longo silêncio, um pouco constrangido, e então o pai Gambale declarou com sua voz rouca:
– Em todo caso, era por boas razões.
– A família Gambale nos cede de bom grado as terras que separam nossos campos do lago que nos pertence. Portanto, só precisamos reconstruir o aqueduto e irrigar à vontade, mas também usaremos metade dessas terras para cultivar limoeiros *Citrus limon* e laranjeiras *Valencia late*, o que nos permitirá aumentar nossa produção em sessenta por cento. Na outra metade, plantaremos árvores de bergamota, que nos abrirão o lucrativo mercado dos perfumes.
– E em troca? – perguntei.
– Em troca – interveio Stefano, inclinando-se para a frente –, Viola deve se retirar da eleição.
Levantei-me imediatamente. Francesco lançou um olhar sombrio para o irmão e fez um gesto de apaziguamento. Voltei a me sentar, respirando pesadamente.
– Há um problema, Mimo. Orazio, aqui presente – ele indicou o filho mais velho dos Gambale –, é candidato

às eleições constituintes. Ele o faz porque um consórcio de... investidores conta com seu apoio para um projeto de autoestrada no vale vizinho.
– Ao qual Viola se opõe – murmurei. – E Viola vai vencer.
Orazio coçou a bochecha barbuda com um grunhido. Ele tinha um rosto de homem bruto e o era, mas seus olhos de fuinha brilhavam de inteligência.
– Viola não vai vencer, porque ela vai se retirar a favor de Orazio – corrigiu Francesco. – Nossas duas famílias sairão fortalecidas deste acordo.
– O que a interessada pensa sobre isso?
Stefano riu e seu irmão suspirou.
– Você a conhece. Tivemos a mesma conversa com ela há uma semana. Ela é inflexível. Você é a nossa única chance de fazê-la mudar de ideia.
– Eu? Por que eu a faria mudar de ideia?
Novos olhares circularam, hesitantes. Stefano abriu a boca, Francesco se adiantou. Acho que eu já suspeitava do que ele ia dizer.
– Porque os investidores em questão são pessoas que não podem ser contrariadas. Estamos vivendo tempos turbulentos, mas empolgantes. O mundo está mudando. Ninguém pode resistir a isso. Precisamos acompanhar essa mudança.
– Espere um pouco, entendi bem o que você está tentando me dizer?
– Houve ameaças – admitiu Francesco.
Pela primeira vez, Orazio falou.
– Não apenas ameaças. Se sua irmã for eleita...
Ele passou um dedo no pescoço. Um silêncio chocado caiu sobre todos, até ele pareceu constrangido.
– Notem bem que nós não temos nada a ver com isso – acrescentou o pai Gambale. – Apenas concordamos com a candidatura de Orazio em troca de uma generosa contribuição para nossos negócios. Não é culpa nossa se, em

Roma, decidiram de repente que as mulheres podiam fazer política, e se sua irmã se candidatou. Não queremos mal a ela e nunca a machucaremos. Há regras. Mas essa gente...
Ele balançou a cabeça. Eu não era ingênuo e sabia que a unificação forçada de um país de apenas setenta anos não aconteceria sem gerar muitas frustrações. Que redes se formavam para explorá-las. Que uma guerra e seus sucedâneos ofereciam a essas redes muitas oportunidades para enriquecer.
– Campana estava certo, no fundo. Vocês realmente são um bando de canalhas.
– Este é um julgamento injusto. Amamos nossa irmã e a protegeremos. Mas a situação é complexa, e tem uma solução simples.
Comecei a rir.
– Tenho certeza de que você planeja esse golpe, de uma forma ou de outra, desde seus oito anos. Me diga uma coisa, Francesco, você realmente acredita em Deus?
Por trás de seus óculos redondos, o olhar de Francesco se desviou. Não por covardia, mas porque ele já olhava para longe, para muito além de qualquer um de nós.
– Acredito na Igreja, o que é a mesma coisa. Ao contrário dos regimes e dos tiranos, a Igreja não passa.
– Porque ninguém nunca voltou para dizer se suas promessas eram verdadeiras ou não. Sabe de uma coisa? Estou farto da sua família de loucos.
Depois, porque eu tinha aprendido um pouco, em trinta anos de convivência com os Orsini, a virar uma situação a meu favor, continuei:
– Não vou esculpir nenhuma *pietà*. Encontrem outra pessoa.
E porque Francesco, em trinta anos de convivência com Mimo Vitaliani, tinha aprendido a me conhecer, ele respondeu:

– Viola está no quarto.

A porta estava aberta. Ela estava sentada à escrivaninha, imersa em um livro que fechou ao me ver. Ela usava óculos ovais, com armações de chifre, que eu nunca a tinha visto usando.
– Eu não sabia que você precisava disso para ler – observei, pegando-os.
Viola não disse nada, apenas me encarou com ar curioso. Coloquei os óculos sobre a capa do livro, um volume encadernado em couro com o título gravado em letras douradas, vindo da biblioteca da família. *An Essay Concerning Human Understanding* [*Ensaio sobre o entendimento humano*], de John Locke. A única luz no quarto era a da lâmpada sob a qual ela lia. Ao longo das paredes, a noite subia lentamente, alimentando-se de verde, de flores de papel, de franjas e bolotas, todo um mundo de penduricalhos que não se parecia em nada com Viola e não havia mudado desde minha primeira entrada estrondosa naquele cômodo.
– Eu estava me perguntando quando você viria – ela murmurou finalmente.
– Viola, eu sei o que você vai me dizer...
– Então, se sabe, não vamos perder tempo. Desça e diga que fracassou.
E ela voltou a abrir seu livro.
– Você não entende. Eles podem matar. Ou causar tanta dor que você vai desistir. Há muito dinheiro envolvido nisso. Olha, pode haver outra solução. Por exemplo, você mantém sua candidatura, mas deixa eles fazerem a maldita autoestrada.
Viola me encarou, com uma sobrancelha erguida. Fiquei furioso.
– Eu não vou ficar para ver isso. Não vou suportar. Eles são capazes do pior.

Ela continuou olhando para mim, sem dizer nada. Com raiva, dei um chute em um pufe, que rolou até a cama.

– Droga, você não pode ser normal? Apenas normal, uma vez na vida?

Uma onda de raiva passou por seu rosto, fugaz, imediatamente substituída por rugas de tristeza.

– Sinto muito. Eu não queria dizer isso.

– Não, Mimo, é verdade. Toda a minha vida, precisei de você para ser normal. Você é o meu centro de gravidade, razão pela qual nem sempre você é engraçado. Mas há em mim uma anormalidade que nem mesmo você vai conseguir consertar: sou uma mulher e não dou a mínima para isso.

Ela estava escapando de mim, eu sentia isso, ela sempre tinha escapado. Segurei sua mão para detê-la.

– Vamos embora, Viola. Estou farto dessa violência.

– Ir embora não vai mudar nada. A pior violência é o hábito. O hábito que faz com que uma garota como eu, inteligente, porque acho que sou inteligente, não possa dispor de si mesma. De tanto ouvir que não posso, pensei que eles soubessem de algo que eu não sabia, que tivessem algum segredo. O único segredo é que eles não sabem nada. É isso que meus irmãos, os Gambale e todos os outros tentam proteger.

Ela estava um pouco ofegante, tinha as bochechas rosadas, como se tivesse preparado seus argumentos – o que provavelmente fizera.

– E se eles a matarem, vai servir para quê?

– Ninguém pode fazer nada contra mim. Eu já passei por tudo. E sabe quem me fez mais mal? *Eu mesma*. Tentando jogar o jogo deles. Convencendo-me de que eles tinham razão. Quando pulei desse telhado, Mimo, minha queda não durou alguns segundos. Ela durou vinte e seis anos. Agora acabou.

Ela se endireitou e acrescentou, sorrindo:

— Sou uma mulher de pé, como diria uma garota que conheci muito bem.

Eu não estava achando engraçado, de jeito nenhum. E já não a admirava. Naquele momento, só restava o medo.

— Viola, ouça bem. Não estou brincando quando digo que não vou aguentar se fizerem mal a você. Eu levaria um tiro por você, se pudesse, sem hesitar, mas para quê? O próximo seria para você. Só peço que... Não, eu *imploro*, pela última vez, desista. Seja razoável. Encontraremos uma solução, mais tarde. Sempre encontramos.

— E se eu não quiser?

— Vou embora. Esta noite. Estou falando sério. Você nunca mais vai me ver.

Ela assentiu, lentamente. Então, tirou do livro o que pensei ser um marcador de página e o estendeu a mim. Era um envelope lacrado.

— Se algo acontecer comigo, quero que você leia isso. Não antes. Jure.

— Viola...

— Você estava falando sério? Você vai realmente embora?

— Se você não mudar de ideia, sim.

— Então jure.

Peguei a carta, derrotado.

— Eu juro.

Ela voltou a ler, sem prestar atenção em mim. Durante meus anos em Roma, eu tinha frequentado algumas mesas de jogo, perdido muito, mas também ganhado muito. Eu ganhava quando era suicida, quando não tinha medo de nada. Quando empurrava as fichas para o centro da mesa, tinha que fazer isso com indiferença, como se já estivesse pensando em outra coisa, como se não importasse vencer. Muitos jogadores experientes tinham perdido a soberba diante de meus blefes.

— Adeus, Viola.

Girei nos calcanhares. No momento em que saía, sua voz me deteve.
– Mimo?
Ela colocou dois dedos na têmpora, como uma saudação.
– *So long, Francese* [Adeus, *Francese*].
Stefano e Francesco me esperavam no térreo, na entrada de mármore verde. Passei por eles sem me deter.
– Vão todos se foder.
O rosto de Francesco se anuviou e ele se dirigiu ao carro que o esperava na rua. Um minuto depois, enquanto eu caminhava em direção à estrada principal, o veículo passou por mim em uma nuvem de poeira e seguiu em direção a Roma.

Chegando ao ateliê, não hesitei um segundo.
– Vamos – anunciei para Zozo.
– Vamos, mas para onde?
– Não sei. Qualquer lugar.
– Nunca fui para Milão...
A noite caía quando atirei minha mala no banco de trás. Acima de nós, o céu estava repleto de nuvens com a base escura, iluminadas por lampejos intermitentes. Tomamos a direção norte. A tempestade não demorou a eclodir, uma das últimas antes do verão, uma ebulição com perfume de morte e laranjeira. Eu não tinha trocado de roupa. O envelope de Viola continuava no bolso interno de meu casaco, que estava jogado ao lado de minha bagagem. Eu o peguei, sopesei, tentei lê-lo através do papel, o que era impossível devido à escuridão. Depois de uma longa luta comigo mesmo, coloquei-o de volta no bolso. Então o peguei de novo e o abri. Uma folha dobrada em três estava coberta por algumas linhas de tinta verde.

Meu querido Mimo, eu sabia que você não aguentaria e que abriria esta carta apesar de sua promessa. Eu só queria dizer que eu sei. Eu sei que toda vez que você me traiu, em Florença, e esta noite de novo me pedindo para desistir, depois abrindo esta carta, você sempre o fez por amor. Eu nunca o culpei de verdade. Sua querida amiga, Viola.

Soltei uma risada, uma risada nervosa que me valeu um olhar preocupado de Zozo pelo retrovisor. Tínhamos acabado de chegar a Pontinvrea. As luzes de uma estalagem brilhavam, alaranjadas e acolhedoras, na tempestade.
– Pare aqui.
– Aqui? Mas por quê?
– Para beber.
Zozo estacionou na praça em frente ao estabelecimento, sob um plátano. Tínhamos apenas vinte metros a percorrer, mas chegamos encharcados. Pedi duas cervejas e mergulhei na minha. Uma hora antes, minha raiva era um bloco de granito. Preto e luzidio, anguloso. Mas era uma ilusão, outro sortilégio de Viola. Quanto mais nos afastávamos de Pietra, mais o feitiço enfraquecia, e meu bloco de granito se revelava como realmente era: um simples monte de areia. Por mais que eu tentasse me segurar a ela, minha raiva escapava por entre meus dedos. Depois de uma segunda caneca, não restava mais nada.
– Não vamos para Milão, certo?
Eu sorri para Zozo e seu ar desolado.
– Não.
– Você quer que eu o leve de volta agora?
– Vamos dormir aqui. Estou com frio e cansado. Voltamos pela manhã. Tome outra caneca.
Fomos dormir pouco depois da meia-noite, em 1º de junho de 1946, um pouco embriagados. A casa, um antigo

moinho de pedra cinza, ficava acima do rio. Zozo escolheu uma cama, eu a outra. Não me lembro de meu sonho, um sonho pesado e pegajoso em que eu tentava escapar de um perigo indistinto. Houve um tiro. Ou uma explosão.

Quando abri os olhos, estava completamente escuro. Eu não estava em minha cama, mas no meio do quarto. De bruços, com a boca cheia de poeira. Minhas mãos sangravam. Zozo tossia, de quatro a meu lado. Ele tentou dizer alguma coisa, balançou a cabeça, voltou a tossir. O ar estava denso como gesso. Precisávamos de ar puro. Sair dali. Sangue escorreu por meus olhos. Virei-me para a janela.

Não havia janela, nem parede, apenas um imenso pedaço de noite.

A Escala de Mercalli

I – Imperceptível – detectado apenas por instrumentos de medição.

II – Muito leve – tremor percebido por poucas pessoas e apenas em posição favorável.

III – Leve – tremor percebido por poucas pessoas, objetos movem-se e vibram como à passagem de um caminhão pequeno, pode-se ignorar que se trate de um terremoto.

IV – Moderado – tremor percebido por muitas pessoas, luminárias tremem, objetos pendurados oscilam levemente, como à passagem de um caminhão grande.

V – Moderadamente forte – acorda pessoas que estão dormindo, objetos caem, líquidos são derramados, portas se abrem e fecham.

VI – Forte – danos leves em edifícios e vidros quebrados, árvores e arbustos se movem, pequenos sinos começam a tocar.

VII – Muito forte – difícil manter o equilíbrio, chaminés caem, danos em edifícios, água em poças fica turva, sinos grandes começam a tocar.

VIII – Violento – destruição parcial de alguns edifícios, estátuas caem de seus pedestais, vítimas isoladas.

IX – Destrutivo – destruição total de alguns edifícios, danos significativos em muitos outros, ruptura de canalizações subterrâneas, vítimas dispersas, mas em grande número.

X – Devastador – destruição total de muitos edifícios, muitas vítimas, fissuras no solo, pontes destruídas, danos em barragens, trilhos distorcidos.

XI – Catastrófico – destruição de áreas urbanas, grande número de vítimas, deslizamentos de terra, formação de abismos, maremotos, rompimento de diques, interrupção das comunicações.

XII – Cataclísmico – destruição completa de todas as construções, alteração da paisagem, movimentação do solo e da crosta terrestre, poucos sobreviventes.

No dia 1º de junho de 1946, às 3h42, um terremoto de intensidade XI na Escala de Mercalli atingiu Pietra d'Alba e sua região. Não houve vítimas na estalagem onde paramos, pois éramos os únicos hóspedes. A fachada leste, voltada para o rio, desmoronou, fazendo-a parecer uma casinha de bonecas. A proprietária gritava no meio da rua, histérica. Fizemos o possível para acalmá-la, depois Zozo deu a partida. Às cinco horas, pegamos a estrada de Pietra d'Alba. A chuva havia parado.

    A estrada estava interrompida em vários pontos por pequenas fissuras ou deslizamentos, que conseguimos superar com alguns esforços. A dez quilômetros de Pietra, a estrada desapareceu por vinte metros. Tivemos que abandonar o carro. Fomos obrigados a descer até o leito de um rio e escalar o outro lado. Caminhávamos em silêncio. Passamos por uma aldeia que eu havia visto durante a noite. Arrasada. Não havia som, uma galinha solitária corria entre as ruínas. No meio da tarde, um novo tremor nos atirou no chão. Na montanha, do outro lado da estrada, uma avalanche de lama marrom traçava uma linha na floresta. Os pinheiros se quebravam como fósforos.

    Chegamos a Pietra d'Alba pouco antes do pôr do sol. Sujos, exaustos, cobertos de lama e sangue seco. Quando emergimos no planalto, Zozo começou a chorar. O ar cheirava a pedra queimada. Não havia mais vilarejo. Nada, exceto um pedaço de igreja. Toda a morfologia do planalto havia mudado. Ele estava cheio de altos e baixos, irregular, e parecia inclinado. Comecei a correr, sem fôlego, pela estrada fraturada, cortando caminho pelos campos, torci o tornozelo, caí, me levantei sem sentir dor. Passamos pelo ateliê. O celeiro era um monte de tábuas, metade da casa havia caído e no meio, onde costumava ficar o bebedouro, a fonte milagrosa jorrava como um gêiser. Eu não parei – Vittorio e minha mãe estavam em Gênova – e continuei até a Villa Orsini, pelos campos revirados pela mão de um deus louco. Fui recebido pelo urso que esculpi aos dezesseis anos, para Viola. Ele tinha sido lançado para a parte baixa da Villa, perto do portão, e estava partido ao meio.

A Villa Orsini e suas belas cortinas verdes, a Villa Orsini com seus frufrus e seus pisos de madeira, que uma vez tive a coragem de manchar com meu próprio sangue, não existia mais. Metade de suas ruínas estava coberta por uma mistura de lama e árvores. A floresta atrás da casa havia deslizado, como uma ferida a céu aberto, uma paisagem que lembrava uma pedreira. Restava apenas uma centena de laranjeiras de pé.

Mergulhei nas ruínas, levantei as pedras que consegui levantar, tentei mover uma viga que não se mexeu, até sentir a mão de Zozo em meu ombro. Eu o empurrei para longe, continuei, mas a exaustão acabou me vencendo. Desabei entre os destroços, semi-inconsciente, e cortei o rosto. Zozo colocou seu casaco sobre meus ombros.

– Mimo ... É inútil. Precisamos esperar pelos socorros.

Não sei quanto tempo eles levaram para chegar, nem como o fizeram. Não havia para onde ir, então Zozo e eu passamos a noite em uma cabana improvisada, feita com algumas tábuas apoiadas em pedras, encolhidos um contra o outro. Pela primeira vez desde minha chegada àquele planalto, o silêncio era absoluto. Nenhum pássaro, nenhum inseto. A desolação não faz barulho. À noite, choveu. E de repente, eles chegaram. Uma multidão de homens uniformizados que berravam ordens. Gritaram de alegria ao nos ver e colocaram grandes cobertores de lã sobre nossos ombros nas chamas da aurora. O planalto nunca ficou tão cor de rosa quanto naquela manhã, como se a pedra quebrada, esmagada, exalasse como último suspiro a cor que por tanto tempo retivera.

Viola foi a primeira a ser encontrada, pouco antes do meio-dia. Seu quarto ficava no último andar, na parte da casa que não tinha sido coberta pelo deslizamento de terra. Corri ao ouvir os gritos, apesar das mãos que tentavam me segurar. Um bombeiro a entregava a outro, um pouco abaixo de um monte de escombros. O segundo homem a pegou nos braços e se ajoelhou para deitá-la. Viola estava nua, coberta de poeira. Ajoelhei-me ao lado dela para tocar seu rosto e puxei sobre seu corpo uma cortina rasgada. Os Orsini tinham um estranho pacto com a morte: ela os levava sem os danificar. Como seu irmão Virgilio, encontrado ao lado de um trem desmantelado, ela estava intacta. Intacta, exceto por alguns arranhões e pelas espetaculares cicatrizes que ainda marcavam suas pernas, seus braços e seu torso, trinta anos depois de seu voo, e que eu nunca tinha visto. Foi apenas naquele momento, pela extensão das costuras, que percebi o que ela havia suportado depois da queda. A perna direita, abaixo do joelho, estava um pouco torta. Mas foi seu rosto que me comoveu. Sempre achei seus lábios um pouco finos demais, mas eu estava errado. Eles eram cheios, estavam abertos em um sorriso franco agora que ela não precisava mais cerrar os dentes. Uma mecha de cabelo caía sobre seu rosto adormecido, eu a afastei com o dedo. Minha Viola quebrada. Zozo chorou por mim.

Stefano e sua mãe foram retirados dos escombros no final do dia, junto com Silvio e os funcionários da Villa. O marquês, surpreendentemente, nunca foi encontrado. Zozo e eu descemos para Gênova, fomos recebidos por Vittorio, Anna, nossas mães, todos alarmados. Fui forçado a passar a noite em observação no hospital por causa do corte em minha cabeça. No dia seguinte, me vesti com pressa, passei pela recepção e caminhei até a estação.

Se Filippo Metti ficou surpreso ao me ver atravessar o ateliê naquela noite, com o curativo na testa, ele não o demonstrou. Fui direto até meu mármore, puxei de uma só vez a lona que o cobria, peguei o primeiro cinzel e o primeiro martelo que vi e o ataquei com todas as minhas forças. Naquela noite finalmente chorei, pedaços de pedra. Um prato de sopa apareceu por volta da meia-noite, eu o tomei distraído. Depois voltei a esculpir. Uma hora depois, desabei contra o bloco recém-começado.

Mãos me levantaram, vozes sussurravam. Subiram uma escada, uma porta rangeu. Fui colocado em uma cama. Uma mão seca, mas terna, pousou em minha testa. Passos se afastaram. Eu mal havia dormido nos últimos três dias e finalmente desmaiei, no primeiro esquecimento que se oferecia a mim, no quarto que eu ocuparia por mais de um ano na casa de meu velho mestre, agora que havia recuperado a visão e contemplado minha *Pietà*.

O terremoto fez 472 vítimas. Quase toda a população de Pietra d'Alba, mas uma gota d'água em comparação às cem mil vítimas estimadas do terremoto de Messina, em 1908, ou às trinta mil do terremoto de La Marsica, nos Abruzos, em 1915, ambos também de grau XI na Escala de Mercalli. Os gêmeos, sua mãe e a minha, deviam suas vidas à viagem para Gênova. A família Orsini foi dizimada, com exceção de Francesco, que tinha partido para Roma naquela noite. Dom Anselmo e todos os outros perderam suas vidas no planalto turbulento que os viu nascer. Os especialistas explicaram que a fissura na cúpula de San Pietro delle Lacrime tinha sido um sinal precursor da catástrofe, do qual deveríamos ter desconfiado. Apenas o marquês compreendera isso, mas ninguém o compreendera. Fiquei abalado, alguns meses depois, ao saber por meio de um jornal, que um cientista, depois de ler um artigo sobre a fissura de nossa igreja, escrevera para o prefeito do vilarejo para o alertar. Ele nunca recebeu resposta. Uma parte de mim, a mais poética e sombria, ainda se pergunta se, por acaso, essa carta não estaria na bolsa que foi roubada de Emmanuele antes de seu enforcamento. Talvez alguém a descubra um dia em algum arbusto, ressecada sob o couro craquelado, com seu aviso inútil.

O terremoto revelou os restos de outro vilarejo, logo abaixo do nosso, provavelmente arrasado por um acontecimento semelhante, cuja memória havia sido perdida durante o século XIII. Nenhum palácio de ouro pálido ou povo albino, como Viola havia acreditado, mas uma rede de subterrâneos admiravelmente preservados, nos quais o pequeno Tommaso Baldi e sua flauta se perderiam quinhentos anos depois. O cemitério de Pietra, por ironia do destino, foi o único local completamente poupado pelo terremoto. Existem forças mais poderosas que o magma.

Sem nenhuma concorrência, Orazio Gambale foi eleito pelos vilarejos que tinham sido poupados. O projeto da autoestrada foi abandonado depois do evento de Pietra – teria sido estúpido construí-la em vales tão perigosos. A A6 passaria, em 1960, muito mais a oeste.

Em 2 de junho de 1946, meus compatriotas votaram pela república. Umberto II partiu para o exílio e, pela primeira vez, vinte e uma mulheres foram eleitas membros do Parlamento na Itália.

Não deixei Florença por mais de um ano. Eu esculpia durante o dia, às vezes à noite também, não aceitava ajuda de ninguém, exceto de Metti. Uma manhã, ele se juntou a mim e me ajudou em todos os trabalhos que podiam ser feitos com uma mão. Trocamos apenas um sinal com a cabeça. Maria emergiu da pedra como eu a havia visto, depois seu filho. Suas presenças nebulosas se tornaram nítidas, refinadas, polidas. Em um dia de inverno de 1947, dei um passo para trás para contemplar minha obra. Estava congelando na rua, mas eu estava em mangas de camisa, coberto de suor, embora o aquecedor não estivesse ligado. Metti entrou no ateliê com um garoto, talvez de doze anos, que carregava uma mala e parecia perdido – um novo aprendiz. Com a mão no ombro do garoto, ele se aproximou em silêncio.

A ferramenta que eu usava para polir, havia meses, caiu de meus dedos rígidos. Metti contornou a obra. Ele tocou o rosto de Maria, aquela doçura infinita que eu havia conhecido, depois o de seu filho, e assentiu lentamente, várias

vezes. Sua mão esquerda fez um movimento interrompido em direção a seu braço direito inexistente.
– De algumas ausências nunca nos recuperamos.
De todos os que viram minha *Pietà*, acho que ele foi o único a entender. O menino encarava a obra, de cabeça erguida, boquiaberto.
– Foi o senhor que fez isso? – ele perguntou timidamente.
Ele me lembrava de mim mesmo no passado – éramos do mesmo tamanho, aliás.
– Um dia você fará o mesmo – prometi a ele.
– Ah, não, senhor, não acho que serei capaz.
Troquei um olhar com Metti. Então coloquei meu cinzel na mão do garoto.
– Escute-me bem. Esculpir é muito simples. Basta remover camadas de histórias e de anedotas que são inúteis, até chegar à história que nos concerne a todos, você e eu e esta cidade e o país inteiro, a história que não podemos mais reduzir sem danificar. E é aí que você precisa parar de martelar. Entende?
– Não, senhor.
– Não diga "senhor" – corrigiu Metti. – Chame-o de "mestre".

Minha *Pietà* foi exibida pela primeira vez em Florença, no Duomo. Francesco fez o discurso. Ele parecia mais sério. O terremoto lhe roubara uma leveza que eu nunca havia percebido. No início, nada aconteceu. Evitei a imprensa, minha última foto apareceu em um jornal local. Então as primeiras reações aconteceram, se intensificaram. Minha *Pietà* foi transferida para o Vaticano, e foi pior. O resto, todos conhecem. Maneira de falar, é claro. Apenas alguns iniciados a conhecem, o Vaticano abafou o caso.

Foi-me concedido o direito de viver perto dela, na Sacra, onde a esconderam. Eu tinha vivido mil vidas, não queria mais nenhuma. Passei os últimos quarenta anos de minha vida lá. Não exatamente como um monge, admito. Eu saía de vez em quando para visitar minha mãe, meus amigos, às vezes até minha princesa sérvia. Nos braços um do outro, tentávamos esquecer, com mais ou menos sucesso, nossos corpos envelhecidos.

Minha mãe, minha intermitente mãe, morreu em 1971 aos noventa e oito anos, de uma sinfonia no peito. Seus olhos tinham empalidecido. Eles não tinham mais o roxo imenso de crepúsculo, apenas o azul. Cheguei a tempo ao hospital. Ela colocou a mão em minha bochecha e sussurrou: "Meu grande".

Vittorio e Anna ainda vivem na região de Gênova, dois velhinhos, na companhia de Emmanuele. A terra teve que se torcer para finalmente aproximá-los, fazê-los rolar um na direção do outro. Zozo tem sessenta e três anos, Maria dois a menos. Eles ficarão tristes ao receber a ligação do padre Vincenzo. *É sobre seu amigo Mimo...*

O escândalo provocado por minha *Pietà*, irremediavelmente ligada ao nome dos Orsini, não favoreceu Francesco. Quando Pio XII morreu, em 1958, preferiram monsenhor Roncalli, e ele não teve mais sorte nas eleições seguintes. Ele se tornou uma sombra vermelha e encurvada nos concílios e conclaves. Mas acredito que, no fundo, se adaptou bem.

Com exceção de Metti, ninguém entendeu. Li os relatórios, as perícias, os delírios científico-místicos, todos ridículos. O professor que escreveu sobre minha *Pietà*, à sua maneira, se aproximou da verdade ao afirmar que eu tinha conhecido Maria. O que é verdade. Mas, como os outros,

ele foi vítima da mais bela artimanha que Viola me ensinou ao se transformar em ursa.
Forçá-los a olhar exatamente para onde se quer. Maria não é Viola. Para Maria, usei o rosto de Anna, expressão da mais pura doçura de um vilarejo chamado Pietra d'Alba. É preciso olhar para o Cristo. Olhar para Viola. Eu a esculpi como a vi naquele dia entre os destroços, seu corpo quebrado e sublime, com as pernas um pouco tortas, o peito inexistente, ainda mais apagado pela posição deitada, os cabelos no rosto. É uma mulher que está ali, mesmo que andrógina, com clavículas de mulher, um peito de mulher, quadris de mulher. O olho espera um homem, vê um homem, mas todos os sentidos registram uma feminilidade tão explosiva quanto quase invisível, um impulso interrompido pelos fanáticos que a crucificaram. Alguns espectadores aceitam o que veem e dão de ombros. Em outros, os mais sensíveis, a reação é violenta, às vezes chegando ao desejo, inexplicável, incongruente para quem não compreende, ou seja, para todos. Eles procuraram o diabo e a ciência e sei lá mais o quê, mas só há Viola. Viola, que eu mesmo, sem querer, traí e neguei tantas vezes que faria São Pedro chorar.
 Sim, meus irmãos. Naquele dia, entre os destroços, entendi e vi. Vocês me encomendaram uma *pietà*, para se reconciliarem. A Virgem que chora sobre o corpo machucado de Cristo. Mas vejam bem: se Cristo é sofrimento, então me desculpem, Cristo é uma mulher.

Eu gostaria de saber como vai ser. A passagem, o último suspiro. Partirei no meio de uma frase? Palavras suspensas e nada mais, um belo silêncio, alívio? Ou serei mantido na cama enquanto minha alma é arrancada de meu corpo?

Tramontana, siroco, libécio, poente e mistral, chamo você em nome de todos os ventos.

Amei minha vida, minha vida de covarde, traidor e artista e, como Viola me ensinou, não nos despedimos de algo que amamos sem olhar para trás. Sinto que alguém segura minha mão. Um irmão, talvez até o bom Vincenzo em pessoa.

Tramontana, siroco, libécio, poente e mistral, chamo você em nome de todos os ventos.

Ah, Cornutto, Cornutto! Fale-nos de partidas. Cantemos uma canção!

É preciso ter visto as pinturas de Fra Angelico à luz dos relâmpagos...

Vincenzo ergue a cabeça, tremendo no frio de uma manhã do Piemonte. Ele tem a impressão de que a aurora o acordou, mas ela mal está despontando, tingindo os vidros das janelas com um pouco de rosa. Então ele entende. A mão do homem que ele está velando segura febrilmente a sua. Sua respiração é curta, seus olhos estão abertos – mas já não veem mais.

Mecanicamente, Vincenzo acaricia a chave em volta de seu pescoço. Mais tarde, ele descerá para ver a *Pietà*. E depois de novo, de novo e de novo, até entender. Talvez seja isso que o escultor esteja tentando lhe dizer, antes de partir. *Olhe de novo*. Talvez ele tenha perdido um detalhe, uma dessas pequenas ninharias que fazem as revoluções.

O aperto em sua mão se afrouxa suavemente. Um último movimento de pêndulo, um último tique-taque, o relógio vai parar. Ao longe, os Alpes começam a se separar do horizonte. No céu ainda escuro, um ponto luminoso descreve uma órbita preguiçosa.

Mimo Vitaliani, nascido em um mundo de pássaros, se apaga sob o brilho de um satélite.

Obrigado a Alexia Lazat-Lepage, por me ajudar a subir no telhado; a Delphine Burton, pela explosão de mimosas e quarenta e cinco anos de amizade; a Samantha Bordais, por sua luz.

Obrigado a R. Baroni e J. Gouny, pelas aulas de latim, pelas primeiras cenas e por Roma sob a neve.

Este livro foi composto com tipografia Electra LT Std e impresso em papel Off-White 70 g/m² na Formato Artes Gráficas.